小学館文庫

ちえもん

松尾清貴

小学館

ちえもん

目次

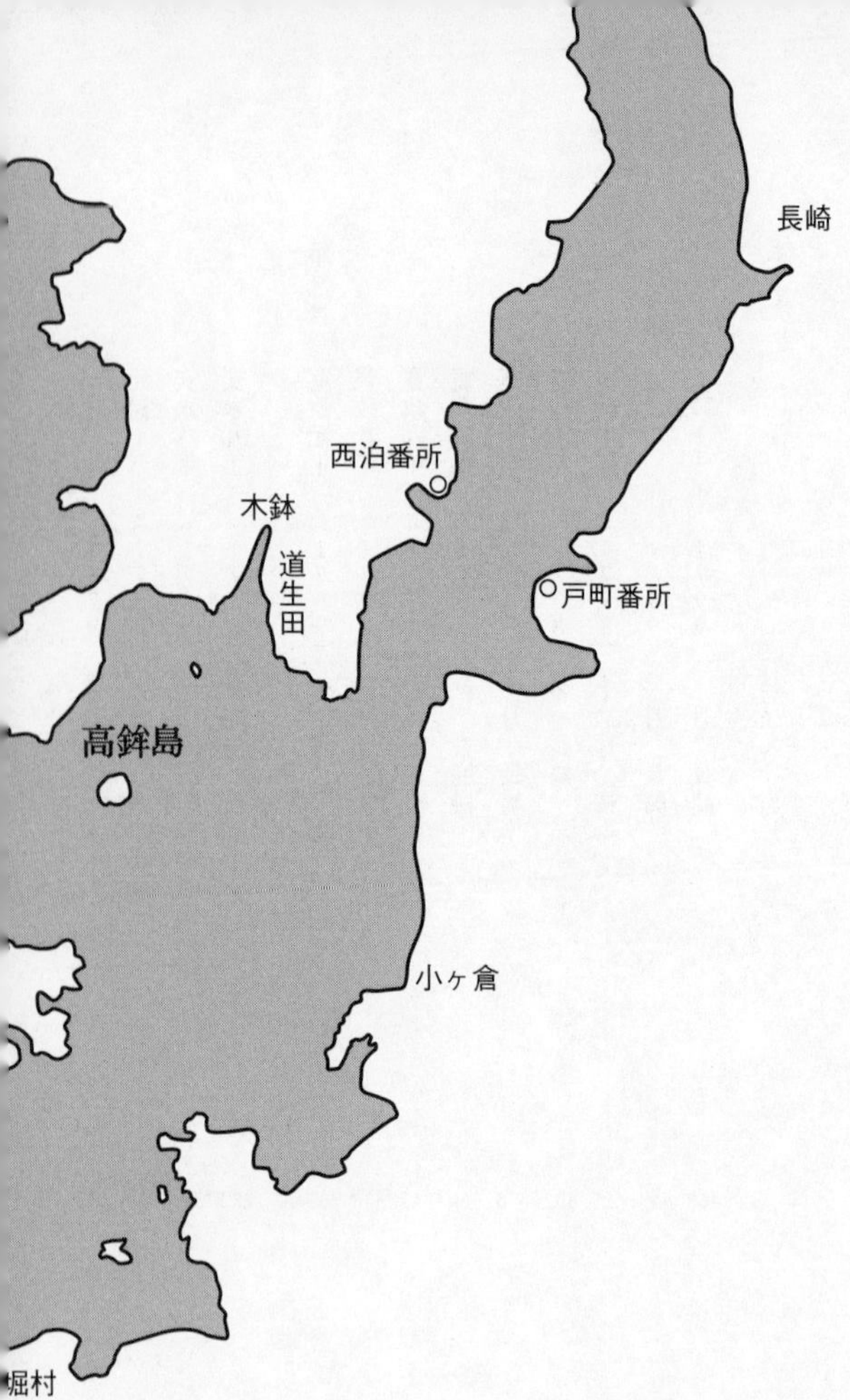
長崎
西泊番所
木鉢
道生田
戸町番所
高鉾島
小ヶ倉
堀村

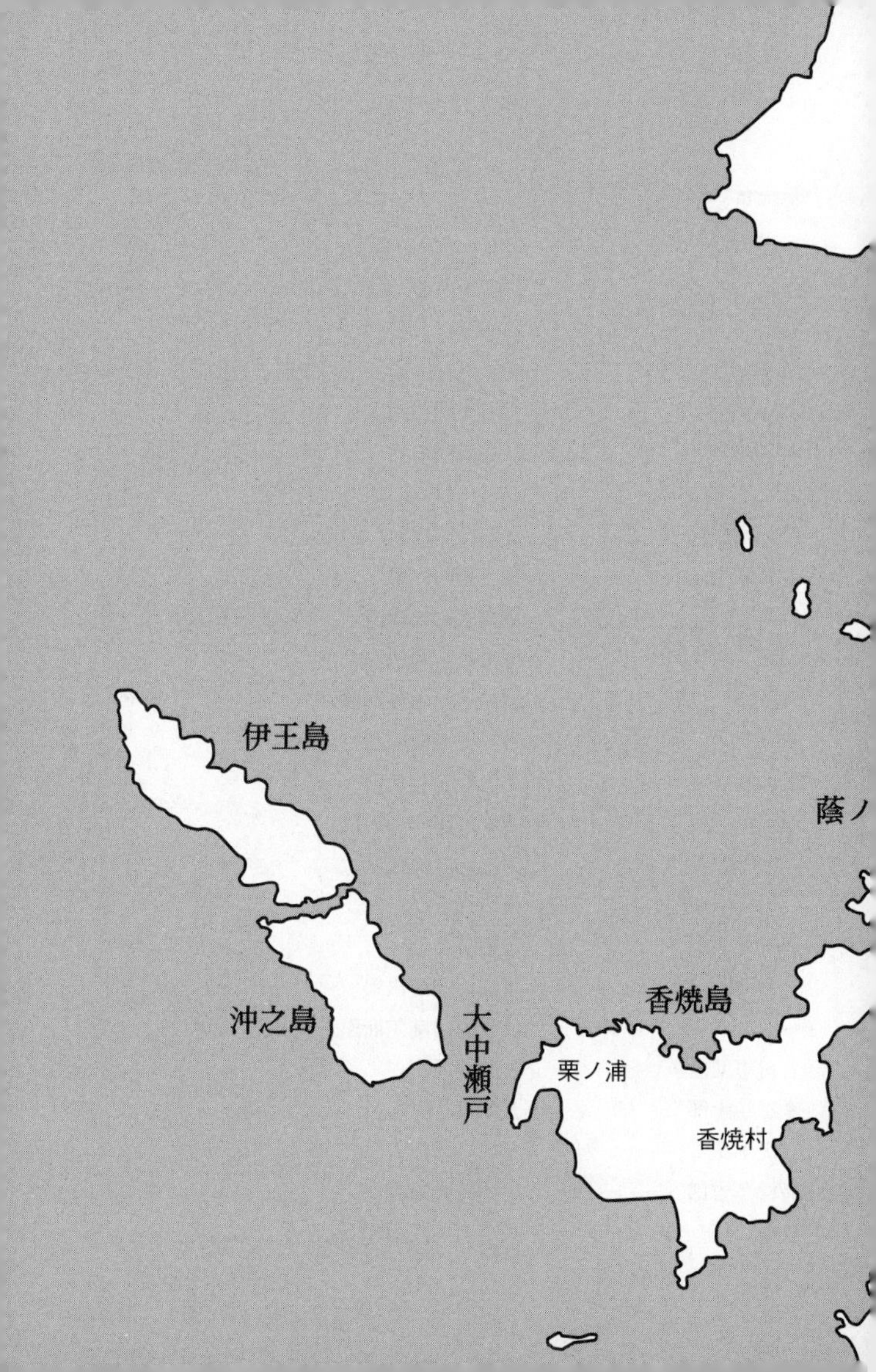
伊王島
沖之島
大中瀬戸
香焼島
栗ノ浦
香焼村
蔭ノ

主要登場人物

※登場順

ウィリアム・スチュワート……エライザ号船長
吉蔵……喜右衛門の幼なじみ。櫛ヶ浜村網元の末子。
チヨ……櫛ヶ浜村の娘。
喜右衛門……櫛ヶ浜村廻船山本の二男。後の「村井屋」主。
嘉吉……喜右衛門の幼なじみ。
山本弥兵衛……喜右衛門の父。廻船山本船頭。
田中藤六……三田尻村の塩問屋・浜主。
甚平……喜右衛門の幼なじみ。
亀次郎……喜右衛門の弟。
久兵衛……笠戸屋徳兵衛の子。
笠戸屋徳兵衛……徳山の石問屋。
市三郎……村井屋の船方番頭。
十内……香焼村の住人。
杢太郎……十内の子。
赤司左門……香焼島の深堀家臣。
深堀新左衛門……深堀陣屋陣代。
高木作右衛門……長崎代官。
彭城源太郎……唐通事。
音右衛門……喜右衛門の次弟。
ヘースベルト・ヘンミー……前長崎阿蘭陀商館長。
名村恵助……阿蘭陀通詞。
熊谷与十郎……長崎奉行所検使。
寺田半蔵……長崎奉行用人。
名村多吉郎……阿蘭陀大通詞。
レオポルド・ラス……長崎阿蘭陀商館長。

序 章

一七九八年十一月二十五日未明、長崎湾小ヶ倉《こがくら》沖に碇泊《ていはく》していたオランダ交易船、エライザ・オブ・ニューヨーク号が沈没した。

夕刻の長崎湾は凪《な》いでいた。出航期限には三日の猶予があったが、オランダ商館は二十五日夜明け前までにエライザ号が船出する旨、長崎奉行所に届け出ていた。凪《なぎ》が続いて出航できなければ、奉行所が日本人船乗りを動員し、百艘《そう》以上の小船を用いてエライザ号を曳《ひ》かせ、外海へ放出する手はずだった。

エライザ号船長ウィリアム・ロバート・スチュワートは、出航に日本人の手を借りたくなかった。そこで、帆を一枚張ったままにして風を待った。それが、災いした。

深更を回った頃に強風が吹き始め、瞬く間に長崎湾は大時化《おおしけ》となった。見張り総出で身縄《みなわ》を摑《つか》んで帆を下ろしに掛かったが、想像だにしない規模の高波、暴風に見舞われた船の動揺は著しく、甲板は濡《ぬ》れないところがなく、誰もが足を滑らせて踏ん張りが利かなかった。屈強な船乗り揃《ぞろ》いの外洋船にもかかわらず、強風を孕《はら》んだ木綿帆を下ろせないばかりか、身縄に縋《すが》りつかねば落水しそうだった。暗闇のなか、悪夢のような轟音《ごうおん》を立てて帆がなびき続けた。

帆を捨てる覚悟でマストを繋《つな》ぐ綱を切断した。たちまち木綿帆が上空に向かって巻き上がり、風圧に巻き込まれて船乗りが弾《はじ》け飛んだ。その男が上荷にしたたか頭を打ち付けたとき、船乗りたちは聞いたことのない鈍い音を耳にした。

マストが折れた。

下にいた者は倒れてくる巨柱を避《よ》けきれなかった。上甲板に血しぶきが舞ったが、鮮血は即、荒波に洗い流された。負傷者が上げる悲鳴も、闇夜を呪う怒号も、暴風雨の猛威の前に掻《か》き消された。

船倉の揺れも激しかった。崩れる荷を繋ぎ直す船員が、別の荷に圧《お》し潰された。這々《ほうほう》の態で上甲板まで逃げた彼らが見たのは、倒れたマストが海原深くに突き刺さる異様な光景だった。三本マストの一本が、船を圧し潰すかのように甲板に横たわり、巨大な櫂《かい》のように船全体を振り回した。残り二本も軋《きし》みながら大きく揺れた。聳《そび》えるような角度に甲板が傾《かし》ぎ、上荷が滑り落ちてゆく。船は、転覆しかけていた。

「さっさとマストを切断しろ！」

船長スチュワートが怒号を上げた。

揺れる甲板で帆と格闘してきた船乗りたちは、雨とも波ともつかない冷水に凍え、身体《からだ》が動かなかった。甲板に横たわる帆にしがみつき、海への墜落を防ぐのに精一杯だった。

地獄絵の一齣《ひとこま》に堕した現実味のない景色のなか、スチュワート船長が倒れたマストの根元へ駆《か》け寄った。甲板を覆った木綿帆を踏みしめ、不安定な足場をものともせず斧《おの》を振り下ろす。続いた船乗りたちが、鉈《なた》なり斧なりで折れたマストの根を裂く。単調な音が場違いなほど甲高く響く。

伐《き》れたマストが甲板上を滑った。——逃げろ！　と叫ぶ声もむなしく、弧を描いてぶん回り、甲板にしがみつく船員を押し潰した。そのマストが波に呑《の》まれてしまうと、荷重を失った船体は跳ね上がるように揺り戻した。

「残り二本も叩《たた》っ伐れ！」スチュワートが濁声《だみごえ》で怒鳴る。

流される船の行き着く先は、天に任せる他なかった。逆しまに覆れば命はないだろう。船乗りたちはマストにしがみつくようにして、左右から斧を振り下ろした。

転覆こそ免れたが、エライザ号はなおも激しく揺れ続けた。潮に流されていた。

雨と波で甲板への浸水も激しかった。船乗りたちは水の掻き出しに掛かった。喫水の深い船だけに、甲板近くまで海面が迫ったことに怖気《おぞけ》を震った。

「ぶつかるぞ、なにかにしがみつけ！」

スチュワートが気付いたときには、眼前に絶壁があった。その島は断崖に囲まれ、避難できる浜はない。パーペンベルグ（高鉾島《たかほこじま》）かと察したがなにもできず、波に押されたエライザ号の舷側《げんそく》が、勢いよく激突した。水を汲《く》み出すべく設置したポンプが外れた。揺り戻し、潮に翻弄され、巨大船が激しく跳ね上がった。

ようやく揺れが収まったかと思えたとき、船は大雨に打たれながら、真っ暗闇のなかで座礁していた。

どこへ流されたか、正確な位置は分からなかった。長崎からそう遠くはないはずだ。甲板に溜《た》まってゆく水を掻き出すべく、スチュワートは急いでポンプを用意させた。

遠洋航海船は、銅鉄製の頑丈な作りだ。座礁しても崩れるのは常に岩場のほうで、エライザ号が破損したことはこれまでなかった。しかし、断崖絶壁へ衝突し、揺り返しの勢いで岩角に削られた船底は、このとき破れていた。

夜の豪雨に視界を奪われた。時おり空を照らす稲光が甲板の惨状を露《あらわ》にするたび、海面に呑み込まれてゆく実感が強まった。

「下に降りて水を掻き出せ！　ポンプを使え！」

明らかに浸水していた。スチュワートは甲板に据えていたポンプ二挺《ちょう》を船倉に下ろさせた。船倉の浸水と削れて入り込んだ銅鉄の垢《あか》を汲み出させた。だが、破損箇所が判然としない。穴を塞がなければ、ポンプでの排出も追いつかない。船は波濤《はとう》を被《かぶ》り、甲板から船倉に向かって滝のように水が落ちる。スチュワートは船倉に潜った船乗りを甲板に登らせ、開口部を閉め切った。

損壊状況は定かでなく、船倉に水が溜まりきるまでの時間も不明だった。

雨に打たれて佇《たたず》むスチュワートの前に、前オランダ商館長が召し使っていた黒人奴隷ウゥノスが進み出た。艀船《バッテイラ》で出島へ救助要請にゆくと言った。

「私は出島で七年暮らしました。船のみなさんが助かるために命を懸けます」

パーペンベルグの近くであるのは間違いない。この世の果てまで連れ去られた気分だが、未《いま》だ長崎湾の内にあり、碇泊していた小ヶ倉沖からもさほど移動していないはずだった。北へ向かえば、いずれ出島に着くだろう。

スチュワートはためらいなく、奴隷にバッテイラを与えろと命じた。

そうする間にも、甲板に水が溜まっていった。総掛かりで汲み出しを続けたが、もはや沈没は避けようがなかった。豪雨は横ざまに降り続ける。上甲板の水位は、くるぶしの高さまで迫った。

小船で漕《こ》ぎ出したウゥノスが出島に辿《たど》り着けるとは、スチュワートも期待しなかった。だが、巨大な棺桶《かんおけ》となったこの船に残るのと、荒れ海を渡って出島へ向かうのと、どちらがより死に近いかなど分かったものではなかった。

スチュワートは濡れた甲板にしゃがみ込み、上荷に凭《もた》れて息を吐いた。

第 一 章

宝暦十三年

1763

周防《すおう》国都濃《つの》郡櫛ヶ浜《くしがはま》村

市杵島比売《いちきしまひめ》の足跡だ。

徳山《とくやま》湾に反射する眩《まばゆ》い西日を見つめて童子は思った。微風が吹いて潮の香が鼻腔《びこう》をくすぐる。思わず、くしゃみをした。

浅瀬に築かれた石垣に腰を据え、内海の果てまで見渡そうとした。童子は、故郷の海をよく知らない。宿入り前で未《いま》だ何者でもないが、数日後には産土《うぶすな》の弁天社で前髪を剃《そ》り、名を改める予定だった。その褌祝《ふんどし》いのため、奉公先から戻ったのだ。褌を締めれば、浦の若衆宿に加入できる。

色白、丸顔で、年齢より幼く見られるが、案外上背《うわぜい》はあるほうだった。

「ちっとは肥えんか。喰《く》わせておらんごと思われよう」

奉公先の主人がよく言った。飯をケチっていると思われるのが不満のようだが、当の小僧は腕っ節の強さに関心がなかった。

「相撲が強うて出世でけますか。俺は智慧《ちえ》を凝らして一旗揚げとうございます」

偉そうに宣《のたま》い、「生意気抜かすな」と、主《あるじ》にぽかりと殴られた。

幼くして三田尻《みたじり》村へ奉公に出され、故郷に朋輩《ほうばい》がいなかった。若衆入りは新たな船出に思えた。

悲鳴が轟《とどろ》いた。

廃墟《はいきょ》のような浜小屋から、裸の男女が飛び出した。乳繰り合っていたふたりが、着物を抱えて逃げてゆく。奇声を発する別の男が、棒を担いで追う。その男は、鬼の形相《ぎょうそう》で意味不明な声を上げた。女が振り返り、負けじと悲鳴を上げる。のぼせ上がった若衆は女を置き去りにして、ひとり北側の土手を一目散に駈《か》け上がった。その若衆を詰《なじ》る女の金切り声が喧《かまびす》しかった。

櫛ヶ浜の海岸には、薄暗い森が迫《せ》り出していた。北側にある土手の手前には、土嚢《どのう》を重ねて作った背の低い堤防がある。砂浜は広くない。若衆も娘も半ば崩れかけた土嚢を蹴崩しながら駈け、そのまま土手を登って村内へ逃げていった。

騒ぎが遠ざかったと思うと、別の甲高い声がした。

「何様じゃ。降りてこい！　誰に断ってそげなとこに腰掛けちょるんじゃ！」

海との仕切りである石垣の麓《ふもと》に、男児たちがいた。みな半裸だ。薄手ながらもよいべべを着たこちらが、同じ浦の童に見えないようだ。体格はまちまちだったが、どれも惣髪《そうはつ》だった。

男児たちは先刻まで小屋に張りつき、息を殺して男女のマグワイが始まるのを待っていたのだろう。今日一番の楽しみを邪魔され、髪の逆立つ思いなのだ。

みな一斉にその童子に向かって石を投げ始めた。新しい遊びに夢中になった。

「海に落とした者が勝ちにしょう」誰かが言い、悪ふざけに拍車がかかった。

石垣の上の童子は恐《こわ》がらず、その所為《せい》でみなムキになった。突き落とすまでやめられないと先を競って石を投げていると、どこかで奇声が上がった。さっきの男が戻ったのだ。男児らは飛び上がって驚き、蜘蛛《くも》の子を散らすように逃げた。追ってくる男のよたよたした走り方が不気味だった。

「こっち来んな。来んでください！」

喚《わめ》けば喚くほど迫ってきた。棒を振る風切り音が波のまにまに耳まで届き、「もうだめじゃ。追いつかれる」声を上げて泣き出したとき、怒声が飛んだ。

「止まんな、甚平《じんぺい》！　気張って走れ！」

甚平が涙に霞《かす》んだ目を向けると、仲間内で最も体格のいい吉蔵《きちぞう》が立ち止まり、男に向かって石を投げていた。相手は足を止め、それから吉蔵に狙いを変えた。

吉蔵は浦の網元、中野屋惣左衛門《なかのやそうざえもん》の末子だった。櫛ヶ浜村は小さい。村人のほとんどが漁師だった。吉蔵の遊び仲間も、親が世話する網子の子供ばかりだ。子分を助けるのは親分の役目だと、吉蔵には幼いなりの矜持《きょうじ》があった。

浜に入り浸って棒を振り回すこの男は、浦では有名な変人だった。親たちから近付くなと言い含められていた。余所者《よそもの》だから放っておけと村人は相手にしなかったが、若衆が面白がって寝込みを襲ったりする。川沿いにあるあばら屋を襲撃し、寝起きのまま追ってくるのを返り討ちにし、囲んで殴る蹴るの暴行を加えたりする。村人はその悪ふざけを叱責したが、聞く耳を持たないところが若衆だった。

「やめれ、吉蔵。はよう逃げれ」

朋輩が声を掛けても、吉蔵は動かない。自分に言い聞かせた。

――俺は若衆より強いぞ。浦で誰よりも強いと認めさせせんといけんのじゃ。

相手の呻《うめ》き声は獣のようだった。よだれが散っていた。間近で見ると、たいへんな悪相だった。顔いっぱいに痣《あざ》が広がり、皮膚がよじれて表情が引き攣《つ》れていた。痣に隠れた細目は据わり、酔っぱらいのようだった。若衆に殴られすぎた所為で、顎の輪郭が不自然に歪《ゆが》んでいた。

吉蔵が悪口を浴びせようとしたとき、男はためらいなく棒で殴ってきた。間合いを測り損ね、いきなり頭を打たれた。ぐわんと耳の奥に残響して目の前が真っ白になり、浜に転がった。

気付けば、砂浜に倒れて両腕で頭を庇《かば》っていた。縮こめた身を容赦なく打たれ、自分の血が飛ぶのを見て、やっと怖気《おぞけ》を震った。

仲間たちは泣き叫び、足がすくんで動けない。男は邪魔が入らないと知ったからか、とどめを刺そうとするように棒を握り直し、大声で吠《ほ》えた。ひときわ大きな奇声を荒らげたとき、ピタリと動きが止まった。

その隙に、吉蔵は這《は》って逃げた。相手は八つ当たりのようにまた声を荒らげ、真下へ棒を振り下ろした。その棒を砂浜にぐりぐりと押しつけ、そうして上下する自分の肩に乗る小さな手を振り返った。不快げに睨《にら》みつけた先には、石垣にいた童子の姿があった。

狂乱する男が横ざまに振り抜くと、乱暴に薙《な》いだ棒が童子の胸に当たり、身体《からだ》ごと吹っ飛んだ。男は奇声を発し、やみくもに砂浜を棒で叩《たた》き始めた。

朋輩が駈け寄り、「もう逃げよ、吉蔵。はよ逃げよ」と腕を引いたが、吉蔵は痛みも忘れて浜を踏みしめた。

「我《わ》がだけで逃げられるか！」助けに入ったひ弱な童子に、吉蔵は腹を立てた。「はよ起きれ、馬鹿！　逃げるぞ！」

嗄《しやが》れ声を張り上げると、あちこちが痛んだ。倒れた童子は身じろぎもしない。まさか死んだのかと焦り、吉蔵は慌てて駈け寄って、無意味に浜を叩いている阿呆《あほう》に体当たりを喰わせた。男は受け身もとらずにぶっ倒れ、砂を嚙《か》んで苦しげに叫んだ。吉蔵は素早く童子を引き起こし、

「走るぞ！」

さらに腕を引くと、力なく凭《もた》れ掛かってきた。思わずたたらを踏んだ。童子は踏みとどまって、動こうとしない。むしろ腕を摑《つか》んだままの吉蔵のほうが引っ張られた。

「怖《お》じ気《け》づいたンか。なんもでけんなら手出しげなすな！」

「あの人は怖じたんじゃない」と、童子は唐突に言った。「なんもせんかったら終わりじゃと分かっても、なにをすればいいか分からんくなった。なんもでけんようになってしもて、それで」

「くだらん話は後にせえ！」

吉蔵を無視して男のほうへ近付いてゆく。吉蔵は目を丸くし、とっさに棒を拾って追った。

「それは、浜引きでしょうか」童子が無防備に語りかける。

「おい馬鹿、やめんか！」吉蔵の声が震えた。

朋輩たちが離れたところから呼んでいる。吉蔵はそちらをチラと振り返った。もういい、勝手に殴られに行ったんじゃ、これ以上付き合うてられるか。吉蔵はそう思ったが、我が意に反して棒を構え、すり足で近付いた。

男は四つん這いのままで、立ち上がりそうになかった。ひたすら両手で砂浜を搔《か》いていた。爪に砂が食い込むのも構わない熱心さが気味悪かった。

浜引きなら吉蔵も見たことがあった。長い柄があり、歯が無数についた横長の板で、塩浜をならすように引くのだ。当たり前だが、広い浜を手で鋤《す》いたりはしない。

吉蔵は自分が握った棒を見てハッとした。これがその柄か？　道具が壊れたから浜引きできないのか？　だが、そんなことを言い出せば、塩田自体がとっくにないのだ。自分まで狂った世界に引きずり込まれそうで、しっかりしろと吉蔵は自分の頰を平手で叩いた。

「ここに塩浜があったと、前に爺様《じい》から聞いた」童子は、むしろ狂った世界に踏み込んでゆくかのようだった。「昔、真面目な浜子頭《はまこがしら》が居《お》ったそうな。余所者じゃったけ、いまじゃ誰も思い出さん。みな塩浜がないことにも慣れてしもうて、我が目で見ても分からんごとなった」

男は一心不乱に砂を掻いている。

「聞こえよらせん。また暴れ出すぞ」と、吉蔵は吐き捨てた。

童子は海のほうへ視線を移し、「海と浜は石垣で区切られちょる。昔は、月に二度、朔《さく》と望《ぼう》の大潮の日だけ、石垣に備え付けの樋《とい》を開いて、塩田一杯に海水を入れたそうな。ここが、その塩田の跡じゃろう」そう言って、土嚢の仕切りに囲われた砂浜を眺め回した。「櫛ヶ浜の製塩は余所者仕事じゃったけ、潰れたときも村の者は気にせんかったという。稼ぎがのうなった浜子も余所者ばかりじゃったけ、百姓にはどうでもいいことじゃった」

遠巻きに見ていた仲間たちが不審げに、「余所者じゃねえんか」「妙なことを知ってなさる」「しかし、どこの家の者じゃと言うんか。見たこともないぞ」ヒソヒソと語り合い、首を傾《かし》げた。

「長らく塩田で働いた浜子頭だけが、塩浜が潰れたことに釈然とせんで、まだ塩は作れると言い張って櫛ヶ浜に居残ったそうじゃ。でも、もう浜主は居らん。塩を作ろうとする者もない。若いときからそればかりで、塩作り以外してこんかった浜子頭だけが執着しなさるごたる。その人だけが、ここが塩田じゃった頃を忘れんでいなさる。見えよる景色が、たぶん俺らとは違うんじゃろう」

そのとき若衆たちの怒鳴り声が轟き、吉蔵は現実に引き戻された。

先刻村へ逃げた男が、仲間を連れてきたのだ。

こうなると、もう吉蔵たちは蚊帳《かや》の外だった。

男が逃げる。若衆が追う。あんなに恐ろしかった男が泣きながら逃げる様を見て、吉蔵は興醒《きょうざ》めした。

「ああはなるまい。頼りにできるものはないんじゃ。我がとしっかり向き合わな」

童子は若衆たちが元浜子頭を打擲《ちょうちゃく》しても関心を示さず、冷ややかに言う。てっきり同情したのかと思っていた。突き放すようなその態度に、吉蔵はやや鼻白んだ。

若衆のひとりが近付き、童子に声を掛けた。「廻船屋敷《かいせんやしき》の坊じゃろう。家の者が探しよりなさったぞ」

吉蔵は眉根を寄せた。櫛ヶ浜に漁師は多いが、村一番の素封家は漁撈《ぎょろう》を生業《なりわい》としていなかった。その家は、庄屋でも網元でもなく、村で唯一の商売を営み、近隣の浦村にまで名家として知れ渡っていた。

村人は敬意を込め、その一家を廻船屋敷と呼んだ。他浦の百姓が櫛ヶ浜と聞いて連想するのも、漁師ではなく廻船だった。

若衆たちの騒ぎ声が塩浜跡地に響き渡る。吉蔵は不快に感じたが、見ず知らずの童子はもうそちらを一顧だにせず、土手に向かって歩きだしていた。少し進んだところで振り返り、

「今度は宿で会おう」と吉蔵に向かって笑いかけた。まだ前髪のくせに生意気だった。

無言で見送っていた吉蔵は目を逸《そ》らし、大きく舌打ちした。

慶安三年

1650

周防国都濃郡豊井《とよい》村

毛利《もうり》家は長門《ながと》、周防の二国支配で、表高三十七万石弱だが、実高はその倍以上あった。周防国都濃郡櫛ヶ浜村は、毛利本藩である萩《はぎ》藩の本浦《ほんうら》だった。本浦とは領主に漁業権を認められた漁村で、田畑や屋敷地に課された石高以外に海上石《かいじょうこく》を納めた。漁獲高を石高換算したもので、櫛ヶ浜村では七十三石二斗三升だった。

実のところ、この数字に根拠はない。農作以上に収入が安定しない漁撈において、正確な獲《と》れ高の算定は不可能だった。海上石は公平とは言い難いが、不公平な年貢を納めることによって、本浦は漁業権を得ていた。

周防国東部の本浦は、熊毛《くまげ》郡の室津《むろつ》、上関《かみのせき》、室積《むろづみ》、都濃郡の下松《くだまつ》、櫛ヶ浜、福川《ふくがわ》、大島《おおしま》郡の久賀《くか》、安下庄《あげのしょう》、佐波《さば》郡の富海《とのみ》だった。徳山湾周辺に密集し、そのうち、下松、福川、富海は、支藩である徳山藩の蔵入地《くらいりち》だった。

徳山湾岸には、他に多くの漁村がある。それらは、本浦に属する端浦《はうら》とされた。端浦には漁業権がなく、本浦が負う海上石の一部を肩代わりすることで出漁を許された。本浦と端浦は漁場を共有し、一番網はむろん本浦の権利なのだが、往々にして守られず、争いの種になった。

沖には明確な境を立てられない。それに、古くから内海で生計を立ててきた漁家には、頭越しに定められた本浦、端浦の取り決めなど受け入れられなかった。

慶長二十年（一六一五）五月、長宗我部《ちょうそかべ》家が大坂《おおさか》で滅んだ後、長宗我部盛親《もりちか》の子息、孫作《まごさく》なる人物が、小嶋惣兵衛《こじまそうべえ》と名を改めて各地を転々としたという。やがて、下松館を拠点とする毛利分家の毛利就隆《なりたか》の庇護《ひご》を受けた。以来、惣兵衛は、周防国豊井村の下松浦に定住した。下松藩（後の徳山藩）藩主毛利就隆と縁故があったらしく、下松浦の諸問屋株御免の奉書を賜り、御用商人として重用された。三十余年の歳月が流れたときには浦の顔役となっていた。

慶安三年（一六五〇）、小嶋惣兵衛老人の許《もと》に、紀州岩佐浦《きしゅういわさうら》の商人が訪ねてきた。ボラ漁を奨《すす》めにきたという。惣兵衛は取り合わなかった。

「異な申し出です。当家は漁場主ではないし、漁の支度もござらんよ」

その他国商人は徳山湾に根を張るべく、領主家と親しい惣兵衛の口添えを期待したのだろう。惣兵衛に浦の秩序を乱す気はなかった。一代で財を成した彼は、下松浦に恩義を感じていた。半生を下松浦の発展に尽くしてきた。そうするうち、自分が浦の礎《いしずえ》を築いたという気持ちも強まり、晩年を迎え、下松を守ることを使命と心得るまでになった。

紀州商人は抗弁した。「お考え違いをなさっておいでのようです。某《それがし》は、ボラ漁と申し上げました。徳山でボラ漁は行われていませんでしょう。打張網《うちはりあみ》と申す大網もまた、瀬戸内では見られない進取の漁網でして――」

確かに、徳山湾でボラ漁は行われていなかった。つまり、ボラの漁業権を有する網元がいなかった。商人はそこに目を付けたのだ。

「岩佐浦でも近年広まった網漁です。大網仕立てのボラ漁を、この海で始められては如何《いかが》かとご提案したい。漁撈と関わりがないと仰せられたが、ご関心がお有りなら、費用の半分は手前どもに請け負わせていただきたい」

紀州は漁業の本場だった。徳山湾と異なる大規模な漁が行われ、網を含めた漁具開発も遥《はる》かに進んだ漁の先進地域だった。

打張網なる大網仕立ての費用が莫大《ばくだい》だろうことは察しがついた。紀州商人が半分を負担すれば、網は小嶋家との共有になる。ボラの漁業権の半分を、小嶋家を隠れ蓑《みの》として得られる寸法だ。惣兵衛は丁重に断った。

だが、ボラ漁自体には興味を惹《ひ》かれた。後日、惣兵衛は同じ話を下松浦や近郷の網元たちへ持って行った。新たな網代《あじろ》が開ければ、地場に大きな利益を生む。網元たちは興味を示すに違いないと惣兵衛は考えたが、ひとりも乗り気ではなかった。

このとき惣兵衛の語った漁は、二十艘《そう》から三十艘も船を出し、四十人から五十人の網子を動員せねばならなかった。そんな大規模な漁業は、彼らの常識から懸け離れていたのだ。

小嶋惣兵衛は富裕な商人だが、漁に関しては素人だ。紀州の漁法がいくら発達していても、瀬戸内の漁とは機微が違うことさえ分かっていない。それが、網元たちの本音だっただろう。代々受け継いだ漁への誇りもあり、商家から気まぐれに漁法を提示されて嫌悪感を示す者も少なくなかった。ひとりが嶮《けわ》しい口調で言った。

「ボラと申すのは、些細《ささい》な物音で散り散りに逃げ出す臆病な魚でしてな、大網を用いて大量に捕えられる獲物じゃない。内海で獲れたところで些少《さしょう》のこと、網を仕立てる莫大な費用に見合うものでなく、とうてい採算が取れまい。銭失いと知れた案件には、だれも乗らんでしょう」

惣兵衛は落胆した。浦の有力者たちと漁業権を共有すれば、漁場争いを防ぐ保険になるかと打算したが、当てが外れた。

「致し方なし。ならば、小嶋一人で網の仕立てに取り掛かろう。どうぞ、約定《やくじょう》してくだされ。万が一ボラ漁が成功した暁には、打張網の使用は小嶋家の特権とし、同網を仕立ててボラ漁を行わぬよう、違背是《これ》なく願いたい」

網元とは、文字通り、網の所有者であり管理者のことだ。漁網は獲る魚ごとに異なる。鰯網《いわしあみ》を所有する網元は鰯の漁場を占有し、定められた海域で鰯漁を行う権利を得る。それが漁業権だ。小嶋家がボラ網を仕立てれば、ボラ漁の漁業権は小嶋家に帰属する。

後日、惣兵衛は浦役人を通じ、領主家に漁業権の認可を願い出た。

「惣兵衛翁《おう》は商才まで鈍りなさったか。悪いことは言わん、中止なさったほうが身のためじゃ」

そう忠告する網元もいたが、惣兵衛は聞く耳を持たなかった。網元たちは困惑し、「それならば、お好きになされ」と了解した。

惣兵衛は紀州商人を頼らず、岩佐浦から網大工八人を呼び寄せた。彼らを下松浦に留め置き、網を仕立てさせた。昨今の紀州では珍しくない漁法だと網大工は言ったが、完成した打張網は徳山では見たことのない、息を呑《の》むほど巨大なものだった。これは、惣兵衛の生涯において度を越した散財となった。

長年にわたって神社の建立はじめ、開墾治水などの徳も施してきた惣兵衛は、豊井村百姓惣中に敬われたが、今度ばかりは憐《あわ》れむ声が喧しかった。

「惣兵衛さんも老いられた。あげなもんに意固地になられてどげなさるか」

しかし、他人にどう思われようと、惣兵衛はもう後に退《ひ》けなかった。漁を成功させねば破産するだろう。家族にも愛想を尽かされ口を利いてもらえなかったが、それでも挫《くじ》けなかった。冬が訪れる前に網子も確保した。それらは下松浦の漁師たちで、出漁の少ない冬期の稼ぎを喜んだ。

結果は、惨憺《さんたん》たるものだった。

寒空の下で行う漁は過酷だった。二十艘の漁船に乗り込んだ四十人の網子たちは、慣れない大網を張るのに手間取った。苦労の末に引き揚げると、一匹の魚も掛かっていない。網元たちが指摘した通り、ボラは音に敏感だ。何度繰り返しても、逃げられたことを確認するだけだった。空《から》の巨大網という悪夢に、惣兵衛はいっそう肝を冷やした。予想を遥かに下回る不漁続きに、紀州商人に騙《だま》されたかと疑心暗鬼に駆られ、眠れなくなった。

網子たちは文句を言わなかった。漁の出来にかかわらず、毎日の収入は保証されたからだ。他の網元から借りた漁船の使用料も然《しか》りだった。小嶋家が支払う給銀は馬鹿にならなかった。さらに、漁場所有に当たっては諸々《もろもろ》の租税が課されていた。これも漁獲高にかかわらず支払わねばならない。漁業を始めれば、その散財は網の仕立てだけでは済まなかった。日増しに出費が嵩《かさ》んだ。

それでも、惣兵衛は船も網子も減らさなかった。頼みの綱はボラ漁だけだ。家人も村の者も、惣兵衛さんは取り憑《つ》かれたと噂《うわさ》した。憐れみが嵩《こう》じて居たたまれなくなり、次第に村人は近付かなくなった。

寒さが深まった頃に、小さな変化が起きた。

その日、惣兵衛は網子と相談し、漁船をさらに広く展開してみることにした。ただ、網代の範囲を広げれば、海中に沈めた網が安定しない。そこで曳《ひ》き網のように海底に立て置くのをやめた。そもそもボラは深く潜る魚ではない。海面すれすれを遊泳し、その所為で水流の変化に敏感で反応が素早い。惣兵衛は改めて広く張り巡らした打張網を、ほとんど浮かべるくらいの深度に固定することにした。周りに船のない冬の海ゆえ、他船の航行を妨げる心配もなかった。広く網代を囲い込んでボラの逃げ場を塞ぐことに専念した。当てずっぽうなやり方だが、少量でもより確実な実入りを得ようとしたのだ。そんな消極的な漁が、思いがけず成功した。

惣兵衛や漁師たちが考えていた以上に、徳山湾はボラの生息地だった。長年見逃してきたために増えすぎた感もあった。網代一杯に広げた大網は、ボラの群れを逃がすことなく捕まえた。

動きが敏捷《びんしょう》とは言え、魚影ははっきり海面に映る。徐々に正しい網代の位置が了解されてきた。物見の連絡を受け、漁船を散り散りに船出させる。浅めに張る網だから、合流から張り終えるまで時間を要しない。

惣兵衛のボラ漁は、他浦でも評判になった。見物が下松浦に詰めかけ、見たことのない網漁に度肝を抜かれた。後に網大工から聞いたことだが、本場の紀州でも、打張網のボラ漁は捕鯨の次に大規模な網漁ということだった。

ボラ漁の降って湧いた成功は、網元たちを動揺させた。毎日陸揚げされる冬の漁獲を目のあたりにするうち、沖合に眠っていた鉱脈を根こそぎ奪われるようで、焦燥を募らせた。

下松浦の網元は漁民八十人の連署を添え、打張網の新規仕立てを求める訴状を庄屋に提出した。惣兵衛がボラ漁を独占するのは不法だと訴えた。

以前ボラ漁を持ちかけたとき、惣兵衛との協働を拒んだのは網元たちのほうだった。成功したからと掠《かす》め取るのは道理が通らない。小嶋家は十分以上の対価を払い、見返りを得たのだ。打張網の独占権については、網元たちと念書も交わした。

惣兵衛は譲歩しなかった。争議も辞さない覚悟で、網元には改めて、打張網の新規仕立ては小嶋家の認可を要すると通達した。

相手取った漁民の半数以上は、常日頃、惣兵衛が網子に雇う漁師たちだった。網元に連署を強いられ、断れなかったのだろう。板挟みになった漁師たちを惣兵衛は責めなかったし、網元に対しても感情的にならず、丁寧に諭した。

「大網漁に人手が要ることは網元も承知だろうが、小嶋家では必要な網子を他浦からでなく、下松浦で雇い入れた。わしを受け入れてくれた下松の縁故を大事に思えばこそだ。そして小嶋家は、この漁場を請けるに当たって地軒、浮役、船役などの雑税も納めることになる。浦にも御領主にも義理は通すのだ。ひとり特権を得たと思うようだが、このボラ漁は村のためになっていよう」

誰が見ても、小嶋家に権利があった。もともと人徳のある惣兵衛だ。敵対したいと思う者も少なかった。網元も横車を押し通せず、小嶋家の貢献を認め、詫《わ》びを入れた。

間もなく、惣兵衛は家督を譲った。跡取りの助之丞《すけのじよう》名義で、下松浦と念書を交わした。領主家からは、徳山領内で好きにボラ漁を行えるお墨付きを得た。

小嶋惣兵衛は一代の傑物だった。徳山に足場を築いて商人としての名を高め、晩年には徳山湾にボラ漁を広めた。下松の漁民とともに生きた。流れ流れて辿《たど》り着いた先の縁を大事にした。その誠実さは浦人の心を打った。下松浦では冬と春がボラ漁の季節となり、大勢の漁師が関わる大網漁として大いに賑《にぎ》わった。

しかし、それは利害の一致する下松浦でのみ通じる理屈だった。

磯は根付き次第、沖は入会《いりあい》だった。笠戸島《かさどしま》の漁民も、下松と同じ沖に出漁していた。下松浦が本浦、笠戸島は下松の端浦だった。だが他方、豊井村下松浦は徳山藩領、末武《すえたけ》村笠戸島は毛利本家の萩藩領だった。毛利の藩領内、特に徳山湾の浦で相論が起きるときに直面する問題がこれだった。

共に、毛利本家と分家の蔵入地だ。後ろ盾を比べれば、むろん本家の権力のほうが格段に強く、本家萩藩領の百姓はその政治背景を狡猾《こうかつ》に利用した。笠戸島の漁民は、連日続く下松浦の大漁を黙って見てはいなかった。

笠戸島でも密《ひそ》かに打張網が仕立てられ、やがて、下松浦と全く同じ漁場でその網を使い始めた。そればかりか、漁場に先乗りして網を張るようになった。

惣兵衛は笠戸島による侵犯を見過ごせなかった。

漁業権は本浦に帰属する。下松浦は海上石を領主に納めることで、漁の優先権を認められた。笠戸島は下松に従う端浦であり、一番網を張ることは明確な掟《おきて》破りだった。さらに徳山湾においては、小嶋家にのみ許された打張網を無断で仕立てることも犯罪だった。

笠戸島にボラ漁を持ちかけたのは、惣兵衛に話を持ってきたあの紀州商人だったようだ。惣兵衛に打診したように他村にも提案したのだろうが、笠戸島がボラ漁に乗り出した時期を考えれば、浦役人はすぐに了承したのではなかろう。網を仕立て始めたのは、惣兵衛が成功したからだ。

許可なく打張網を仕立てた違背に抗議しても、笠戸島は意に介さない。小嶋家が網代としてきた海域を狙い澄まし、漁船で囲んで大網を張る。三十艘以上が海上に立ち塞がると、惣兵衛は船を進められなかった。このあからさまな漁場の簒奪《さんだつ》には、下松の漁民たちも憤った。

やがて、笠戸島の浦役人が訪れた。和議の申し入れかと思えば、

「小嶋殿は徳山領主の御認可を賜ったと言われるが、それは徳山領内でのご約定でございましょう。小嶋家と徳山領主家は昵懇《じっこん》の仲と聞く。それをよいことに、我が萩領の漁場まで侵そうとなさるのは筋が違かろう。我ら笠戸島の浦人は、小嶋殿のボラ漁特権など聞いたこともない。よって、我がほうにボラの漁場から退く謂《いわ》れはない」

喧嘩《けんか》を売りにきたとしか思えない浦役人に惣兵衛は呆《あき》れたが、笠戸島百姓の言い分はそれだけではなかった。

「我ら、紀州岩佐から網大工を呼んで打張網を仕立てさせたが、下松浦が同じ大網漁を行うていたなど知る由もない」と白を切った。その見解は最後まで変えることはなかった。

笠戸島の沖合で、惣兵衛は大掛かりな漁を行っていたのだ。彼らが気付かないはずがなかった。それを認めず、網の仕立ても先だったと言い張る。証人もあると主張し、紀州岩佐浦のあの商人の名を挙げた。

これは惣兵衛の失態だったのか。紀州商人の動きを予想して事に当たるべきだったのか。漁業権を少しでも与えておけば、厄介な介入を避ける防壁になったのだろうか。

笠戸島だけでは済まなかった。徳山湾西部でも打張網は仕立てられた。これも、件《くだん》の紀州商人が持ちかけたという。

惣兵衛は腹に据えかね、笠戸島の浦役人に反論した。「笠戸島が下松浦の端浦であることは木藩がお定めになったこと。だからこそ、長年、豊井村の百姓は海上石を納め続けたのだ。漁業権は、端浦の者が口出しする事柄ではない」

「豊井村が年貢を納めるのは、徳山の御領主に対してであろう。笠戸島を含む末武村は、本藩へ年貢を納めよる。権利を云々《うんぬん》いたすなら、花岡《はなおか》の御勘場《ごかんば》に訴えて白黒付けてもらおうじゃないか。下松浦は昔から本浦なりと笠《かさ》に着て、笠戸島を押さえてきよった。圧政をやめるよう、こちらから訴え出るぞ」

ここまで対立すれば、公事《くじ》で決裁する他なかった。本浦、端浦の上下関係も含め、明確にしておくべきときだった。漁業権は慣習と法令の擦り合わせが曖昧なために、始終、諍《いさか》いの種となる。これを機に領主家の定める境界を確認できるなら好都合だと、惣兵衛は考えた。花岡は下松浦の北に位置する西国《さいごく》街道の宿場町だ。十から二十の村を管掌する大庄屋の役所があり、そこで簡単な公事も行われた。

すでに笠戸島は、下松の漁場である大津島《おおづしま》、馬島《うましま》辺りの沖合まで入会権を一方的に主張し、乱獲していた。もはや本浦、端浦の主従原則を守る気がないようで、既成事実を積み重ねて本浦同等の特権を得ようとしていた。こんな横暴が罷《まか》り通れば、海上石を納める意味が失われる。

下松浦の網元たちも声を上げ、徳山領豊井村を挙げての訴訟となった。

このとき、笠戸島の浦役人が強気に出たのは、毛利本藩に徳山での収益を増大させる意向があったからだろう。事実、萩藩は、普段なら介入しない漁場争いに首を突っ込み、笠戸島に加担した。領主家は財政難だった。蔵入地の実入りは御家《おいえ》の収入に大きく関わる。毛利本家はなりふり構わなかったということだ。

結果、花岡勘場はボラ漁業権の分有を認めた。下松浦と笠戸島の間で当番を決め、代わる代わる漁を行うように言い渡した。新たな網代であるボラ漁に限った判決だが、あり得ないことだった。小嶋家の独占的な漁業権は失効し、笠戸島だけが得をした。本浦の掟を否定されては、漁場の秩序が崩れてしまう。

もともと領主や代官は、百姓どうしの揉《も》め事に介入したがらない。おざなりな政治結着も、結局は当事者同士の内済《ないさい》を奨めるものだった。笠戸島の浦役人と、いまさら話し合えるはずもなかった。

領主家の後ろ盾を得たことで、笠戸島は攻勢に打って出た。ボラ漁に本浦特権が利かないと決まると、半分どころでなく漁場の占拠を始めた。しかも、彼らは狡猾なやり口を用いた。網代を他浦に貸したのだ。

本来、漁業権を持たない端浦には、網代を貸し出す権利などないし、それで収益を上げるなど前代未聞だった。しかし、実際にこの海域には関わりのない第三者、室積浦の漁船が下松浦沖に出張って網を張った。下松浦に権利のある漁場を、室積の漁船が実効支配した。惣兵衛は抗議したが、室積浦の漁師は、笠戸島と請浦《うけうら》契約を交わして代銀も払ったのだと譲らない。笠戸島も同様だ。公事で認められた漁業権の正当な行使として請浦契約を結んだのだから、下松浦に干渉される謂れはないと突っぱねた。

惣兵衛は陣屋へ訴状を持ち込んだ。だが、いったん入会と決した事案は取り上げられなかった。内済せよの一点張りだった。

これらの難事は、家督を助之丞に譲った矢先に起きた。若い助之丞は、父よりも冷静に事態を眺めていた。

「諍いを長引かせんほうがよいでしょう。一日長引けば醜聞が広がり、どんどん稼ぎが減ってゆく。この上は、銀子《ぎんす》で解決する他ございますまい」

助之丞は粛々と決断した。それが最も早い解決策で、相手が示談目的でごねているのも惣兵衛には分かっていた。不当な要求を突きつける相手に屈服するのが許せなかったのだ。

小嶋家は商人だ。優先すべきは利益だった。領主家に従えば正道が貫かれると信じた結果がこれだった。助之丞の決断のほうが処世術としては正しいのだろう。勝てる見込みのない争いから手を引くのは、合理的な判断だった。

小嶋家は、十五年の請浦契約を笠戸島と結ぶことになった。自分たちの漁場を使用するために、銀三貫百五十匁《もんめ》を支払った。ボラ漁を再開すればその程度は簡単に取り返せる。笠戸島の妨害を封じる保証と思えば安いものだった。それでも、自分たちの権利を銀子で買い戻した屈辱は、惣兵衛の胸中に燻《くすぶ》り続けた。

徳山じゅうの網元がこの漁場争いの行方に注目した。最後は内済となったため、どう結着したかは当事者にしか分からなかった。結果として、入会の漁場から笠戸島の漁船が消え、小嶋家が以前のように独占するようになった。小嶋家が権利を勝ち取ったと見える結末に、本浦の網元たちは胸を撫《な》で下ろしただろう。

明和七年

1770

十一月　櫛ヶ浜村

徳山湾に降る粉雪が、北風を受けて舞い上がる。蓑で隠れていない頬が痺《しび》れる。櫓《ろ》を握った指の感覚がほとんどなかった。

「春の出荷分を増やすなら、もちっと海鼠《なまこ》を獲っちょかないけんでしょう」

雪が舞い始めた朝、吉蔵は網元である父に船を借りたいと申し出た。土間で蓑を着込んでいると、「今日はよしておけ」と、父が珍しく渋るように言った。それほどの風雪ではなかった。「早めに切り上げます」と答え、家を出た。

屋敷が手狭になったのだ。浜に向かいながら吉蔵は思った。悪天候の日は、家の者が籠るから居心地が悪い。吉蔵の図体が大きくなった所為か。赤ん坊が泣くからか。今年、長兄夫婦に生まれた跡取りの泣き声は、屋敷のどこにいても追ってきた。赤子が嫌いなのではない。ただ、その所為で屋敷が狭いと感じたなら、家を空けるのは自分のほうだと思うだけだった。

吉蔵は末っ子だ。母は奉公人だったそうだが、吉蔵が物心つく前に屋敷を去っていた。子を網元家で引き取る代わりに他村へ売られたのだという。会いたいと思ったことはない。跡取り以外は厄介《やっかい》になるしかない百姓家で、次兄三兄の憂さ晴らしにされるという自分の立場を知ったとき、少し恨みはしたが。

若衆宿に入り、四年が過ぎた。足繁《あししげ》く通う夜這《よば》い相手もできた。初めてチヨの枕元に忍び寄り、か細い声で誰何《すいか》されたときの緊張は忘れない。「夜這う資格があるのか」と突きつけられた気分だった。声を潜めて名乗ると、チヨは無言だった。時間がゆっくり流れた。闇夜に囚《とら》われ、ふたりは動かなかった。

娘が拒めば夜這いは中止だ。黙って帰り、その夜のことを忘れねばならない。それが宿の掟だ。村の子を産む大事な娘を、たかが若衆ひとりの劣情で傷つけることは許されなかった。強姦《ごうかん》者は若衆宿からも村からも制裁を受け、ろくな人生を送れない。死ぬまで負の烙印《らくいん》を押される恐怖から、どんな乱暴者も夜這いの作法だけは頑《かたく》なに遵守した。

チヨは拒まなかったが諾《うべな》いもしなかった。吉蔵はそれをどう捉えてよいか迷った。事に及んでよいのか。帰るべきなのか。躊躇《ためら》い、身動きせず、だが意を決して彼女の肌にそっと触れると、情欲に押し流された。浦には珍しい柔肌が、滑らかで温かかった。熱のこもった身体を重ねると、耳元に荒い息遣いを感じた。吐息を聞いているうち、チヨの表情が見える気がした。同じ寝間で寝ているのは母親か、姉妹か。吉蔵は自分の息遣いを抑えようとするほど、相手の呼気を熱く感じた。全身が興奮で膨れ、いまにも破裂しそうだった。

その晩から、チヨだけに夜這いを掛けてきた。チヨと同衾《どうきん》する間は余計なことを考えずに済んだ。

夜這い相手が定まれば許婚《いいなずけ》となるのが通例だが、吉蔵の場合は違う。チヨの両親も、夜這いにくる若衆の素性を知らなかった。チヨが明かさなかったのだ。相手の親に知られたら、吉蔵など追い出されただろう。吉蔵は、兄や兄の子に養われる立場だった。どんな手柄を立てようと、その名誉は兄のものだ。一人前になれない居候に娘を嫁がせる親はいない。ともに生きたいなら駆け落ちする他ないが、それでは誰も幸せになれないのだ。

だから、チヨは将来を語らない。白昼、村で出会《でくわ》しても目を合わさない。互いの顔が見えない深夜の逢瀬《おうせ》がすべてだった。

最初の晩、吉蔵の名乗りに無言を貫いたわずかの間は、チヨの葛藤だったのだろう。その葛藤を情欲に押し流したとき、彼女も自分がなにをしているのか分からなくなった。だが、この関係にいつか終わりが来ることだけは、互いに分かっていた。

粉雪が舞う冬の海を、吉蔵は小さな漁船で進んだ。頼りない小船にひとり、舳先《へさき》に桁網《けたあみ》を掛け、自分は艫《とも》に立って櫓を握った。雪に視界が塞がれないように軽く目を伏せ、足場を確かめた。船の進みは振動で分かる。桁網が海底を浚《さら》うのを、揺れ具合からも察する。海底まで達した網の開口部には板が仕込んであり、その重みで海底を擦《こす》って埋まっている海鼠を掬《すく》うのだ。船を進めるだけで獲物が網に入ってゆく寸法だった。

目に付く範囲に船影はなかった。曇天の海に取り残されたかのようだった。年貢納めを控えてどの村も慌ただしく、近ごろは日和が好くても船は少ない。それでも海は静かではなかった。雪を孕《はら》んだ風の音は、いつまでも騒々しかった。

大島半島沿いにゆっくり南下するつもりだったが、少し沖のほうへ流された。吉蔵は、岬の近くに寄せて碇泊《ていはく》した。これ以上沖に流れるとうねりが高くなる。小船で進むには危険だった。

岩場に寄って風をよけ、潮の流れが変わるのを待つ。海鼠は岩場に張り付く。煎海鼠《いりこ》の汁や鯨油《げいゆ》を海面に流し、海水を透明にしたところをじっくり覗《のぞ》いて攩網《たもあみ》で掬うのが、海鼠獲りのやり方だ。舳先に屈《かが》んで桁網を持ち上げると、大して獲れていなかった。この分では、岩場の海鼠は獲り尽くされているだろう。辺りは大島村の磯《いそ》だった。密漁と騒がれてもつまらない。吹雪を押してまで磯に足を延ばす百姓もいないだろうが、余計な賭けには出なかった。

ふと、掛け声がとぎれとぎれに聞こえた。

活気に満ちた大音声に、吉蔵は意表を突かれた。大島半島を回った東側から響くようだった。この寒空の下、下松浦ではボラ漁に出たようだった。

吉蔵は上体を伸ばした。見に行きたい誘惑に駆られた。雪が強くなりそうだから自重したが、身を丸めたときには武者震いした。孤独を嚙み締めるように目を閉じ、遠くから聞こえる掛け声にじっと耳を傾けた。

それを初めて見たのは、七つの頃だった。父に連れられて下松の浜へ赴き、遠い沖合で行われるボラ漁を見た衝撃は忘れられなかった。

大網漁と言えば、鰯の地曳き網しか知らなかった。それさえも、父の小さな漁船に同乗して内海から眺めるだけだった。櫛ヶ浜では、地曳き網漁が行われない。浜が狭く、奥まった場所にあるから大網を曳けなかった。櫛ヶ浜の鰯漁と言えば、沖合に張った網を漁船に引き揚げる船曳《ふなび》きだ。船上に揚げるこぢんまりした漁では、獲れ高も知れていた。

ところが、下松浦で見たボラ漁は船曳きだった。吉蔵は、遠い沖合に目を凝らした。

合戦のようだった。海上の喧噪《けんそう》と熱気が浜まで伝わった。点のように見える三十艘ほどの漁船が、広大な網代に立てたひとつの大網を引き揚げた。その網を揚げたまま、漁船が浜へ寄ってくる。網に掛かった大量のボラが海面を跳ねる。跳ねるたびに日射しに反射して眩《まぶ》しい。歓呼を上げる見物に混じり、吉蔵も両手を振り上げて大声を上げた。大網は、海上にもうひとつ海を乗せたようで、海そのものを捕まえたかのようだった。

それ以来、大網漁は吉蔵の憧れだった。櫛ヶ浜の漁民が見るには大それた夢だった。それでも、惨めな現実を忘れようと吉蔵は夢に縋《すが》った。

――大した膂力《りょりょく》じゃなあ。

五日前の黄昏時《たそがれどき》のことだ。突如、背後からそう聞こえてギョッとし、吉蔵は集中を切らした。

いつもより早めに若衆宿へ着いた吉蔵は、小屋に入らず、こっそり裏手へ廻《まわ》った。野晒《のざら》しの力石が鎮座する、人目につかない場所だった。

吉蔵はばつの悪さも手伝い、その胸ぐらを両手で摑んだ。相手はよろけ、たたらを踏んで後退するうち、柿の木の幹に背中をぶつけた。

若衆宿に入った四年前の夜、新入りは全員、宿の裏手に連れてゆかれた。柿の木が立つだけの、殺風景な空地だ。なにが行われるかも知らされていなかった。そこには、年長の若衆が待ち構えていた。火が焚《た》かれて辺りを淡く照らした。嫌な予感しかしなかった。

櫛ヶ浜の若衆組は、下から順に、小若勢《わかぜ》、並若勢、大若勢、年寄若勢と格付けされ、年次ごとに昇進する。新入りの指導は並若勢の役目だ。新入りは小若勢ですらない。宿の上下関係は絶対で年次の差は埋まらない。

「若衆になりたくば、力石を持ち上げれ！」注連縄《しめなわ》の巻かれた巨岩を示し、ひとりが叫ぶように言った。「宿はおのれらを認めちょらんぞ。若衆になりたくば、ひとりずつ力試しせえ！でけんかったら、とっとと家に帰れ！」

その宣告は、新入りたちを怯《おび》えさせた。前髪を落としてもう童でなくなった者たちが、村の一員になるため、若衆組に加入する。力仕事ならなんでも請け負う若衆は、村を守る屈強な集団だった。

祭支度は大仕事だし、祭は若衆の華だ。神輿《みこし》や相撲で活躍する若衆に子供たちも憧れた。若衆になれないなんて考えたこともない。もしなれなかったら、その後どうやって村で生きてゆけばよいのか。

「褌を締め直せ！」と、並若勢が怒鳴った。

櫛ヶ浜では、百姓の元服を褌祝いという。成人の証《あかし》に褌を貰《もら》い、節操なく股座《またぐら》でぶらぶらさせていた小さなものを、初めてきりっと締め上げる。腹に力が入った気持ちになる。

だが、いくら褌を締め直しても、力石とやらは人が動かせる大きさではなかった。何人かが失敗を見越して「無理じゃ、でけるはずがない」と嗄れた声で抗弁した。並若勢がその細腕をつかみ、力石の前へむりやり引きずり出した。若衆は総じて乱暴だった。腰を下ろしていた大若勢が地面を棒で叩き、「さっさと始めんか！」と、猛々《たけだけ》しく怒鳴った。

その忿怒《ふんぬ》の形相が、ずいぶん老けて見えた。並若勢は自分たちが叱られたように顔を赤め、ヤケクソのように新入りを蹴飛ばした。ぶっ倒れた新入りは泣きべそを掻き、ヨロヨロ起き上がって石にしがみついた。逆らえないのだから、やるしかなかった。けれど、どれほど力を籠《こ》め、呻きを上げても、哀《かな》しいかな、石はびくともしなかった。

若衆たちの罵倒は雨のようだった。割れんばかりの怒鳴り声が、哀れな新入りを脅した。棒を振るう音が響いた。腰や肩を小突かれると、見ている者まで心を削られる痛みを覚えた。巨岩は地面に根を張ったように沈黙していた。気合でどうこうできる重さではない。理不尽な挑戦を強いられることへの怯えが、他の新入りたちに感染した。

「持ち上げるまで終わらんぞ！」

吉蔵の番が回ってくる。罵倒を耳にするたび、動悸《どうき》が激しくなった。力石を持ち上げねば若衆になれないと、愚直に信じたからだ。宿に入れなかったと家で報告するのは恐ろしかった。

これが宿入りの試練とは、若衆たちの方便だった。童の甘え、弱さ、ちっぽけな自尊心を打ち砕く通過儀礼だったが、そんな理屈が幼い者に理解できようはずがない。

吉蔵は己を信じることで、怯えを振り払おうとした。ひときわ体格がよく、腕っ節にも自信があった。他が無理でも、俺ならできる。どれだけ大きな石も指の掛け方次第で持ち上がる――そう期待を籠めて臨んだ。

両腕を広げて大石を摑んだ瞬間、どっと冷や汗が吹き出した。ピクリとも動かなかった。持ち方など関係なかった。手応えがまるでない。どうしてよいか分からなくなると、たちまち罵声に襲われた。グズグズするな、と急《せ》かされるが、無策に力を籠めても効果はない。どうしようもなかった。激しい罵声が悪意となって降り掛かる。冷ややかな視線を肌に感じる。その場にいるのが情けなく、世界が遠ざかってゆくようだった。

新入りたちの間に、さざ波のようなざわめきが立っていた。吉蔵の失敗は、彼らを安心させたようだ。吉蔵でも持ち上げられないなら、自分たちができずとも当然。そう思い、ホッとしたのだ。無力感や情けなさを、吉蔵が肩代わりしたかのようだった。

自分に浴びせられた悪口だけが蟠《わだかま》り、悪意が臓腑《ぞうふ》の底から抜けなかった。

「さっさと退《ど》け、でくの坊。役立たずが！」

棒で突かれて力石から離されたとき、怒りも湧かなかった。そそくさと逃げるうちにうっすら涙が浮かんだ。

やがて、虚弱そうな新入りが力石の前に立った。少し前に塩浜跡地で遭遇した、廻船屋敷の二男坊だった。月代《さかやき》を剃ると、却《かえ》って子供っぽくなった。

非力な子供が石にしがみつき、甲高い掛け声を出す様は哀れなほど滑稽だ。身の丈に合わない必死さを目のあたりにし、若衆が嗤《わら》った。新入りたちまで釣られたように、小さく笑った。自分よりもみっともなく、弱々しい者を発見したからだ。青瓢簞《あおびょうたん》がへっぴり腰で石にしがみつく。力をこめたときに屁《へ》をひった。額まで真っ赤に染めた。できもしないのに懸命になる。やはり滑稽だった。

若衆たちは罵声を浴びせる。新入りたちもその罵倒に気持ちを寄せた。自らの悪意に気付かず、ただ、自分よりも弱々しい新入りが嬲《なぶ》られ、責められ、詰られる状況を見て安心した。

……あの様じゃ罵られて当然じゃ。自分が強者の側に立っていると錯覚するために、不快なはずの罵声に呑まれて同じように彼を罵っている気持ちになった。こちら側にいれば傷つかないと、知らぬ間に気付いたのだ。そんなふうに自衛を始めていた。

ひ弱な新入りは、力試しをやめなかった。石に指先を食い込ませるようにして摑み、やはり大声を上げて屁をひった。新入りたちは嗤った。

若衆は心底から苛立《いらだ》ったように怒鳴り散らした。なにを必死になっている？　新入りたちも苛立ってきた。彼が身勝手なことをしているように感じ、腹が立った。

なにかが折れるような音が響いた。——爪が剝がれた。

辺りが静まり返った。全員が絶句し、ポツンとした静寂が流れた。

新入りたちには理解できなかった。吉蔵も持ち上げられなかった力石だ。頑張るだけ無駄なのだ。怪我《けが》してまで続ける理由がない。年輩の若衆が飽きるまで、やり過ごせばよいのだ。

それなのに、彼だけは挑戦をやめない。爪が剝がれても石にしがみつき、唸《うな》り声を上げた。

もうやめろ、あきらめろ。新入りたちが祈るように思ったとき、再び、爪が弾《はじ》け飛んだ。

石に巻かれた注連縄が血でにじんだ。赤の生々しさを焚火《たきび》が照らした。

力石を前にして痛感するのは、無力感だった。終わらない苦役に従事し、自分のしていることが分からなくなり、理不尽さを前にして我を見失う。できるはずがないのだとあきらめに走り、必死になる者を嘲笑し、悪意を浴びせ、理不尽を遠ざけようとして懸命に媚《こび》を売る。

そうやって均衡をとる他ない。

そいつの爪が剝がれたとき、弱々しいその均衡が破れた。理解を越えた光景に、臆病者たちはゾッとした。なぜ頑なに力試しにこだわるのか。なぜ必死に続けるのか。できないことに気付いただろうに、それでもあがく様に腹を立てたが、もう嗤えなかった。笑いごとではなくなった。

吉蔵も同様だった。力石は動かない。続けるだけ無駄だとあきらめた自分に腹が立った。物を除《の》けるように引き剝がされてホッとした自分に腹が立った。惨めに敗北したのにもう戦わなくてよいと安堵《あんど》した自分を許せなかった。

青瓢箪は弾かれるように転倒し、尻餅をついた。指先が血に濡《ぬ》れていた。もう握力が残っていないようだった。困憊《こんぱい》して立ち上がれない彼に、誰もなにも言わなかった。近付きもしなかった。

若衆たちはうんざりした様子で、適当な訓示を述べて新入りたちを宿へ案内しようとしたが、先刻、挑戦を終えたひとりが進み出、力石に手を掛けて叫んだ。

「もっぺん、やらしちゃくれませんか！」

それからは祭のようだった。長い夜になった。だが、もう理不尽な苦役ではなかった。動かない力石と取っ組み合うことを、誰も徒労だとは感じなかった。力石はやはり微塵《みじん》も動かなかった。それでも、手を抜きたくなかった。力試しに全力でぶつかり、本気で石を持ち上げようと試みた。順繰りに交替し、いつ終わるともしれない力試しに付き合う若衆のほうが、理不尽に直面したような徒労感を覚え始めていた。

吉蔵は、喧噪から一歩退いていた。挑んでは敗れる朋輩を無言で眺めた。青瓢箪は膝を抱えてしゃがんでいた。あきらめと悪意の醜さをさらけ出させたのは、この場で最も非力な男だった。爪の剝がれた指先を痛がりながら、力石に群がる連中を穏やかに眺める横顔に、この騒乱を作り出した自覚は見えなかった。

それから四年間、吉蔵は力石を持ち上げようと努めてきた。誰に強要されたのでもない。気構えとして、敗れたままにしたくなかった。宿を訪れるたびに裏手へ回り、ひとり力試しを続けた。

少し動かせるようになったのが、今年に入ってからだ。そうして少しずつ、本当に少しずつ、浮かせられるようになった。この日は、初めて膝の高さまで持ち上げた。ひとつ目標を達成した瞬間、理不尽を突破したと喜びを爆発させたか。そうではなかった。理不尽を突破した先にあるのは、別の理不尽だった。

力石を除けた地面を見て分かった。かなり長い年月、石は動かされていなかった。本当に根が生えていたかのように、地面にはくっきり境が顕《あらわ》れた。石の底は黴《かび》まみれだった。

力石には、注連縄が巻かれている。いつから鎮座ましましていたかと考えたとき、吉蔵はゾッとした。尋常な重さではなかった。持ち上げた者などいなかったのだ。

「大した膂力じゃなあ」

間の抜けた声が聞こえたとき、祟《たた》りに怯える吉蔵はうっかり石を落とした。落としたことに狼狽《ろうばい》し、振り向いた先にいた若衆へ思わず手が出た。

相手の額を見下ろした。吉蔵も宿入り前に月代を剃った。少年時代との別れは簡単で、縁者に前髪を落としてもらえば、それで終わりだった。

こいつの家は違っていた。弁天社に登り、恭しい儀式で前髪を落とした。官途成《かんとなり》だった。浦では名を改めるに当たり、特別な儀式を催す場合があった。官途名――大夫、兵衛、左衛門、右衛門など、昔は武家が名乗った官名を百姓が名乗ること自体は珍しくないが、それらへの改名は段取りを踏まねばならない。産土の社で神職から名を授かるのに、相応の寄進が要った。だから、官途成を行うのは有力百姓に限られ、そして大抵は、跡取りだけだった。だから、廻船屋敷が二男坊まで官途成させたのは意外だと噂された。それも「名跡」だったからさらに驚かれた。

「分家でも立てなさるおつもりか」

廻船屋敷の二男坊は、繁栄の礎を築いた母方の祖父の名を継いでいた。

――喜右衛門《きえもん》、と吉蔵は呼びかけた。

「祟られたと思うたか」

穏やかな声で図星を突かれた。見透かすようなそのまなざしが気に入らなかった。吉蔵が目を逸らして両手を緩めると、喜右衛門は自由になった右手をすっと掲げ、

「祟られるなら、俺が先じゃろう」と、自信ありげに胸を張った。

釣られて頭上へ目をやると、熟柿《じゆくし》も枯れ葉も落ちきった太い枝になにかが巻き付いていた。

薄闇で見え難《にく》いが、ひとつではない。見える範囲で三つばかり、硬そうな異物が括《くく》ってあった。

「滑車に通した縄を力石に結んでな、離れたところで縄を曳いた。嘉吉《かきち》らに加勢してもろたから聞けばいい。力石を持ち上げたんは俺が先じゃ」

相好《そうごう》を崩すと、もともと幼く見える顔がいよいよ童子のようになった。

「阿呆か」と、吉蔵は吐き捨てた。それで持ち上げたとは言わさん、と胸の内で毒づきながら離れ、力石の前にしゃがみ込んだ。

「阿呆はどっちじゃ」喜右衛門は不貞腐《ふてくさ》れたように柿の幹を平手で叩き、「滑車の回収にきてみりゃ、力石抱えた化け物が居った。自力で持ち上げようと思い立つなど阿呆の極みじゃ。やってのけたら、これは阿呆以上じゃ。驚きのあまり声を掛けてしもた」

吉蔵は相手にしなかった。暗くなる前に力石を元の場所に戻さねばならない。よく見ると、注連縄のところどころに窪《くぼ》みがある。喜右衛門は滑車に通した縄を、あろうことか注連縄に結んだらしかった。罰当たりなことをしやがる。

喜右衛門はなんでもないことのように、「祟られるなら俺じゃ。力石など放っておけばいい。少し場所がずれたくらいで神様は叱るまい」

吉蔵は無視を決め込んで息を詰め、一気に石を持ち上げた。よたよたと足をずらし、元の位置に落とした。肩で息をしながら呼吸を整え、睨みつけるように振り返ると、捨て台詞《ぜりふ》のように言った。

「あの滑車は自分で外せ。木に登れんでも俺は加勢せんぞ」

「それより、吉蔵――」

喜右衛門はもったいぶった口ぶりで呼びかける。そうして、吉蔵の足が止まるのを待ってから言った。

「いっしょに大網漁に出らんか？」


その晩から五日、吉蔵は若衆宿に行っていない。喜右衛門と会いたくなかった。

――大網漁。

他人の口から語られると、これほど妄言に聞こえるとは思わなかった。あいつは漁師ですらないじゃないか。後になってそう思ったが、その場では一言も問い質《ただ》さなかった。

喜右衛門は廻船屋敷の二男だ。父親の船に同乗し、一年の半分を外海で過ごす。官途成も宿入りも、船出のための前準備だったのだろう。廻船屋敷では船出こそが本当の褌祝いなのだ。自分とは棲《す》む世界が違うと、吉蔵は心のどこかで引け目を感じていた。

廻船が櫛ヶ浜に戻るのは、決まって晩秋だった。浦に戻った喜右衛門は、昨夜もいたような顔つきで若衆宿を訪れる。そして、毎晩通った。率先して若衆働きにも出た。不在の時間を埋め合わせるように、いつも宿にいた。体力も腕力もない青瓢簞が浦の一員として認められようと励む姿は、宿仲間にはいじらしく映ったらしい。翌春、再び船出して喜右衛門が浦を離れると、吉蔵には理解できないが、若衆たちは少し寂しく感じるようだった。

暗い海に降る雪が、牡丹《ぼたん》雪に変わっていた。雲行きは悪くなる一方だが、風がなくなったことで寒さは軽減したように感じた。あるいは、感覚が麻痺《まひ》しただけかもしれない。

浜へ向かって一心不乱に櫓を漕《こ》いだ。まっすぐ落ちる雪が波に溶ける。小船も蓑も白く染まった。艫に立つ吉蔵の周りでだけ、大振りな雪が逆巻きながら軽やかに舞った。

櫛ヶ浜の海岸には浜田の森が迫り出し、広くもない浜辺を東西に二分する。森は防波堤であり防風林であり、村内や街道のためにはなったが、漁民は迷惑した。浜田の由来は、塩田だろう。遠浅を生かした製塩は、かなり昔から行われたらしい。森の西側一帯の塩浜――いまは塩浜跡地だが、その浅瀬には石垣が築かれたままだった。その所為で、船も寄せられなかった。

漁船の出し入れは東の浜に集中し、それが当たり前になっていた。蔵や小屋のある浜に漁船が並んだ。浅瀬でなく、砂浜の上だ。櫛ヶ浜に船着き場はない。遠浅の所為で、浜に近付けば座礁する。沖に停泊しておけないから浜に揚げる他ないが、これが骨の折れる作業だった。浜に漁師がいれば加勢を頼めるが、生憎《あいにく》の空模様だ、人出はないだろう。

吉蔵は思いきり櫓を漕いで浅瀬に乗り入れると、船から飛び降りた。海面の高くなった瀬を水しぶきを立てて船首へ回り込み、引き波に持って行かれる前に素早く摑んだ。膝下まで海中に浸《つ》けていると足の感覚がすぐになくなる。押し寄せる波に呼吸を合わせ、浜のほうへ曳いた。船底が浅瀬を擦る。船が重くなる。吉蔵は顔を真っ赤に染め、呻きを洩《も》らして曳いた。冷たい海水にいつまでも浸かっているわけにいかなかった。

視界は白一色だった。暗い海に牡丹雪が溶ける光景は幻想的だ。海は静かで、そして明かった。漁船はひとつも出ていなかった。

睫毛《まつげ》に雪がかかり、視界がぼやける。滴が目に入った。大網漁は吉蔵の夢だ。夢も希望もない未来に代えて、あり得たかもしれない別の自分を想像した。そうすることでしか、摩耗してゆく心を保てなかった。言葉にすれば夢から醒《さ》めそうで、誰にも語らなかった。夢を見るなと笑われれば二度と自分を騙せなくなる。人生には夢も希望もないと今度こそ自覚せざるを得なくなる。だから、夢のままでよかった。

それなのに、冷えきった脳裡《のうり》に好ましからざる夢想が浮かんでいた。

喜右衛門は、どうして仕掛けを使ってまで力石を持ち上げたのか。滑車の高さや角度を変えつつ、力石を持ち上げるのに最適な力の掛け方を測定したのだろう。あるいは、縄の強度を確かめたのだ。なぜか？

決まっていた。櫛ヶ浜で一度も行われたことのない大網漁の準備のためだった。漁網を安定して引き揚げる道具に、滑車と縄を用いようと考えたのだ。どの角度に設置すれば力点に最も強く力が掛かるかを調べた。滑車を回収に来たのなら、陸地での実験は完了したのだろう。

吉蔵は声を張り上げた。

無人の海に響いた叫びは、波音に掻き消された。

気付くと、真隣に白い腕があった。

青白い手だった。いつからあった？　ほんの一瞬だが、吉蔵は気を失っていたようだ。冷たい潮にさらわれていたら、浜に戻れずに溺死するところだった。

隣に並んで舳先を摑んだ青瓢箪に向かって、吉蔵は掠れ声で怒鳴った。

「加勢するなら艫から押せ。こっちは俺が曳きよろうが」

喜右衛門はものも言わず、海を伝って回り込もうとした。吉蔵は慌てて野良着の背を摑んだ。瀬ですら膝下まで浸かるのに、艫のほうでは腰まで海中に浸すだろう。この冷えた海では、致命的だった。

「死にてえのか！」

吉蔵が止めると分かっていたかのように、喜右衛門は笑みを浮かべた。笠を被《かぶ》ったままの顔が、寒さで小さく震えた。

いちいち癇《かん》に障った。

吉蔵は舳先を摑み直した。力を籠めて漁船を曳きながら、「俺も漁に加《か》てろ」と、吐き捨てるように言った。

喜右衛門は返事をしなかった。漁船を曳く手伝いをやめ、そそくさと浜へ上がった。吉蔵が目で追うと漁船の並んだ浜に佇《たたず》み、

「早うせんかいな、吉蔵。早う、こっちに来りゃよかろう!」

頭上に掲げた両手を大きく振り、浜の漁船に飛び乗ると、ヘーン、エッサイソウ! ヘーン、エッサイソウ! そう繰り返しながらその舳先で踊った。腹が立つ。浜にも牡丹雪が積もっていた。

吉蔵は海へ向き直った。今度こそ、舳先を目一杯引き寄せた。我知らず、口元が緩んでいた。漁船の重さは変わらないが、身体が軽くなった気がした。久しぶりに気が高ぶった。初めてボラ漁を見たあの気持ちと同じだと気付いたとき、身体が本当に軽くなった。

白波に押されて漁船が浮き、吉蔵もろとも浜へ押し揚げた。

明和七年 1770 秋　周防国佐波郡三田尻村

徳山湾から西へ七里（約二十七キロメートル）の港町三田尻で、廻船山本《やまもと》の船頭山本弥兵衛《やへえ》は、櫛ヶ浜村旧塩浜の地権者と面会した。

三田尻は、毛利本家が御船蔵を置いた浦だった。瓦葺《かわらぶ》きの大きな建物の船渠《せんきょ》に御領主の御《ご》座船《ざぶね》や関船《せきぶね》を収容していた。それらの船は参勤交代や天下送りに用いられて滅多に扉が開かれなかったが、御船蔵設営を契機に、平凡な漁村だった三田尻村は一躍、港湾都市へ発展した。瀬戸内全体を見渡しても、廻船が常時何十艘と碇泊する有数の港町のひとつとなった。西廻り航路では赤間関《あかまがせき》の次の大きな寄港先であり、千石船も頻繁に入港して活況を極めた。

陸路でも、三田尻は要所だった。萩と大坂を繋《つな》ぐ西国街道の宿場町であり、近隣の村行政を束ねる三田尻宰判《さいばん》の御勘場もあった。街道近くの市庭《いちば》は防州《ぼうしゅう》最大規模で、魚市だけでも十二の浦から海産物が集まる。六日に一度の定例市では、神社や辻々《つじつじ》で競うように見世物興行が催され、それを楽しみに訪れる旅客も多かった。

山本弥兵衛が豊後屋《ぶんごや》なる塩問屋を訪ねたのは、日も高い時分だった。港に廻船を乗り入れるや、荷物持ちの手代《てだい》と護衛役、それに二男の喜右衛門を連れて町に入った。父の後ろを歩く二男坊は、しきりに辺りへ目を配った。弥兵衛には寂れた通りにしか映らないが、息子には懐かしい景色だったのだろう。

廻船山本の商談ではなかった。櫛ヶ浜村の庄屋、網元、百姓惣中から、塩浜跡地の買い戻し交渉を委託されたのだ。とは言え交渉自体は庄屋らがすでにまとめ、念書を交換すれば完了という段取りだった。弥兵衛は惣中から借銀を求められた縁で、仲介を頼まれていた。こうした郷里の付き合いに、跡取りは関心を示さなかった。

「三田尻なんじゃから、喜右衛門を連れていけばよかろ」

瀬兵衛《せべえ》は弟に面倒ごとを押しつけ、船上で待機した。船頭が戻り次第、出航できる支度を整えておくと請け合った。上陸したい水夫《かこ》たちが不平を垂れたが、弥兵衛も今夜の宿を取る気はなかった。

豊後屋は塩問屋だが、浜主でもある。櫛ヶ浜の塩浜が潰れたのは十年以上も前で、それきり放置されてきた。破産した浜主と豊後屋の関係や、豊後屋が買い上げた時期などは、さして問題ではない。豊後屋はその塩浜を再開せず終《じま》いだった。長年、無駄に寝かせてきたことは少し気になった。

三田尻は古くから塩業が盛んだったが、港町に変貌して漁を控えるようになると、浜という浜を塩田が席巻した。だんだん自ら塩の生産を行う塩問屋が増えた。領主毛利家が塩浜開発を奨励し、税を優遇したからだ。三田尻に寄港する廻船も、真っ先に塩を買い入れた。

毛利本藩が塩を名産品目に加えるべく浜主を募ったのは、海水汲取の新方式、入浜式《いりはま》塩田が瀬戸内で軌道に乗った時期だった。大量の海水を労なく引き込めるようになると、毛利領で塩浜のない浦を見付けるほうが難しくなった。減税措置を施したことで浜主が増え、塩の生産高は劇的に上がった。薪《まき》代や人件費が比例して嵩み、浜主は経費を補うためにいっそう生産高を増やした。やがて塩焼きは昼夜二交代制をとり、釜屋から二六時中煙が上がることになった。

毛利領を含む瀬戸内十ヶ国は、塩の名産地として名高かった。瀬戸内産の塩は十州《じっしゅう》塩と称され、全国規模の流通にも成功した。入浜式が瀬戸内の外へ広がり始めた頃、製塩業は最も大きな盛り上がりを見せた。

だが、それも昔の話だ。どこで間違えたのだろうか。

皮肉にも、敗因は塩の生産性向上にあった。塩田が増えすぎて供給過多となり、市場に流れる大量の塩に買い手が追いつかなくなった。商品がだぶついて価格が下落すると、浜主は薄利多売に走った。安い単価を挽回《ばんかい》するため、生産高を上げようと働きに働いた。作れば作るほど供給過多になるが、作るのをやめれば一銭も手に入らない。価格はそのうち持ち直すと信じて作り続ける他なかった。

製塩業の恐ろしさは、農作と違って時期がないことだ。原料となる海水も尽きることがない。隣の浜で塩を焼けば、無理を押しても燃料を買わざるを得ない。余所の釜屋で煙が立てば、休むわけにはいかない。

景気が低迷してからのほうが、生産競争に拍車がかかった。余所に出し抜かれないよう、浜子は寝る間も惜しんで働かされた。塩は年々安くなり、塩問屋の蔵にまで売れ残りがだぶつき始めた。それでも、競争に歯止めは掛からない。海水の引き込みが容易になったことで生産高は増大した。塩市場は地獄と化した。

いつ塩浜を手放すのか。いつ廃業するのか。端《はた》から見れば、浜主にできる決断はそれだけだった。ここ十年で、浜主の破産が相次いだ。塩浜が減ってゆけば、いつか需要と供給が釣り合うかもしれない。それまで辛抱できれば逆転の目もあると期待して、浜主は塩浜を維持し、苦境を生き延びようとした。

だから、豊後屋が要らぬ土地を売却し、当座の資金に換えるのは当然の選択だった。むしろ、今日まで売らずにいたことのほうが不可解だ。

弥兵衛には、浜主も塩相場も他人事《ひとごと》だった。土地売買の交渉を小半時《こはんとき》(約三十分)で片付ければ、今日中に徳山へ帰着するつもりだった。

「御足労いただき、かたじけのうございます。豊後屋といたしましては、当家所有の土地売却に応じぬ所存にてございますゆえ、その旨、庄屋殿以下御百姓惣中によろしく御含みいただきますよう、切にお頼み申し上げます」

相手がなにを言ったか、弥兵衛はとっさに呑み込めなかった。客間で相対しているのは三十歳前後の田中藤六《たなかとうろく》と、小柄な老人だけだった。

田中藤六の狙いが分からない。まさか櫛ヶ浜の塩浜を再開するつもりではないだろう。他から打診があったのか。だが、あんな土地を欲しがる者が櫛ヶ浜の者以外にいるだろうか？　売らないとすれば、また土地を遊ばせておくのか。塩問屋にそんな余裕があるとは考え難かった。では、駆け引きか。それはそれで、あまりに立場が分かっていないだろう。

庄屋たちがどんな段取りを踏んだか弥兵衛は知らない。だが、反古《ほご》にされた以上、話は終わりだった。すぐに泣きつくだろうから次は精々買い叩けばよいと、庄屋に伝えるだけだ。弥兵衛が首を突っ込む一件ではない。

「――船頭」

背後に控えていた二男坊が膝を進めて近寄り、声を潜めて言った。

「豊後屋の言い分ですが、理解できるところがございます。先方には、塩の価格変動を見越した計画があるとお見受けします。売却に慎重になるだけの理由でございましょう。交渉をお任せいただけないでしょうか」

我が子ながら妙なことを言う。豊後屋のなにを理解できる？　水夫からの信望厚い精悍《せいかん》な長男と違い、二男は幼い頃の病弱が祟ったか、青瓢箪だった。そんな船乗りらしくない若衆が自信ありげに物申すので、弥兵衛は興を惹かれた。試しに値踏みするかと気まぐれを起こした。浜主の駆け引きを真に受け、船頭が譲歩を願い出ては悪い噂も立ちかねないが、年端もいかぬ二男が矢面《やおもて》に立てば屋号に傷もつくまい。失敗しても、弥兵衛が息子に期待しなくなるだけの損失だった。

「やってみろ」と、弥兵衛は言った。

豊後屋が店を構えた通りは、かつて何軒もの塩問屋が並んでいた。いま、喜右衛門の知る屋号はひとつもなかった。前の店はどうしたかと問えば、きっと家主はなんという表情もなく「まあ、塩問屋じゃったけンのう」と答えるだろう。まだ経営している塩問屋も、早晩、同じ運命を辿ると思われた。

三田尻は、喜右衛門にとって懐かしい町だった。十に満たない頃から数年間、この町の問屋で奉公した。丁稚《でっち》奉公は給銀が出ない。住処《すみか》と飯と服を用意してくれるだけだったため、ろくに遊んだ記憶はない。いずれ手代に昇進したなら俸給《ほうきゅう》を貰えただろう。しかし、あまり頑丈に見えなかった童を、奉公先の主人は雇わなかった。

幼い頃は病弱で、人並みに動けるようになっても、船乗りには向くまいと思われた。それで、商売を覚えさせるべく三田尻へ遣《や》られたのだ。手代になれば櫛ヶ浜に戻さないつもりだったのだろう。

その奉公先も昔は塩を扱ったそうだが、早くに日用品の卸し売りに鞍替《くらが》えした。堅実に続けることが成功の秘訣《ひけつ》だと、主は事あるごとに言った。

「塩問屋は競うて塩浜を買ったがな、いまじゃ大半が夜逃げした。浜を買わんでいたわしを、連中、さんざん馬鹿にしたもんじゃ。御領主の後見があれば食いっ逸《ぱぐ》れがないと錯誤したのが運の尽きじゃ。景気が悪うなれば、御領主げな一番に逃げ出すぞ。いまの塩問屋の姿は、商いの正道を忘れて目が眩《くら》んだ末路じゃ。己の目利きを信じず幻を追うたンじゃけ、当然のなりゆきじゃ」

豊後屋田中藤六も浜主のひとりだった。だが、出自が少し変わっていた。元は農家の跡取りで、塩づくりとは無縁だった。毛利家が浜主を募り始めた折、家督を弟に譲って三田尻に出た。鶴浜《つるはま》に土地を買い、塩田経営を始めた。

三田尻での修業時代、喜右衛門は田中藤六と会っていた。

奉公に上がったときは十歳に満たなかったが、三田尻の名はよく耳にしていた分、親しみがあった。

病弱だった幼少時、喜右衛門はほとんど屋敷から出られなかった。熱を出しては、奥座敷で布団から天井を眺めた。門構えがあり、垣でぐるりを囲った屋敷だった。子供の背丈では、垣の向こうが見えない。ひとりで出掛けられるのは、離れ座敷までだった。庭続きの離れには、いつも爺様がいた。

名を、市兵衛《いちべえ》といった。廻船屋敷の大立者《おおだてもの》、山本喜右衛門の実弟で、母方の大叔父だ。祖父喜右衛門はすでに他界し、市兵衛翁が一家の長老格だった。生涯を外海で過ごした船乗りは、隠居して櫛ヶ浜に根を張ると、童と遊ぶのが楽しみな好々爺《こうこうや》になった。縁側に座って膝に乗せ、外海の物語を語り聞かせた。

故郷の海にも近付けずにいた童には、爺様の語りは未知への扉だった。

「櫛ヶ浜の産土は比売神様《ひめがみ》じゃ。黒神山《くろかみやま》から下りなさってな、内海を軽やかに渡られる。麗しい黒髪をなびかせてお顔をお見せにならんが、船乗りはみんな、そのお美しいお顔を本当は知っているのじゃ」

幼い耳には難しい内容もあったし、聞き取れない箇所も多かった。そんななかで、三田尻の話は臨場感があった。本当の話と信じられる手触りがあった。だから、何度も同じ話をせがんだ。

若い頃、市兵衛は三田尻に住んでいた。ちょっと信じられないが、当時は身体も腕っ節も弱く、とても船乗りに向くまいと思われ、奉公に出されたという。その折だった。若い市兵衛は町である噂を聞いた。港町の外れに願掛けの洞穴がある。どんな願いでも叶《かな》うという。そこで市兵衛はその洞穴に籠もり、どうか腕っ節が上がるようにと願を掛け続けた。そうして、一倍力の神通力を得たのだそうだ。それからというもの、どんな荒くれに襲われても、必ず倍の力で返り討ちにした。どれほどの力自慢が相手でも同じように必ず倍にして返すから、軽々とあしらうように見えた。いつしか用心棒として生計を立て始めた。三田尻では市兵衛がいると聞くだけで、悪漢は店に近付かなくなったそうだ。

櫛ヶ浜に戻ったとき、市兵衛はどこからか巨大な石を庭に運び込んだ。そして、身体が鈍《なま》らないようにと朝夕に持ち上げた。その頃は垣がまだなかったので、道ゆく百姓が傍目《はため》に見るたび驚愕《きょうがく》したという。

そうこうするうち、徳山湾西部富田《とんだ》村の村井《むらい》家から来た婿が家督を継いだ。廻船商売は初めてだった入婿の弥兵衛は、市兵衛から操船や商売を仕込まれたようだ。やがて市兵衛は隠居すると、庭の大石を抱えて屋敷を出た。どこへ運ぶつもりだったのか、結局、若衆宿の裏に下ろし、用意した注連縄を巻きつけた。一倍力の市兵衛以外に抱えられない力石は、それ以来、若衆宿の裏にある。

爺様の語る物語は荒唐無稽だったが、印象に残る情景が多かった。市杵島比売のこと、千石船のこと、鯨のこと、赤間関での大立ち回りは何度も聞いた。それから、若い頃に過ごした三田尻という港町。その外れにある洞穴に籠もり、不思議な神通力を得たというのが、爺様お得意の法螺《ほら》話だった。「あれは、鶴浜の近くでな」それが最も記憶に残った。

本当だったのかどうか確かめる術《すべ》はもうない。山本市兵衛は、喜右衛門が四つのときに亡くなった。幼少期の虚弱ぶりが嘘《うそ》のようにすくすくと育ち、奉公に出られるまで元気になった姿を、爺様に見せられなかった。

童は三田尻に来るのを楽しみにしていた。爺様のように神通力を手に入れたかった。いまにして思えば、爺様は病弱な童を勇気づけようと、一倍力の不思議を何度も聞かせたのだろう。「大きうなれば、なんでもでけるごとなる。わしもそうじゃった」市兵衛はそう言って童を励ました。

実際の市兵衛は最初から頑丈で、荒くれで、三田尻では無頼の親方として暴れていた。三田尻の誰もがそう言う。他人の目撃談は生々しく、そちらのほうが本当らしかった。

爺様の法螺を無垢《むく》に信じた童は、三田尻へ奉公に出されたとき、一倍力の洞穴に行ける期待で胸がいっぱいだった。ある日、主の使いっ走りで鶴浜近くまで行った帰りのことだった。ひとりきりだった丁稚は洞穴を探したい衝動を抑えきれず、つい足を延ばした。

鶴浜にも塩田が広がっていた。

三田尻の海岸は塩浜だらけだ。浜子が忙しく働くのがいつもの景色で、二六時中塩を焼く煙が釜屋から上がり、精製した塩を俵に詰めていた。

鶴浜が珍しかったのは、塩田に海水を引いていなかったからだ。樋が詰まっているのかと訝《いぶか》しみ、乾いた塩田に足を踏み入れたとき、

「我が浜でなんをしよるか！」と怒鳴られ、ギョッとして跳ね上がった。

長身の若者だった。袷《あわせ》の小袖を着、笠を被っていた。浜子には見えないが、若旦那なら供も連れずに出歩くのは少し異様だ。

我が浜と言うのだから、浜主なのだろう。でも、塩田に海水が入っていない。釜屋は火を焚く気配もない。と言って、廃業したようでもない。周囲を囲う土手は崩れておらず、塩田は真っ平らに整備してある。男はその点検にきたようだった。

……なぜ、塩を作らないのだろう？

石垣に衝突する波の音がやまなかった。潮の匂いは浜まで濃厚に漂った。

「和主《わぬし》、見ん顔じゃな」立ち尽くす童に近付き、男が語りかけた。「鶴浜の坊じゃなかろう。町から来て道に迷うたのかね」

童は素直に奉公先を告げ、主の用事で鶴浜に来たのだと明かした。それから、どうしても黙っていられず、

「なして、塩田をほったらかしにしちょりますか」と噛み付くように問うた。

相手は笑みを浮かべ、「我が塩田じゃ。俺の勝手じゃろう。この浜は来春まで寝かしておくのじゃ。田んぼでも年中作物を作れば、土が痩せるじゃろう。塩田もたまには休ませねばならん」

理屈に合わないことを聞かされ、もやもやした。塩田に時期はない。肥やしも要らない。海水は尽きることがない。だから塩田は年中稼働できた。作らなければ利益が出ない。たとえ売値が安くとも、作らなければ稼ぎはない。

「寝かしても土は肥えん。稲田と違かろう」

「吉報は回り回って訪れる。急がば回れと言うじゃろう。目先の利益を追うていては、銭金が逃げてゆくだけじゃ」

童は首を傾げ、「我が浦にもほったらかされた塩田があった。もったいなくはありませんか」

「ほう。どこから来たんか、坊は」

気後れしながらも即答した。「櫛ヶ浜」

三田尻では櫛ヶ浜と聞いてピンと来る人は少ない。「徳山」と言ったほうがよかったが、身を屈めて覗き込まれたので訂正する暇がなかった。

「廻船の浦じゃったな。なんと言うたか、――そうそう、一倍力の市兵衛さんの村じゃ」と、相手は相好を崩した。

「爺様じゃ！　山本市兵衛は俺の爺様じゃ！」思わずはしゃいで声を上げる。

「そうかね、そうかね」相手は大袈裟《おおげさ》に目を剝《む》くと、童髪をくしゃくしゃと撫で回し、「坊は力持ちを継がんかったようじゃな。もっと太らんとなあ」

ムッとして頭上の手を払うと、「俺は太らんでええ。智慧で爺様を超えちゃるんじゃ。一倍力の智慧を付けちゃるんじゃ！」

男は声を上げて笑い、腰を伸ばした。そうして童の頭越しに空っぽの塩浜を眺め渡す。笑ってはいたが、子供の戯《ざ》れ言《ごと》と馬鹿にするふうではなかった。

「それは、よいことを聞いた。俺もおんなしじゃ。智慧で以《もっ》て世を変えちゃりたい。同じ志の者が何人か居れば、少しずつ物事は進むじゃろう。新たな智慧者に出会したのは、また少し、世の中がようなった証じゃろう」

鰯雲の棚引く西空が赤く染まる。雲の流れが速かった。それでも次々と雲が鱗《うろこ》を作るから、鰯雲はいつまでも消えない。遠くの塩浜では、あちらこちらの釜屋から煙が上がっていた。

「働きもしよらんのに偉そうな言い草じゃ」

思ったことをズケズケ言うと、男はむしろ優しくなった。子供心に寄り添うような笑みを浮かべ、喜右衛門の頭をまた撫でた。

「坊にはいささか難しかろう。がんばった分だけ報われると言えるなら、その人はさぞや幸運なところで生きてきた。この世には、働けば働くほど貧しうなることがままある。理不尽を乗り越える術を探さないけんのじゃ。人はどこまで無私になれるか。そうであることに耐えられるか。先のことは誰にも分からんがな」

なにを言っているのか分からない。童は話を戻すつもりで尋ねた。

「市兵衛が神通力を得た洞穴を知りなさらんか。洞穴を探しに来たんです」

男は知らなかった。それらしい洞穴を見たこともないそうだった。

奉公先に戻り、鶴浜で変な男に会ったと主人に告げた。主人はすぐに察し、軽蔑するように鼻を鳴らした。

「豊後屋を見かけたら塩からは手を引くように伝えておけ。商売に向かん男じゃ。櫛ヶ浜に塩浜跡があろう、あれを買い取ったのが豊後屋じゃ。買い叩いたと本人は言うが、ありゃ夜逃げの元手を恵んでやったようなもんじゃ」

櫛ヶ浜の生まれと聞いたとき、豊後屋田中藤六は買い取った塩浜を思い浮かべたはずだった。市兵衛の話にすり替えたのは、いったいどういう了見だったのか。

その後も、鶴浜へ行くたび藤六と会った。塩田には海水が入っているときもあれば、そうでないときもあった。

喜右衛門は父の前へと膝を進め、藤六に言った。「いま櫛ヶ浜の百姓が訪ねてきても、交渉に応じるつもりはないのでしょう」

弥兵衛は田中藤六を知らない。櫛ヶ浜の百姓もそうだ。喜右衛門は、この塩問屋が約束を一方的に破棄したり、値を吊《つ》り上げるべく裏から手を回したりしないことを知っていた。お人好《よ》しと蔑む者もあったが、間違った評だ。田中藤六は、商いの正道を信じるのだ。他人を蹴落とし出し抜くことが商売ではない。関わる全員が利を得る道を探るのが正道だ。藤六はそう信じていた。でなければ、この時点で土地を売らないと言い出すはずがないのだ。

藤六は、昔よく見せた笑みを浮かべた。「最後に会うたときは惣髪じゃったが、よい若衆になったな。時の過ぎるのは早いものじゃ。人生はあっという間じゃ」藤六が浜主でい続けたのには尋常でない苦労があったはずだ。「櫛ヶ浜に戻ったと聞き、和主が浜を取り返しにくるかと思うたぞ」

「塩浜げな欲しうはございません。もっと他に、手前の欲しいものをお持ちじゃ。古い大網を持ってなさったでしょう。いまなら譲ってもらえましょうか」

「戯れ言は時の無駄じゃな。そろそろよろしいか」藤六は弥兵衛に目を向けて腰を浮かしかけた。喜右衛門は身を乗り出し、

「――三八替持法《さんぱちかえもちほう》」と、割って入った。

藤六は動きを止め、喜右衛門を冷ややかに見た。

「察せられないと思われたか。十年も前から実践し、近隣の信用を得ようとしてござったじゃないか。三八法は、ひとりでがんばっても達成できません。浜主みなを説得し、盟約を広げねばなりますまい。その賛同を得るのは実に難儀でしょうが、それだけが製塩業を立て直せる方策なのでございましょう」

藤六は嘲笑し、「まあ、浜主でなければ無責任なことも言えよう」

「無責任ではございません。我らが話しよるのは、櫛ヶ浜の塩浜のことです。一度は売却を承諾なさったのは、いま豊後屋の懐《ふところ》が苦しいからでしょう。豊後屋が立ち行かなくなれば、今後どなたが三八法の旗頭に立ちましょうか」

藤六の顔から笑みが消えた。「どこまで調べた」

「調べたわけではござらん。考えれば分かることです。交渉相手は、萩城でございましょう。そして今年中に三八法の御触書が下るはずだったのに、予定が遅れちょる。本来なら、とっくに片が付いていたのでしょう。それでも二年、いや、もう一年あればケリがつくとお考えのようじゃが、確証はございますまい。御家中で意見が割れてなすったら、成立すら危ういのではありませんか」

藤六は無言だが、席を立とうとしなかった。やはり迷ってはいるのだ。土地売却をやめたのは、櫛ヶ浜の塩田が再開される可能性を潰しておくためだ。三八法が発布されればその心配はなくなる。しかし、期待した触書がまだ出そうにない。

三八法とは、塩田を稼働する期間を三月から八月までに限定することで行う、製塩業の生産規制のことだ。塩価格が暴落した原因は供給過多にあった。年中休みなく続く生産を制限し、需要と釣り合うように出荷を抑える。理屈は簡単だが、その実現は難しかった。たったひとりが他の浜主を出し抜いて規制を破るだけで、水泡に帰す。ひとりが抜け駆けすれば他の者も規制を破るだろう。事実、多くの浜主が塩田を停止したなら、そのときこそが荒稼ぎの好機だった。浜主は貧しい。薄利多売の製塩業で生産停止に踏み切れると考えること自体、ほとんど正気ではなかった。

だが塩価格を戻す方法は他になかった。藤六は浜主たちの説得を試み続けた。ひとりでも休浜《やすみはま》を続けた。生活が困窮しても辛抱した。市場を健全化しない限り、製塩業に未来はなかった。

浜主たちは協力しなかった。困窮すればするほど稼げる機会を見逃せなくなる。休浜が増えれば、商売の好機だ。目先の利益を放棄して未来の市場に賭けることは、常人には理解しがたい。この分では三八法は普及しない。座して待つうちに、塩市場は死に至るだろう。

だから、藤六は領主を動かした。三田尻の勘場を通じ、秘密裡に萩城への働きかけを行った。毛利領防長二ヶ国で規制されて塩生産が減少すれば、これ幸いと他国が生産量を上げてくる可能性も十分にあった。そうなればなにも解決せず、ただ防長の塩業が壊滅するというだけだ。その公算はむしろ高いと浜主は怯える。藤六の領主への働きかけを知ったなら、どんな手を使っても妨害するだろう。

それでも、三八法を広めるには、広範囲で実現した休浜の実績が必要だった。

たとえ騙し討ちでも生産規制を布《し》き、防長二ヶ国の浜主を全員、強制的に休浜に組み入れる。それが、藤六の計画だ。休浜同盟を世間に示さない限り、三八法は広がらない。できるはずがないとあきらめる浜主たちに、休浜が成立した現実を提示する。それには、鶴浜や三田尻程度の規模の小さな盟約では足りない。製塩に最も力を入れてきた毛利領二ヶ国の浜主すべてが、破産の危険を冒してまで市場の健全化を目指したと知らしめられれば、瀬戸内十ヶ国に休浜を普及させる第一歩になるだろう。

現状は、ほとんどの浜主が規制に反対だった。藤六は裏切り者として後ろ指を指されるだろう。領主さえが市場介入を渋り、生産規制に躊躇《ちゅうちょ》し始めた。藤六は誰も信用できなかった。櫛ヶ浜さえ妨害しかねないと疑いを抱くと、それを払拭することができなかった。

「櫛ヶ浜は、塩を作るために浜を買い戻すのではありません」

藤六は首を横に振り、「石垣もあり、塩田もある。整備さえすれば、すぐに使えるごとなろう。この場で和主が塩を作らぬと約束したところで、なんの保証もない。ましてや規制一件を知られたなら、他の浜主と結託して妨害に出るかも知らん。危うい」

「新たな漁場を拵《こしら》えます」と、喜右衛門は平然と口にした。「以前、借銀の形に使い古しの袖網を取り立てなすったと話してくださったでしょう。手前に譲ってくだされ。大きな漁が行われるごとなれば、櫛ヶ浜は塩田に関わる余裕はなくなる。櫛ヶ浜で大網漁が行われた例はありません。貧しい漁村ゆえ塩浜に頼りかねんと疑われたかもしれんが、大網漁が根付けば、塩田を崩して浜は漁撈に使われます。製塩には目が向かんごとなります。目先の利益には違いないが、それでしか人は動きますまい。大網漁こそ櫛ヶ浜に大きな利益を生みます。これを成功させてみせますけ、どうか網を譲っちゃらんか」

「言うにこと欠いて、大網をたかる気だったのか」

「改めて土地売却交渉を行うとき、櫛ヶ浜も同条件では承諾しますまい。しかも、三八法が施行されるならなおのこと、塩浜の価値が下落します。いまお売りなされば、豊後屋は破産から免れる。大網は、計画を妨げんための保証と思うてくだされ。櫛ヶ浜が望むのは製塩業ではなく、漁業になります」

藤六は将来を見据えて行動できたほとんど唯一の浜主だ。塩業を必ず立て直すと強い信念を持ったからこそ、もう一年辛抱して状況が改善するほうに賭けようとした。

だが、藤六はすでに窮している。自らの利益のためでなく、製塩に携わるすべての者のために働いた。その大義は、利用され易《やす》い隙を生む。自らの欲と利益のみを追求するなら隙を作るまいと尽力できるが、他人のために自らを捧《ささ》げようとする者にはその余裕がない。藤六の正しい人生には、濡れた障子紙のような弱さと脆《もろ》さが透けて見えた。

「坊には、昔、他愛ないことを喋《しゃべ》りすぎたかもしれん。童と侮り、塩田のこと、大網のこと、世間話のつもりでべらべらと口が滑ったのじゃろう」

それは違うと、喜右衛門は思った。藤六は、相手が童だから喋ったのではなかった。誰かに聞かせたい気持ちがずっとあり、子供扱いしなかったからつい志を打ち明けた。喜右衛門はそれに気付いたが、黙っていた。

「これは我ら塩問屋が、浜主が通った道じゃ。相場に混乱が生じてから、何年が過ぎたろう。取り返しがつかんくなってから十年、兆しが見え始めたときからは二十年にもなろう。その間に、手を打てる時期は幾らでもあったはずじゃ。もっと早く塩田を休ませるように話し合い、生産を減らしておけば、売値も安定したじゃろう。だれもやろうとせんかったとは思わん。だが、そのたびに商機と見た浜主が勝手に塩焼きを始め、裏切られたんじゃろう。ひとりが抜け駆けすれば、他も休んではいられん。愚かなことの繰り返しじゃったろう。——坊よ。欲とは恐れじゃ。この期に及んで御領主を頼らねばまとまらんなら、これは浜主の敗北じゃ。守らねば罰すると別の恐怖で脅さねば、塩業の利益のためにまとまることもでけん。商売とはなんだったのか、みな分からんごとなった。浜主たちを信用せねば休浜同盟は叶わんのに、俺もいまは彼らを信じきれんでいる。田中藤六のやり口を巧妙だの上等だの、口が裂けても言わんでくれ。坊よ、和主は櫛ヶ浜の欲を信じろと言うたな。ならば、その条件を呑もう。誰もが欲に逆らえんことだけが確かじゃ。どうせ使わん古びた大網、持ってゆくがいい。その代わり、櫛ヶ浜の土地は指値《さしね》通りで売却する。それでよろしいでしょうな、山本殿」

弥兵衛にはやはり他人事だった。「そうしてもらえれば、再訪する手間が省けてありがたい」

喜右衛門は、敬意を籠めて深く頭《こうべ》を垂れた。

明和八年　1771　春　櫛ヶ浜村

瀬戸内は廻船の通り道である。

北陸や山陰など日本海側から出港した船は、赤間関を越えて瀬戸内へ、さらに大坂へ出て太平洋沿岸を経由し、江戸へ向かった。西廻り航路と呼ばれる海運物流の主流のひとつだった。幕政が布かれて以来、年貢は主に米で納められ、天領、大名領問わず、人口の密集する大坂や江戸へ廻送《かいそう》して換銀した。物流の動脈である瀬戸内は、米廻船だけでなく、木綿、油、醤油《しょうゆ》など日用品を運ぶ菱垣《ひがき》廻船や、上方《かみがた》の酒を諸国へ下らせる樽《たる》廻船も頻繁に往来した。これら廻船は江戸、大坂の問屋どうしが組合仲間を作り、扱う商品によって棲み分けが行われた。仕入れを巡っても利権は発生し、新規参入が難しかった。

徳山のような小さな商圏では、荷運び専門の運賃積み廻船が精々だった。そもそも他国に売りに行ける名産品もなかった。

「いやいや、徳山には張海鼠《はりなまこ》があるぞ」と漁師たちは声高に言う。確かに張海鼠は、年貢の物納に選ばれるほど評判だが、如何《いかん》せん獲れ高が少なかった。市庭《いちば》に卸せば高値で取引されるから、余所へ運ぶまでもない。

買い積み廻船は、廻船業者自らが買った荷を高値で売れる町へ運んで売却する商いだ。ただの荷運びではなく、荷を売らねば儲けはない。手持ちの現銀を積荷に換えるため、難破すれば、即、破産の憂き目にも遭った。

この商売を成功させる秘訣はひとつだった。売れる代物だけを仕入れることだ。だが、これが老舗《しにせ》の商家にも難しい。そこでまず、損失を減らす手段を講じることになる。

立ち寄る港を決めておく。大まかな日取り、港での立ち振る舞い、習慣を無闇に変えない。そして、港ごとに協力者を見付ける。信頼の置ける問屋や網元だ。網元はすなわち漁業主で、仕入れの取引相手だ。「積荷を売り払った銀で買付品を見繕おう」などと悠長に構えていては、ろくな代物を買えない。マトモな廻船は、前年のうちに支度銀を渡す。確実に荷を仕入れる予約だ。荷を売るために入港したときには、すでに次の仕入れも確定していなくてはならない。

港では、積荷をすべて卸すこと。売り切れなくても、売れ残りを再び船に積むのは愚か者だ。積むのは、新たに買い込んだ荷のほうだ。売れ残りは、現地の問屋に預けて売却を委託する。翌年寄港したとき、売上銀を受け取る。

仕入れ先と売却先は、廻船を始める前に確保しておくこと。西で積んだ荷を東で売らねば稼ぎにならない。同じ荷を載せ続ければ、日が経《た》つごとに出費が嵩んでゆく。とにかく、船主は荷に執着してはならない。

徳山の一商人が参入するには、規模が大きすぎる商売だった。

にもかかわらず、廻船山本は買い積みを始めた。享保十八年（一七三三）だった。当時の船頭は、名を喜右衛門といった。

その前年に、西国一帯を冷害と蝗害《こうがい》が襲った。浮塵子《ウンカ》が濃霧の如《ごと》く大発生し、瀬戸内全域が受けた被害は未曾有《みぞう》の規模となった。稲は食い荒らされて全滅した。年々下落傾向にあった物価が急騰し、米に限らずあらゆる代物が暴騰した。百姓はものを買えなくなった。ちょうど貨幣の供給が減少していた時期でもあり、危急に備えて銭を蓄えていた百姓家など、鄙《ひな》びた浦には一軒もなかった。

大飢饉《ききん》に見舞われたその年、山本喜右衛門は蔵を開き、代々蓄えてきた銀子を惜しまず漁師らに配った。ここぞとばかりに支出し、買い積みを行った。櫛ヶ浜の百姓はほとんどが漁民だ。漁に出られれば、ひとまず飢えない。とは言え、魚だけでは栄養が足りない。栄養効率のよい穀物が必須だったが、魚が売れねば銭が入らない。米はなかなか手に入らなかった。

船頭喜右衛門は、売れ残りの魚を買ったのではなかった。と言って、高騰一途だった米、酒、木綿などを買い込むのは愚の極みだ。彼が仕入れたのは、徳山でしか手に入らない名産品だった。

海鼠だ。

正確には、海鼠の内臓を除き、茹《ゆ》でて干した加工品——煎海鼠《いりこ》だった。張海鼠は稀少《きしょう》だが、ただの海鼠は徳山湾でよく獲れる。加工するため見映えを厳選しなくてもよかった。保存が利き、出荷まで蔵で寝かせられた。船頭は、櫛ヶ浜だけでなく徳山の浦々を廻って、買えるだけ煎海鼠を買い占めた。在庫が少なければ、今後生産する煎海鼠をすべて買い取る契約を交わし、支度銀を渡した。

煎海鼠は、俵物の一種だ。干鮑《ほしあわび》や鱶鰭《ふかひれ》、昆布などと同じく、俵に詰めて出荷した。日本中から長崎に集まり、唐人が買い占めた。俵物の流行はちょうど享保期に著しくなり、清《しん》国での需要は尽きる気配がなかった。輸出品として長崎で注目されると、幕府は諸大名に命じて生産を奨励した。なかでも周防、長門の二国は煎海鼠の生産地として名高く、年間三万五千斤（約二十一トン）が防長から長崎へ廻送されたという。長崎貿易は長崎奉行所の管轄下にあり、俵物の集積には特に介入が激しかった。慣習を知らない長崎の地役人が強引な買い占めに走り、赤間関の市庭を混乱させて大いに不興を買いもした。やがて、長崎方は御用商人三家に買付を委託し、赤間関での俵物売買に独占権を与えた。幕府は俵物を禁制品に指定し、俵物会所を設置した。俵物会所は、件の三家以外への売却を固く禁じられた。

俵物は、他の代物とは根本から取扱が違った。競りに掛からないのだ。俵物会所がすべて買い占める。俵物は売れ残ることがないと、喜右衛門は知っていた。必ず売れる代物が存在するなら、買い積み廻船に参入しない手はなかった。享保の大飢饉が、大きな商機を生んだのだった。

山本喜右衛門は赤間関で荒稼ぎした銭を、支度銀として徳山の浦々にバラまいた。網元に前貸しを行い、翌年の仕入れを確保した。飢饉の爪痕が残る徳山で、得がたい信頼を買うことにもなった。漁師たちは銭が確実に流れ込むことに安堵した。山本喜右衛門は、飢饉に苦しむ漁民百姓を救恤《きゅうじゅつ》した有徳《うとく》者となった。

櫛ヶ浜の廻船屋敷として名を馳《は》せるのは、それから間もなくだった。

「俵物に将来はない」喜右衛門は神妙な口ぶりで言った。

明和八年（一七七一）正月半ば、吉蔵は塩浜跡地に残る旧釜屋に閂《かんぬき》を掛けた後、話がしたいと喜右衛門に請われた。小屋に大網を仕舞ったところだった。いっしょに作業する嘉吉と甚平は帰宅したが、吉蔵は浜に残った。

春とは言え、日が落ちるとまだ肌寒い。冷たい月光が砂浜を照らす。長い年月、海水に浸ることのなかった辺りまで潮が押し寄せていた。

旧塩浜の整地が始まったのは、今年の松が取れてからだった。若衆総出で石垣を崩し、浅瀬に放置した石くれを波消しに使った。満潮のときは塩田跡の土嚢が引き波に浚われ、波が行き来するたびに位置を変えた。文字どおり堰《せき》を切った波音は騒がしく浜を満たし、世俗の夜を塗り潰した。

灯のない海辺は危うい。吉蔵は土手を登った。

なんの話か分からず、吉蔵が振り向くと、喜右衛門は土手の途中で海を見ていた。満月の光も夜の海原を照らしきれず、土手から眺める内海は、世界にぽっかり空いた空洞のようで、どこまでも広がる闇が心許《こころもと》ない。

「俵物?」

「俵物は御公儀との取引じゃ」喜右衛門は雑草の生えた斜面に腰を下ろした。「御禁制を謳《うた》う以上、いずれ完全な統制を求めてくるじゃろう。地下《じげ》の廻船がいつまでも関わっていられる商売じゃない。赤間でなく、漁村まで御用商人が送り込まれれば廻船商売は終いじゃ。別の積荷を捜したほうが賢明なんじゃ」

櫛ヶ浜の廻船は、春草の芽吹く季節に船出した。正月の浦は煎海鼠の加工に掛かり切りだ。原料となる海鼠は、漁師たちが冬の海に何度も獲りに出た。

すでに四十年、俵物が徳山の経済を支えてきた。貧しい櫛ヶ浜では収入が見込める唯一の代物だった。吉蔵の父、網元の中野屋惣左衛門も煎海鼠作りを優先した。その方針は代替わりしても変わるまいと、吉蔵は漠然と考えていた。

大掛かりな網漁もない。鰯や鯛《たい》、鯵《あじ》などを小網で揚げて細々と稼ぐくらいなら、岩場に張り付く海鼠をひとつでも多く獲るほうが望まれた。網漁は年々規模を小さくし、網子の俸給が減らされた。櫛ヶ浜の漁業がじり貧なのは、吉蔵も実感していた。

廻船屋敷は、毎年七月と十二月に前貸しを行ったが、これも俵物生産の支度銀だった。拒める漁師はいないし、拒む理由もなかった。廻船山本が俵物廻船を続けることを漁師は望んだ。変化を望まないのは百姓の性《さが》でもあった。

それでいいのかという焦りは、吉蔵にもあった。俵物は売れ筋だが、それに頼りきった現状は確かに危うい。だが、自分にどうにかできる問題とは思わなかった。

浜では、日中から波に浚われていた土嚢が消えていた。浚ったのは荒波ではない。藁袋《わらぶくろ》がすり切れて砂が勝手に流出したのだろう。

幼い頃、塩浜跡でよく見かけた余所者もいなくなった。ある年の大雨の折、川縁《かわべり》のあばら屋が濁流に呑まれたが、そのときには行方を気にする者もいなかった。

吉蔵もさして立場に違いはない。持たざる者。自力で切り開かねば、人生を得られない。人生は、吉蔵たちにとって所与のものではなかった。跡取りたちが本当に実感することのない現実だ。さざ波に浚われ、いつか空っぽになって消えてゆく恐怖を、家を保証された跡取りは生涯抱くことはない。そして、村の未来を背負うのは恵まれた彼らだった。

塩浜が崩れ、浦の景色は変わった。遮る石垣はなく、西の浜から海が一望できた。開けた景色を見ていると、気分が昂揚《こうよう》した。

だが、家に帰れば変わらない現実があった。家は、吉蔵の暗い未来へ地続きの牢獄《ろうごく》だった。

吉蔵は家に寄りつかず、晩飯を喰うと若衆宿へ向かった。憂さ晴らしのように酒を呑み、雑《ざ》魚寝《こね》し、夜明け前には仲間と浜へ行って明け方の漁に出る。それから一旦家へ戻り、朝飯を済ますとまた浜へ出た。

日中は、塩浜撤去の普請だ。潮風に身を晒《さら》して半日仕事を終えると、嘉吉や甚平と西の浜に残り、喜右衛門が持参した大網の修理に掛かった。見たこともないほど巨大な袖網の中央に、これまた大きな袋網がついていた。絡んだ網を丁寧に解《ほぐ》しながら浜に広げた。かなり古い網で、千切れたり破れたりした箇所が多かった。木製の編針を用いて太目の木綿糸で補修するのは、根気が要った。長年使われていなかった網は、繊維に埃《ほこり》が詰まって全体が黒ずんでいた。

網の修理は、最初に親から教わる仕事だった。嘉吉や甚平は手際がよく、喜右衛門の不器用さが目立った。だいたい喜右衛門は修理に付き合わなくてもよかった。漁場では網の持ち主が一等偉いのだ。それなのに、自分でやらねば気が済まないのか、甚平に指導を仰ぎながら作業に熱中した。

多くの見物が訪れた。苦情を吹っかける者も多い。

「若衆がなにを勝手な真似《まね》をしよるか」厳《いか》めしい面《つら》つきで百姓が言う。

嘉吉が調子よく、「網子に加《か》たりたければ、そう言えばよかろうに」と挑発するが、漁師は喜右衛門を睨みつけて陰険な口ぶりで続ける。

「廻船屋敷の二男坊じゃろうが。廻船が漁まで占める気なら、若衆の戯れでは済まんぞ。浦には浦の掟があるんじゃ。網元に話を通しちょるのか」

喜右衛門は答えた。「この場に廻船は我が他には居らんでしょう。これは喜右衛門一人が始めたこと、家は関わっちゃおらん。俺も若衆のひとりゆえ、浦の掟はよう分かっちょります。迷惑はかけません」

「すねっかじりの若造どもが浦を荒らすな」憎さげに痰《たん》を吐き、ブツブツ呟《つぶや》きながら去ってゆく。

村のためと思い込んで邪魔をしにくる手合いは多かった。吉蔵たちは腹立ちを覚えるが、無下にもできない葛藤があった。漁には網子が必要だ。浦人の協力が必要なのだ。昔の塩浜のように潤沢な資本があれば余所から傭人《ようにん》を連れてくればよいが、喜右衛門にそんな銭はない。

整備中の塩浜跡地を無断で使うなという苦情もあった。若衆働きが終わった無人の浜で、誰にも迷惑はかけていなかった。だが、普請が終わったならさっさと退けと、自分の土地でもあるまいに難癖をつけてきた。百姓も隠居も、若衆の勝手が気に入らないのだ。漁に関してはなおさらだった。喜右衛門はその度に当たり障りなく接し、忠告に感謝するという態《てい》を崩さなかった。浜の利用についても庄屋の許諾をとった旨を説明する。だが、なにを言っても意味はなかった。相手は端《はな》から若造の意見など聞く気がなかった。

見たことのない大網だけに、修復を手伝いたがる者もあった。少し縫うと満足して帰る無害な連中だが、喜右衛門はほとんど話さず、漁にも誘わなかった。

陽が西に傾く頃、娘衆が訪れ、これは特に嘉吉が心待ちにしていた。彼女たちは毎日、決まった刻限に加勢にきた。煎海鼠の俵詰めを終え、村へ戻る前に立ち寄るのだ。野良着に染みた藁の匂いは新鮮で、西日に輝く浜が華やいだ雰囲気になった。

娘たちは網を膝に載せてしゃがみ込むが、網が大きい所為で近くはない。隔たりの先にいるチヨへ吉蔵は目をやった。一塊になった娘衆のなかで、他と似た野良着に身を包んでいても、彼女の白肌は目立った。陽のあるうちに顔を合わすのが気恥ずかしく、まじまじとは見られない。吉蔵は顔を伏せ、声を掛けない。向こうも同じ態度だった。吉蔵は、それがチヨとの間にある現実の隔たりのように感じた。表沙汰にできない不義のような疾《やま》しさが、西日に晒される気がした。暗くなる前に娘衆は村へ帰った。

夜に響く波音は不気味だった。喜右衛門は土手に腰を据えたまま、うろのような暗い景色を眺めて何かを喋っていた。

……こいつは、なにを言うている？

「吉蔵には先に報《しら》せとかないけんと思うてな。惣左衛門さんから聞くより、俺が言うておく事柄じゃろ」

「網元がどげした」と、吉蔵は他人行儀に父親を呼ばわった。

喜右衛門はチラと首だけを振り向け、「大網のことじゃが、中野屋に譲った。櫛ヶ浜で漁をするにはそれが最も簡便じゃろうからなあ。しっかり干鰯《ほしか》を拵えられるように小屋のひとつふたつは欲しいところじゃが、それも網元に任せておけばまず間違いあるまい」

無防備に晒している青瓢箪の背を、頭を、吉蔵は薄闇のなかで凝視した。

この漁が成功すれば浦は一変する。半刻《はんとき》ほど前、喜右衛門は自信たっぷりにそう言った。若衆を喜ばせた台詞を口にしたそのとき、すでに大網を手放していたのだ。吉蔵たちが無償で修理に励んでいた網を、勝手に――。

喜右衛門は照れ隠しのような笑みを浮かべ、「そんな次第じゃけ。網元から聞いても驚かんでくれよ。知らんかったというて、親子喧嘩になるのは勘弁じゃ」

吉蔵は喜右衛門の胸ぐらを摑んだ。衝動に任せて引き寄せ、自分の側へ向き直らせた。

「――なんの話じゃ！」

怒鳴り声が浜に響いたが、喜右衛門は動じなかった。身体を捻《ひね》った不安定な姿勢で、吉蔵をじっと見つめてはっきりと言った。

「漁場を放棄したと言うている」

口ぶりが呆気《あっけ》なさすぎて、意味ある言葉として耳に入ってこない。

しかし喜右衛門はなんということもなく、念を押すように続ける。

「網も漁場も、和主の父御《ててご》に全部譲った。漁業権をまるごと譲った。今後は漁船も網子も中野屋が手配しなさる。自前の稼ぎになるんじゃけ、真剣に取り組んでくれよう。少なくとも、今年の漁には力を入れるはずじゃ。さしあたって、船大工の傭《やと》い賃、網修理の手間賃も出しなさると約束をもろうた。むろん、鰯漁が成功して一番得をするのが網元じゃ。多少の出費は覚悟してもらいたい。加えて、これで百姓と揉める心配ものうなった。むしろ他浦と揉めたときには、櫛ヶ浜の漁師たちが鰯漁を守ってくれるじゃろう」

喜右衛門は浜の先へ顔を向け、吉蔵から目を逸らした。

「網子。漁船。請浦の課税。先立つものがなければ、網元の真似事ですらようでけん。それで得られる特権にこだわるつもりはない。俺は商人じゃ。欲しいのは干鰯を生産する漁業主と交わす仕入れの契約じゃ」

それらを頭の中で反芻《はんすう》するが、吉蔵はやはり納得がいかない。なぜそうなるのか理解できない。両手に力を籠めた。知らず知らず締め上げた。言葉が出てこない。わなわなと両手を震わせ、生唾を呑んだ。

喜右衛門は喋りを中断して吉蔵を見つめた。憐れむようなその表情を見ると、吉蔵は頭に血が上った。

「漁業権を放棄する阿呆がどこの浦に居る。なして儲《もう》けをふいにした！」

網漁で得られる漁獲物の権利は、網の所有者が手に入れる。喜右衛門がそうだった。一介の漁師なら、自前の網を持つことなど望めなかった。一生をかけた蓄財でも足りない。二代三代かけて手に入るかどうかという代物だ。それだけではない。そもそも網元が所有していれば、新たに網を仕立てるにも許可が要る。なんの縁故もない漁師に、網元が許可を与えるはずもない。だから、一介の百姓が網を持つなど、財産ができようとも事実上不可能なのだ。既得権を持つ網元に逆らえず、網子たちは子の代、孫の代になろうと、網も漁船も網元から借りて生計を立ててゆく。網元の漁には必ず参加しなければならない。それは、生きるために仕方のないことだった。

今回の船曳きは違ったのだ。喜右衛門が用意したのは、網元が所有していない鰯網だ。沖合での大網漁は一度も行われたことがなく、漁場も開かれていなかった。新しい漁場を開く——それだけが、浦で成り上がる唯一の機会だ。その二度とない好機を、喜右衛門は捨てた。こともあろうに、漁業権を網元に譲った。櫛ヶ浜の稼ぎ頭になれる可能性もあったのに、その夢を見ることすらできなくなった。

未来を手放したのだと、吉蔵はそう思った。

譲渡先が実家だから喜べとは、あまりに残酷だ。中野屋にとって、吉蔵はいてもいなくてもよい厄介だ。俸給もない分、奉公人以下だった。吉蔵の幸福は、けっして家の幸福と合致することはなかった。

吉蔵は期待していたのだ。網漁を成功させれば、家から解放されると夢を見た。喜右衛門が新たな網元になれば、端から加担した俺も恩恵を受けられるのではないか。手代でも網《あみ》子頭《こがしら》でもよい。自前の漁ができるようになれば独立できるのではないか。チヨを娶《めと》って家を構えられるのではないか。そんな夢を見た。

喜右衛門を締めるこの両手はちっぽけだった。網は喜右衛門が用意した。吉蔵にはなんの権利もない。喜右衛門を責める資格はない。全くの筋違いだ。本当は、自分自身を殴りたかった。子供じみた甘い見通しに、都合よく事が運んでいると夢想する無能さに、今日まで浮かれ騒いだ能天気さに、腹が立って仕方がなかった。

漁業権の一部でも得られるかもしれないと欲を掻いた。その可能性が途絶したいま、自分がどれほど夢に取り憑かれていたかを思い知った。

手を離すと膝が震えた。よろけながら後退した。見ないようにしてきた現実が、行く末が、一塊になって襲ってきた。身体が重かった。

「俺は商人じゃ」海風に被さって聞こえる喜右衛門の声が冷ややかだった。「漁の機微には疎い。和主が廻船を知らんごと、俺は漁を知らん。今度の船曳きも吉蔵に指揮を執ってもらいたい。網を譲渡しても、漁の主導権まで手放したわけじゃない。いっしょに漁に出ようと誘うたのじゃ。承諾したんじゃから、俺らを見捨てるな」

「漁の主導権は網元に渡したんじゃろうが。もう大網漁は俺たちのもんじゃない。自分がなにを手放したか分かっておらんのか」

喜右衛門は遠い海へ目をやった。「俵物に代えて、俺は干鰯を積荷にしたい。鰯漁に打って出るのも、干鰯を仕入れたいがためじゃ。どこででも売りよるし、どこででもよう売れる。どの浦でもたくさん拵えよるが、大概の漁場は古株の商人が根を張り、新参の廻船が受け入れてもらえる余地はない。強いて仕入れようとすれば、高値を吹っかけられて儲けがない。売れる代物ほど、問屋や漁業主の権限が強いのじゃ。誰も売ってくれんなら、新たに漁場を開く他ない。自前の廻船を始める前に、新たな漁場を開きたい」

熱を帯びたように喜右衛門は喋るが、吉蔵は頭がついていかなかった。

……こいつは、なにを言うている？

「櫛ヶ浜は地曳き網が曳けんゆえ、鰯漁は盛んじゃなかった。同じように浜の立地が悪うて、鰯の地曳きをあきらめた浦は少なくないはずじゃ。となれば、地曳き網の鰯漁とは異なる漁法、たとえば沖合での鰯漁、それも大網による船曳きが可能になれば、多くの浦で新しい漁場を開くことができよう。欲しいのは仕入れ先じゃ。全国各地に新しく開く漁場じゃ。ならば、櫛ヶ浜の漁場くらい譲って構うものか。吉蔵よ、漁業権が欲しければ、もっと実入りのいい余所の浦を買えばいい。船曳きの大網漁ができるようになれば、もっと大きな漁場が開けよう。その浦に漁法を持ち込んで請浦の交渉を行い、漁業権を手に入れる。いまはなにより、大網漁を成功させねばなるまい。必ず成功させるため、網元に漁業権を譲ったんじゃ」

吉蔵の考える漁との間に著しい相違があった。吉蔵が漁師として漁場を見るのに対し、喜右衛門は商人として漁場を見ていた。

「中野屋とは、干鰯を独占して買い取る契約を交わした。今後、櫛ヶ浜で生産される干鰯のすべてを俺が仕入れられる。原料となる鰯の漁獲は、こちらの采配で動かせるごと話をつけてある。支度に掛かる費用は網元が負担する。俺たちはひたすら漁の方法を模索し、完全な漁法を得ることに日数を費やせる」

吉蔵は相槌《あいづち》も打てない。

「聞きよるか、吉蔵。俺たちがこの浦で得るのは、干鰯だけじゃない。大網を譲ったことで、いずれ余所の浦に売り込める漁法を獲得するための試行錯誤ができる。櫛ヶ浜に囚われるな、吉蔵。内海の向こうに幾らでも漁場が広がっちょる。この浦の漁業権を網元に譲ってでも、船曳きを完成させることが先決じゃ。俺が漁業権を持ち続けても、漁船も網子も大して備えん。ろくに漁を試しもせんで資金が尽きる。いま、網と引き換えに得たものは、俺たちの未来なんじゃ。今年、俺は浦に残って鰯漁に尽くす。いいか吉蔵、今年の漁で、新しい大網漁を完成させるんじゃ」

波音が激しく耳につく。吉蔵はやはり無言でいた。

「櫛ヶ浜でのささやかな幸せなど、浦から離れられん跡取りたちに呉《く》れてやれ。俺たちげな食《は》み出し者は、この浦でろくな生き方がでけんぞ。もっと欲張れ！　和主を誘うたのは、跡取りでなかったからじゃ。浦のくびきから自由じゃけ誘うた。いずれ、漁場を得る。櫛ヶ浜よりもっと大きな漁場じゃ。もっともっと稼げる浦の網元になれ。和主が漁場を持ち、俺は廻船を得る。和主が獲った海産を、俺が外海に出て売り捌《さば》く。自立した商売を始めるために、俺は唯一の財産じゃった大網を手放した。いま手放した網などは、大した損失じゃない。いっしょに漁に出る吉蔵、和主が仲間入りしたから未来が開けたんじゃ」

喜右衛門の語る希望は、吉蔵の耳には脅迫に聞こえた。むろん、そうでなければ効果がない。さし示された逃げ道は魅力的で、そして、絶望的だった。海の先に一条の光明を見たが、その光明は前にしか見えない。背後にあるはずの故郷は完全な闇に閉ざされ、そちらへ戻れないことを同時に痛感した。閉ざされた村での人生を捨て、海の向こうに未来を見出《みいだ》せるだろうか。自分の生きる道筋が否応《いやおう》なく立ったことに気付き、吉蔵は戸惑った。

櫛ヶ浜では自立できない。自明だった。故郷に残り続けてなんになると現実を突きつけられ、もしかしたら――と夢見た未来は夢想だと悟った。ここで朽ち果てたくなければ、胎内の心地よい揺らめきを、甘い幻想を打ち破り、捨ててゆく勇気を持つことだ。現に棲息《せいそく》する世界を壊さねば、本当の自立はない。

喜右衛門が笑みを浮かべる。月明かりに照らされたその顔が鬼のように見えた。この青瓢簞は、故郷と縁を切ることに躊躇しないのか。吉蔵はその笑顔を直視できなかった。

大網漁に誘われたとき、もしかしたらチヨと結ばれるかもしれんと期待した。漁が成功すれば、一家を構えられるかもしれん。甲斐性《かいしょう》を得るかもしれん。そんな幼い夢を見た。だから、漁を成功させたかった。願うだけで日々は充実し、網の修理さえ楽しかった。

だが、今日までも、明日からも、それは夢に過ぎなかった。櫛ヶ浜にいる限り、やはり吉蔵に人生はないのだ。

その夜を境に、吉蔵はチヨへの夜這いをやめた。もう、チヨとともに生きることはできないと悟った。

中野屋の漁支度が例年より遅れた。

春漁前、漁師たちが網元屋敷を訪ねた。多くは日傭いの網子たちだ。母屋《おもや》の土間に入れたそんな荒くれの間を、青瓢箪が悠然と通り抜ける。漁師を追い越して框《かまち》へ上がり、手代に案内されて客間へ通される。その後ろに、筋骨逞《たくま》しい吉蔵が続いた。漁師たちは見て見ぬフリをした。

喜右衛門と中野屋惣左衛門の関係は良好だった。まだ若衆の喜右衛門を網元は気に入ったらしい。むろん無償で大網を提供した相手を邪険に扱う理由はないが、漁撈に掛けてはずぶの素人が語る船曳きに耳を傾けたのだから、尋常ではなかった。櫛ヶ浜で大規模な漁が行われなくなって久しい。他浦に水を開けられた現状には、網元も口惜しい思いがあったようだ。降って湧いた提案は櫛ヶ浜や中野屋にとっても魅力的で、一度試してみたいという誘惑を払えなかった。思いがけず手に入った大網に期待を寄せるのは人情だ。網元は網大工を浦に呼び、春漁に間に合うように修理を委ねた。お蔭《かげ》で吉蔵たちが娘衆と仲良く修理を行う色気付いた日々は終わった。

吉蔵の兄とその取り巻きは、喜右衛門への疑念ないし苛立ちを隠さなかった。大網の修理費を皮切りに出費も嵩んだ。たかが鰯漁だった。山師に誑《たぶら》かされたのではないかと支出を惜しむ番頭の入れ知恵もあったようで、長兄の佐兵衛《さへえ》などは露骨に喜右衛門を嫌悪した。

吉蔵は喜右衛門の希望で網元との交渉には必ず同座した。喜右衛門の手代のように控えるその様も、兄たちからはたいそう不評だった。喜右衛門への嫌悪感の矢面に立たされ、自宅では逃げ場もなかった。

「厄介の分際で欺罔《ぎもう》の片棒を担ぐなら、覚悟しておけ」佐兵衛が脅したが、むしろ吉蔵は、兄の哀れなほどの小心ぶりを情けなく思った。

今日という日が明日も明後日《あさって》も変わらず続くと信じ、変革の可能性を提示することもしない。それだけなら無害で済むが、誰かが新しく事を始めようとすれば彼らは必ず潰そうとする。ちっぽけな保身に囚われ、他人の足を引っ張ることにばかり執心する。漁支度に関わるようになり、吉蔵は彼らの無能ぶりに気付いた。馬鹿馬鹿しいほど、彼らは空っぽだった。

「あれは青瓢簞じゃありますが、余所者じゃない。それが網を供して毛嫌いされる道理もないでしょう。それでも不満なら網元に言うてくだされ。俺に言われてもどうもならん。いつもは厄介呼ばわりする癖に、俺にどうにかできると思うのは愚かじゃろ」

長兄は、吉蔵の面を思いきり殴った。吉蔵はたたらを踏みもせず、突っ立ったまま背の低い兄を睨んだ。取り巻きが慌てて仲裁に入り、吉蔵と兄を引き離そうとする。吉蔵は動かない。相手は引かれるまま後退してゆく。勝手に殴って勝手に騒いで阿呆じゃなかろうか。吉蔵はやり返さなかった。

「他人事みてえな面をするな。誰に養われよるか言うてみろ」

もはや俺への叱咤《しった》ですらない。吉蔵は思った。この家での威厳を保つため取り巻きに誇示する虚勢だった。この家は兄のものだから、吉蔵は逆らわず頭を垂れる。これでいつも通りだ。兄の面目を潰してはならない。兄が正しく吉蔵が間違っていたと周りが了解すれば、丸く収まる。それがこの家の理《ことわり》だった。

こんな家に、こんな村に固執する理由はないのだろう。喜右衛門の言った通りだろう。近ごろは、怨嗟《えんさ》の声も心に響かなかった。

これまで櫛ヶ浜で漁の改善に乗り出した者がひとりでもいたか。せいぜい他浦に喧嘩を吹っかけようとしたくらいで、そんなものはただの鬱憤晴らしだった。このままではじり貧と知りつつも、旧態依然とした小網漁に終始してきた。貧しさを甘受するうち、その貧しさに飼い馴《な》らされ、自分がなにを望めばよいのか見失っていた。

少なくとも網元は、大網漁が浦の貧しさを解決する糸口になると見た。あの大網を一目見れば、多少の疑念は吹き飛ぶのが漁師だろう。どんな理屈があって大網漁に反対するのか。協力を拒む兄たちの気持ちが、吉蔵にはさっぱり分からなかった。

吉蔵は楽しかった。喜右衛門の突拍子もない漁の計画を聞くと笑いそうになった。物心ついたときから眼前を覆っていた暈《かさ》が、青瓢簞の大形《おおぎょう》な提言を聞くごとに晴れてゆくかのようだった。多くの網子を使役できねば叶わない漁支度は、若衆だけで決行できる規模を超えていた。あんなに失望した大網の譲渡も現実的な判断だったと、話を聞くうちに納得できた。

櫛ヶ浜の漁師を巻き込んだのも計画のうちか。網元に漁業権を譲ったことで、浦全体が大網漁を取り沙汰した。作業に駆り出された漁師たちはみな、拵えた仕掛けが活《い》かされるところを見たいという好奇心でいっぱいだった。

いま、櫛ヶ浜の沖に柱が二本立っていた。

四月一日、吉蔵は喜右衛門に請われ、海原に聳《そそ》り立つ二本の柱に向かって手漕ぎ船を出した。耐久性の確認だった。吉蔵は荒波に逆らって櫓を漕ぎ、十間（約十八メートル）ほど間隔を置いて佇立《ちょりつ》する二本の柱の周りを何度も回った。二本とも海面から四間ばかり突出し、頂点近くに巻かれた綱が、柱ごとに三本、海中へ斜めに延びている。柱の表面には、無数の楔《くさび》が打ち込まれていた。

近くに船を寄せ、碇《いかり》を下ろした。予想以上に波が高く、長く碇泊できそうにない。柱が立った所為でその周囲に波が渦巻き、不規則な海流が生じていた。吉蔵は重心を移しながら船を留め続けたが、やがて船縁《ふなべり》から身を乗り出して柱を観察していた喜右衛門に向かって怒鳴った。

「摑まれ。流されるぞ！」

直後、小船は高波に呑まれた。碇に引っ張られて押し流されなかったが、危うく転覆するところだった。吉蔵はうずくまり、船縁を摑んで落水を免れた。髷《まげ》が崩れて土左衛門《どざえもん》のようだ。顔を歪めた喜右衛門もしっかと船縁にしがみついていた。

ほどなく叫んだ。

「浜へ戻ろう！」

碇を引き揚げた途端、小船は放たれたように波に押され、みるみる柱から遠ざかった。潮の勢いにもかかわらず、柱はびくともしなかった。

他浦では地曳き網が始まっていた。沖は入会だが、地曳き網が張られた周囲一里（約三・九キロメートル）は、他浦の漁船が入れない慣《なら》わしだった。暗黙の了解で、建網《たてあみ》も張れなければ、小網漁も行えなかった。だから、これまで櫛ヶ浜の春漁は、ずっと沖合まで出て小網漁を行っていたのだ。

「小潮ごとに海底を点検するのがよさそうじゃ」

浜に戻ると、喜右衛門が言った。

どの浦も漁船を出さない沖合に柱を建造したのが、直前の小潮の日、三月二十三日のことだった。夜明けとともに漁師を沖へ送った。五十石積みのイサバ船《ぶね》に大人数を乗せた。今回の漁支度のうち最も過酷な力仕事だった。

さらに先立つ一月下旬から、西の浜の浅瀬に、長さ七間（約十二・七メートル）、径一尺五寸（約四十五センチ）の木材が浮いていた。潮に流されないように何重にも縄の掛けられた巨木を漁師たちは不審なまなざしで眺めていたが、よもや海底に建立する柱だとは思いもしなかった。

沖合に碇泊したイサバ船から、屈強な漁師が次々に潜水した。目標は、先から目星をつけていた海底の地盤だった。踏み鍬《くわ》や銛《もり》を用いた掘削作業は、力押しの物量作戦だ。大人数がひとつところに潜水し、海底に柱を埋めるための穴を掘る。順繰りに第二陣、第三陣と送り込み、途切れることなく掘り進めた。海底は潮の流れが速く、掘った先から土砂に埋まってゆく。一度始めたら終わるまで中断できない。いざ始めると、きりのない作業に思えた。

水深は二間（約三・六メートル）以上ある。吉蔵は、素潜りに自信があった。腰縄と錘《おもり》を繋いで海底に着地すると、しっかり両手で踏み鍬を摑んだ。誰よりも長い時間、海底に留《とど》まって掘り進めた。無理をせず浮上しろと合図を受け、海面に顔を出すと、いっしょに浮上した年輩の百姓から叱咤するような警告を浴びせられた。

「錘を腰に結ぶな。縄が解けんかったら溺れ死ぬぞ」

吉蔵は素直に首肯《しゅこう》したが、再び潜水すると同じことを繰り返した。作業に没入したかった。やること自体は単純だ。柱の底部を埋めるため、掘っ立ての穴を掘る。四尺（約一・二メートル）は掘らねばなるまい。目的がはっきりしていれば、どれだけ不可能に見える難事でもいつか達成できる。そんな自信、というよりも予感が、吉蔵にはあった。力石のときと同じだった。どれだけ時間が掛かっても必ず完遂してやる。むしろやる気になった。

一方、喜右衛門は、穴掘り作業では全く使いものにならなかった。潜ったはいいが、海底まで到達しないうちに身体の安定を失い、ぷかぷかと浮き上がった。ちょうど海底にいた吉蔵は、透過する陽光に紛れてあがく喜右衛門を頭上に見て吹き出し、思いきり海水を呑んだ。溺れかけ、口からごぼごぼ気泡が湧き出るなか、ようやく錘の腰縄を解いて浮上すると、船に手を掛けて息切れしている喜右衛門を殴りつけた。

「笑い死にさせる気か！　役に立たんのじゃから船に居れ」

喜右衛門はしょんぼりしてイサバ船に戻り、全体に指示を出す役に戻った。

吉蔵のやり方を見るうちに、漁師たちもコツを掴んできた。ただ、錘を腰縄につけては、万が一、解けなかったとき溺死する危険性が高い。そこで、海底に沈めた碇に通した縄を、外しやすい肩や肘の辺りに掛けるに留めた。いずれにしろ、海底に着地しても足腰に力が入らず、腕力頼みで鍬や銛を振るうことに変わりはない。腕を動かすだけで一苦労だった。

実際のところ、吉蔵の膂力は屈強な漁師たちの目にも驚異に映った。何度も潜るうちに慣れてきて、吉蔵は当たり前のように踏み鍬を地盤に押し込んだ。その様を見た漁師は、全員が口を揃《そろ》えて言った。

「吉蔵だけ地上に居るようじゃ」

土煙に包まれた海底で作業する大柄な若衆は、この世の者とは映らなかった。海面を透過してくる日射《ひざ》しが海中を照らし、次々潜る漁師たちはその光と同化して海に溶け込んだように見えたが、海底にどっしり両足をつけた吉蔵だけは、眩さからも解放されたように輪郭がくっきり太く描かれた絵さながらに、独立した逞しさを感じさせた。

一定の深度まで掘り進むと、掘削はむしろ楽になった。吉蔵にばかり頼ってもいられんと、漁師たちは競うように穴を掘り、初めは不可能と思えた作業にも、なんとか終わりが見えてきた。

もう一本のための掘削も同時進行で進められたが、それとは別に、やや距離の離れた岩盤に鉄製の鉤《かぎ》を打ち込む作業が行われた。水中で打つのに玄能《げんのう》では力が入らず、漁船から碇を吊り下げ、海底に潜った若衆がそれを摑んで鉤に打ち付けた。これは大人数では行えなかった。錘を身体に括りつけたひとりが岩盤の上で鉤を押さえ、二、三人が碇を抱えて打った。一回の潜水である程度まで打ち込まねばならず、潜水上手が選ばれた。嘉吉、甚平はこちらに廻った。

掘った穴に柱を下ろす段になると、これまた一苦労だった。海水を吸わせて沈みやすくした柱を、漁師たちが体重を乗せて沈め、底部を掘ったばかりの穴の縁に沿わせる。沈めた柱の上端に結んだ綱を、連結したイサバ船を足場にした漁師たちが一斉に曳いた。だんだん角度がついて起き上がってくる柱が、ストンと海底の穴に落ち込んで沈むと、海へ土嚢を落としてその穴を埋めた。それから、柱上端に結んだままの頑丈な三本の綱を摑んで潜水し、海底の岩盤に打ち込んだ鉄鉤にそれぞれ繫ぐ。三本の綱がピンと斜めに張られると、柱は上から押さえ込まれて揺れを鎮めた。日が落ちかける頃、漁師たちは疲労困憊し、軽口を叩く元気の残った者はひとりもいなかった。

明和八年三月二十三日、こうして櫛ヶ浜沖に二本の柱が突き出した。

翌日の浦は、全休日とされた。前夜に網元から贈られたこもかぶりを開け、さんざっぱら酔って騒いだが、一夜明けると、漁師たちは示し合わせたようにひとり、またひとりと浜に戻った。会話もなく、沖合に立った二本の柱を、不思議なものでも見るように眺めた。人出が増えても、荒くれの漁師たちは黙りこくり、陽光に反射する海上の柱を無心に見つめ続けた。

吉蔵は土手から眺望した。吉蔵が登ったとき、すでに喜右衛門が斜面に腰を下ろしていた。

漁師たちは命がけで柱を立てたが、どう使うのか知らされていない。漁が上手《うま》くいかなければ、さぞかし喜右衛門を恨むだろう。それでも、ここまでやった以上、後戻りはできなかった。寄合衆までが喜右衛門に巻き込まれたようで、吉蔵はなんだか可笑《おか》しくなった。気付いた喜右衛門が振り返ったので、「和主は普請じゃちっとも役に立たんかったな」とぶっきらぼうに言った。

だが、喜右衛門が役に立たないのは毎度のことだった。思えば、吉蔵は喜右衛門の情けない姿しか見たことがなかった。頼りにしたことなど一度もなかった。そんな青瓢箪に浦の大事を委ねているのが、恐ろしいような、滑稽なような気がした。なるほど、兄たちが信用しないのも道理だ。そんなことを思っていると、

「吉蔵はすごい。ほんにすごい働きじゃった」と、喜右衛門がしみじみ言った。

「……あ？」呻くような、中途半端な声が漏れた。

吉蔵はこっ恥ずかしくなり、衝動的に目の前にある背中を蹴り飛ばすと、青瓢箪は踏ん張ることもできずに、ああああああ、と間抜けな悲鳴を上げながら土手を転がり落ちた。

本当に、情けないところ以外を見たためしがなかった。

柱の上部から海中へ延ばした綱は、帆柱を固定するのに用いる筈緒《はずお》を使った。これは船大工に注文した。一本を頭頂部から前方に向かって斜めに張り、もう二本は、後方に向かって

張った。三本すべてを、海底の岩盤に打ち込んだ鉄鉤に結んだ。

「これは、蟬《せみ》か」図面を見せたとき、船大工が訝しげに喜右衛門へ問うた。「こっちには身《み》縄《なわ》が出ているようじゃが、柱に帆でも付けるんかね」

「いやいや」喜右衛門は屈託なく笑った。「それは身縄じゃない。すべて筈緒で願いたい。筈緒を三本。それと柱の上に付ける滑車は——」

船の帆柱の頂に備え付ける滑車を蟬と呼んだ。帆船では、この滑車に通した身縄を操作して帆の上げ下げを行う。喜右衛門が船大工に提示した図面でも、柱のてっぺんに滑車を設置するように示してあった。

「この蟬を用いて上げ下げするのは帆じゃのうて、大網じゃ」

三月下旬に海の柱が完成すると、網元はますます大網漁にのめり込んだ。喜右衛門を頻繁に屋敷へ招き、今後の計画を話し合った。かなりの額を投資したため、もう後には退けなかった。

この網元の行動にも、跡取りの佐兵衛らがたびたび苦情を入れてきた。網元はそのしつこさに辟易《へきえき》し、再度、喜右衛門の口から大網漁の手順を説明させるべく、息子や番頭らを客座敷に呼んだ。吉蔵はいつものように喜右衛門の後ろに侍《はべ》り、兄たちの冷ややかな視線から顔を逸らした。

喜右衛門は、飄々《ひょうひょう》とした口調で語り出した。

「遠浅の浜は、本来、地曳き網に向いています。徳山湾岸一帯には遠浅が多く、鰯漁の時期には、多くの浦が地曳き網で賑わっています。櫛ヶ浜はそうじゃない。今年は、昨年までと違う形での船曳き網に挑むことになります。一口に曳き網と言いましても、地曳きと船曳きでは仕様が別物です。まずはその違いを了解してくださるよう——」

「網元の屋敷で曳き網の講釈など要るか！」兄のひとりが激昂《げっこう》し、床を叩いた。

「要点を話せ」と、佐兵衛が威嚇するような声で言う。

「それじゃ、要点のみを」喜右衛門は心持ち目を伏せ、穏やかな口ぶりで受けた。「当今は地曳き網漁が隆盛し、徳山湾に限らず、どこの漁場でも浦全体で保護される例が頻繁に見受けられます。鰯の地曳き網は特に、網代の周囲一里での建網、二艘張り、小網漁までを禁じ、入会の漁場が事実上、地曳き網に占有されます。その所為で、これまで櫛ヶ浜の漁師は、かなり沖合まで出て漁を行わねばならなかった」

歯がゆい記憶を喚起したのか、兄たちは無言だった。

「地曳き網の優遇措置が続く所為か、漁師のほうでも、船曳きと言えば地曳きができない浦が行う格下の漁法のごと勘違いしている節があります。船曳き網とは、船縁に立った漁師がその手でたぐって船へ網を引き揚げる漁法——漁船に乗り込んだ漁師だけで網を揚げねばならないため、自然、小網漁になると、そうお考えでしょう。転じて、船曳き網では網子を多く使えないと思われがちですが、それこそ地曳き網と船曳き網の違いを誤ったゆえのご見識。

地曳きと船曳きの違いは、曳き網に参加する漁師の数ではない。そもそも地曳き網は袖網を主とし、漁場を区切る建切網《たてきりあみ》のように海中に下ろした網を、浜辺に向かって引き寄せる仕組みです。網裾を海底に接地させ、網の上部は海面に出るほどの縦幅が必要になります。むろん横幅はずっと長く、いわば、漁場をまるごと囲って鰯の群れを逃がさんごととして網を張る。その両端に括り付けた網を浜辺から曳き寄せるので、遠浅でなければならない。水深が深ければ網裾が海底まで届かず、せっかく捕えた魚に網の下をすり抜けられましょう。つまり、地曳き網とは網代ごと水平に曳いてくる漁法です。これに対して船曳きで主となるのは袖網でなく、むしろ袋網——」

そこで、喜右衛門は少し言葉を切った。

「海上に浮かべた船に向かって網を引き揚げる作業を想像してください。船縁に身を乗り出した漁師が網をたぐり寄せる船曳き漁は、浜辺で地曳き網を曳くのとは動きがまるで異なります。漁獲物は袋網に収まります。船曳きとは、この袋網を引き揚げる漁です。してみると、袖網を曳くのと袋網を曳くのとでは全く別の曳き方になりましょう。船曳きでは海中から網を引き揚げる、つまり、垂直に網を曳きます。地曳き網が大勢で行う大掛かりな漁になるのは、網を水平に曳かねばならぬゆえです。綱引きに大勢が必要になるのは、浜で曳かねばならぬゆえです。人力以外の仕掛けや工夫を凝らすには、牛馬でも持ち出さない限り難しいでしょう。それに対し、船曳き網はもっと楽に工夫が利きます。海上は陸と違って人力以外に利用できる力が多彩である上、さらに垂直方向に引き揚げる曳き網の構造から、仕掛けも簡単に作れます。なにより、我々には陸地にはない動力源として、船があります。船の推力を活かして垂直方向へ網を曳く仕掛けが――」

喜右衛門は、跡取りたちの冷ややかな顔へ目を向けた。誰もなにも言わず、次の言葉を待っていた。兄たちにも問題の核心は分かっている。それが解決できないから船曳きに小網を用いてきた。重量も嵩もある大網を用いるとき、不安定な海上においてどうやって船まで引き揚げるのか。

「――漁師たちが精魂こめて立てた、二本の柱です」

鰯漁は、例年よりひと月遅れの四月に始まった。吉蔵が大網を積載した五十石積みのイサバ船で出漁したとき、まだ海は真っ暗だった。夜明け前の内海を漁師二人ずつを乗せた漁船四艘がついてくる。どの船も松明《たいまつ》を掲げていた。

海面近くを泳ぐ鰯の群れは白く輝いて見える。花天月地の海では、ぼんやりした光がなお際立つ。沖合での鰯漁なら群れを探索しながら船を進められる。地曳き網よりも広い海域に漁場を求められるのは、大きな利点だった。

網元から借りた漁船はすべて、二人から三人乗ればいっぱいの小舟だった。大掛かりな漁のはずなのに、大網を積んだイサバ船一艘と漁船四艘、網子は吉蔵や喜右衛門を含めても、わずか十名だった。

「漁船も網子も好きなだけ使え」

網元は破格の待遇を許したのだが、「さしあたっては、最低限で構いません」喜右衛門は拒んだ。遠慮したのではなかった。

喜右衛門は早くから、網子の編成について考慮していた。嘉吉、甚平を含め、この日、海に出たのは二男以下の百姓家の厄介ばかりだった。跡取りを危険な漁には連れ出せない、と尤《もっと》もらしく説明したが、むろん目論見《もくろみ》あってのことだった。今回の漁から始まる船曳きの経験を積ませた漁師を、喜右衛門はいずれ外海へ連れ出すつもりなのだ。浦を離れられない本百姓や跡取りよりも、二男三男に漁法を覚えさせる魂胆だった。

「十人では少なかろう」網元は叱咤するように言った。

小網の船曳きでさえ、漁師四人で扱った。それと比べて網の大きさは、二倍三倍どころではなかった。網子は三、四十人、漁船も積載量の大きなものを二十艘は見繕ってよい規模だ。なにより、網元は豪快な大網漁を望んだ。たかだか十人程度で立ち回るこぢんまりした漁に不満だったのだろう。

喜右衛門は答えた。「最初の出漁ですけ、統制がとれて小回りの利く規模で行い、不測の事態に対応できるごとしたいのです。実を申せば、網子を増やすよりもっと大事な頼みがございます。お聞き届けくださいましょうか」

吉蔵は訝しく思った。漁を直前に控えた時期に、漁船や網子の調整以上に大事な用件があるだろうか。

網元の他、兄たちや番頭も眉根を寄せた。喜右衛門は全員が注目するのを待ってから言った。

「この漁の頭領を、吉蔵に任せていただきたい」

吉蔵は阿呆みたいに口を開けた。初耳だった。座衆が吉蔵を見、ざわつきだした。

だが、網元は落ち着いていた。懐手《ふところで》のまま、薄く口元をほころばしさえした。意外な申し出には違いなかったが、好ましく受け止めたようだった。

喜右衛門は畳み掛けた。「吉蔵以上に段取りを分かっちょる漁師は居りません。網子たちから一目置かれていることも、浦でお尋ねくだされば分かります」

父の視線を感じ、吉蔵は卑屈にも目を伏せた。

「櫛ヶ浜にとって新しい網漁じゃ。わしにとっても大仕事になる。散財が度を越したと、家の者は苦情を入れてきよる。そげな大掛かりな漁の頭領を我が子が務めるなら、むしろ安心できるじゃろう」

「網元――」と跡取りがくちばしを入れたが、惣左衛門は手を上げて制した。

吉蔵はそのとき、不意に思い出した。父に連れられ、下松のボラ漁の見物に行ったときのことだ。どうしてあの漁がそれほど鮮明に記憶に残ったのか。父は吉蔵だけを連れていった。

兄たちは居らず、父と二人きりだった。

十年越しに思い出した。大網漁はそもそも父の夢だったということを。

責任ある網元は、夢物語を誰にも明かせなかった。幼い吉蔵にだけ同じ夢を見せた。隣村で行われる、祭のような、戦のような絶景を、幼い吉蔵とだけ共有した。家中に居場所がなく、大事にされない吉蔵だから明かしたのだろう。その日見た光景も、そのとき受けた感銘も、吉蔵が打ち明ける相手はいなかった。夢を話した相手と言えば、あの下松浦での父だけだった。吉蔵は確かに約束した。

「大きうなったら漁に出て、父ちゃんにたくさん魚を獲って来ちゃる」

夢の根っこがどこから生えていたのか忘れていた。閉ざされた未来へ生を繋いでゆくうちに、自分が辿ってきた過去さえ見失っていた。誰の目にも映らずにいた童は、父といっしょに過ごしたその一日だけを、胸の奥に仕舞い込んだ。密かに共有した夢が実現すれば、父は存在を認めてくれる。もしかすると、そう願ったから大網漁を夢見たのかもしれない。

吉蔵は握り締めた両拳に目を凝らした。わけの分からない感情が込み上げてきそうだった。きっと童は満面の笑みを浮かべて父と約束したのだろう。だが、いまの吉蔵は笑っていなかった。もう夢ではなかったからだ。

夜明け前の内海に掲げた松明の炎が、五艘の小船団の周りを明るく照らした。薄闇のほうが魚影を捜しやすいが、それが夜明け前に船出した理由ではない。

「時間は限られちょる。手早く済ませれ」

沿岸部ではすでに他浦の漁船が出漁し、大網を張っていた。かなり広域にわたる袖網を浜に曳き始めれば、魚は海流の乱れを察して逃げてゆく。それもあって地曳き網の季節には、櫛ヶ浜の漁船はいつもより沖に出た。今年も変わらない。吉蔵は後続の漁船に呼びかけ、魚影を見逃さないように念を押した。

吉蔵には、この漁でなにもかもが一新されるような期待があった。この大網漁に関しては、力関係は白紙だった。柱を建てたときからそうだった。浦全体が手探りで作業を行うなか、吉蔵の強力《ごうりき》ぶりがなにより際立った。中野屋の末っ子として評価されたのではない。漁師たちは吉蔵を発見した。

数日前、吉蔵が頭領を務めることに異論はないか、喜右衛門は網子たちに確認した。

「若いけン、気に喰わん年長者も居るかも知らん。どうしても受け入れられんなら、頭領は俺が務めよう。なにせ俺は漁師仲間じゃないけン、若かろうが気にすまい。みなが命を預けるなら、覚悟を決めよう」

「こらこら、馬鹿を言うなよ」嘉吉が平淡《へいたん》な口調で突っ込んだ。「和主、俺たちを死なす気か」

甚平が真面目な顔で網子たちに言う。「俺たちは吉蔵をよう知っちょります。浦で一番の力自慢です。忍耐力もある。宿では敵《かな》う者は居りません」

誰も不満などなさそうだった。「柱を建てたときの活躍はみなが知っている。頭領を務めるのに吉蔵の他に適任者はなかろう」

「本当によいのか。吉蔵は宿の裏手の力石を持ち上げるような阿呆じゃぞ」

さらりと喜右衛門が言うと、全員が吉蔵を見た。若衆入りの際の力試しは、例外なく体験する。あれを本当に持ち上げたのかと、むしろ興味津々だった。

「しかし、先に力石を持ち上げたのが俺だというのは嘉吉と甚平が――」

「黙れ、喜右衛門。俺たちを巻き込むな」嘉吉が素っ気なく制し、「よろしいか、皆の衆。こげなこと言いたくはないが、吉蔵を頭にせんと青瓢箪に従わないけんらしい。間違いなく全滅の憂き目に遭《つ》う。とにかく、それだけは避けたい」そう真顔で言うと、喜右衛門はしょんぼりして口を噤んだ。

波音を掻き消さんばかりに声を張り、吉蔵は網子たちに指示を出した。慣れ親しんだ内海で松明を掲げた船団を率いる。

大網を載せたイサバ船は、普段は魚の荷運びに用いた。その帆柱を取り外し、手漕ぎ船に仕立て直した。五十石積みの運搬船は漁船より大きいが、喫水の浅い平船だった。速さは増しても波の引き込みに弱い。

帆船は四艘、用意した。そのうちの二艘を曳き船に使って網漁を行う。帆船の船尾に、大網両端から延ばした綱を結んで曳航《えいこう》してゆく。

近くに漁船を見かけなくなった沖合で、船団を碇泊させた。吉蔵は網子をイサバ船に集めた。大網を抱え下ろすのに人手が要るからだ。声を合わせて呼吸を揃え、絡まないように用心しながら袖網の端から順に海へ沈めた。中央部にある袋網は、特に慎重に扱った。網の両端から延ばした綱を二艘の曳き船の船尾に括り付け、それぞれの船に網子二人を乗せた。

二艘に大網を繋ぎ終え、吉蔵の乗るイサバ船は離脱した。十分に離れたところから吉蔵が松明で合図を送ると、曳き船は碇を上げ、大網を曳きながら回遊を開始した。

曳き船は、網子のうちでも屈強な舵取《かじと》りに任せた。網が絡まないように二艘の間隔を保ち続けねばならない。暗い海では互いの船の視認が難しく、船上に灯《とも》った松明の炎だけが頼りになる。

だが、急《せ》くことはなかった。海深くに沈潜した袋網は、船が進むほど水の抵抗を受けて後方に引っ張られ、やがて横長の袖網に掛かった魚群を吸い込んでゆくだろう。両曳き船の尾のように延びた袋網に入ってしまえば、脱出は難しい。その袋網が閉じた世界だと気付かなければ、それまでいた海との違いも分からない。悠然と泳ぎ続けて危うさを知ることもない。

残った二艘の漁船に、網子を振り分けた。吉蔵もイサバ船から漁船に移った。漕ぎ手ひとりと松明を手にした案内役ひとりを一艘に乗せる。吉蔵は、喜右衛門と同乗した。先刻、大網を下ろしている間、喜右衛門はその船で待機していた。

「俺たちは西側の柱に行く。嘉吉らは東の柱じゃ」

出漁前の打ち合わせ通り、吉蔵はもう一艘の漁船に声を掛けた。

人網を曳航する船影がおぼろになるまで見送り、艫に立った吉蔵は海上に聳《そび》える柱に向かって櫓を漕いだ。

「吉蔵――」と、近くで声がした。

嘉吉らの船とは進路を分かち、小船一艘で進んでゆく。喜右衛門が前方で松明を掲げていた。吉蔵は照らされる海から目を離さずにいたが、チラと振り向いた喜右衛門の青白い横顔が、そのとき炎に照らされた。

「先刻、鰯の群れが通るのを見た。網を曳く二艘がやや減速したように見えたが、そのときに群れを呑んだはずじゃ」

吉蔵は大網の行方を振り返ったが、点となった松明が見え隠れするだけで、距離感さえ摑めないほど遠かった。薄闇のなかで喜右衛門が本当に気付いたものか、吉蔵は半信半疑だった。緊張を解かせるための方便かとも考えた。

「始まったばかりじゃ。気を緩めるな」

過度な期待は禁物だと自戒した。思いがけず厳しい口ぶりで咎《とが》めるようになったが、喜右衛門は前方に顔を向け、「……いま、始まったばかりじゃ」と吉蔵の言を繰り返すように呟いた。

　やがて柱の麓で、吉蔵は碇を下ろした。嘉吉らが乗ったもう一艘は、先に向かいの柱近くに碇泊した。綱を肩に担いだ網子が向こうの柱を登ってゆくのが見えた。こちらは、吉蔵が登ることにした。登りやすくするため、表面に楔が打ってある。吉蔵の体重が加わっても揺れることはなかったが、風が強かった。

　海面からてっぺんまで四間（約七・二メートル）はあるだろう。海だから落ちても死にはしないと思うが、心安くはない。さっさと綱を柱のてっぺんの滑車に通し、鉤を結んだ一端を海上へ垂らした。その鉄鉤が錘となってするすると綱は落ちてゆく。海面近くまで落下したとき、船にいる喜右衛門から合図があった。そこで、吉蔵は手元の綱を撓《たわ》めながら下り始めた。

　喜右衛門が鉤のついた綱を回収した。吉蔵は船に戻ると、手にしたほうの綱の端を船尾に括りつけた。向かいの柱でも同じ工作を済ませる手筈《てはず》だった。

「後は、待つだけじゃな」柄にもなく緊張しているのか、喜右衛門は白み始めた東の空へ目を向け、「たとえ今回、綱が持ち上がらんかったとしても、それは失敗じゃない。改善の余地が見付かったということで、それはそれで成功じゃ」

　ようやく陽が昇り始めた。海原が眩くなると、吉蔵は喜右衛門に釣られるようにして手庇《てびさし》で日射しを遮り、太陽の方角をじっと見た。船縁に手を掛けた。油断すれば足を滑らせそうだった。だんだん、揺れが大きくなってきた。

吉蔵は眩い朝日に目を細める。

数日前の網元屋敷で、喜右衛門はこの船曳きの仕掛けを説いた。

「二艘が大網を曳航して鰯漁を行う間に、別の二艘に乗り込んだ漁師が、それぞれ柱に仕掛けを施しておきます。柱に登り、滑車に綱を通します」

喜右衛門の語りを聞くうちに歪んでいった兄たちの顔を思い出し、吉蔵はほくそ笑んだ。

「柱から垂らした綱の一端は近くに待機させた船の船尾に繋ぎ、もう一端は袋網の縁に繋ぎます。漁船を漕ぎ出せば、柱のてっぺんの滑車を通じ、船に曳かれた綱が袋網を引っ張ります。——漁船二艘でも持ち上げる力は足ります。地曳き網とは異なる理じゃと先刻申し上げた。有効なのは、網子の人数じゃない。大網を引き揚げるには、適した時刻があります。その刻限まで待機し、そして機会の訪れを逃してはなりません。大網の曳き船二艘が柱と柱の間に入ったなら、その後の仕上げは速やかに行わねばなりません」

激しい波に船が揺れた。吉蔵は堪《こら》えきれずたたらを踏んだ。そのとき、近付いてくる二艘の漁船が間遠に見えた。柱と柱の間へ、大網を曳きながら進入してくる。

この半月ばかりの間、吉蔵たちは満潮の時刻をつぶさに観察してきた。漁を行うのは、干潮から満潮へ向かうおよそ三時（約六時間）の間だった。だから、夜明け前に船を出した。満潮は、およそ半日おきに訪れる。しかし、正確に半日ではなく半時（約一時間）弱ずつ遅れるため、時刻は日ごとに変化する。

喜右衛門の計画は、その潮が満ちる時間帯に合わせて船曳きを決行するというものだった。上げ潮を利用して袋網を押し上げるのだ。満潮までに、袋網と待機中の漁船を、柱のてっぺんの滑車を経由した綱で結び合わせておくのが最後の段取りだった。

吉蔵は綱に繋いだ鉤を握り締め、海へ飛び込んだ。大網の曳き船二艘の間へ潜ってゆく。高波と風で騒々しい夜明けの海上から一転、静寂に包まれた海中で、朝日の反射が水たまりのように浮かぶのを頭上に感じた。別天地に入り込んだような気分だった。網に向かうのか、網が向かってくるのか、前方に見える大網に意識を集中させていると、距離感を失いそうになった。

別の方角から、嘉吉が綱を曳きながら泳いできた。吉蔵は合図を送り、それ以上網に近付かないように指示した。泳ぐ勢いのまま突っ込めば、網に絡まる危険があった。二人は落ち着いて大網を待ち構え、それから慎重に手にした鉤を袋網の縁に引っ掛けた。

そして、迫り来る大網から一心不乱に泳いで逃げた。網のなかの魚の群れを間近に見た吉蔵は、なにやら本能的な恐れを抱いた。網に呑まれて逃げられない黒々した鰯の塊が、なにかを訴えかけるように蠢《うごめ》いている気がした。

――吉蔵！

海面から顔を出したとき、船から身を乗り出した喜右衛門が目の前にいた。眩い光が射して目が開かなかったが、叫びの聞こえたほうへ手を伸ばすと、青瓢簞が力を振り絞って褌一丁の巨体を船に引き揚げてくれた。

尻餅突いて呼吸を整える一寸の間に、凄《すさ》まじい轟音《ごうおん》に包まれた。それは、海中から聞こえた大網を押し上げる満ち潮の波濤《はとう》の唸りだった。吉蔵たちの船も大きく波に持ち上げられた。

吉蔵は一刻も早くここから逃げたいような気持ちになった。

向かいの柱近くの船に、人影がふたつ見えた。嘉吉が無事に戻ったのを見て、喜右衛門が嘉吉の船に合図を送る。両方の船がほとんど同時に、畳んでいた帆をほどいて一枚帆を張った。いきなり風を摑んで帆が大きく膨らんだが、まだ碇に引っ張られ、漁船は動かない。

大網を曳航してきた二艘が、柱の外側へと離脱してゆくのを確認すると、「よし！」と、吉蔵は怒鳴るように叫んだ。

「網を揚げるぞ！」

喜右衛門が碇の綱を摑んだ。吉蔵も脇から手を貸した。いっしょになって一息に引き揚げたとき、再度、高波が襲った。小刻みに揺れる漁船が波に乗って高く持ち上がった。

吉蔵は櫓を摑んで跪《ひざまず》いた。落水しないように船縁にしがみついた。

しぶきを全身に浴びたのに、咽喉《のど》が渇いて声が出ない。喜右衛門は息を詰めた表情で船縁に両手を掛けていた。弾けるように大波と風に押し出され、船は凄まじい勢いで一気に進んだ。

吉蔵は櫓を摑んで懸命に漕ぎ、前方だけに目を向けた。喜右衛門は逆だ。吉蔵のほうを――いや、漁船の背後に浮かんでいる虚空から目を離さずにいた。

そのとき、吉蔵も気付いた。あれほど眩しかった日射しが途絶えていた。驟雨《しゅうう》のような水しぶきが頭上から降り注いだ。喜右衛門の表情に釣られ、吉蔵は漁船の安定を保つことも忘れ、思わず背後を振り返った。

それは、化け物のようだった。

海中から生まれた卵のような黒々とした巨大な物体が、柱と柱の間に浮いていた。

「櫓を止めるな、吉蔵。引き戻されるぞ!」と、喜右衛門が怒鳴った。

網の重さと風力が拮抗《きっこう》し、曳き船の勢いが弱まった。漁船の重さだけで網を中空に固定していた。吉蔵は両手で櫓を握り、潮の勢いを借りて前へ前へ進めようとしたが、いずれ大網の重みに引きずられて柱のほうへ引き戻される。その前に、早く、大網を回収しなければならなかった。

そのためのイサバ船だった。

風が弱まり、漁船が後方へ引っ張られてゆく。吉蔵がゾッとして振り返ったとき、柱と柱の間にイサバ船が進入し、ちょうど大網の真下に達していた。

ホッとしたのも束《つか》の間《ま》、大網は持ち上がったときと同じくらい唐突に、激しい音を立てて落下した。

イサバ船が大きく跳ねたのが吉蔵たちの場所からも見えた。爆発したような水しぶきに大きな平船が隠れたと見えるや、吉蔵たちの漁船を大波が襲った。吉蔵も喜右衛門もほとんど伏せるようにして屈み込み、両手で船縁を摑んで落水を免れると、船尾に身を乗り出して繋いでいた綱をほどいた。

柱近くに碇を下ろしただろう五十石積みのイサバ船が、ゆらゆらと揺れていた。その広い船上に、大網が乗っていた。間遠からも、袋網から飛び出すように鰯が跳ねるのが分かった。跳ね上がって海に落ちる魚もいた。

吉蔵は帆を下ろし、船の向きを変えた。漁船をイサバ船のほうへ漕ぎ出した。他の三艘も同じように引き返してきた。潮と魚の臭いが充満する一帯に入ったが、誰もすぐには声が出なかった。

激しい波音に紛れ、狂ったような笑い声がイサバ船から聞こえた。

その船の上には信じ難い量の鰯の群れが、殻を破って孵化《ふか》したかのように散乱していた。網子二人は、瞬く間に起こった事態を理解できず、気が付けば鰯に埋没している不可思議極まるこの状況を前に、ひたすら笑いが止まらないようだった。

櫛ヶ浜でこれだけの漁獲高を上げた例を、誰も知らなかった。

吉蔵は夢のなかへ引き戻されたように感じた。ひっきりなしに波しぶきを浴びると、目尻に浮かぶ涙が洗い流された。

茫然自失《ぼうぜんじしつ》した後、イサバ船の二人に釣られて笑い出した。気付けば、みな腹を抱えて笑っていた。

「十人じゃ忙《せわ》しかったのう。網元に言うて、網子を増やしてもろたほうがよかごたる。船ももう一艘ずつあったほうが引き揚げも楽じゃろうな」

喜右衛門が淡々と呟く。冷静な分析は場違いで、あまりに間が抜けていた。喜右衛門は笑いやまない吉蔵に向かって、大真面目に続けた。「改善すべき点がたくさん見付かるのは、なによりの成功じゃ」

「これが成功じゃと！」接した船の上から嘉吉が怒鳴るように叫んだ。「馬鹿言うな。こげなもん、大漁旗を打ち立てられる大成功じゃろうが！　これを、たった十人でやってのけたんじゃぞ。俺たち、たった十人で！」

吉蔵は急に力が抜けて、喜右衛門と嘉吉が見当違いな言い争いを始めるのに構わず、濡れそぼった船上で横になった。折々込み上げる笑いが止まらない。

波しぶきが顔に掛かると、気持ちよかった。このまま朝日を浴びて波に揺られていたい。

それに、少し眠りたかった。

明和八年　1771　秋　櫛ヶ浜村

「俺の弟じゃ。亀次郎《かめじろう》という」

喜右衛門が連れてきたのは、十二、三歳の男子だ。見るからに骨が丈夫そうだった。もう何年もしないうちに相撲で兄を投げ飛ばすだろうと吉蔵は思ったが、口にしないでおいた。

「頼みというのは他でもない。吉蔵にこれの前髪を剃ってもらいたい」

「ついに血迷うたか。簡単に言うたがそりゃ褌親のことじゃろうが。廻船屋敷には幾らでも縁者が居ろう。俺げな半端者に頼むな。務まるわけがない」

「浦の成功者にあやかるんじゃけ、母も刀自《とじ》も納得しちょる。廻船が戻り次第、船頭にも了解を得るつもりじゃ。表向きは網元に務めてもらうかしれんが、亀も吉蔵に頼みたいと言いよる。網元のほうには改めて話を通しに伺おう。ここはひとつ、俺の顔を立てると思うて考えてみちゃくれんか」

喜右衛門は一方的に喋り、ろくに返答を聞かなかった。こちらの都合など構わずとっくに独り決めしているのも、いつものことだった。

亀次郎が吉蔵を見上げていた。なんと声を掛けてよいやら分からなかった。兄貴の気まぐれに付き合うことはないぞと忠告しようとしたが、要らぬお節介にも思えた。

「和主に会うて緊張しちょるだけじゃ。気にせんでいい」喜右衛門が言うと、亀次郎は顔を赤くして俯《うつむ》いた。「さて、俺の干鰯は順調にできよるかのう」浜小屋へ向かう喜右衛門の後を亀次郎が追い、なにやら悪態を吐《つ》いていた。喜右衛門は気にしない様子で笑っている。

吉蔵はひとり取り残され、筵《むしろ》の上の鰯の監視に戻った。干鰯の出来具合を確かめにきたのなら俺の仕事も見ていけと、吉蔵こそ悪態を吐きたかった。

西空の鰯雲が赤く染まっていた。日に日に、海風が冷たくなる。

塩浜の撤去は完全に終わり、漁撈用に整地されていた。吉蔵は建ち並んだ作業小屋から、毎朝、樽を運び出しては砂浜に敷いた筵に倒していった。樽に詰まった鰯を鍬で丁寧に掻き出し、均《なら》して広げる。それらを天日で干し、折々、かき混ぜてはまた均す。たくさんの樽に詰まった鰯すべてが乾燥するまで、何日も掛けて干し続けるのだ。それが吉蔵の仕事だった。日がな一日同じことを繰り返した。

どんな農村も綿花を植える。櫛ヶ浜の狭い稲田の畝《うね》にも植わるくらいだから、マトモな農村なら手広く生産しているだろう。丈夫で汎用性の高い木綿の原料として出荷される繰綿《くりわた》は、百姓の大きな収入源だった。麻に比べて育てるのも紡ぐのも手間が少ない木綿は、慶長元和《げんな》の頃に生産が流行して以来、「百姓は木綿を着用すべし」と倹約令に一筆入るほど大量に消費された。その綿作の土を肥やす金肥《きんぴ》が干鰯だ。

喜右衛門は買い積み品を選ぶ際に、長く需要のある代物を望んだ。干鰯は代用品がなく、しかも定期的に使用される。肥やしを惜しめば土が痩せ、土が痩せれば作物が育たない。金肥への投資は、農村暮らしの一部だった。

「木綿を売るより、干鰯を売ったほうが確実なんじゃ。木綿需要が続く限り、農家は金肥の購入をやめん。楽しみのためより儲けのために、人はより多く銭を出すじゃろう」

喜右衛門は偉そうに言ったが、欲の際限のなさは吉蔵にも理解できた。新たな権利を得れば、手放すことを恐れる。持たなかった頃の記憶は成功と引き換えに失われる。綿作は農家にとって替えがたい成功体験だった。

漁村も同じだった。中野屋惣左衛門は大網漁への投資を一度の春漁で回収すると、さらに大きな利益を求め、大網をもう一帖《じょう》仕立てる算段を立てた。

夏が終わるまで続いた漁期の間、鰯の獲れ高はほとんど減少しなかった。大盛況のまま終わった漁など、櫛ヶ浜では例がなかった。老若男女問わず浜に押し寄せ、沖で行われる大網の引き揚げに喝采を送った。網元は沖に出す網子をどんどん増やした。網子が手持ち無沙汰になり、船が密集するだけであっても、大網漁の華やかな印象を百姓たちに見せられれば満足した。

多くの漁師が大網漁を経験できたのはよいことだ。吉蔵は指導し、指揮することで頭領として名を売った。以前は若衆の遊びと蔑んでいた百姓も、初めての大漁に立ち会えば、くるりと掌《てのひら》を返した。

漁期が終わると、吉蔵は気が抜けた。

網に引っ張られて大網が浮上してくる瞬間は、何度体験しても新鮮だった。イサバ船を満たす鰯の臭みは、脳を溶かすようで恍惚《こうこつ》とさせた。血の沸き立つ刺激が忘れられない。大網が修理に出され、例年通りの小網漁や、桁網と攩網を用いた海鼠、鮑獲りの日々に戻ると、吉蔵は身が入らなくなった。

そのため浜仕事に廻されたが、干鰯づくりはさらに単調だった。出荷までの全工程を知っておくのは大事だと番頭に言われたが、体よく沖から追い払われたような気がした。

吉蔵が関わるのは力仕事だけで、細やかな魚の加工には手を出さなかった。腕っ節だけの若衆より、女衆のほうが手先は器用だった。

宿仲間は浜を通りかかるたび、吉蔵を馬鹿にした。娘衆と働くのを揶揄《やゆ》する猥談《わいだん》の端々に、それでも漁師かと厭味《いやみ》が籠もった。そうこうするうち祭支度が始まり、宿で顔を合わせてもうるさかった。

満遍なく日に当たるように大量の鰯を鋤き返すと、しばらくやることがなかった。鳥や猫が喰いにこないように見張るので、その場を離れることはできなかった。案山子《かかし》よろしく鋤に凭れていたところへ、喜右衛門が弟を連れてきた。退屈しのぎのお喋りになると思ったが、青瓢箪はさっさと浜小屋へ去ってしまった。

それと入れ違いに、小屋からチヨが出てきた。母親の側《そば》で働く彼女の姿に吉蔵はずっと気付いていたが、話し掛けはしなかった。

先日、嘉吉がくだらない噂話をした。

「チヨのところに麻布が出ちょる。通い詰めの若衆が居らんくなったとかで、春先から夜這いを掛けられるごとなったげな」

夜、チヨの家の軒先に麻布が掛かるのは、吉蔵も見かけていた。夜這いに訪れてよいという合図だ。チヨの親が娘の許婚を捜しているのだろうが——。

「それがな、誰が夜這いを掛けても、拒んで床に入れんそうなんじゃ。このまいかず後家になっては堪《たま》らんと、親御が愚痴を言いよるとか。嫁にいく気がねえなら、俺らが夜這いを掛けても構わんじゃろ。どげ思うな、吉蔵は」

チヨも婚姻を考える年頃だ。親も厄介を近付けないよう気を付けているはずだった。素封家にでも嫁げば家も豊かになるのだから、傷物にされるのを望む親はいない。

特に嘉吉は警戒されていた。節操なく夜這いを掛けてきた報いだ。だが、それでも懲りないのが嘉吉の嘉吉たる所以《ゆえん》だった。

「見付かれば、殺されかねんぞ」

「吉蔵はどげじゃ。チヨを夜這うてみんか」

嘉吉は何の気なしに言ったのだ。チヨとのことは、誰にも話したことがない。

「馬鹿を言え。俺は身の程を知っちょう。和主もおかしな夢ば見るな。若衆の夜這いを拒むなら、他村の跡取りに嫁がせるだけじゃ。もう決まっちょるのかも知らん。面倒ごとに首を突っ込んで、どげなっても知らんぞ」

喋りすぎだと、吉蔵は感じた。まるで怯えているようではないか。チヨが夜這いを拒むのは俺の再訪を待つからだと、期待してしまう自分自身に。

そんな話を聞いて以来、浜でチヨを見るたび、吉蔵は自分の気持ちが分からなくなる。夜這いなど男女の戯れにすぎん、遠慮が要るかと、チヨの家の方角へ歩き出す夜もあった。だが、必ず途中で引き返した。

櫛ヶ浜を去ると決めたのだ。先行きのない逢瀬は互いのためにならない。自分の人生を選んだ以上、未練を残してはいけない。まして、チヨの未来は奪えない。最初から負け戦だったのに、機会があったと考えようとする自分が嫌になった。互いに分かっていたことだ。別れを告げなかった所為で、気持ちが吹っ切れていないのか。だが、面と向かって話そうにもなにを話せばよいのか。夜這いを断るなと奨めるのか。それこそ余計なお世話ではなかろうか。

浜で見かけるチヨは笑わなかった。吉蔵はチヨの笑顔を見たことがあっただろうか。夜、互いが見えない臥所《ふしど》では笑っていたように感じるが、それも勘違いだったかもしれない。日暮れが訪れ、女衆が帰るまで浜小屋には近付かなかった。いつも遠巻きに見守るだけだった。

秋が深まってきた。吉蔵は寒くなる前に、沖の柱の点検に出た。漁の間に酷使した後、ずっと潮に晒されていた。ひとり釣り船に乗って巡回した。

船を柱に繋留《けいりゅう》し、褌一丁で海に飛び込む。地盤が流れて底部が剝き出しになっていないか案じたが、根元に結わえた土嚢や石くれは流されず、掘っ立ての割に案外長く保《も》ちそうだった。

入会の沖だけに、他浦から取り壊しを申し入れられる恐れはある。網元も、自然倒壊よりそのほうを案じた。春漁は地曳き網が主流だが、夏以降は沖合に出て小網漁を行う浦も多い。漁場にならない海域を選んで柱を立てたので、いまのところは近付く船もなかった。事故でも起こらない限り、すぐには苦情も入らないだろうと吉蔵は考えた。

濡れた身が乾くまでの暇つぶしに、釣り糸を垂らした。

春漁が終わって間もなく喜右衛門と柱の点検に海へ出たときも、吉蔵は釣りをした。その折、喜右衛門が語った。干鰯は喜右衛門が独占して仕入れ、翌年の廻船に積むのだが、その船には運賃を払わねばならない。だから――

「干鰯で財を蓄えたら、まず廻船を買う」

気の長い話だと吉蔵は思った。干鰯を購《あがな》う代銀は借入のため利息がつく。父親に借りるのだろうが、父子の情より利が優先なのだ。

やはり棲む世界が違うと吉蔵が呆れていると、喜右衛門に肩を摑まれた。

「吉蔵は漁場を買《こ》うて俺に干鰯を売れ。いいか、これは約束じゃけ、必ず守ってもらわんと困るぞ」

未来を語り合うなど、以前は考えもしなかった。

喜右衛門が目指す目標は、吉蔵自身の望みより少しばかり大きいようだった。吉蔵はまだ、徳山湾の外にすら出たことがない。

喜右衛門は自らの行く末への確固たる信念を失わずにいるのだ。他人からどう見られても気にせず、怒りも妬みもしなかった。

吉蔵には自分がこの先どうなるのか、想像するのも難しい。春漁が終わって腑抜《ふぬ》けていた所為もあり、そのとき吉蔵はろくに返事もしなかった。

干鰯加工にも終わりが見えた。そろそろ別の仕事に移る季節だった。吉蔵は小屋の戸締まりを確認し、人気《ひとけ》の絶えた夕暮れの浜に腰を落ち着け、海を眺めた。近ごろの日課だ。沖の柱を眺めても、波音が聞こえるばかりで変化はなかった。しかし、さっさと帰宅しても、飯までのあいだが手持ち無沙汰だった。

屋敷へは裏手から入った。下人長屋の前を抜けると、母屋の一角が裏庭に向かって建て増されている。それが釜屋だった。

吉蔵も釜屋の板の間で飯を喰うが、家族といっしょだったことはない。みなが済ませた後で食事するのが、幼い頃からの決まりだった。たいてい、ひとりで喰った。網元屋敷は大勢が住み込んでいるが、吉蔵はひとりきりだった。それはそれで気楽でよかった。飯時に定刻はなく、家族が喰い終わった頃を見計らい、勝手に出入りする。奉公人と鉢合わせすることも少なくないが、土間で歓談しながら飯を喰う彼らに加わることはない。吉蔵は板敷に腰を据え、古びた平膳と向かい合う。

幼い頃は土間へ降り、奉公人に交じって食事したこともあった。ある日それが露見し、奉公人全員がひどい折檻《せっかん》を受けた。幼い吉蔵は板敷に上げられ、咎められなかった。土間の木《も》椀《わん》が蹴倒され、飯がこぼれた。許しを乞う悲鳴が響く釜屋で、吉蔵は食事を続けるように強要された。

家族と奉公人を峻別《しゅんべつ》するのは家の秩序を守るためだと諭された。吉蔵は家族と認められていないが、その秩序には組み込まれていた。家の体面のために、家族でも奉公人でもなくなり、居場所を失う。その事件以来、吉蔵は己が厄介だと自覚した。だれにも迷惑を掛けないよう、ひとり冷飯を喰うようになった。

吉蔵が帰ると、釜屋に下女が残っていた。帰りが遅かった所為か、娘がひとりだけだ。竈《かまど》の炭に灰が掛けてある。家族の飯が終わった証だ。吉蔵が板敷に登ると、下女が膳を運んだ。待ちぼうけが終わってホッとした様子で、竈の前に腰を据えると鍋を下ろし、縁をこそいで自分の椀に盛った。残り物は全部食べてよいと言われたのだろう。しつこく金物をこする音が土間に響いた。

月下に映える裏庭の井戸端に、食器や包丁、俎板《まないた》などが置いてあった。食事の後、あの下女が洗うのだろう。彼女はがっつくように喰い始めた。

上がり框の板戸は開け放したままで、裏戸から入る風が涼しかった。鰯の漬物を口に含み、強《こわ》くなっている雑穀粥《ざっこくがゆ》を掻き込む。煮詰まって残滓《ざんし》めいたあら汁も冷たい。さっさと飯を済ませて宿へ行こう。

土間では、下女がこちらに背を向けている。その娘は色黒で、髪はぼさぼさ。爪に垢《あか》が入り込んで黒ずみ、肌は荒れていた。大事にされたことなどないだろう。長く屋敷にいるが、これまでマジマジと見たことがない。あの日以来、吉蔵は奉公人と深く関わらずにいた。

吉蔵の母は奉公人だったという。土間で飯を喰ったのだろう。その地黒の娘を眺めて母を想像しようとしたが、上手くいかなかった。なぜだか、チヨが思い浮かんだ。

そのとき、下女がさりげなく身体の向きを変えた。視線に気付いたのだろう、耳やうなじがほんのり紅潮した。がっつくところを見られないように背を丸め、椀を隠した。

吉蔵と歳《とし》は変わらない。もっと若いかもしれない。

いつだったか、兄が下女を手籠めにしたと吹聴《ふいちょう》していたことがある。吉蔵は気にも留めなかったが、相手はこの娘だったのではないか。

母も、父に犯されたのだろう。そうして生まれた俺は板敷にいる。土間で飯を喰う下女を犯すのは許された権利ではないか。吉蔵は箸を置いた。娘が見せた羞恥が、劣情を掻き立てたようだった。音を立てないように土間へ降りた。

裸足《はだし》のまま竈の前へ近付く。娘は気付いている。身を強ばらせ、手にした椀を腿《もも》の上に下ろした。だが、振り返った表情に恐れも怒りもない。そのあきらめきった態度に、吉蔵は戦慄した。

犯すなら早く済ませろ、腹が減っているから——いや、もちろん娘はなにも言わなかったが、暗いまなざしを伏せ、少し遠いところに椀を置いたのだ。目の前に立つ逞しい吉蔵より、脇に置いたその椀を気にするようだった。木椀から魚の背骨が覗いた。骨をしゃぶり、味を反芻するのだろう。その椀をこぼされるほうが、犯されるよりも困ると言いたげだった。

逃げ場のない地獄を受け入れ、粗末な飯をむさぼる以上の意義を見出せない娘の人生に、吉蔵は吐き気を催した。吉蔵は女のいる土間の人生へ行きたくなかった。冷酷なほど冷静にそう考えた。

なにごともなく、吉蔵は板敷へ引き返した。それきり下女を見ることなく冷や飯を食った。下女も椀を抱え直し、やはり黙々と食事を続けた。

それから、数日後の晩だった。

宿へ行こうとした吉蔵は、父に呼ばれた。部屋へ行くと、兄も番頭もいない。吉蔵だけを呼び出したらしい。父と相対で話をするなど、初めてだった。

「来年の鰯漁には、新規の袋網が間に合うじゃろう。廻船屋敷が干鰯を買い占める以上、漁獲が増えるほど稼ぎが増える。分かるな」

短檠《たんけい》の灯が薄く部屋を照らしていた。長火鉢を入れるには、時季が早い。

「大網が二帖あれば、日に二度、出漁でけよう。そこで網子を二手に分け、半日おきに漁がでけるように編成し直せ。網子を上手く使えれば、今後は――」

「それは、ちと難しうございます」吉蔵は当惑し、思わず父の口を遮った。「日に二度の出漁となれば、一度は夜になります。夜中に大網を揚げるのは危険です。いまのやり方ですと、網子が潜って大網に綱を繋がねばなりませんので、日中でもよほどの水練上手でなければ難しく、夜の潜水ともなれば、命を落としかねません。上げ潮ならば、なおさらです。今年の漁では、満潮が二度訪れる日には、必ず夜を避けたじゃございませんか」

父は嶮しい顔つきになった。明らかに機嫌を損ねたようだ。吉蔵の言い分をひととおり聞いた後で、あからさまに嘆息した。

「今年は避けたと言うて、来年も避けねばならん道理はあるまい。確かな漁獲が見込めると分かった。家中に反対する者ももう居らん。暗夜が危ういと言うなら、篝火《かがりび》を焚いた船を幾らでも出し、海上に待機させれ。その分の経費も見積もり、後で報せろ。出費は案じんでいい。だいたい、鰯の群れは夜のほうが見付けやすかろう。夜に出漁したほうが効率がよいのじゃ。たった一度の成功に甘んじず、今後は適宜、改良を加えてゆかねばならん。試しにやってみろ。やりもせんで泣き言を言えば、中野屋の者として網子に示しが付かんぞ」

「それは――」吉蔵はまだ上手く呑み込めない。「俺がやってもいいことなんでしょうか」

「やれと言うている」

来年の鰯漁でも頭領を務めろと、父は言う。それが我が身に起こったことだと、吉蔵は思えなかった。だが実際に父は兄たちを呼ばず、吉蔵にだけ指示を出した。

夜の沖合で船曳き網に臨むのは自殺行為だった。海面が上昇した暗い海で、網に鉤を掛けることができるだろうか。視界の利かない海中では、少し潮に流されただけで惨事になりかねない。しかし網元は、新調した大網を蔵に納めたままにはしないだろう。吉蔵が断ったところで他の頭領を立てて決行するだけのことだった。

吉蔵が考え込んでいると、父が続けた。

「来年も再来年もその先も、ずっと漁撈は続く。この網漁が定着すれば、今後も和主《さ》に任せるつもりじゃ。我が目の黒いうちに、漁の有り様を固めておきたい。これは我が浦の網漁であり、中野屋の稼ぎ頭となる仕事じゃ。他の漁師に仕切らせはせん。そのための実績づくりじゃ。成功を重ねれば、いずれ和主に鰯漁の漁業権の一部でも譲り渡せよう。そのときには自立もできよう。銭を稼ごうとは考えられんか」

吉蔵の立場では手に入ることのないものだった。一部でも漁業権を譲られたなら、この櫛ヶ浜で自立できる。家を構えられる。網元は——父は、吉蔵がそうできるように網漁への貢献を求めた。これは転機だった。

「佐兵衛に相応の銭を払えば自立はでけよう。存分に稼いでこい。漁師が海に出る目的は、まず稼ぐためじゃ」

父が大網を新調したのも、自分の代で鰯漁を軌道に乗せたいと焦ったからだろう。鰯漁に関しては跡取りの佐兵衛に任せるより、浦の信頼を得、人気も出た吉蔵に委ねたほうが早く根付くと考えたのだ。

「畏《かしこ》まりました」

吉蔵は震える声で言い、頭を下げた。

寒風吹き付ける夜道を、吉蔵は若衆宿へ歩いた。夜道は薄い月明かりに照らされていた。頭を冷やそうと思った。勝手知った道の先に、提灯《ちょうちん》の灯がぼんやりと立った。こちらに進んでくる。相手が近付く前に、吉蔵は警戒して誰何した。

「嘉吉じゃ」と、灯が軽く持ち上がった。

吉蔵は拍子抜けし、「いまから宿か。遅いな」自分を棚上げして尋ねる。

「酒、残っちょったかのう」嘉吉は寒そうに襟を掻き合わせる。木綿の単衣《ひとえ》ものを重ね着していた。それに、目が腫れぼったかった。

「なにかあったんか」

嘉吉はあっさりと言った。「いましがた、チヨに夜這いを掛けた」

吉蔵は息が詰まった。夜のことで表情までつぶさには見えなかっただろうが、とっさに顔を撫でた。

「拒まれたがな。それで、やはり俺は厄介じゃと突きつけられたごたって、むしゃくしゃしてのう。他の娘ン方へ行くのも情けのうなって、酒掻っ食らって不貞寝《ふてね》してえと宿へ行くところじゃ。祭のときの余りがあったじゃろ」

知らん、と吉蔵はぶっきらぼうに吐き捨てた。「和主、村を出るんじゃろうが。いい加減、もう夜這いげな掛けるな。未練が残ればどげなる」

嘉吉は不貞腐れたように、「未練？　なんじゃ、そりゃ。そげなもん関係あるか。どうせ、俺らげな誰も相手にせんじゃろう。情が移ろうがどげしようが、いずれ娘衆は余所へ嫁に行く。いま夜這わんでどげするな。鰯漁からこっち、娘衆の受けはよかったろう。近頃は神通力が切れたごたるがな。はよう鰯漁が始まってほしいのう。そげ思わんか、吉蔵」

「嘉吉。言うちゃ悪いが、俺は──」

「──困っちょらんか。夜這いを拒まれやせんか。そりゃ、吉蔵はいまや浦の大立者じゃけな。そのうち、婿に取りたいと言うてくる家もあるかもしれんな。手柄を独り占めできてよいのう。俺も頭領に選ばれちょったら、そげなれたンか」

「僻《ひが》むのはよせ。馬鹿のごたるぞ」

嘉吉は涙声になった。くだらない戯言《たわごと》を口にするうち、己が情けなくなったのだろう。

「いいんじゃ。どうせ馬鹿じゃけな。さっきもな、俺はチヨを無理矢理犯しちゃろうかと思うた。どうせ村を出て行くんじゃけ、村八分《はちぶ》も恐ろしうなかろうが。なあ吉蔵、教えちゃらんか。櫛ヶ浜は俺らになにをしてくれた。これからなにをしてくれるンか。なして俺らは村掟にやら従いよるんか。俺らは村の者なンか？　本気じゃぞ、吉蔵。俺は本気でそげんこと考えたんじゃ。なあ吉蔵、本当に浦を出て生きていけると思いよるか。俺らは、喜右衛門に騙されちょらせんか。あれが言いよることは本当じゃろうか。本当でも嘘でも、浦の外でなら真っ当になれるごと、もう夢を見てしもうた。やっぱり俺は厄介のままじゃと言われたら、どげすりゃあよかろうか」

嘉吉はそれから、また虚勢を張るように声を荒らげた。

「ああ、はよう春漁が始まらんかのう！　そしたら、馬鹿げなことは考えんでようなる。俺は漁に出たいんじゃ！　でけることがあると知らせたいんじゃ！」

吉蔵は無言でいた。嘉吉を裏切ったように感じた。その不安を自分のこととしていっしょに苦しむことができなかった。なにを言っても、形ばかりの慰めになる。吉蔵は嘉吉とともに宿へ行き、酒を呑んで雑魚寝した。

次の晩、吉蔵は二度と近付かないと決めていたチヨの家へ行った。軒の麻布を抜き、裏手へ回った。何度も通った母屋の勝手は、どの若衆より知っていた。

夜は暗く、肌寒かった。昂揚した気持ちを抑えきれなかった。呼吸を乱したまま裏から入った。生きるためには、成功しなければならない。もっともっと稼がねばならない。真夜中の漁を拒む理由が、もう見付からなくなっていた。

明和九年

1772

春　櫛ヶ浜村

明けて明和九年、網元中野屋に、廻船山本の船頭弥兵衛が三男の亀次郎を連れてやって来た。

網元が亀次郎の褌親を務めるべく話が進んだ。中野屋惣左衛門は廻船屋敷と縁が深まったことを喜んだ。吉蔵も呼ばれた。

日を改め、山本家が網元の屋敷を訪問した。先からの約束通り、母屋の土間で、吉蔵が亀次郎の前髪を剃り落とした。他人の月代を剃るのは初めてで、傷つけないように用心深く剃ったから時間が掛かった。

網元と廻船の親交はますます深まった。今後も両家が櫛ヶ浜の経済を支えてゆくだろう。その仲立ちに貢献し、吉蔵の株も上がった。

今年は喜右衛門も船出した。昨年来、浜で拵えていた干鰯を赤間や三田尻に売り込むと喜右衛門は意気込んでいた。干鰯を積み込むため、廻船を預かる遠石《といし》港まで荷運び人足とともに向かうのを、吉蔵は遠くから眺めた。

喜右衛門は櫛ヶ浜を離れることになんの頓着もないようだった。以前、嘉吉が洩らした不安を思い浮かべ、吉蔵も少し喜右衛門を恐ろしいように感じた。

チヨとの密通は続いていた。昼間、村内で出会しても知らぬフリをし合うのは以前と同じだった。心が通ったかどうか吉蔵には確信がない。自立のこともまだ切り出せなかった。春漁の結果次第だ。今年も成功に導ければ、結婚について父に相談できるかもしれない。年明けこの方、網元は機嫌がよかった。

喜右衛門に打ち明けずにいることが後ろめたかった。だが、櫛ヶ浜の外へ出ると約束した覚えはない。時に、裏切ったような気持ちになること自体が癪《しやく》に障りもした。

結局、亀次郎の褌祝いの日を最後に、喜右衛門と話す機会もなかった。

二月の終わりに、廻船は遠石港を出航したと聞いた。毎年、廻船屋敷の男衆は知らぬ間に村からいなくなっていた。

春漁は幸先《さいさき》がよかった。二月に鰯漁が始まると、いきなり昨年以上の漁獲高を上げた。夜漁のことを俎上《そじよう》に載せ、網元が欲を掻いたと非難するのは容易《たやす》い。だが、利益は必ず櫛ヶ浜に還元される。船や網の修繕費になり、網子の俸給も上げられる。網元が稼がなければ、櫛ヶ浜の漁業は衰退してゆくだけだ。稼げる間に稼いでおこうと考えるのは間違ったことではない。吉蔵はそう考えた。

事実、多くの網子が鰯の船曳き網に関わりたがった。この漁が最も稼ぎになることは、浦の外にまで知れ渡った。日に二度の漁は、網子を余らせないための日傭《ひよう》対策にもなった。日没後は、篝火を乗せた複数の漁船を配備することにした。海上では、周囲の視界が開けた。とは言え、最も危険な潜水作業においては明かりが届かない。そのため、網と綱の接続は、吉蔵が積極的に引き受けた。月光が透過した夜でも、海中は暗く、冷たく、恐ろしかった。見えない海に焦ることなく、迫り来る大網との距離感を冷静に掴みとって待ち受けるには、慣れが必要だった。

何日か続けるうちに、夜漁が間違いとは言い切れないと、吉蔵は思うようになった。白い尾を引く魚群は、夜のほうが見付けやすい。日の高いうちは気付かないだろう鰯の群れが、あちらこちらにあった。

満潮が丑《うし》の刻（午前二時）頃になる夜だった。篝火船を四艘、柱の付近に碇泊させた。大網の曳き船周りにも篝火船を配置した。曳き船に随行し、その海路を照らすためだ。柱近くに待機する吉蔵たちは、同行する篝火船によって曳き船の位置を確認した。

先日までより、波が高かった。網子たちが倒れないように篝火を支えていた。燃え盛る薪が続けざまに海に落ち、灯がやや薄くなった。高波を止める手段はない。ただ波の過ぎるのを待つ他ない。風は強くなかった。一過性の高波だと、吉蔵は網子を落ち着かせた。篝火船を中心に、手の空いた船をその周囲に連結させ、転覆を防ぐために足場を広げて安定させた。

その船上で薪の組み直しを命じた。曳き船が迷わないよう、炎を大きくさせた。

すでに、柱のてっぺんの蝉には綱を通していた。柱は揺れない。風は収まったままだった。

吉蔵は改めて、船尾に繋いだ綱の結び目を確認した。綱と繋いだ二艘の漁船は、篝火船と連結せず、いつでも帆を揚げられる支度をして大網の到来を待った。

そうして息を潜める間も、波が断続的に押し寄せた。船は上下に巧みに波乗りしたが、あまりに頻発する高波は、漁師たちを落ち着かない気持ちにした。大潮はまだ先だし、風もなかったのだ。

奇妙な荒波だと、吉蔵は訝しんだ。帆柱を摑んで爪先立ちし、夜の海原に目を凝らした。月明かりに透かし見た限りでは、間遠な海が高波に荒れる様子は感じられない。地震を疑ったのだが、それにしては、波の起きる海域が局所的だった。

嫌な予感がした。

満潮まで時間に余裕はあったが、吉蔵は曳き船に向かって松明を振った。曳き網を中断する合図だった。早々と網を揚げ、漁を切り上げたほうがよさそうだった。

篝火船が方向を変え、徐々に近付いてきた。吉蔵はその方角を入念に確かめ、鉤のついた綱を握り締めて海に飛び込んだ。柱の海域に近付くまでどのくらい時間が掛かるか推し量る。海面から篝火に目を凝らしていると、もう一艘の漁船からも綱を持った漁師が泳いできた。

合流し、綱が絡まないように注意する。

篝火船が近付いたところで、吉蔵は綱を持った相方に合図して同時に潜水した。無闇に近付かずに待ち受ける。篝火船が通り過ぎるのを感じてから、ゆっくりと前進を始めた。相方は背後で吉蔵の背に手を掛けている。吉蔵は時機を見計らうべく時を数える。曳き船が通り過ぎてから数拍の後に大網が目の前に訪れる。たとえ真っ暗闇の海の底でも、その時機を見誤ることはない。吉蔵は背後の相方に合図した。緩慢に近付いてくるはずの袋網に鉤を掛けようと右手を振る。だが、空振りが続いた。

吉蔵はそれ以上進まずに待った。相方は息が続かなかった。吉蔵は綱を預かり、相方を浮上させた。吉蔵もそろそろ限界だ。大網が見当たらないことに動揺したことで息苦しさが増していた。

水を蹴って浮上し、海面に顔を出して息を吸った。とっさに海上を見渡すと、先に浮上した相方が船に引き上げられていた。わけが分からなかった。いつもと違って辺りに船が密集している。篝火船が近付いてきた。曳き船に随行していた船だったが、なぜだか嘉吉が乗っていた。

「吉蔵！」

嘉吉が大声で呼んだ。吉蔵は腕を振って居場所を示した。船が寄ってくると、身を乗り出した嘉吉に向かって叫んだ。

「網を見付けきらんかった。曳き船はどっちに抜けた！」

嘉吉も声を荒らげ、「はよう船に上がれ！　曳き船は二艘とも転覆したそうじゃ。こっちに来るずっと前に、高波に呑まれた。この船が救難して漁師らは無事じゃ」

それから、吉蔵は二人掛かりで引き揚げられた。転がるようにして船に乗り込んだ吉蔵は、近くにいた網子に網を預けて嘉吉に詰め寄った。

「そしたら、網はどげなっちょうとか」

「それが、行方が分からんごたる。海底に引っ掛けたかも分からんが、気付けば転覆しちょったそうじゃ」

嘉吉の視線を追うと、曳き船を任せていた漁師たちが同乗していた。吉蔵はまっすぐ彼らに詰め寄り、問い詰めた。

「どこで転覆したか、覚えちょるか」

嘉吉が後を追い、吉蔵の濡れた背に木綿布を掛けると、「やめれ、吉蔵。さんざん捜したそうじゃ。しかし、今夜は波が高い。それで流されたごたって、転覆した辺りにはもう見当たらんかった。仕切り直したがよかろう」

吉蔵はしゃがみ込むと船縁に凭れ、呼吸を整えた。そうしながら、曳き船がいた辺りを恨めしく眺めた。つまり、大網を一帖、漁船を二艘失ったのだ。鰯の漁獲を失っただけでも大きいのに、網の損害は尋常ではなかった。夜明けから捜索隊が出るだろうが、異常に波の立っている今夜なら、もう外海へ押し流されているかもしれない。欲を掻いて沖に出過ぎたのだろうか。漁が成功続きだったから慢心していたのか。船と大網を失った責任など彼らにはとりようがない。船を転覆させた漁師たちは憔悴《しょうすい》し、震えていた。

吉蔵に彼らを責める気はなかった。浜へ戻った後、網元がどんな処罰を下すか分からなかった。櫛ヶ浜で自立するには、些細な過ちさえ犯してはならなかった。これは、吉蔵自身の失敗だ。取り返しがつかなかった。吉蔵のような厄介が一生働き続けても、大網の弁済はできなかった。

嘉吉が目の前に屈み、囁《ささや》くように言った。「撤収じゃ、吉蔵。とにかく夜が明けねば、網の捜しようがない」

吉蔵は失ったものの大きさに絶望し、なにも考えられなかった。だが、撤収以外にできることはなかった。なにも見えない夜の海で、どこに網と船が沈んだかなど分かるはずもなかった。

吉蔵は立ち上がり、海に目を凝らした。そのときまたも高波が襲い、篝火を揺らしながら船を波の上に持ち上げた。網子たちが慌てて篝火を支えた。その乱高下は数度続いた。吉蔵は尻餅を突き、船縁にしがみついた。

高波が収まるのを待ち、吉蔵は再び曳き船の漁師たちに詰め寄った。「どげなふうに転覆した？　網を引っ張られたんじゃろう。船が船尾から海底に引きずり込まれようとしたとき、ちょうどいまンごと高波を被ったんじゃないか」

吉蔵が捲《まく》し立てると、網子たちは怯えたような顔でしきりにうなずいた。

「吉蔵」嘉吉が苛立たしげに呼んだ。構わず舳先へ向かおうとする吉蔵の右肩を摑み、「なんのつもりじゃ。また波が来る前に浜に戻ろう」

吉蔵は振り返り、嘉吉に言った。「袋網には鰯がようけ詰まっちょったろう。それを曳きよった二艘の船が、流木やら岩場やらに引っ掛かった程度で転覆するとは思えん。前進するところに高波が寄ったとしても、むしろ船は波の上に乗るじゃろう。なのに攫《さら》われたと言うなら、船は止まっちょったんじゃ。しかし普段の曳き船は、網を柱に運ぶまで止まることはない。なして止まったか。後ろから網を引っ張られたけンじゃ。その網を引っ張られて船尾を引き寄せられたところを高波に襲われ、転覆した」

運が悪かった？　違う。網の紛失と高波は、同じ出来事のふたつの側面だ。そのふたつには因果関係がある。曳き船は網を摑まれたから、波に攫われて転覆した。網を摑まれたから、高波が起こった。

「……近くにいる」

吉蔵は嘉吉から顔を背け、舳先に向かって駈けだした。そうして海原に目を凝らし、必ずどこかにいるはずだと注意深く目を配りながら、もう一度、高波が訪れるのを待った。

「いい加減しちゃらんか、吉蔵！　和主がせんなら、俺が船を戻させるぞ」

嘉吉が声を荒らげると、吉蔵は慌てて舳先から下りた。

「まだじゃ。まだ浜に戻るな。和主たちは船をまとめて柱の向こうへ避難しちょけ。いいか、撤収はせん。漁はまだ終わらんぞ。網の行方が分かった。じゃけ、俺の言う通りにせえ。勝手なことをするな、嘉吉」

「夜が明けてから捜しに戻れ。いま焦ってもなんもならん」

吉蔵は嘉吉の胸ぐらを摑んで引き寄せ、「おのれも目を見開いて、よう捜せ!」そう怒鳴り声を上げると、船上の網子たちが唖然《あぜん》とした。吉蔵は彼らを見回し、全員に聞こえるように大声で言った。

「近くに、鯨が流れ着いちょるぞ!」

瀬戸内で見かける鯨は死んでいるか、ほとんど死に体だという。それらは寄り鯨、流れ鯨と呼ばれた。海からの寄り物――賜り物として尊ばれる。島嶼《とうしょ》が多く、海流も不規則な瀬戸内では、鯨は巨体を持て余して潮に流される。さらに、瀬戸内には難所が二ヶ所あった。玄関口である西の赤間と東の鳴門《なると》だ。どちらも狭い海路に潮が流れ込んで渦を巻く。流れ鯨は崖や岩場に巨体をぶつけ、瀬戸内へ流れ込んだときには疲弊しきっている。群れから離れて知らない海に迷い込めば、鯨といえども長くは生きていけなかった。

吉蔵は篝火の船に漁師を集め、今後の指針を語った。

「今夜の高波は不自然じゃった。鯨が暴れて高波を起こしよったんじゃ。波が起きる間隔が、いまは広がっちょろうが。鯨が疲れきって動けんごとなった証じゃ。曳き船が転覆したのは、その鯨が袋網の鰯を喰うたけンじゃ」

曳き船の漁師たちは、すがるような表情だった。まだ漁は終わらないという吉蔵の宣言は、彼らにとっても挽回の好機だった。

――一頭寄れば、七浦潤う。

鯨から得られる収益は、漁船や大網の仕立て代がささやかに思えるほど莫大だった。失敗を取り返すのに、これ以上の獲物はない。

「これから、鯨を櫛ヶ浜まで曳いてゆく。こげな機会は二度とないぞ。鯨は大網を呑み込んじょろう。沈めた船を曳いたままなら、動きは鈍い。いまなら網を取り返せるし、鯨も捕れる」

「ムチャクチャじゃろうが」嘉吉が言った。「無事で済むはずがなかろう。せめて陽が昇るのを待て。海に潜ればなんも見えまい。見えんところで、鯨げなもんを捕えられるものか」

「しばらく動きよらせんぞ。現に、いまはじっとしちょる。あれは弱りきっちょる。西海やら紀州沖やらで聞く化け物じみた鯨じゃない。死にかけちょるいまなら捕えられる。泳いで、拾うてくればいい」

「それこそ、夜明けを待ってからでよかろう」

「夜が明ければ、他の浦に気付かれるぞ。これは、櫛ヶ浜の獲物じゃろうが」

周りは興奮して吉蔵に賛同したが、嘉吉は黙り込んだ。

吉蔵は鈎付きの綱を摑み取り、舳先へ向かった。大きく何度も深呼吸してから振り返り、

「明日になれば、俺たちが櫛ヶ浜の大立者になっちょるぞ。──なあ、みなの衆、去年とは比べものにならんほどいい目を見せちゃるぞ」

突如、高波が生じた。誰もが慌てて船縁にしがみついたとき、吉蔵は海上に現れた巨大な影を見た。思ったよりも遠くない。また波が襲ってくる。船が不安定に高下するなか、それは何事もなかったように、ゆっくりと海中へ沈んでいった。やはり弱っているのだ。吉蔵は鉄鉤を握り締めて海に飛び込んだ。

綱を引っ張りながら泳いだ。鯨はもう動けないようだったが、吉蔵はようやく見付けたその居場所を見失うまいと急いだ。

曳き船の漁師を始め、加勢を申し出た者たちには、漁船に繫いでいる引き揚げ用の綱を延長しておくように命じ、この海域から遠ざけた。自分以外の面倒を見る余裕がなかった。

真っ暗な海は静かだった。波が立つようでもなく、海流が乱れるようでもない。むしろ吉蔵は慎重になり、動きを止めた。一旦、息継ぎのために浮上しようとした。

海流がいきなり乱れた。水圧に押されたと思うと、今度は逆流に呑まれて引っ張られた。慌てて綱にしがみついたとき、行く手を遮るように巨大な物体がゆらりと現れ、すぐ脇を通過する濃密な気配があった。再び強い水圧が掛かって押し流されそうになり、反射的に綱を

腕に絡めようとすると、その腕に触れたのが、まさしく網だった。吉蔵はとっさに網を摑んだ。その先に鯨の身体があった。長大な帯のように、袖網がそれを呑み込んだ鯨の巨体に沿ってたゆたっていた。

視界の利かない闇の底で、吉蔵は狙いもつけずに突進し、左手に摑んだ網を鯨に貼り付けるように銛を打ち込んだ。鯨の肉に深く突き刺さった銛をさらに足で押し込み、その勢いで浮上した。手には袖網を摑んだままだった。

海上に顔を出し、呼吸を繰り返した。波が収まるまで待機していると、鯨が沈んでゆくのか網に引っ張られ始めた。吉蔵は大きく息を吸い込み、再度、鯨めがけて潜った。

袖網の先に船はなかった。引きずるうちに結び目が解けたのだろう。吉蔵は手探りしながら袖網を伝うようにして潜水してゆく。

鯨の動きは鈍かった。潮に身を任せるように流れてゆく鯨が起こす海流に慣れてきた吉蔵は、さらに深く潜水した。

鯨は呑み込んだ袋網をいずれ吐き出すかもしれない。網の上から突き刺した銛も、もともと獲物を仕留めるものではなく、当然、銛のように深く刺さってはいない。銛は、鯨の首元にあった。改めて袖網で搦《から》め捕らねばならない。そう考えた。巨体の向こう側へ腹の下をくぐり抜けると、次に鯨の上へ廻り込んだ。その腹回りに縦に一巻き大網を巻き付け、網の端をたくしこんだ。それから海上に顔を出し、吉蔵は大きく息を吸った。

「——曳け！」

波の音が絶え間ない。その夜の海に轟かすように、吉蔵は声を上げた。届いたかどうか不安で、何度も何度も喉が嗄《か》れるまで声を荒らげ続けた。

「曳け！　引き揚げろ！」

柱の向こうに連結していた帆船が、一斉に碇を上げて前進し始めた。柱のてっぺんで滑車が回り、搦め捕った網を引き寄せてゆく。長い長い綱が柱のてっぺんに向かって斜めに張りつめたときが、ちょうど満ち潮の時刻だった。押し上げる潮の勢いを借り、綱を曳く漁船はひたすら前進を続け、沈み込もうとする巨大な鯨を引き揚げてゆく。

吉蔵は勢いよく波をかぶった。再び海面に顔を突き出したとき、喘《あえ》ぐように息をしながら、月明かりに照らされたその馬鹿げた光景を見た。

——鯨を吊るし上げた。

そう思った直後だった。鯨に繋いでいた綱が弾けるようにして外れた。血しぶきを上げて綱の先端にある鉤が抜けると、鯨は落下し、これまで以上に凄まじい波が襲った。波の勢いに押されて柱が折れた。渦を巻いた波に、折れた柱も吉蔵も巻き込まれた。

もはや鯨は身動きせずに沈んでゆく。吉蔵は流されまいと、鯨に巻き付けた袖網にしがみついた。

海中でも激しく海流が渦を巻いた。ずっと海底を流れていたもう一方の袖網の端に繋がった船が、その海流に乗って吉蔵の背に激しく打ち付けた。

逃がすものか、と網を摑んだ。もう鯨は動かない。その網にもう一度鉤を掛ければ、後は浜まで曳いてゆくだけだった。これは俺の鯨だ。櫛ヶ浜で人になるための寄り物だ。

網を摑んでいたはずなのに、手のなかにはなにもなかった。指先の感覚がもうない。身体のどこかから血が出ていた。

ついに届かなかったと悟ったとき、耳の奥で声がした。

昔々のことのようだった。いっしょに浦を出ようと熱心に語った朋輩がいた。櫛ヶ浜を出る気はないと明かすことができず、約束を破った詫びの一言を言えずじまいになったことが心残りだった。

……見よるか、吉蔵。やっぱり、俺が先に引き揚げたじゃろう。

喜右衛門はいつも、どうでもいいことを偉そうに誇った。いまとなってはそんな阿呆面が懐かしかった。

夜の海なのに、冷たさを感じなかった。鯨から離れてしまうと、自分が浮くのか沈むのかも分からなかった。もうこれ以上、息を止めていられない。

この一年は、初めて生きている心地がした。厄介の立場を忘れ、櫛ヶ浜の浦人たちに認められたことが嬉《うれ》しかった。

チヨを妻に迎えるつもりだった。俺が夜這いを掛けなければ、チヨも人生に迷わなかったのではないか。とっくに嫁に行き、夫となる百姓やその家の両親と笑って過ごしたのではないか。そうか、俺が夢など見なければ――。

村井喜右衛門の智謀は、若年の頃から発露していたという。ある春先の航海中、山本の廻船が濃霧に包まれて海路を見失い、漂流したことがあった。夜のことであり、しかも、霧で視界が閉ざされ、船頭も熟練の水夫たちも廻船がどこを進んでいるのか、港がどの方角にあるのか、一切の手がかりを失った。曇天下で星も見えず、なす術もなく闇雲に船を進めていたとき、喜右衛門が舳先に登ってあらぬ方角へ目を凝らし、船の進むべき方角を正確に指し示したと、記録に残っている。

赤間の難所越えに失敗し、廻船は潮目に流されたようだった。

濃霧に包まれたこの夜、船頭さえも押し黙っていた。航海経験も浅い喜右衛門が、兄や船方番頭を押しのけて舳先に立ったとき、海に落ちたら大変だと、船乗りたちは引き摺《ず》り下ろそうとした。

「誰も見らんかったのか！」

喜右衛門は振り返って問うた。それから霧の向こうの見えざる大海原を指差し、確かに聞いたぞ、と狂ったように言い募った。

「鯨の群れが居る。この季節なら、間違いなく上り鯨じゃ。西海の捕鯨組は、鯨の通り道に罠《わな》を張って待ち構えると、昔、爺様に聞いた。ならば、鯨が来るほうへ向かえば、必ず捕鯨組が拠点としちょる港が見えてくるはずじゃ」

視界を塞がれて見えようのない鯨の群れを喜右衛門は指差し、進むべき方角を割り出した。

「爺様とは、市兵衛さんのことかね」

「そげじゃ。一倍力の爺様じゃ」

廻船屋敷の二男坊は神通力を受け継いだのかもしれない。船乗りたちは藁にもすがる思いで信じようとしたのだろう。だが、喜右衛門には確信があった。上り鯨、下り鯨は群れをなし、決まった海路を、決まった季節に移動する。船が赤間関から流されたなら、近くに鯨の通り道があるはずだった。濃霧の奥から聞こえた鯨の鳴き声は、その推察が間違いでなかったと喜右衛門に教えた。

星も見えない夜の海、漂流船は鯨の鳴き声を導《しるべ》に進路を定めた。喜右衛門は舳先から下りることなく、進むべき方角を指し続けた。群れで行動する上り鯨は、決して進路を間違えない。巨大な鯨の群れが海面を波立たせながら上ってゆく様が、本当に見えていたかのようだった。

長い夜が明けた頃、港が見えた。肥前《ひぜん》の呼子《よぶこ》港だった。赤間を抜けた後、思った以上に遠くまで流されていたようだった。自分たちが漂流していた事実に直面し、船乗りたちは安堵するよりも背筋の凍る思いがした。

このときばかりは船頭も厳めしい顔を崩し、我が子の頭を慈しむようにぐしゃぐしゃと撫で回した。ここに詰まった脳みそに救われたぞ、と何度も自慢げに語って褒め讃《たた》えたという。

第 二 章

寛政十年

1798

五月　肥前《ひぜん》国彼杵《そのき》郡香焼《こうやぎ》村

香焼島は、九州長崎の南方二里（約八キロメートル）の海域に浮かぶ離島だった。長崎に入港する船はこの島の北側を東へ進み、南北に長い長崎湾へ向かう。湾と島嶼《とうしょ》が入り組んで見通しが悪く、初めて訪れた船は長崎を見付けられず漂流することがままあった。

そもそも長崎の始まりが、漂流した南蛮船が偶然見付けた入江だというのだから、交易港に適した立地とは言い難かった。その隠れ家のような港町が、いまでは異国に向かって開いた窓口だった。

阿蘭陀《オランダ》船が入港するのは、四月から六月頃、颶風《ぐふう》（台風）が頻発し始める前の季節だった。六千石積みとも七千石積みとも言われる外洋船は三本の帆柱が特徴で、単檣《たんしょう》の弁才《べざい》船を見慣れた日本人は、三枚帆が風を受けて疾駆する雄景に圧倒された。

阿蘭陀船はジャワ島バタビア港を出航し、台湾《タイワン》海峡を抜けて九州南西部沿海を北上、長崎湾沖にある島嶼群で最も西に位置する伊王島《いおうじま》の、さらに西側を迂回《うかい》して東進した。

寛政十年（一七九八）五月、この年もバタビアからの交易船が訪れた。

南中した太陽の光が水面《みなも》に照り返していた。香焼島西部、栗ノ浦《くりのうら》の高台に百姓たちが詰めかけ、暑い盛りの蟬《せみ》の鳴き声を掻《か》き消すように喋《しゃべ》り合った。島中央に聳《そび》える遠見岳《とおみだけ》に狼煙《のろし》が昇るのを見て、海を一望できる高台へやってきたのだ。遠見番所の狼煙は蘭船到来の合図であり、香焼島から長崎湾へ送られるものだった。

狼煙は上がったばかりだった。船はまだ南の海上にあり、伊王島を迂回して香焼島の北に姿を見せるまで時間の余裕があるはずだったが——その船は、近道をしてきた。九州沖を北上する勢いを殺さず、香焼島とその西隣に浮かぶ沖之島《おきのしま》の間の狭隘《きょうあい》な大中瀬戸《おおなかせと》へ進入したのだ。

百姓たちは目撃した光景に面喰《めんく》らった。

外洋航海を経てきた蘭船は、想像を絶する巨大さだった。二十間（約三十六メートル）を越える長さの船が瀬を通り抜けることなどできないように感じた。和船と違って甲板があり、上荷以外の積荷を甲板下に設けた船倉に収納している。船底までの深さが五、六間はあると言われ、多少海が荒れても波を被《かぶ》らない。その代わり、喫水が深いため、不用意に浅瀬へ進入すれば簡単に船底を傷つける。最悪の場合は座礁する。外洋船が陸に沿わず、用心深く沖合を航行することは、漁師たちも知っていた。

香焼島も沖之島も小さな離島だ。小島間の早瀬など、水深があると普通は考えられないだろう。地元漁船が北から南へ通過するのとはわけが違う。船頭が自信家なのか自惚《うぬぼ》れ屋なのか知らないが、大船を預かる者なら決して行ってはならない航路選択だった。

海風が帆を叩《たた》く激しい音が、島の高台に届いた。百姓たちはようやく我に返ったか、間近に迫ってくる船に喚声を送った。甲板へ届くように手を叩き、釣られた童子たちがキャッキャッと跳ね回った。船乗りたちが大勢甲板にいたが、こちらへの反応はなかった。

三本檣の外洋船が悠々と大中瀬戸を通過してゆく。なおも興奮覚めやらない百姓たちは、船の後を追うように北の浜辺に駆け下りていった。

高台には、ひとり網元だけが残った。髪には、白いものが交じっている。上背は六尺ばかりあった。背を反るように佇《たたず》むと、肉づきのよい腹を手持ち無沙汰に叩いた。そうして、不機嫌そうに大中瀬戸へ目を凝らした。慌ただしく去った蘭船に不快を覚えたのは確かだった。

栗ノ浦の網元は、廻船《かいせん》商人でもあった。同じ船主として、船頭の傲慢が気に入らなかった。弟の廻船は先に島を出航した。船出を控えるもう一艘《そう》の胴の間には、香焼だけでなく、近隣の離島からも買い占めた干鰯《ほしか》を積み上げた。その船出と蘭船の着到のどちらが早いか、毎日考えていた。ひとまず蘭船の長崎入港を確認できたのは、幸先《さいさき》がよかった。蘭船も毎年長崎を訪れるわけではない。だが、まさか大中瀬戸を通過する様を見せられるとは思わなかった。

前年の秋に廻船から戻った折、長崎に入港していた船を見た。いましがた過ぎたのと同一の船体に見えた。

船頭は気まぐれで航路を変更したのではないだろう、明確な理由があってのことだと、網元は考えた。確かに大中瀬戸は想像するほど浅瀬ではなかったが、異国の船頭がそれを知る由はない。「用心が足らんな」網元はボソリと呟《つぶや》いた。

その蘭船は、長崎湾の手前で停《と》まっていた。そら見たことか、と網元は警戒を強めた。西泊《にしどまり》番所から出張った小早《こばや》が呼び止めたようだった。いまの航路変更を見咎《みとが》められたのだろう。

間もなく検使船だけでなく、それぞれ役付きの長崎方十艘ばかりに囲まれた。野母《のも》半島の深堀《ふかほり》番所から出た番船も合流した。

船頭らしき人影が、大船から艀船《はしけぶね》で下りた。通り一遍の確認だったようだ。詳細な臨検は長崎湾入り口の高鉾島《たかほこじま》の検問所が行うが、その前に、確かに阿蘭陀船である確認を内海の外で行う。三色旗とVOCの社旗を掲げた交易船は、奉行所の役人を乗せた検使船や、阿蘭陀商館の派遣した船が波に揺れても身じろぎもしなかった。

無数の小早から延びた綱が大船の舳先《へさき》に繋《つな》がれた。蘭船は帆を下ろし、小早に曳航《えいこう》されていった。

今年の長崎警備は、福岡藩の年番だった。蘭船の脇に随伴する護送船も黒田《くろだ》家のもので、藩士は鉄炮《てっぽう》を抱えて万が一擬装だった場合に備えた。しかし、唐船、蘭船以外の異国船は百五十年間現れていない。その備えも見せかけに過ぎなかった。

蘭船が視界から消えると、網元はようやく息を吐いた。北の浜辺で童子たちのはしゃぐ声が聞こえた。仕事を再開した漁師たちの童子らを追い払う濁声《だみごえ》が続いた。童子たちはきゃっきゃっと騒ぎながら浜から続く坂道を駆け上り、再び高台に出たと思うと、網元にも気付かず通り過ぎた。

「どうかなさいましたか」

末娘の手を引いた妻が声を掛けてきた。末娘の鶴《つる》が駈《か》け寄り、腰にしがみついた。船出を控え、間もなく別れ別れになると、幼い娘も分かっていた。妻が少し不安げな微笑を浮かべた。

この時期になると、いつも考える。今生の別れになるかもしれないと。海難事故の恐れよりも、島に残してゆく家族が命を失わないかと怯《おび》えた。

香焼島に居を構え、妻を迎えて一男三女をもうけた。

二十年前の栗ノ浦は、荒波が打ちつけるだけで、漁師はいなかった。集落もなく、わずか二、三の百姓が粗末な掘っ建て小屋に住みつき、見るも無残な痩せた田で水稲作を行っていた。

日射しが眩《まばゆ》く、高台でも暑気が籠もった。鰯《いわし》漁が続いている季節で、浜に筵《むしろ》を敷き詰めて鰯を干していた。魚の匂いが充満する岸には、松や雀榕《あこう》の木々が生い茂る。ところどころに防風林が群生するが、白浜が海に吸い込まれて見えるほど海岸線は長かった。島の西端を辰ノ口《たつのくち》、地続きの東となりを栗ノ浦といった。白砂がきれいな遠浅の海岸で、地曳《じび》き網に適していた。大陸からの季節風が吹き込む温暖な西海は、漁場に最適だった。

香焼だけでなく、近郷の十ほどの島嶼にも漁場ができた。佐賀藩鍋島《なべしま》家の家老格、深堀鍋島家の知行地だ。深堀領主家は香焼島から四半里の対岸、野母半島の深堀に本拠を置いていた。長崎の南二里に位置する佐賀藩の飛び地だった。遠く乱世には海賊だった深堀氏は、帰属した佐賀藩から自治権を与えられる代わりに、黒田、鍋島が一年交替の持ち回りで勤める長崎御番の定詰《じょうづめ》として、軍役を担った。長崎警衛のために家来衆や足軽を抱え、船、砲台、鉄炮、弓矢を揃《そろ》えていた。しかし、軍役に掛かる出費は莫大《ばくだい》で、石高六千石の財政を常に圧迫した。

この二十年の間に、香焼島を始め深堀領の離島に勃興した漁場は、深堀家の税徴収に大きく貢献しただろう。

香焼島は、対岸の深堀と連絡が容易な東部の香焼本村を中心に栄えてきたが、いまでは西部の栗ノ浦が島一番の賑《にぎ》わいを見せていた。鰯漁が盛んになって人が増え、市庭《いちば》も立った。島嶼を巡る問屋や物売りが市庭に荷を卸した。栗ノ浦を訪ねれば、金物や綿布、または米、塩、味噌《みそ》などの食品、時には牛さえ手軽に買えた。縁日には、神社の境内で興行も催された。島じゅうの百姓が栗ノ浦に集まり、夜通し篝火《かがりび》が焚《た》かれた。

色の白い丸顔を崩し、網元は末娘を抱きかかえた。船出すればまた数ヶ月、家族とは離れ離れだ。肩車をすると、末娘が頭をぎゅっと抱いて離さなかった。

なにが一番大切なのか、よくよく考えてみなければならない。

「お宮さんに詣でようかのう。お鶴も、みなの無事を祈ってくれるかね」

いつの間にか、信心深くなっていた。禅寺の檀家だが、神仏と見るや見境なく奉納、寄進する網元を、却《かえ》って罰が当たりゃせんか、と笑う者もあった。

奉納や寄進も地元に根付くために始めたことだが、なにかを信じたい心はあった。

栗ノ浦に、生家とよく似た屋敷を構えた。門構えを設け、ぐるりを垣で囲った百姓家だった。この島に骨を埋《うず》める。その覚悟でいた。亡くなった縁者や仲間も葬ってきた。

漁船を数多《あまた》抱える有力な百姓になった。漁獲を干鰯に加工して売りに出る。瀬戸内や大坂《おおさか》へ廻送《かいそう》し、秋になれば島へ戻る。颶風が訪れる前に廻船二艘を香焼島から出航させた。四百石積み十八反帆の西漁丸《せいりよう》と、二百石積み十三反帆の西吉丸《にしき》だ。西吉丸は弟の亀次郎《かめじろう》の船だった。

栗ノ浦の網元、喜右衛門《きえもん》は当年とって四十七歳になっていた。

安永二年

1773

秋 櫛《くし》ヶ浜《がはま》村

本家から独立したのは、二十歳の頃だった。

その前年の秋、喜右衛門は朋輩《ほうばい》の死を知った。その年、櫛ヶ浜に戻るまで、海難を知らなかった。吉蔵《きちぞう》は、何ヶ月も前に死んでいた。どうにもできない過去に直面し、喜右衛門は言葉を失った。

海に出た半年間がこの世から切り離されていたかのように錯覚し、陸の足場を頼りなく感じた。自分ひとりが過去に取り残され、世の亀裂に落ち込んだような疎外感を覚えた。もうひとりの自分が嘲りながら、「疾《と》うに終わったことじゃぞ」と囁《ささや》くのだ。喜右衛門の哀《かな》しみは滑稽なほど遅すぎた。

宿に行くと、若衆たちが黙り込んだ。ようやく埋葬した記憶を再び喜右衛門に掻き乱され、あまつさえ掘り起こされるのは迷惑だっただろう。喜右衛門がなにも言えずにいるうちに、何人かが宿から出ていった。

嘉吉《かきち》が近付いた。「よう帰った。無事でなによりじゃ」と、ぶっきらぼうに言った。それから嘉吉が起きた出来事を語り始めると、またひとり宿を出ていった。

流れ鯨を捕らえようとして吉蔵は落命した。満潮で海面が高く、海は荒れていた。そもそも上げ潮の時間を狙い澄まして船を出した。

前年は、満潮が夜の場合は漁に出なかった。その上、暗闇で捕鯨に挑むなど狂気の沙汰だった。鰯網を鯨に喰《く》われて稼ぎを失ったことに吉蔵は焦ったのだろうと、嘉吉は言った。

成功すれば実入りは大きいが、危険が大きすぎる。吉蔵は臆さなかっただろう。いつもそうだ。鯨に網を掛けようと巨大な黒い影の下をくぐった。

鯨は、漁獲した鰯ごと袋網を呑《の》み込んでいた。吉蔵は袖網で鯨の胴体を巻き取り、簀巻《すま》きにした。鯨が暴れて波が立とうが、吉蔵はしがみついた。

——曳《ひ》け！

悲痛な叫びが、夜の内海に響いた。波しぶきの間をつんざく雷鳴のような大声に、漁師たちは棒立ちになったという。

「最後に聞いた吉蔵の声じゃった」と、嘉吉は言った。

闇夜の海で、何艘もの船が転覆した。鯨が暴れるごとに高波に攫《さら》われた。大荒れの内海で、そのとき、化け物じみた巨体が吊《つ》り上がった。ほんの短い時間だった。ほんの寸の間、海上にいた漁師たちが視認するには十分だったが、啞然《あぜん》として眺めたその瞬間に鯨は中空で暴れ狂い、柱をへし折って海に落ちた。それきり鯨は動きを止め、海底へと沈んでいった。巨体が沈み込むに連れて波が逆巻き、漁船を道連れにしようとするように渦を巻いた。嘉吉たちは櫓《ろ》を漕《こ》ぎ、あるいは船から転落しないように船縁《ふなべり》にしがみついた。

波が収まり、吉蔵の救難に船を寄せたが、どこにも姿は見えなかった。夜が明けてからも、漁そっちのけで捜索に当たったが、見付からなかった。死体は外海へ流れたようだった。

嘉吉の話を聞きながら、喜右衛門は何度も言葉を呑み込んだ。誰を責める資格もなかった。喜右衛門は居合わせなかったのだ。もしいたとして、吉蔵を止められただろうか。

徳山湾《とくやま》に鯨が流れ着いたのは偶然だった。寄り鯨は賜り物だ。鯨一頭寄れば七浦潤うと言われるほど儲《もう》けは莫大なのだから、たとえ真夜中であれ、鯨を発見すればなにを措《お》いても仕留めに行くだろう。

漁師の本懐を全うし、吉蔵は死んだ。その死の責任を吉蔵以外に負わせるのは侮辱だろう。

喜右衛門は本心を押し殺し、拳を握りしめた。

「……鯨は、どげした？」

喜右衛門が声を絞り出すと、嘉吉は言いよどんだ。吉蔵の死に様を語るときでさえ淡々とした口調だったのに、不自然な沈黙が宿を覆った。

不意に、叫びが上がった。

「打《ぶ》ちのめすしかなかろうが！」

声を上げたのは、年長の若衆だった。床を殴って立ち上がった。それは、溜《た》めに溜めてきた怒りのようだった。

「入会《いりあい》がなんじゃ。我が浦は死人まで出したぞ。宿仲間が刺し違えて死んだんじゃ。寄り鯨は櫛ヶ浜が獲《と》るべきじゃった。誰に聞いてもそげ答えよう。見過ごした俺らはいい笑い者じゃ。若衆宿は喧嘩《けんか》ひとつ吹っかけんと舐《な》められちょる」

宿は荒波のような喧噪《けんそう》に包まれた。嘉吉は口を閉ざしたままだ。お調子者が伏し目がちに自分の拳を睨《にら》むだけだった。

鯨は、櫛ヶ浜に寄らなかった。弱り切って沈んだ鯨を、彼らは逃したのだ。鯨に負けたのではない。漁場争いに負けた。その所為《せい》で、若衆たちは吉蔵への負い目を払拭できずにいた。深夜に起きたこの海難に、他浦も救助の船を出した。そこで彼らも、沈んでゆく鯨を見付けた。ある浦の漁師たちが無数の綱を掛け、自分たちの浜へ曳いた。櫛ヶ浜よりも近くにあった浜で百姓総出となり、地曳き網のように引き寄せた。そのとき嘉吉らは、吉蔵を捜索していた。他浦の漁師たちは、まさか若衆がたったひとりで鯨を仕留めたなど夢にも思わず、たまたま沈んだ鯨を発見したから見失う前に引き揚げたのだ。

だが櫛ヶ浜の漁師にしてみれば、火事場泥棒にも等しい行いだった。

寄り鯨を巡る争いには、多額の銀子《ぎんす》が絡んでくる。だから、若衆宿でなく、庄屋や寄合が交渉に関わった。櫛ヶ浜の漁師が一番槍《やり》を刺し、網を掛けて曳いたものを脇から攫われたのだから、浦として黙ってはいられなかった。

相手は寄り物だと主張し、どの浜の獲物かを争う考え方自体がおかしいとして突っぱねた。結局、鯨の所有権を巡って宰判《さいばん》に持ち込み、公事《くじ》となった。櫛ヶ浜には、敗れるはずのない裁判だった。

その公事に敗れた。実のところ、ほとんど吟味もされなかった。

徳山湾岸の浦村は、毛利《もうり》本藩である萩《はぎ》藩の蔵入地《くらいりち》と支藩の徳山藩領に分かれる。本藩と支藩の間柄が親しくない所為で、徳山の公事はしばしば代理戦争の様相を呈した。だが、櫛ヶ浜村はどちら側にも属さない。萩藩領であるが蔵入地ではなく、一門家老宍戸《しし ど》家の知行地だった。しかも、内陸の三丘《みつ お》郡を本拠とする宍戸家は、飛び地である櫛ヶ浜村を重要視しなかった。

本藩支藩の別なく、徳山で栄えた漁村はいがみ合う両領主の後ろ盾をそれぞれ得ていたが、櫛ヶ浜は違った。漁場争いが生じても、宍戸家は見て見ぬフリをした。その所為で、櫛ヶ浜は大きな漁場を常に得られなかった。宍戸家は櫛ヶ浜村のために毛利本家と争いはせず、漁業権を守りもしなかった。

それでも寄り鯨だけは例外だろうと、百姓たちは期待を掛けていた。

寄り鯨における運上銀の配分は、知行地の場合は、毛利本家が収益の三分の一、知行主が三分の一、浦村が三分の一を得た。毛利家にも宍戸家にも実入りがある配分なのだ。他浦の目撃者もあり、寄り鯨の権利が櫛ヶ浜にあるのは明白だった。マトモな公事なら所有権が認められたはずだ。

しかし宍戸家は争わなかった。飛び地を守ることを最初から避けた。鯨の寄り浜が萩藩蔵入地だったからだろう。蔵入地の場合の配分は、毛利本家に三分の二、浦村に三分の一となる。宍戸家の態度は、もはや櫛ヶ浜村を自領と認めていないかのようだった。

この裁決は、寄り鯨の権利を失っただけでは済まなかった。櫛ヶ浜に後ろ盾のないことが明らかにされたのだ。今後、漁場を巡る諍《いさか》いが起きても櫛ヶ浜は絶対に勝てない。その事実を徳山の浦々に知られた。

判決が下された直後、櫛ヶ浜の寄合は若衆宿に、「けして報復いたすな」と厳命した。むろん百姓惣中《そうじゅう》も不満だが、これを不服として喧嘩騒ぎを起こせば、若衆組だけでなく庄屋や村役まで死罪だった。下手をすれば、村そのものが滅ぶ。そして、そこまで追い込まれても、宍戸家に助けを求めることは期待できなかった。

吉蔵の死と寄り鯨の一件は、櫛ヶ浜の置かれた歪《いびつ》な立場を白日の下に晒《さら》した。櫛ヶ浜の漁師には致命的な敗北だった。

それでも若衆らは、泣き寝入りすべきではないと主張した。大人しく受け入れては立場が悪くなる一方だった。すぐに決起し他浦を脅しておかなければ取り返しがつかなくなる。

宿でも意見が割れた。祭に乗じて襲撃しようとする年寄若勢《わかぜ》の声が、最も大きかった。煽《あお》る者も黙った者も、みな先行きの不安に囚《とら》われた。百姓惣中の言いなりでよいのか。今後の浦を背負う若衆には、いま存在感を示さねば先がなかった。櫛ヶ浜に手を出せばどうなるか思い知らせねばならない。現状を打破するには、戦わねばならない。

「和主《わぬし》も加《か》たれ、喜右衛門！　いま起こさねばならん喧嘩じゃ。死罪になろうと構うか。わしらの獲物を掻っ攫った連中を皆殺しにせな、吉蔵に顔向けができんじゃろうが！」

彼らが騒げば騒ぐほど、喜右衛門は気持ちが冷めた。

他浦を襲っても、憂さ晴らしにしかならない。それよりも、一刻も早く宍戸家の知行から抜けるべきだった。萩藩を脱し、徳山藩に組み替えられるよう、隣村を頼ってでも工作するのだ。事実、櫛ヶ浜村の徳山藩編入はずっと昔に決まったのに、手続きが面倒という理由だけで、徳山藩が先送りにしてきた。寄り鯨の帰属を巡って公事が起き、知行主が櫛ヶ浜を見捨てる態度を明らかにしたいまこそ、本藩支藩の両領主家を動かす絶好の機会だった。

他浦と喧嘩したところで、なにも生まない。無駄な犠牲を出し、遺恨を残すだけだった。若衆たちは、口では勇ましいことを言うが、そのうち現状のままの櫛ヶ浜に満足するだろう。いずれ親の跡を継ぎ、今日と同じ未来を生きること以上を望まなくなるだろう。

最初から櫛ヶ浜に居場所を持たない厄介《やっかい》の苦しみなど知らない。吉蔵が無理な夜漁に出、寄り鯨の捕縛に乗り出した理由を気にすることもない。そんな彼らが吉蔵の名を口にするだけで、喜右衛門は不快になった。嘉吉のもの言わぬ態度も、跡取り連中の自尊心に巻き込まれるのを厭《いと》うたからだと思われた。

「俺は加たらん」

喜右衛門は立ち上がり、はっきりと拒んだ。理由は述べなかった。寄合は徳山藩への組み替えを考慮し、宿に通達したはずだった。子供じみた欲で動こうとする連中とは、なにを語っても理解し合えるはずがない。

「なして、そげなもんに加たらないけん。吉蔵の鯨を逃したんは、和主どもじゃろうが。俺には関わりのねえこつじゃろうが」

喜右衛門と吉蔵の親密さは、みな知っている。その薄情な物言いは、一丸となるべき宿そのものを侮辱するように聞こえただろう。

喜右衛門より年長の年寄若勢が、怒りに任せて殴り掛かってきた。年下の若衆は、息を呑んで後じさった。

若衆宿は、生まれや育ちが影響しない唯一の場所だ。吉蔵は宿の誇りだった。相撲で、神輿《みこし》で、漁で、吉蔵は膂力《りょりょく》を見せつけ、多くの者に慕われた。吉蔵以上の力自慢は、櫛ヶ浜にはいなかった。徳山中を捜してもいなかった。いずれ必ず若衆頭になっただろう。

だが、櫛ヶ浜に残ったところで吉蔵は幸福にはなれなかった。吉蔵もそれが分かっていただろうに、郷里で褒められようと意固地になり、命まで捨てた。

吉蔵の生きる場所は他にあった。どこに行っても立派な網元になれたのだ。こんなことで命を落としていいはずがなかった。

……俺が傲慢だったのか。

年寄若勢は大勢に押さえられ、喜右衛門から引き剝がされた。喜右衛門は腫らした顔を気にするでもなく、宿の戸口へよろけながら向かう。

「どうせ、浦に居《お》らん輩《やから》じゃ！　余所者《よそもの》みてえな者じゃ！」宿からは罵声が飛んだ。「銭勘定ばかりの青瓢簞《あおびようたん》め。情けねえと思わんのか。ちっとは浦のためになろうと思わんのか！」

情けない奴《やつ》じゃなあ。吉蔵もよくそう言った。嘲り笑う吉蔵はもういない。

野良でよろめく喜右衛門に、灯を手にした嘉吉が追いついた。近付くのを憚《はばか》ったように歩みを緩めて距離を置き、無言で後ろを歩いていたが、「さっきは話せんかったことじゃが、チヨが鬱《ふさ》いじょるそうじゃ」思い切ったように切り出した。「吉蔵は己のことをよう話さんかった。和主には話したんじゃなかろうかと思うてな。吉蔵から好いた女子のことや、夜這《よば》いをかけよる娘のことを聞かんかったか。チヨのこと、なにか聞きやせんかったか」

嘉吉は切羽詰まった様子で迫った。そのチヨという娘に惚《ほ》れているのか、それとも他に事情があるのか。

「知らん」喜右衛門は素っ気なく吐き捨てた。「チヨとは、どこの家の娘じゃ」

吉蔵に惚れた娘がいたかどうかなど、気にしたこともなかった。吉蔵がどれだけ櫛ヶ浜で認められたかったか、喜右衛門はなにひとつ知らなかった。

喜右衛門は立ち止まり、嘉吉を振り返った。

「和主はどげするか。俺はあきらめんぞ。いずれ余所で漁場を買うて鰯漁を始める。ひとりでもやり遂げる。和主が村を出とうないなら、無理強いはせん」

しょぼくれたような相手を突き放す言い方をした。

「俺は端《はな》っから、村を出るごと言いよろうが」嘉吉のほうも突っかかってきた。「なしていまさら訊《き》いた？　本当は尻込みしちょるんじゃあるまいな！」

「それなら、もう夜は漁に出らんでくれ。網元に言われても、漁師仲間に罵られようとも断れ。臆病者と言われても、どんな条件を出されても堪《こら》えれ」

嘉吉は歯切れが悪くなった。「それは、断りきれるか分からん」

「闇夜の海にげな潜れやせんじゃろう。どれだけ危ういかくらい分かっちょろう。くだらんことに命を懸けんごと、甚平《じんぺい》にも言うて聞かしちょけ」

返事は待たなかった。他の漁師が危険な海へ出るのに、嘉吉ひとり逃げられるはずはない。返事のしようのない嘉吉は、もう追って来なかった。

浜へ続く土手に上ると、波の音がうるさかった。村の生活とは関わりがないように、単調に同じ律動で繰り返す音の調べを聞くうち、喜右衛門は我知らず泣いていた。

暗闇に溶け込むようにうずくまった。なにもかも遅すぎた。ここで泣いたところでなにひとつ変わりはしない。それでも、滞っていた時間が一挙に流れ出したかのように、堰《せき》を切って押し寄せた感情の波に呑まれた。喜右衛門は、自分の輪郭すら定かでない真っ暗闇のなかで、地面に突っ伏して泣いた。

櫛ヶ浜の網元中野屋《なかのや》は、干鰯を直買できる貴重な取引先だった。危険な夜漁を敢行したと恨みはしたが、喜右衛門は取引を続けた。

廻船の仕入れは、問屋を通すのが通例だった。網元との直接取引は船手直買と呼ばれて、あまり例がない。近年は特に、地場の問屋が網株仲間となって漁業権を共有する代わりに、仕入れ代の前貸しとして支度銀を提供した。網元は決まった問屋にしか代物を卸さなかった。それゆえ、そうした問屋を通さずに中野屋から直買できることは、稀《まれ》に見る特権だった。本家は喜右衛門の独立に反対しなかった。そもそも本家の廻船の積載量にも限りがあり、喜右衛門の荷をいつも積めるとは限らなかった。

父弥兵衛《やへえ》は、使っていない古船を喜右衛門に金五十両で譲った。百石積みのイサバ船で帆も小さいが、瀬戸内を航行するには十分だろう。それに、たとえば四百石積みなら、最低でも七、八人の水夫《かこ》が必要だったが、イサバ船ならその半数で済む。そもそも五十両の手持ちすらない商人に大船は無用の長物だ。喜右衛門は本家に借銀する形で、百石積みを買い取った。

船乗り志願はすぐに現れた。弟の亀次郎だ。喜右衛門には相談もなく父に直談判《じかだんぱん》し、兄のイサバ船に同乗したいと懇願した。若衆になったばかりの十四歳で、外海に出始めてわずか一年の未熟者が、幼いなりに立身の道を考えた。本家に残るより、番頭《ばんとう》も手代《てだい》もない喜右衛門船のほうが偉くなれると宣《のたま》った。

嘉吉や甚平も同乗を申し出たが、喜右衛門は断った。資金集めの段階では喰わせることができない。それに、ふたりには操船でなく鰯漁を任せたかった。

「いずれ漁場を開かないけんのじゃけ、いまは漁を学んじゃれ」

「はよう漁場を手に入れんと、他の船に乗ってでも村を出ていくけンな」嘉吉が言い、甚平も真顔でうなずいた。

櫛ヶ浜の東にある宿場町花岡《はなおか》には都濃《つの》宰判の勘場《かんば》があった。喜右衛門は役所を訪ね、諸国回遊の往来切手を申請した。そのとき、初めて屋号を名乗った。父の生家にちなんで、「村井屋《むらいや》」と称した。

安永二年（一七七三）三月、喜右衛門は弟の他に船乗り一名を乗せ、百石積み帆船で外海へ出た。

まずは櫛ヶ浜で積んだ干鰯を売りに行った。干鰯売却は前年にも経験し、売却先の当てもあった。売り切るのは容易だが、今回は新たな荷を仕入れねばならない。喜右衛門は信用を得ていない新参者だった。

問屋も商売だけに、何処《どこ》の馬の骨とも知れない若造と取引はしない。そもそも売れ筋は売約済みで、購《あがな》える商品に碌《ろく》なものは残っていなかった。それでも今後のため、仕入れの実績を作っておくことが大事だ。新参が最初にぶつかる難関が仕入れで、船があろうと銭があろうと荷が買えなければ商売にならない。

問屋は素っ気なく言った。「新参に売れる代物など、せいぜい塩くらいじゃろうな」

昨年今年と干鰯を売った問屋さえこの有り様だった。翌年の干鰯売却を約束したばかりなのに辛辣だ。喜右衛門が来年も干鰯を廻送できるかどうか半信半疑だからだろう。

喜右衛門は神妙に尋ねた。「塩ならば売ってもらえますか」

「そりゃ、売らんことはないがね」

問屋は嘲笑したが、喜右衛門は笑わなかった。妙な沈黙が下りた。問屋も口をつぐみ正気を問うような顔になり、そして、商売人の顔つきになった。

「村井屋殿じゃったか。こう言えば薄情に聞こえるかもしれんが、港を変えるのもひとつの手じゃ。されど、いまは干鰯を売りつくして船が空じゃろう。それでは、よう船出もでけん。ならば、ひとまず塩俵を買うのも悪くはないぞ」

荷がなくなれば、船が軽くなって安定しない。そこで、外海に出る船は一定量の脚荷を積んで、重さの均衡を調整する。

信用も実績もない喜右衛門に見合う代物は、価値の下落しきった塩だけだった。問屋もさすがに無価値な塩を押し売りするのをためらい、せめて脚荷として奨《すす》めたのだ。

だが、喜右衛門は調子に乗った。「買えるだけ買い取ると申したなら、まだ安くなりますか。なんなら、蔵に残っちょる塩俵すべてでも構いません。それでも我が船はまだ空きがあるでしょう」

問屋はすぐには返答しなかった。わずかでも在庫が捌《さば》ければよかったのだ。こいつは阿呆《あほう》かと呆《あき》れ、そこで喜右衛門の将来性を見限って売りつけるほうへ舵《かじ》を切った。塩の売却を承諾したとき、問屋は満面の笑みを浮かべていた。

それが、喜右衛門が初めて自力で行った仕入れだった。大量の代物を一挙に運ぶのが廻船商売。百石積みの空きを埋めたかった。もっと買って船一杯に積み上げたい、そんな思いで問屋を廻《まわ》った。

やがて、塩俵を港へ運ぶ人足が目立ち始めた。そして新参者の噂《うわさ》が町を巡った。喜右衛門は往来で問屋に呼び止められるようになった。

「塩を捜しよる廻船は和主か？」

問屋が道端で新参商人に取引を持ちかける光景は、ちょっと滑稽だった。なりふり構わず「信用買いでいい」と、問屋は塩を売り付けようと必死だ。だんだん殺伐とした空気がみなぎり、町はおかしな具合に活気づきだした。

港にいた廻船商人たちは、この降って湧いた狂騒に辟易《へきえき》した。ものを知らない若者を寄ってたかって食い物にするのは見ていて気分のよいものではない。親切な商人が喜右衛門を引っ張り寄せ、説教した。

「ケツの毛まで抜かれる前に、ここを出ろ。この港はあきらめろ。どの問屋も塩以外を売っちゃくれまい」

「塩ならどの船主も買わんごたりますけ」

相手はカッとなり、「買えればなんでもよいで商売が成り立つか。頭を冷やせ。仕入れの算段も立てちょらんから問屋に騙《だま》されるのだ。忠告はこの一度じゃぞ。騙されるほうが悪いんじゃ。智慧《ちえ》も腕っ節もないのに外海へ出たのが悪い。この失敗は今後に活《い》かせ。分かったな」

懇切丁寧に諭すと、近くにいた問屋を睨んでその場を去った。親切な男は少し離れたところで振り返ると、「さっさと港を出ろ」と怒鳴った。

「……騙されるほうが悪い」

ひとりになった喜右衛門は、こちらを窺《うかが》う問屋へ目をやった。笑みを浮かべて歩み寄る相手と、商談の続きに立ち返った。

仕入れは計画通り、順調に進んだ。

亀次郎が胴の間に積んだ塩俵を見上げ、「さすがに仕入れ過ぎじゃなかろうか」と不安げに言った。船乗りも、近年見なくなった塩俵を見て生唾を呑んだ。船出早々破産すれば俸給も貰《もら》えない。

「売れん品を買うはずがなかろう。我が船頭を信用せえ」喜右衛門は上機嫌だった。「塩は必需品じゃ。日用品の強みで、貧富の差なく誰もが用いる。真っ先に枯渇するのは人口の多い土地じゃ。瀬戸内で余っちょる塩を大坂に廻送すれば、ひと財産になる。大坂で売り払い、また瀬戸内に戻って塩を買う。これは、いましかでけん儲け話じゃ。いまこのときなにが起こりよるのか、和主らの目には見えよらんのか?」

喜右衛門はずっと、田中藤六《たなかとうろく》の動向を注視してきた。三田尻《みたじり》の塩問屋が萩城を説得し、防長二ヶ国全塩浜に三八替持法《さんぱちかえもちほう》適用の触書《ふれがき》を出させたのは、二年前、明和八年のことだった。三八法は、塩の生産期間を三月から八月までに限定し、その他の月は生産を中止して塩田を休ませる生産規制のことをいう。その規制を防長二ヶ国の毛利領全域に強制する法令が、昨年から施行された。

塩価格下落の原因が供給過多にあるのは、誰もが知っていた。生産を抑制すれば市場に流れ込む供給量が減少し、やがて塩価格は上昇する。必要以上の塩を作らないことを生産者の総意とし、その事実を市場に周知させることが、田中藤六の目的だった。法令施行後も、藤六は防長二ヶ国を遊説して廻った。すべての浜主が規制に従うよう説得を続けた。

喜右衛門が塩廻船を思いついたのは、昨日今日の話ではない。

櫛ヶ浜の土地買い戻しを巡って折衝したとき、いずれ訪れる塩価格の揺り戻しを利用すれば一財産築けると考えた。その腹案があればこそ無理を押して独立し、自前の船を手に入れた。もう一年遅れていれば、儲けはかなり減っていただろう。

田中藤六は、休浜《やすみはま》の盟約を瀬戸内十ヶ国に広げるため、国境を越えて遊説し続けた。瀬戸内十州《じっしゅう》の休浜同盟の実現には、強制的に盟約に参加させた防長の浜主たちの命運が懸かっていた。防長に掛かった規制を好機と見て他国の生産高が上がれば、今度こそ製塩業は崩壊する。ひとつの塩浜が抜け駆けすれば、再び生産競争に拍車がかかって同盟は崩れ、結局、自分たちの首を絞めるのだ。曲がりなりにも、防長で三八替持法が実現した事実を、他国でも変革の好機と認識してもらう必要があった。田中藤六は、いずれ瀬戸内十州の浜主を休浜同盟に参加させられると信じた。そうならなければ、製塩業には未来がなかった。

喜右衛門は、その藤六の信念に全額張った。仕入れた塩が売れなければ、喜右衛門も破産だった。

翌年以降も喜右衛門は同じ商いを続けた。干鰯を売って得た資金で塩を買い占める。瀬戸内と大坂の間では、塩の価格差が広がり始めた。瀬戸内でも若干の値上がりが起きたが大坂の比ではない。市場に流れ込む塩の総量が減少すれば、滞留していた塩が吐き出される。誰もが分かっていた簡単な解決が実現するまでに、長い年月と多くの浜主が犠牲になった。

喜右衛門の塩廻船は完全に軌道に乗った。防長に限らず、十州塩の産地である瀬戸内全体で生産が抑制され始めた。数年が経《た》つ頃には、海水を引き込まない空の塩田や、煙の昇らない釜屋は当たり前の風景になった。

もともと喜右衛門は、即席の塩廻船が通用するのは十年が限界と予測していた。休浜が他国に広がり、その実績が塩価格として顕《あらわ》れてくれば、廻船がこぞって相乗りする。そのときには、瀬戸内の休浜同盟も周知されているだろう。生産規制の成功が知れ渡れば、相場に大きな影響を与える。そこまで事が進んだときには、喜右衛門のような零細商人の入り込む余地はない。専業の塩廻船や御用商人が介入してくる。小商人は、他人が乗り出す前に荒稼ぎせねばならない。市場が食い荒らされる前に儲けた後、欲を掻かずに速やかに撤退する。

塩は日用品であり、且つ消耗品だった。生産量が大きすぎただけで、需要が尽きることはない。分け隔てなく万人が買い求める代物だった。生産量が減れば、価格は上昇する。相場が下落した数十年の間に、塩を贅沢《ぜいたく》に用いる習慣が庶民に至るまで拡大した。消費量は数十年前よりずっと大きくなっていた。混乱した市場が正常に戻る契機を見逃さず、儲けを総取りする。それこそが、商いの正道だった。

田中藤六が正しさから逃げないことを、喜右衛門は知っていた。浜主たちに休浜の盟約を結ばせようと長年にわたって行動し、今後も続けてゆくだろう。なりふり構わず邁進《まいしん》した田中藤六と、休浜同盟を築こうとする浜主や塩問屋が人生を賭けて張った出目に、喜右衛門は相乗りした。

かつて領主家は率先して塩浜の増加に加担し、塩の生産高の向上を煽り、市場拡大に手を貸した。税収の増大を目論《もくろ》んだのだが、却って塩の供給過多を招いて大勢の浜主たちを路頭に迷わせる結果となった。にもかかわらず、領主家は不況に陥った塩浜を一顧だにしなかった。

田中藤六が催促し続けた三八法発布でさえ、毛利家は渋り続けた。製塩業が破綻に陥っても、領主家は放置した。塩市場の混乱に一切の責任を覚えない領主家の怠慢ぶりは、喜右衛門の目に、経済感覚の欠如による無能さの露呈として映った。現に、今回の顚末《てんまつ》を見たとき、領主家が自ら思いつき、もっと早く休浜や替持の触書を発布していれば、ここまで製塩業が壊滅的な打撃を受けることはなかった。景気が最もよいときに介入して市場に混乱をもたらし、儲けがなくなれば知らんぷりという領主の無策ぶりを指弾する者は、残念ながらいなかった。

公儀や領主家は、自らが無謬《むびゅう》でなければならないと信じる。傲慢にも。だから、都合が悪くなれば必ず逃げる。逃げなければ、過ちを認めることになるからだ。そうして、彼らは同じ過ちを繰り返して反省しない。

商売が順調に進んでゆくと、喜右衛門は気が大きくなった。父兄に対して熱を込めて訴えるようになった。従来から思っていた俵物の危険についてだ。

「運良く小金を稼いだくらいで、青臭い妄言を吐くな。御公儀の後ろ盾を利用し尽くすのが商人じゃ。理想では飯は喰えんぞ。もちっと世間を知れば、同じ台詞《せりふ》を吐けんごとなるじゃろうて」

「御公儀への依存は間違《まちご》うています。武家は武家です。商いを熟知してはおりますまい。俵物が商いの正道を外れていると、お気付きにはなりませんか」

「商いに正道も邪道もあるか。銭に善悪があるか」

確かに、公権力は揺るぎなく見える。領主家がお取り潰しに遭うことも、いまの世では想像できなかった。だが、そうして後ろ盾を利用するうち、依存は強まってゆくのだ。権力を頼んだ心の弱さから独立しなければ、商人であり続けることはできない。

喜右衛門は御用商人を理想とはしなかった。公のために尽くす気もなかった。商売とは、どこまでも利己的な行為であるべきだった。

安永七年　*1778*　秋　周防国都濃郡遠石《といし》村

遠石港に四百石積みの廻船を入れた。塩廻船で稼いだ資金で本家からの借入を返済し終え、四百石積み十八反帆の単檣帆船を予定より早く購入した。

袋網のある大きな袖網の仕立ても網大工に発注した。今冬の閑散期に漁村を訪ねるつもりだった。瀬戸内に目星をつけた浦村が複数あった。その庄屋や浦役人と面談し、請浦《うけうら》が可能かどうか打診しようと考えていた。
五、六年の間、喜右衛門は大坂方面の販路拡張に勤《いそ》しんだ。今後は瀬戸内で干鰯生産を軌道に乗せ、関東まで廻送したかった。大坂では江戸買次問屋の権勢が強く、仕入れに手こずることも多い。東で西国《さいごく》筋の名産が珍重されれば、仕入れ先の融通もつけやすい。西国では珍しい代物を仕入れられるだろう。船が大きくなったことで、商売の可能性がぐんと広がった。
遠石港に入渠《にゅうきょ》すると、当年業務は一段落ついた。船を預けるのは、祖父の代から馴染《なじ》みの船小屋だ。櫛ヶ浜には船着き場がなかったため、廻船屋敷では代々遠石港に船を預け、西国街道を歩いて故郷へ帰った。

船大工と修繕箇所を確認してから下船すると、船小屋の親爺《おやじ》が待ち構えていた。ねぎらいの挨拶もそこそこに、「問屋が待っちょりなさるぞ」と、促した。

「どなたじゃろうか」

「笠戸屋《かさどや》じゃそうな。新参の船主を名指ししてくださる酔狂者じゃけ、大事にしておけ。借銀の取り立てなら限りじゃないが」

「徳山じゃ取引をしよらんが」

「取り立てじゃないなら心配もなかろう。気楽に会《お》うてみい」

他人事《ひとごと》のようだが、船小屋で待ち伏せたのなら、親爺が入港を知らせたに違いない。釈然としないまま相手に近付くと、「村井屋殿か」と、港湾には似つかわしくない小粋な男が問うた。

「そちらは？」

「徳山御城下で問屋を営む、笠戸屋久兵衛《きゅうべえ》と申します。我が父、徳兵衛《とくべえ》が村井屋殿と旧交を温めたいと申しております。お時間をいただけませんか。ささやかな宴《うたげ》にご案内仕《つかまつ》りとう存じます。如何《いかが》？」

よく分からない話だった。彼の父親と旧知らしいが、覚えのない屋号だった。息子のほうとは初対面だ。自分よりやや年長に見える彼の親なら、五、六十歳だろうか。幅広く見当をつけてみても、徳兵衛なる人物に心当たりはなかった。

喜右衛門が黙していると、亀次郎が食って掛かった。「着いたばかりで疲れちょるのじゃ。少しは察せえ」

喜右衛門はいきりたつ弟を制した。亀次郎ももう二十歳だ。筋骨逞《たくま》しい大男に育っていた。威嚇を物ともせず、久兵衛は平然と続けた。

「漁場をお探しなのでしょう。心当たりを紹介できると、父は申しています」

喜右衛門は相手を見た。漁場探しのことを知る者は少なかった。

「どちらでお待ちじゃろうか」

「遠石八幡《はちまん》です」久兵衛は短く受けた。

「そりゃ、ここらで花街と言えば、門前町じゃ」様子を見にきた小屋主が口を挟んだ。「遊んでゆかれればよろしかろう。何事も勉強ですな」

断る理由は幾らでもあったが、断らない理由も同じだけあった。喜右衛門は船乗りたちを港で解散させ、後日、俸給を受け取りに櫛ヶ浜に来るように告げると、亀次郎を連れて笠戸屋の案内に従った。どのみち、街道へ出るにも方角は同じだった。

旅の垢《あか》を風呂屋で落とし、門前町をそぞろ歩く。せっかくなので八幡神社を詣でた。境内は賑やかだった。

久兵衛は背こそ低いが、身は逞しかった。喜右衛門らに付き合って風呂に入ったときには、夕刻なのに床屋を呼んで月代《さかやき》を剃《そ》らせた。

参詣客と遊客の入り乱れる夕暮れの門前町を、天秤棒《てんびんぼう》を担いだ物売りが通り過ぎる。安売りじゃ、売り終《じま》いじゃ、と張り上げる声も心地よかった。春の船出から荷卸し荷揚げを繰り返し、問屋街を行き来するばかりで味気ない毎日だった。

置屋《おきや》の入り口は、狭い街路沿いだった。看板のない玄関を久兵衛が開けると、帳場にいた遣《や》り手《て》が案内に立った。二階に上がった。

障子を開けて目に入ってきたのは、窓辺に座った年増《としま》の芸妓《げいぎ》だった。手遊《てすさ》びのような気楽な風情で三味線を弾いている。

それから、上座の老人に気付いた。先客はゆったり座を立ち、畳の上に杖《つえ》を突いて喜右衛門たちのほうへ近付いた。芸妓は客の手を取ることもなく、端座したまま三味線を弾いている。そうするように主《あるじ》が頼んだのだろう。喜右衛門はその相手を見て、確かに見覚えのある面相だと思った。

「お待ち申しておりました。御足労いただいてかたじけない」

笠戸屋の老主人は村井屋の兄弟を見比べ、ご立派な体軀《たいく》をなさっている、と言って相好《そうごう》を崩した。どうぞどうぞと、座敷へ促す。愛想の良さで本心を隠す老獪《ろうかい》さに不快を感じさせないのも、年の功なのだろう。

奨められるまま腰を下ろした。間もなく女中が運んできた膳は、ずいぶん立派な高脚だった。

「まずは一献、お受けくだされ」

年増芸者がすまし顔で三味線を爪弾いた。唐紙を開けて西日を採っているから街路の賑わいが座敷の上を漂ったが、これが音曲《おんぎょく》と調和して雑音に聞こえない。漂泊する音を自然と感覚させられるのが好ましく、ふと三味線の音が耳に残ったと思えば、それまで奏でられた音を確かに耳が覚えていて、連続のなかの一音だと気付かされる。

「気に入られたかな、三味線が」

戯れのように尋ねる老人に、喜右衛門はお追従《ついしょう》のような微笑を浮かべる。言葉にすれば興が殺《そ》がれる思いがした。相手は重ねて訊くことはなかった。

「手前は笠戸屋徳兵衛と申し、徳山御城下で問屋業を営んでいます。喜右衛門殿とは、三田尻でお目に掛かりましたな。あの節、豊後屋《ぶんごや》からお持ち帰りになられた大網はどうなさったかと調べさせると、面白いことをなさっておられた。手前は心底から感心いたした」

赤裸々に明かされ、意表を突かれた。以前、土地買い戻し交渉で訪問した三田尻の豊後屋に、初老の男が同席していた。番頭《ばんとう》かなにかと決めつけたのだが、主人の補佐を務めないのを訝《いぶか》しくも思ったものだ。

喜右衛門は急に警戒心が首をもたげ、せっかくの馳走《ちそう》も心安く箸を付けられなくなった。

亀次郎は腹が空《す》いていたのか、隣でバクバクと食い始めた。

「村井屋喜右衛門でございます。近ごろは廻船業など始めまして、商いの勉強をさせていただいています」

「安永二年でしたな」徳兵衛が言葉尻に被せるようにして言う。「もう五、六年も前になる。あの年、防長で塩を購うた廻船は村井屋だけじゃったのはご存じか。塩浜へ触書が出回ったのは事実じゃが、あの時点で塩を買えた廻船はなかった。手前どもが動いたのは翌年のこと、それでも酔狂と笑われた。しかし、近ごろの塩相場の変動を振り返れば分かるように、近年稀に見る商機じゃった。後からならなんとでも言える。先んじて塩を買えた者だけが大金を手に入れた。勉強にしては張り込んだものよ」

「新参者でしたけ、塩くらいしか売ってもらえんで」

誤魔化すように受けると、亀次郎が不満げな表情を浮かべる。確かに無用な謙遜だった。なにを気後れしているのか、と喜右衛門は自戒した。

「芸妓を下に呼んである。せっかく呼んだのじゃから存分に楽しんでいってくだされ」

徳兵衛は喜右衛門の呼吸を外すように埒《らち》もない台詞を挟んだと思うと、

「つまらぬ世辞は時間の無駄じゃろう」そう柔らかい口ぶりで言い、「そろそろ腹を割ったほうが意も通りましょうな。率直に言えば、手前、笠戸屋徳兵衛は、村井屋喜右衛門殿の商才に感銘を受けている。知った口を利くなと不興を買ってもつまらんので、まずは和殿《わどの》が達成なさる功績をば、和殿よりも存じていることを語ってみせましょうか」

喜右衛門の心の乱れを、三味線の音が打ち消すようだった。弦に鼓舞されたように、「お続けください」と、喜右衛門は言った。

徳兵衛は楽しげに、「先にも言うたが、櫛ヶ浜に大網を持ち帰りなさった後、それをどうお使いになるか大変興味を持った。当然、網元の真似事《まねごと》をなさると予見したが、和殿は即刻、地元の網元に譲渡なさったそうな。それはつまり、櫛ヶ浜の収穫は買い積みでよいと、徳山湾での漁獲の限界を見極めた判断であったろう。櫛ヶ浜での鰯網の漁業権と引き換えに、大網漁の試行に必要な人手と資金を提供させ、新漁法の研究に歳月を充《あ》てることに成功した。漁法さえ確立できれば、大網漁をどこの浦にも売りに行けると踏んだのですな。和殿は、そもそも櫛ヶ浜で稼ぐ気はなかった。干鰯を売るよりも漁法を売ったほうが稼げると踏んだ。寂れた漁村なら小物成《こものなり》を代納する約束だけで漁業権を得られよう。さすれば、漁獲、生産、販売のすべてを自前で賄える。買い積み廻船とは荷主にして船主であるが、漁業主まで兼ねたなら、たちまち大事業主となるじゃろう」

父親の長広舌の間、久兵衛が喜右衛門を凝視していた。喜右衛門の間の抜けた丸い面相に、大器の片鱗《へんりん》が窺えなかったからかもしれない。とても野心など抱きそうにない、どこにでもいそうなお人好《よ》しの顔だとよく言われた。

徳兵衛翁は満足げだった。才気煥発《かんぱつ》な若者を発見した喜びと、その前途を見守りたいという、老人にありがちな傲慢な欲求を隠そうとはしなかった。

「それでは足りますまい」喜右衛門は謙遜から脱し、生意気な口を叩いてみせた。腹蔵なく語るなら、謙遜は目利きへの非礼でしかない。「いま仰せになったのは、まさに手前の企てそのままでございます。それでは、手前の知る以上に手前を知るとは言えますまい」

「然《しか》り然り」と徳兵衛は楽しげに受け、「ここからが本題でござる。和殿の存じ上げない和殿の成功譚《たん》をば語ろうという趣向じゃ。これは、先に言うておくことじゃったが、手前どもは石を扱《あつこ》うている。花崗岩《かこうがん》、あるいは御影石《みかげいし》と呼ばれる石材じゃ。自前の石工《いしく》を抱え、どこぞで普請あれば注文を受けて切り出し、加工し、売却する。当地の石は世にも知られるようになり、徳山みかげと言えば、いまや徳山の名産になった」

　喜右衛門は当惑した。その売り口上はさすがに買えない。「お待ちください、笠戸屋殿。申し訳ござらんが、我らの積荷が干鰯とご承知の上で、いま荒荷の話を持ち出されましたか。こちらも買い積みを生業《なりわい》とする以上、分を越える積荷への手出しは慎重にならざるを得ない。とても石材を運ぶ余裕は――」

「漁場を買《こ》うて廻船で稼ぐのじゃろう。和殿の目指す事業は先刻承知じゃ。そして、その商売は成功すると先に申し上げた」

　ならば、徳山みかげの入り込む余地はなかった。そもそも石材や木材のような荒荷は、廻船にとって鬼門だ。徳山で発掘される上質な花崗岩は、確かに磨けば美しい光沢を放ち、加工もしやすく重宝された。評判はもちろん知っているが、あえて上質な石材を求める顧客がどれほどいるか。石切り場はどの地域にもある。普請場で求められるのは、輸送費が安くて済む近郊で採れる石材だ。あえて運賃を上乗せしてまで上質な石を買う酔狂が、いまの世にどれほどいるだろう。かつての大名なら築城名人もあり、石にも造詣が深く、趣向に凝ったかもしれないが、もはや時代錯誤だった。石材の良し悪《あ》しに拘泥する大名家が残っているかどうかすら怪しい。数少ない顧客を相手にする単価の高い商売は、喜右衛門が求める道から外れるし、なにより、石の目利きが喜右衛門にできない以上、その仕事は運賃積みとなるだろう。儲けは遥《はる》かに少なく、手間ばかりが重くなれば、引き受ける利点が全くなかった。

「大坂、江戸では、石造りが好まれません」徳兵衛が呑気《のんき》に語を継いだ。「そこで、長崎への荷運びを依頼したい。石造りの橋や道を好む土地となれば、長崎以上はない。徳山みかげを廻送する段取りがつけば、今後の笠戸屋もまず安泰と言える。目下の懸案が廻船でのう。注文を受けても、長崎まで運搬するための足がない」

徳山から長崎への運賃積みなど、論外だった。

重くて嵩張《かさば》る荒荷を積めば、他の荷が積めないではないか。しかも、長崎は遠すぎる。到着まで荷を動かせないなら、赤間関《あかまがせき》、博多《はかた》、唐津《からつ》、平戸《ひらど》などに入港しても買付、売却ができない。航海期間は船乗りの俸給、食費、宿賃など出費だけが嵩んでゆく。おまけに、長崎でよい仕入れができる保証がなかった。

「長崎商人の権勢が強すぎましょう。砂糖や胡椒《こしょう》、香木、生糸などの唐、阿蘭陀の奢侈《しゃし》品が集まろうとも、長崎会所が入札を仕切り、諸大名家の買物奉行や御用商人との間でのみ取引され、地下《じげ》商人の出番はまるでないとも聞いています。廻船に石材は鬼門、長崎も鬼門となれば、徳山で請け合う廻船は見付かりますまい」

「しかし、村井屋ならば利益が立とうと見込んだ。これは儲け話じゃ。村井屋喜右衛門ならば、長崎と瀬戸内の間に大きな販路を開けるじゃろう」

老人の表情には負い目がない。おもねるでも僻《ひが》むでもない。確信のあるまなざしには、妙策と信じる迷いのなさが籠もっていた。

「手前は、和殿以上に和殿の成功に期待しちょる。長崎沖の離島に、鰯漁を行うのに最適な漁場がある。その漁場を手に入れなされば、村井屋の商売は大いに発展するじゃろう。石材の廻送など、そのついででよろしい。長崎会所と取引などせずとも、それひとつで商売を賄えるほど大きな漁場があればよかろう。なにしろ、その海には漁船が見当たらん。温暖な西海を、鰯の群れが好き放題に泳ぎよる」

「そげな漁場が、手つかずで残っちょるのは理屈に合わんでしょう。長崎近郊なら船の往来も多かろう。ちと信じられませんな」

「いや、その島には漁師が居らん。疑わしくとも確かな事実よ」

西海には、唐津、呼子《よぶこ》を筆頭にして大網代《おおあじろ》が幾つもあった。捕鯨も行われている日本有数の漁業中心地だ。漁撈《ぎょろう》技術も瀬戸内などより発達し、紀州《きしゅう》、北陸に匹敵する。言わば、漁撈の本家本元だった。そして長崎は、同じ西海を下った南方に当たる。そんなところに未開の漁場があるなら、付近の網元が放っておくはずがない。

人の住めない岩島なのかと、納得のいく答えを探し出した時点で、笠戸屋の口車に乗っていた。本当にそんな島があるのなら、逃すのは惜しい。そんな浅ましい気持ちに傾いていった。

拠点を長崎に据え、干鰯の生産、廻送、販売を主軸としたまま、石材の運賃積みをもうひとつの軸に加えられるとすれば、魅力的ではある。石造りの普請が長崎で盛んなら、徳山みかげの需要は続くと見込めるだろう。

長崎と徳山の間に販路を開くのは、発想として悪くなかった。長崎沖で仕入れた干鰯を大坂まで廻送して売却、大坂で仕入れた荷を瀬戸内で売却、徳山で御影石を載せて長崎へ戻る。販路の循環がひとつの輪となる。風待ちの期間などを考えれば、立ち寄る港を無闇に増やすべきではない。干鰯の生産量次第だが、櫛ヶ浜とは別に干鰯を直買できる浦がもうひとつ見付かれば、廻船は格段に安定する。すべては、漁場次第だった。

喜右衛門は問い質《ただ》したい疑問がふつふつと湧いてきたが、徳兵衛は会話を打ち切った。これ以上話す気はないとばかりに立ち上がり、階下の遣り手婆《ばば》に声を掛けた。芸妓と幇間《ほうかん》を二階に上がらせ、酒宴の支度を整えさせた。

「今夜は、宴にお誘いしたのでな」

老いらくの商人は抜け目がなかった。喜右衛門の好奇心を喚起し、すぐに突っぱねさせないよう楔《くさび》を刺すに留《とど》めた。今日はこれで十分ということだ。

幇間が鼓を打って気ままに踊り始めるのを、喜右衛門は睨むように眺めた。酌をする遊女が喜右衛門の目つきが悪いと揶揄《からか》う。その遊女に亀次郎がなにか悪態を吐《つ》いたが、これは早くも酔っ払っているようだ。

窓辺の障子の先は、すっかり夜だった。吹き込む涼風に耳を澄ますと、目の前の鼓や謡《うたい》が遠くから聞こえる祭り囃子《ばやし》のように感じられ、相変わらず年増女が弾く三味線の音曲だけが艶《あで》やかに耳に残った。

安永八年

1779

秋　香焼村

翌安永八年（一七七九）九月、喜右衛門は、笠戸屋父子、石工たちと徳山みかげを船に載せて長崎を目指した。香焼島の下見を兼ね、臨時の契約で運賃積みを引き受けた。

春先からの干鰯廻船を早めに切り上げ、七月には船を遠石港に戻した。笠戸屋とは港で合流し、御影石の積み込みは一任した。櫛ヶ浜に戻った後、喜右衛門は花岡まで足を延ばした。勘場で往来切手を更新する際、今年は九州表まで赴く旨、申告した。独立後、西に向かうのは初めてだった。

瀬戸内には難所が二ヶ所ある。東の鳴門《なると》と西の赤間だ。九州表へ出るには、必ず赤間を越えねばならなかった。

四百石積みも千石積みも同じ弁才船だった。異国船のような上甲板はなく、船上と海面が近い。大波が来ればすぐに水浸しになった。時化《しけ》に見舞われれば、休む間もなく海水汲《く》み出しを続けねばならない。

本州、九州の双方から陸地が張り出し、隘路《あいろ》を形成している海域が、赤間の難所だ。潮の流れが速く、不規則で、風向きも不安定だった。そして、途中で泊まる場所がない。難所に入れば、そのまま一気に抜けねばならなかった。途上で風向きが変わったり凪《な》いだりすれば、早瀬に流されて遭難する。高波に呑まれたなら岩場に何度もぶつかって船は破損し、沈没する。徳山湾の寄り物の多くは、赤間の海難によって流出した積荷と言われていた。

難所を越える確実な方法は、熟練の船頭に従うことだ。赤間へ向かう船は、必ず岩国《いわくに》や三田尻で風待ちをする。港町にひとりふたり風読みに長《た》けた船頭がいる。いなければ、訪れるまで待てばいい。そもそも絶好の風など立て続けに吹くものではなく、何艘もの船が一度に出港するのは珍しくなかった。

寒さが身に染みる秋晴れの日、多くの廻船が示し合わせたように岩国を出港した。喜右衛門も遅れじと船を出した。誤算は、岩国港で半月も浪費したことだった。その出費が、後々の負担になるかもしれなかった。

間もなく、次の難所に差し掛かった。今度は同じ航路を採る船頭がいない。平戸から長崎までの海路二十七里（約百五キロメートル）は、孤独な航海となった。

胴の間に積み上げた石材に苫屋根《とまやね》を葺《ふ》き、蛇腹垣で保護した。積荷は石材だけで満載だ。漁場の下見と割り切っていたので、採算がとれないのは覚悟の上だった。岩国の長逗留《ながとうりゅう》を引きずってはならないと喜右衛門は自戒した。焦って船出し、事故に遭う例はさんざん見てきた。船を失うわけにいかないのだから、慎重な赤間越えは正しかった。そう思う他なかった。

平戸から長崎の二十七里は、西に海原が広がっていた。極端に潮の流れが速くはないが、誤って西へ流されると沖乗りになる。陸地は遥か五島《ごとう》まで見当たらない。長崎湾という小さな目標を目視できるまで、正確に南下しなければならなかった。夜には星の位置を見て、逐次、現在地を割り出す。長崎に着くまでは眠れないだろう。

なにより風が大事だった。風向きを見誤らなければ、まず押し流されることはない。

伊王島や香焼島といった離島群、さらに長崎から南三里の野母半島にある深堀が、今回の目的地だった。近くまで行けば案内できると、笠戸屋徳兵衛が言った。

平戸港ではいつでも出立できるように備え、水夫たちの腹ごしらえもいつもより時刻を早めた。冬の到来は間近だった。

日和のよい朝、乾いた北風が吹き込んだ。喜右衛門は思い切って出港を決めた。

東から射す日射しに船が照る。船縁に弾《はじ》ける波しぶきが石材を濡《ぬ》らす。そうして南下する最中、「――流されていませんか」と、笠戸屋久兵衛が指摘した。

船乗りでなくても分かるほど、船は沖合へ押されていた。東なら陸地に着くが、西の大海原で進路を立て直せなければ、漂流する。

突然、帆が激しく音を立てた。風向きが変わって煽られたのだ。逆風に押し込まれる木綿帆の轟音《ごうおん》が断続的に響き始めた。

水夫が舵を切ろうと櫓を漕いだが、逆風では意味がない。抵抗するように船体が大きく揺れ、次いで風に流された。

「荷を押さえれ！」

笠戸屋一行が騒ぐ前に喜右衛門は命じた。蛇腹垣を押さえ、荷に海水を被せないように指示した。

海に不慣れな客に真っ先に役割を与え、恐怖から目を逸《そ》らさせた。石材により掛かった船客は、それぞれ逸《はや》る気持ちを抑えた。

赤間越えの折に、喜右衛門は確認していた。海峡を渡る他の船に比べて自船の揺れは小さかった。胴の間に積んだ石材が船のへそを押さえ、重心が安定していた。

胴の間を抜け、喜右衛門は艫《とも》に回った。笠戸屋久兵衛は積荷と帆に視界を遮られて喜右衛門を見失い、「船頭は船首に居られよ。艫に廻《まわ》れば前が見えんじゃろう！」と怒鳴った。石問屋の跡取りは波しぶきと風で髷《まげ》が乱れていた。

「さっさと帆を下ろされよ！」久兵衛に釣られたように石工も叫んだ。

「騒ぐな！」喜右衛門が大声を上げ、「四百石積みの弁才船、船首から船尾までは縦に分厚い船底材、航《かわら》が通り、船体が海上を横滑りせんように工夫してある。転覆せんごと拵《こしら》えた、船乗りと船大工の智慧じゃ。船では黙って船頭に従うがいい。和主らはせいぜい荷が動かんように荒物を押さえておけ」

喜右衛門は艫の辺りに繋いでいた縄を摑《つか》んだ。

「客人が心配しよんなさるけ、安心させちゃれ」そう指示を下すと、船乗りたちが吠《ほ》えるような雄叫《おたけ》びで応える。「間切るぞ！」

喜右衛門が摑んだ縄は、帆の最上部を支える帆桁の両端に通した二本のうち、右側に繋がれた一本だった。水夫たちが喜右衛門の背後で同じ縄を摑み、合図に合わせてヘーン、エッサイソウ、ヘーン、エッサイソウと漁師のような掛け声を上げながら曳いた。逆の手では、帆桁の左に通した縄を亀次郎らが摑んでいた。

喜右衛門の側へ帆桁が引かれると、一枚帆が右舷《うげん》に向かって帆柱を中心に旋回する。舳先に向かって左側をやや突出させた帆は、向かい風の直撃を回避するとともに、その風を帆の表と裏に割った。

正面から帆を押していた風が、艫のほうへ激しく吹き抜ける。と思うと、いきなり激しい音を立て、帆は右舷側に向かって大きく膨らんだ。

「亀。ちっとばかしそっちを引け！　いつもみてえに過ぐるな！」

喜右衛門は縄を曳く力を維持しつつ、身振りで合図を送る。亀次郎が自分のほうの縄を曳き、帆の角度を調整した。

向かい風を受け流す帆の表裏で大気の流れが二分される。帆の膨らんだ側とその裏側、それぞれの表面に沿って流れゆく大気の速度にはっきりとした差が生じる。膨らんだ側は速く、そうでない側は遅い。速度の大きい右舷側の空気密度が薄くなると、相対的に気圧が低下して揚力が働く。すなわち、膨らんだ側に向かって船そのものが引っ張られてゆくのだ。

喜右衛門と亀次郎は帆桁の縄を巧みに調整し、右舷側の膨らみを斜め前方へ向くように角度を定めた。互いに引き寄せた縄を固定すると、帆はしっかりと右斜め前向きに留まった。

膨らんだ帆の方向へ船は進んでゆく。向かい風に向かって船が前進していることに、笠戸屋徳兵衛は気が付いた。

知識としては知っていたが、間切りの操船術を見たのは初めてだった。単檣では上手《うま》くいかないとも聞いていた。

異国船のように二枚以上の帆があれば揚力の働きが大きくなり、間切りの効果が顕著に出るという。一枚帆で得られる揚力は知れているというが、喜右衛門以下水夫たちはまめに帆の向きを調整しつつ、逆風に押し戻されずに船を進めた。船底材に加え、御影石が胴の間で重心を掛け、船体が安定していることも大きいのだろう。

逆風に向かって進む船は頼もしかった。徳兵衛は何度となく長崎を訪れてきたが、どの船頭も慎重に慎重を重ね、平戸港からなかなか船を出さないものだった。いつ吹くとも知れない北風を待ち、何ヶ月も動かないこともあった。

板子《いたご》一枚の下は地獄。二十七里の航海は、西に流されて漂流する船が少なくない。喫水の浅い弁才船は脆弱《ぜいじゃく》で、波が荒い西海に放り出されれば簡単に傾《かし》ぎ、沈没するときは呆気《あっけ》ない。赤間のようにいっしょに渡ればなんとかなるものではない。渡る船頭と渡れない船頭がいる。その見極めも商人の目利きではあった。

徳兵衛は若い頃から、石材とともに廻船に同乗してきた。己が選んだ船とは一蓮托生《いちれんたくしょう》の覚悟はできた。荷を失うより最悪なのは、船頭が船を出さないことだった。平戸で荷を下ろすように言われ、ここまでの運賃でよいと仕事を投げ出す者もいた。長崎まで陸路で二十五里、とは言え石材を運ぶなら川船を用いる。大きく迂回せねばならず、出費が嵩む上、到着も遅れた。そのときの儲けはほとんど出なかった。

そんな船頭らと付き合ううちに、徳兵衛も船乗りの怯えに感染していたのだろう。平戸でほとんど休まず出港したとき、口には出さなかったが拙速を憂えた。気が急《せ》くのは若さかと、喜右衛門の評価を下げもした。

今度ばかりは徳兵衛のほうが目利きを外した。喜右衛門は焦って船を出したのではない。悪条件でも渡りきる自信があったのだ。

喜右衛門は水夫に縄を預け、舳先に戻った。ひょいと舳板《へいた》に乗ったときも向かい風は変わらず、船は激しく揺れていた。笠戸屋一行は、危ない、降りろ、と船頭の後ろ姿へ盛んに叫んだ。

喜右衛門は意に介さず、風に身を打たせ、ひとつ柏手《かしわで》を打った。なんのつもりか朗々と謳《うた》い始めた。さらに手拍子を打ち、揺れる舳板の上で舞いを始めた。笠戸屋の衆は目を丸くした。あの奇行を止めなくてよいのかと戸惑った。船は激しく揺れ、舳先は波しぶきを被る。足場は濡れている。喜右衛門は気にする様子もなく、波風を鎮めようかというように大声で謳い、舞い続けた。神がかりのような一心不乱さで、ひとりだけ浮世離れして見えた。

船乗りたちはやんやの喝采を上げる。見慣れた奇行のようだった。

「笠戸屋の衆、そうおかしな顔をせんでくれ。兄者はあれで、己の高ぶる気持ちを収めよるのじゃ」亀次郎は艫でしっかと縄を摑み、帆桁の向きを右に左にと器用に調整した。「船頭が気を高ぶらせんごと、比売神様《ひめがみ》への奉納舞いのつもりで下手な踊りをやらかしよるだけです。海に落ちても、船頭はわしが引き継ぐけン心配ござらん」

亀次郎の陽気な冗談を受け、船乗りたちが笑う。徳兵衛も釣られて笑みを洩《も》らした。

命知らずの若い船乗りに交じると、老いを痛感した。もう晩年と言ってよい年齢だった。だから徳兵衛は、販路の確立を急いでいた。この世に遺《のこ》してゆけるものは少ない。肥前深堀に得意先があろうとも、荷運び船がなければ活かせない。

この廻船は雰囲気がよかった。自前の漁場を開きたいという廻船商人らしからぬ野心と堅実さも好ましかった。いま捕まえられてよかった。数年も経てば、笠戸屋には手の届かない商人に成長していたかもしれない。無邪気に舳先で踊る、上背《うわぜい》だけはある変人に目を凝らし、一回限りの運賃積みで縁を切ってはならないと徳兵衛は思った。

舳板を降りた喜右衛門は、肩で息をしていた。徳兵衛は手代に支えられながら歩み寄った。

「ご安心あれ、徳兵衛殿」喜右衛門は息を切らせながらも、風切り音に掻き消されない大声で言った。「つつがなく進んでいます」

徳兵衛も声を張り、「この分なら、本日中に深堀に着けましょうな。これほど早い到着は初めてじゃ。和殿の用件を先に済ませてはどうじゃろう。香焼島はどうせ行きがけじゃ。漁場の下見を済ませてから深堀に向かうほうが都合もよさそうじゃが?」

「荷を届けるまでが我らの仕事。先に深堀へ参りましょう。離島は手前どもだけで戻ればよろしい」

「漁場もまた、手前の都合と思《おぼ》し召せ」徳兵衛は笑みを浮かべ、「和殿が香焼島を気に入れば、今後も荷運びを任せられるごとなる。してみれば、村井屋が島を気に入るまでが商売のうちじゃ。案内を務めたい」

「それは」喜右衛門は思案げに間を置き、「願ったりですが」

「よろしい。決まりじゃ」徳兵衛は有無を言わさぬ口調で言うと、干涸《ひから》びた手で杖を突いたまま、前方に浮かぶおぼろな島影へ喜右衛門の視線を誘導した。「香焼島の西側に白浜がある。波はあるが遠浅ゆえ、絶好の漁場となる。ここから見渡して分かるように、辺りに漁船は一艘もない」

喜右衛門が手庇《てびさし》で風を避けつつ、前方の海原を呑気そうに見渡した。老い先短い徳兵衛の前にこれ以上の出物はもう現れないだろう。いま落札せねば必ず後悔する。確かに喜右衛門は荒削りで未熟、商いの道を知るには若すぎる。若さゆえ理想に溺れることもあろう。しかし、欠点を補ってあまりあるほど勇敢だった。蛮勇とは違う。ちっぽけな意地のために命を落とす愚か者は智慧が足りない。命の価値を測れない船乗りは算盤《そろばん》を弾けない。向こう見ずな船乗りに、大事な荷は預けられなかった。

香焼島の商売にもケリをつけねばならない。徳兵衛が船主でなかったばかりに回り道をしたが、お蔭《かげ》でよい出会いを得た。きっと深堀の大番頭も気に入ることだろう。

ジャンク船を見たとき、長崎に来たことを実感した。数艘連れ立って寄る辺ない大海原を渡る大船の笹帆《ささほ》は二帖《じょう》、風を受けると、その帆が思いのほか硬い音を立てた。やや間遠なこちらまでその音が聞こえた。

「あげな硬そうな帆で風を受けらるンかねえ」

亀次郎が船縁で声を荒らげた。

笹帆は、竹で編まれた茶色い帆だ。硬質で丈夫な二枚帆は強風に強く、帆布と違って風を溜めないため、風力を逃がさず推進力に転化する。二帖の帆をそれぞれ別方向に向けることで、風を逃がさないように調節できた。一枚帆では困難な間切り走りも、複数の帆があれば容易に遂行できるというのはそのためだ。ジャンク船の船足は速い。喜右衛門は間近で見たかったが、追いつけそうになかった。

「唐船じゃ」笠戸屋徳兵衛が亀次郎に言った。

上下を黒白に塗り分け、船体は見場《みば》がよかった。竜骨から延びた船首には獅子《しし》の頭が、船尾には鷲《わし》が描かれている。数艘の唐船が島嶼群の北の海域を進み、西端の伊王島の辺りで消えた。

「あの辺りから南へ舵を切るんじゃな。唐船は五島の南方を通らねばならん決まりじゃ。長崎沖は離島が多く、遠見番所の監視を逃れるように船が島影に入るのを御公儀はお嫌いなさる。特に五島の北は島嶼が入り組み、かつて唐船の立ち寄ることが多かった。いまでは航行が禁止されている」

五島までは四十里以上の距離があるため視認ができない。唐船はその沖合を悠然と進んでゆくのだ。

「昔は何十艘と長崎へ往来した唐船も、いまは年に十三艘まで減った。商売が苦しくなって必死じゃろう」

そろそろ弟を老人のお喋りから解放してやろうと、喜右衛門は割って入った。「香焼島にも番所があると仰《おお》せでしたな」

「然り然り」徳兵衛は喜右衛門を振り向いた。「深堀様ご知行の離島じゃ。遠見岳に番所を設け、長崎湾の出入り口を監視しよる。ちょうど貿易船の船出時期と重なったゆえ、見張りの小早が出張っているやも知れん。往来切手を用意していたほうがよかろう」

「取り締まりが厳しいのでしょうか」

「念のためじゃ。深堀家が見張っていれば、知行の離島へ上陸するところを不審船と疑われるかもしれん。用心に越したことはない」

深堀は、御影石の廻送先だった。徳兵衛は、領主家と付き合いがあるようだった。

遡れば鎌倉御家人という古い家筋である深堀家は、戦国の終わりに肥前鍋島の傘下に加わった。佐賀藩家老に引き立てられ、父祖伝来の深堀領六千石を安堵《あんど》されている。佐賀本藩から二十八里（約百九キロメートル）南に位置する飛び地は、支藩ではないが、佐賀藩特有の制度である大配分の家として自治を認められた。佐賀と長崎の間は陸路で二十四里四町（約九十四キロメートル）、海路では六十里（約二百三十四キロメートル）近く隔たりがあるが、深堀領は長崎の南二里と近場ゆえ、深堀家は長崎警固の定番《じょうばん》を命じられていた。

「待ちやれ、徳兵衛翁よ」

喜右衛門は、その説明に疑問を抱いた。長崎御番とは、佐賀藩と福岡藩が持ち回りで勤める長崎港湾警備の軍役だ。長崎湾内外に無数の番所を築き、軍役から船や鉄炮の管理、煙硝の補充、台場の維持に至るまで、莫大な費用を要す。佐賀、福岡両藩すら一年交替の勤番なのに、深堀家は休みなしで定役を勤めるという。それでは尋常でない出費になる。六千石で担うには、過酷な役目に思えた。

「佐賀藩士じゃけ、意地は通されよう」徳兵衛が陸地を眺めながら言う。

佐賀藩の評判は、喜右衛門も聞いていた。長崎御番は、戦に出る心構えを保つべく戦国の気骨を残した勤めだった。この太平の世に、未だ乱世に取り残された武士は、三百諸藩でも佐賀藩と福岡藩だけだった。

藩内で育まれる思想も、時代にそぐわない歪なものに変貌していた。それは武士道と名付けられた珍妙な思想だった。太平の世に不要となった武を理想へと昇華することで正道としたのだ。武は敵を殺《あや》めるのみならず、自己を生き抜く道となる。要不要は脇に置き、歪な生を生きることを武士の理想として規定する教育が貫かれた。

思想教育の徹底は、領内に秘密主義をもたらした。他国を羨むことも敬うこともないように、長崎警備で培った監視技術を応用して領地境に無数の番所を置いた。武士、百姓を問わず、許可なく領外へ出ることを禁じた。同じように、余所者の領内への進入も取り締まった。巷間《こうかん》、鎖国領と揶揄《やゆ》されるほど佐賀藩独自の厳しい禁令だった。

当然、深堀領も佐賀藩の禁令に従った。呼子、唐津を中心とした西海漁場は、紀州、北陸に並ぶ漁業の先進地である。未開発の漁場が近くにあるのに、近隣の網元、問屋が見過ごしたのが不思議だったが、深堀家が入漁を許さなかったのだろう。

「それでは、手前も立ち入れませんな」喜右衛門が問うと、「心配ご無用」と、徳兵衛は太鼓判を押した。

「長崎御番の御役で、深堀家の財政はかなり苦しい。福岡藩、佐賀藩ともに三十万石を越す大藩じゃが、深堀家は六千石の知行主、これでは無理もない。祖法を遵守して国を亡《ほろ》ぼせば元も子もないと、いまの深堀陣屋の主様が、近年、商人の受け入れを始めなさった。もっぱら財政立て直しの最中じゃ」

島が近付いてくると、徳兵衛は語気を強めた。

「和殿が言うた通り、長崎警固の御番頭は深堀の知行に見合わぬ軍役じゃろう。有事に備えて常に人員を確保しておかねばならん。御家来衆を減らされん。台所はとても持ち堪《こた》えきれまい。新たな産業が必須じゃが、領内にはもう資本がない。余所から連れてくる他ないのじゃ。漁場開きは深堀様のお気に添う。和殿が香焼を気に入れば、その足で深堀へ向かうて大番頭と面会じゃ」

喜右衛門は眉に唾を付けつつも、「話がついていましたか」

「和殿次第じゃろうな」

香焼島の沖合に碇泊《ていはく》した。

亀次郎を船に残し、喜右衛門が水夫ひとりを護衛につけて伝馬船に乗り込んだとき、沖に魚の群れを発見した。

鰯雲が棚引く午後の秋空が高く見えた。蒼穹《そうきゅう》から視線を下ろせば、水際と白浜の境界を不鮮明にする照り返しが眩い。船乗りをひとり、それに徳兵衛とその付き添いの手代を連れて上陸した。彼らの他に人影は見えず、寄せては返す白波の音が辺りを満たした。

喜右衛門は波打ち際に寄り、湿った砂上を西へ歩いた。どこまでも続く浜には日陰がなかった。襟足に汗が滲《にじ》んだ。海岸線に船着き場は見当たらず、砂浜には足跡もなかった。

浜の奥へ目をやると、徐々に傾斜を増してゆき、松や雀榕の密生した林が広がっている。木々に遮られて先は視認できない。どこまで浜を歩いても景色は変わらないようだった。

喜右衛門は徳兵衛を振り返り、

「人は居りますかね」

半ば本気で疑った。漁を行うなら網子が要る。地元百姓を漁師に育てるのが一番効率的だった。余所者を連れてきて島の百姓と揉《も》めるのも、新参の喜右衛門との間に利害衝突が起きるのも面倒だった。島の百姓と仲良くやっていくのが、一番後腐れがなかった。

「島の東側に大きな集落がある」徳兵衛は言った。「深堀村との間に、物資輸送の船も行き来していた。東のほうが栄え、西側のこちらは顧みられておらんようじゃ。和殿は寂れた漁村をお捜しのようじゃったが、この島には漁村さえがない」

「庄屋は東側にお住まいか」

「庄屋は居らんよ」

喜右衛門は眉根を寄せ、「どういう意味でしょう」

「庄屋や地役人が、そもそも居らんのじゃ。深堀様組下の御家来が駐在なさっている。東にある件《くだん》の集落、香焼本村に手明鑓《てあきやり》のお屋敷がある」

手明鑓は、佐賀藩独自の武士階級だった。慶長元和《げんな》期に諸大名は家来衆の再編を始めたが、肥前鍋島家は長崎御番のお役目があるので減らせなかった。そこで俸禄《ほうろく》を減らした。五十石以下の武士からは知行地を召し上げ、改めて十五石の切米《きりまい》とした。減俸の代わりに出仕を免除し、事が起きたときにのみ鑓ひとつを持って馳《は》せ参じよと、野に下らせた。ゆえに、手明鑓という。侍の下、足軽の上という身分だった。手明鑓は佐賀藩士の半数を占め、半農だからこそ武士の矜持《きょうじ》に執着した。

喜右衛門は、改めて遠浅へ目を凝らした。波は荒いが、手漕ぎ船があれば沖には出られる。浜へ目をやった。何十艘だろうと置いておける広さがある。むしろ広大な浜辺に、船も小屋もないために現実味がなかった。これほど恵まれた浦に漁村がないとは、やはり信じられなかった。

漁業技術も発達した当世に、一から漁場を開きたいなどと言えば、正気を疑われるだろう。漁場にできる浦があるなら、百年前に誰かが開拓している。だから喜右衛門は、経営に失敗した漁村を捜したのだ。だが、ここに地曳き網を曳ける広大な浜がある。船曳きの工夫は無駄になるが、構うものか。徳山湾で栄えた大浦は、例外なく地曳き網で賑わった。

喜右衛門は、漁場を開く算段を立て始めた。嘉吉や甚平たち、櫛ヶ浜の厄介たちを連れてくる。島の百姓をまとめさせ、漁働きの指導を任せる。浦を見て驚く嘉吉の顔が目に浮かんだ。甚平は控えめに、曖昧な笑みを浮かべるはずだ。もう後戻りはできない。誰も手をつけていない漁場があるのに、見過ごせる商人がいるだろうか。

「ここに漁場を開こう」喜右衛門は気持ちが先走り、思わず口にした。「屋敷を構えて居を据えたい。近辺に集落がなければ、むしろ好都合じゃ。一から村を築けよう。ここに骨を埋める、我らの漁村を築きましょう」

徳兵衛は喜右衛門を見据えた。「迷いはござらんか」

「今日躊躇《ためら》えば、明日は他人の手に渡るかもしれん。知った以上は一日延ばすのも惜しいこつ。すぐにも縄張りを始めたいほどじゃ。それに、徳兵衛翁。この島に連れてくれば乗り気になると分かっていたでしょう。ひとつ伺いたいが、なして、わしを連れてこられた。なして、この島を教えなすった」

「徳山の商人だったからじゃ」徳兵衛は表情を変えない。これまでと同じ答えだった。「同郷と紹介すれば深堀陣屋の信用も増すじゃろう」

そのとき、林のほうで物音がした。

浜辺の先にある林で、男がひとり身を屈《かが》めた。転んだのか、慌てて起き上がり、狼狽《ろうばい》しきった態で林の中へ駈け戻ろうと反転した。

「待ちやれ！」喜右衛門は大声で叫んだ。叱責ではない。呼び止めようとしたのだ。「訊きたいことがある！」

しかし応じず、相手は後ろも見ずに林の奥へ駈け込んだ。船乗りが追跡しようとするのを、喜右衛門は止めた。見知らぬ山だ。迷えばどんな目に遭うか分からない。

「余所者が来ちょるばい！　浜に居るばい！」

こちらの神経を逆撫《さかな》でするような大声が、林の向こうで上がった。

荒くれの船乗りである市三郎《いちさぶろう》が、血走った目で林を睨んだ。「仲間を呼ばれましたぜ、親方」

「構わん、市三。放っておけ」

むしろ、呼ばれたほうがよかった。交渉の機会を得られる。番所の手先が来るなら、有力者の許《もと》へ案内するだろう。

喜右衛門は笠戸屋にも手出ししないように念を押し、その場に留まった。

間もなく、林の向こうから陸続と男衆が現れた。十人ほどが斜面を駈け下り、殺風景な白浜に足を踏み入れた途端、掠《かす》れた怒鳴り声が上がった。

「誰に断ってあげなとこに船を泊めた！」

居丈高な態度に市三がカッとなるのを、喜右衛門は目顔で制す。

叫んだ若衆が先頭に立ち、錆《さび》の浮いている袖搦《そでがらみ》を構えた。他の者は、鎌や鍬《くわ》を手にしていた。どれも野良着を端折《はしょ》った百姓ばかりだった。身なりに気を遣わないのか、鉢巻きを締めた月代に産毛が生えていた。

若衆ばかりではない。やや猫背の壮年が半数を占めた。どれも顔色が悪そうで、喜右衛門はむしろ心配になった。

百姓たちは遠巻きに囲み、若衆が袖搦を突き出して声を荒らげた。

「いつまでボサッと突っ立っちょるンか。さっさと失《う》せれ、余所者が！」

年長の百姓が口を開いた。「わしら、危害を加えとうはないのだ」重々しく言ぅ彼がどうやら頭領格のようだ。「痛い目を見とうなくば、大人しぅ船を出せ」

喜右衛門は両腕を広げ、「無断で踏み入った無礼はお詫びします。手前は防州櫛ヶ浜の商人で、村井屋喜右衛門と申す。往来切手を持参していますけ、確認してくだされ。素性が分かります」

だが、百姓たちは徳兵衛を見ている。

袖搦を持つ若衆は血気盛んだった。「こいつら、ひとりふたり殺されんと言うことを聞かんぞ！　やるしかねえばい」

そう叫んで袖搦を振り上げ、乱暴に砂上に叩きつけたのは威嚇だった。間合いの外の意味のない行動で、その隙を逃さず市三が飛び出した。辛抱ならんとばかりに先端を砂に埋めた得物との間合いを詰め、柄の半ば辺りを摑み、両手でぐいと引っ張った。

ほとんど一瞬の出来事だ。市三が長柄を捻《ひね》るように振り回すと、相手が体勢を崩し、身体《からだ》ごとひっくり返って砂浜に転がった。市三はあっさり袖搦を奪うと、持ち手を返して構え直し、あべこべに倒れた若衆へ先端を突きつけた。

「礼儀を知らん百姓どもめ。ひとりふたりぶち殺されんと、我が親方の話を聞けんか！」と、やや甲高い声で吼《ほ》えた。

「やめぇ！」喜右衛門は市三の背後から後頭部を平手で叩いた。「余計なことをするな。さっさと得物を返せ」

百姓たちの警戒は強まり、手にした鍬や鎌をこちらへ向けているが、明らかに疲労が抜けていない。なにもしていないのに息が上がっていた。

喜右衛門は市三から袖搦を奪い、先の若衆に返した。そのまま市三を庇《かば》うように両者の間に立つと、軽く頭《こうべ》を垂れた。

「親方！」市三が不満げに前に出ようとするのを、喜右衛門は腕を上げて制した。それを見た百姓方も我に返ったか、袖搦の若衆を輪の外へ連れ出した。

「笠戸屋殿、これはどういう御了見か。案内したのはあんたやろう！」頭領らしい百姓が徳兵衛を怒鳴りつけたが、弁解も待たずに続けた。「いや、もう時が惜しい。なんも訊かんけンさっさと出て行きんしゃい！」

「聞いてくれ、香焼の衆」力ずくで排除される恐れはないと判断し、喜右衛門は呼びかけた。

「わしらが訪れた理由は、この浦に漁場を開きたいがためじゃ。島では漁撈が行われていないと聞いた。一から漁を始めるとなれば支度銀が要ろう。わしが、それを負担する。漁船も網もすべて用意する。和主たちには漁の仕方も教える。わしらがここに漁場を開くことを許してはくれんか」

すると、頭領格が悲鳴を上げるようにまくしたてた。「そげなこと言われたっちゃ知らん。誰も聞けやせんぞ。あんたが船頭なんやろうが。さっさと船を退《ど》かせ。頼むけ、この浦からもう出て行っちゃれ!」

喜右衛門はようやく違和感を覚えた。彼らは余所者を追い返すのでなく、沖合に碇泊した船が邪魔だと繰り返すように聞こえた。

「退かせというなら従います。船着き場はどこにありますか」

そう尋ねてみると、頭領は苛立《いらだ》たしげに息を吐き、「島の東に廻りんしゃい。そっちに港があるけ。さあ、もうよかろう。行きなされ」

そして、来た道を戻ろうと踵《きびす》を返す。

「待たれよ、十内《じゅうない》」と、徳兵衛が声を上げた。「船を退かしたなら、島に残っても構わんのじゃろう」

頭領は振り返り、徳兵衛を恨めしそうに睨みつけた。「あんたの考えが分からんばい。危ういことをしよんしゃあ。若い船頭さんも若い衆も、みなを危ない目に遭わせよるだけぞ」

「船頭が言うたじゃろう。香焼島に漁場を開きたい。聞かんフリはもうしなさんな。漁場がでけることは、香焼百姓みなの望みじゃったろう」徳兵衛は喜右衛門を示し、「むろん村井屋は、己の利益のために漁場を開く。しかし、漁場の利益は必ず百姓にも生じよう。わしらは漁場の下見に来た商人じゃ。船が気になるようじゃが、漁場の下見に訪れたのじゃと和主らにそう言うた」

「知ったことか。もう出て行け」十内は吐き捨てた。

喜右衛門は事情を把握できないが、ここは徳兵衛に乗じた。「船を遠ざける代わりに、わしだけでも同行させてくださらんか」

そこで百姓たちは、ようやく喜右衛門を注視した。

喜右衛門は彼らの目の前で、亀次郎に仔細《しさい》を伝えて操船を一任する旨、市三に託《ことづ》けた。

「東の船着きで待て」と、やはり百姓に聞こえるように言った。

まだ島を離れるわけにいかなかった。彼らがなにを恐れているか知らないが、足跡ひとつなかった浜に、これだけの百姓が集まること自体、尋常でなかった。島の事情を知りたいと、喜右衛門は思った。

袖搦の若衆が、思い切ったように口を開いた。「漁場を開きなさるのは本当か。そのために、島に来なすったんか」

「杢太郎《もくたろう》、黙っちょれ！」と、十内が咎める。

徳兵衛が後押しするように、「船頭は話をしたいだけじゃ。含みげなありゃせんぞ。わしも案内として同行したい。それに応じるならば、船はすぐにも出て行こう」

「なして出て行かん。居座って死んでも知らんぞ」

十内の嘆息に対し、徳兵衛は諭すように返した。

「明日にも深堀へ渡りたい。香焼で漁場を開けるごと申し入れたいのじゃ。島の者が承諾せずとも漁場は開けよう。だが今日、村井屋と話すことは和主たちのためになる。よう考えれ。この人は徳山で商売なさり、わしよりもずっと瀬戸内に顔が利く」

大袈裟《おおげさ》な紹介だが、どうせ相手は確かめようもない。喜右衛門は口を挟まなかった。

「親父、もうよかたい」李太郎と呼ばれた若衆が、十内に言った。「いまは船を退かすのが先やろう。他の者は船に押しこんじょくけ、そのふたりを連れて行っちゃりぃ。漁場のことやら、俺も話を聞きてえ。すぐに合流するけン」

李太郎は市三を長柄で突き、船のほうへ歩かせた。香焼の若衆らが監視役として付き添った。若い者が海岸沿いに歩いてゆくと、浜は急に寂しくなった。

猫背の乙名《おとな》衆ばかり残った。喜右衛門は彼らの機嫌を損ねないよう口を開かず、歩き出した百姓の後ろについた。

雀榕の樹林に入ると、獣道が延びていた。小径《こみち》周りは草も刈られて歩き易《やす》くはあるが、枝葉に遮られて陽当《ひあ》たりの悪いその一帯は湿気が充満していた。

陽は西に傾き、海辺の喧噪も聞こえない。操船の心配はしなかったが、亀次郎が島の若衆たちと揉めていないか少し案じた。

「杢太郎と呼ばれよりましたな。ご子息ですか」

喜右衛門は十内に尋ねた。あの勝ち気な若衆が最も漁に関心を示していた。

十内は首筋の汗を拭い、「見栄ばかり張りよる愚息で、お恥ずかしい限りです。あれで妻子も居りましてな。名を改めても若衆のつもりか、杢太郎で通しています。日に三度は叱りつけねばなりません」十内は、少し喜右衛門に歩み寄った。「和殿も郷里に御家族がおありですかな」

「家督は兄が継ぎ、手前は身を立てるまで一家はございません」

十内はうなずき、口を閉ざした。息切れが激しい。彼らはみな寝不足のようだった。喜右衛門も航海続きでよく眠れていないが、彼らの疲弊はそれ以上のようだ。歩くことに集中せねば、歩いている事実さえ忘れると言いたげだった。

やがて、十内がぽつりぽつりと語り出した。

「郷里からも遠かろう。こげなところに来んでもよかでしょう。ここで生まれた者だけが残された島なのに。出ることもでけんで狭い田を耕し、年貢を納めるだけで精一杯。そげなふうに言うたら、重税を課されようごと思われましょうな。お笑いなさるな。年貢高は、わずか六十六石に過ぎんのです」

十内の目は暗かった。挑発するようでもあり、自嘲するようでもあった。それでいて、自分自身を突き放すような語り口だったから、その偽悪的な態度まで自暴自棄に感じられ、摑みどころがなかった。

喜右衛門は少し、香焼島を想像できた。山道を登るのが五人、浜に残ったのが六人。これが見張り隊なら、山中に本隊がいるのだろう。男衆だけで四十人と見たが、収穫高から考えて大きく外れてはいないだろう。

年貢高の少なさが領主の寛恕《かんじょ》でないなら、四つ高換算として、百姓の取り分は九十九石。大雑把に、米一石で男ひとりが一年喰えると謂《い》うが、女や子供、老人を含むから、実際はもっと少なくて済む。それでも島の全人口を養うには足りないだろう。

むろん、米だけ喰って生きるのでもない。日用品は購わねばならない。年貢が苦しいというのだから、喰うだけで精一杯なのだろう。肥料を買えるかどうかすら怪しい。肥料がなければ土が育たない。年々疲弊し、稲の育ちも悪くなる。年間九十九石さえ手元に残らないのではないか。

何世代にもわたり、貧困の連鎖から抜け出せないのだ。暮らし向きに余裕があれば、百姓たちの手で漁場も開けただろうが、誰も支度銀を用意できなかった。

櫛ヶ浜の百姓は、ほとんどが漁師だった。裕福とは言えないが、痩せた田畑を耕すより、漁獲の売却益で銭納するほうが楽だった。

漁獲した鰯から干鰯を生産し、自らの船に積み込み、瀬戸内、大坂へ売りに行く。それが喜右衛門の計画だ。香焼百姓が漁師になるなら、俸給を出せる。彼らにとって、確実な実入りになるだろう。漁業につきものの不漁も、漁獲物が売れない心配も無用だった。

「漁をしようと、誰も言い出さなかったのか」

嶮《けわ》しい調子で喜右衛門は言い、山道を歩く百姓たちが胡乱《うろん》げな顔を向けた。

十内が息切れしながら、「漁の仕方を教えるごと言いなったが、郷里を捨てなさるのか。この島を知りもせんでしょう。ここに住み着きなさるのは――」

「そう結論を急ぐな、十内」徳兵衛が宥《なだ》めるように割って入った。「村井屋殿は漁村の生まれじゃ。漁場のことは、あんた方より詳しい。その人が、この島を見出《みいだ》しなさったのじゃ。その見立てに偽りのあろうはずがない」

十内は沈黙した。徳兵衛がなにを言いたかったのか、喜右衛門はいまひとつ要領を得なかった。十内の口を塞いだだけに思えた。

「郷里では、干鰯を作っていました」

喜右衛門がそう言うと、虚を突かれたような視線が集中した。喜右衛門はすかさず語を継ぎ、

「香焼でも同じことをします。沖で鰯を獲り、浜で干鰯に加工する。この海は、我《わ》が郷里よりずっとよい鰯が獲れるじゃろう。見たところ、島は山多く、平野が少ない。潮風に晒され

ようし、どうも田んぼに向かん土地じゃ。それでも何代も掛けて耕した土があるんじゃろう。思い入れもあるじゃろう。ならば、肥やせばいい。柴《しば》を入れるだけでは堆肥が足るまい。今後、金肥《きんぴ》を買わんでいいと言えば、どげじゃろうか。我がで干鰯を作り、田んぼの肥やしにでけると言やあ、どげじゃろうか」

狭い山道には脇道もない。逃げ場のない百姓は、ただただ無言になる。

「ここをよい島とお思いなさるのか」

—内の口ぶりは、坂道が応《こた》えたのか重苦しい。

喜右衛門は即答した。「もっと昔に豊かになれたごと見える。早くに漁場が開かれちょけば、とっくに発展していたじゃろう。島が鎖《とざ》されていなければ、長崎や平戸、唐津の問屋が資木を投じ、百姓みな漁師として本腰入れた漁がでけたんじゃなかろうか。誰もそうしなかった。わしがそうする。訪れて然るべき機会が訪れたと思えばよい。だが、漁場を動かすには人手が要る。わしひとり気張ってもどうにもならん。香焼の漁をいっしょに始めてくれまいか」

喜右衛門はこの島に商機を見出した。島に留まるのは、もちろん儲けのためだった。だが、商売とは、人と人との繋がりの成果物なのだ。合意の上で互いに持てるものを提供し合い、利益を分け合う。その天秤が釣り合わねば、取引は嘘《うそ》になるだろう。

「稼ぎたければ、ともに働かんですかね」

それが、喜右衛門が百姓に与えられる希望だった。

漁場は、香焼島にとって大きな意味を持つだろう。貧しい百姓を憐《あわ》れむのではない。窮状を慰めようと銭を恵むのではない。喜右衛門は百姓を網子として使役し、自身の利益に利用したい。だからこそ、ともに生きてもらわねばならなかった。

彼ら自身が蓋をしてきた未来の姿を見えるようにしたい。喜右衛門がかつて吉蔵とともに実現した大網漁のように、大漁がもたらす幸福感を知ったなら、この島はきっと生まれ変わる。喜右衛門は成功を疑わなかった。

高台に着いた。浜を含めたこの一帯を、栗ノ浦と呼ぶという。地名はあるが、集落はなかった。灌木《かんぼく》と雑草が密生し、ほとんど荒地に見えた。

草むらを掻き分けて進んだ先に、申し訳程度の柵と堀で囲ってあるあばら屋があった。開け放しの入り口は筵で覆っていた。梁《はり》に掛かった表札には擦《かす》れた文字で「観音堂」とあった。しかし堂内に仏像の類はなく、一続きの土間と板敷ががらんと広がり、奥のほうに俵が積み重ねてあった。

その板敷に、筵を被った人たちが横たわっていた。死体かと思い仰け反《のぞ》ったが、すぐに寝

息が聞こえてきた。雑魚寝《ざこね》する百姓たちを凝視していると、

「船頭さんも休んでくだされ。ちと眠ったほうがよろしかろう。ひょっとすると、今晩は寝られんかも分からん」

十内が言った。

喜右衛門は板敷の奥にある俵が気になった。年貢米にしては、集落のない場所に集めた理由が分からない。四斗俵《しとびょう》が十俵余りあった。

「後で飯を運ばせますけ、ゆっくりしよってくだされ」

十内が慇懃《いんぎん》に述べて立ち去る。框《かまち》でひと休みしていた百姓も、いっしょに出て行った。こちらに質問させないような性急さにも見えた。気付くと、徳兵衛が見当たらなかった。

入り口近くの土間に、屈強な百姓がひとり腰を下ろして縄を綯《な》っていた。筵越しに陽を採って入り口近くは明るいが、框までは射し込まなかった。土間の逆の手に水瓶《みずがめ》があったので、咽喉《のど》を潤した。それからは薄暗い框に腰を下ろしたきり、手持ち無沙汰になった。外をうろつかないように釘《くぎ》を刺されたのは分かる。縄綯いを手伝おうかと持ちかけたが、相手は無愛想に首を横に振って会話を拒んだ。

間もなく、百姓が食事を持ってきた。盛り切りの雑穀粥《ざっこくがゆ》ではあるが、いまは一膳飯でもありがたい。謹んで頂戴した。

食事を運んできたのは、初めて会う男だった。近くに一群が屯《たむろ》しているようだった。

「夜になにかあるのかね」喜右衛門は、椀《わん》を持ってきた百姓に尋ねた。

相手はニコニコするばかりだ。言葉が分からないのか反応が鈍い。監視の百姓が縄を綯う手を止めて睨みつけた。喜右衛門は居心地が悪くなり、大人しく粥をすすった。その間も目の前の百姓はニコニコしているから、それはそれで落ち着かない。

食べ終えた椀を返そうとすると、腰の竹筒から水を注いでくれた。喜右衛門は礼を言って飲み干した。やはりニコニコしながら、百姓は椀と箸を受け取り、堂を出た。

見張りが呟くように言った。「たぶん今夜には終わりますけン、どうか詮索ばせんでくだせえ」

「そうかね」と穏やかに受けたが、いきなり話し掛けられてなおさら気になった。

喜右衛門は咳払《せきばら》いして、「それは、庄屋さんが言われたあれか」と鎌をかけてみた。

「庄屋げなもん居りません」相手はぶっきらぼうに受けた。

喜右衛門はなおも続ける。「今夜なにがあるのか、教えてくれんのか」

無口な相手は、もう口を噤《つぐ》んでしまった。

夜になれば分かるのだろう。そうあきらめて板敷へ這《は》い上がり、筵を被って横になった。すぐに起きるつもりで仮眠をとった。

懐かしい匂いがして目を醒《さ》ました。静かすぎて耳鳴りがした。

本当に目が醒めたのか覚束《おぼつか》ない。夢現《うつつ》の境から抜け出しきれない。なにも見えなかった。暗闇。指先が板敷と筵に触れた。観音堂だとようやく思い出す。床に触れる手元も見えないのが不安ではあった。まだ夢のなかにいるようなふわふわした心地で起き上がり、喜右衛門はひとまず胡座《あぐら》を掻いた。

筵が掛かっていた出入り口には、戸が立てられたようだ。真っ暗な屋内を不用意にうろつく前に耳を澄ませ、物音を捜した。衣擦《きぬず》れの音、寝息、いずれも聞こえない。人の気配が感じられなかった。

「誰か居んなされんか！」

問うても返事はない。見張りの百姓もいないようだ。暗闇では縄も綯えないかと思いつつ、喜右衛門は四つん這いになり、床を探りながら進んだ。なにも手に触れない。

「徳兵衛殿！　十内さん！」

声は虚しく反響するだけだった。

這ってゆくと、急に右手が床から滑り落ちた。上体を崩して床の角で胸を打ち、息が詰まった。框だった。

喜右衛門はゆっくり上体を起こし、土間へ足を下ろした。冷たい土間を、裸足《はだし》のまますり足で進んで戸口を探した。壁伝いに探り当てた戸は、羽目板のようだった。継ぎ目を数えると、板は八枚あった。

二本の柱の内側に彫った溝に板を一枚ずつ落とし、開口部を塞いでいた。通常、上から二枚目か三枚目を横にずらせば外れるが、板のとっかかりは外側にあった。

喜右衛門は戸の滑らかな表面に両手を押しつけて左右に振ろうとしたが、力が掛からない。外から閉じた落とし戸を、内から開けるのは難儀だった。

戸を叩き、「誰か居らんか。開けてくれ!」と叫んだが、返答はなかった。その場に尻餅を突いてしゃがみ込んだ。

外から閉じれば、内にいる者は出られない。道理だ。戸締まりのために戸口を閉ざすなら、まず喜右衛門を起こすのが礼儀だろう。宿泊所として提供したつもりでも、一旦起こすのが筋だった。でなければ、いまの喜右衛門のように混乱を来す。やはり眠ったのを幸いに、この観音堂に閉じ込められたように思えた。

喜右衛門は框へ戻った。途中、草鞋《わらじ》を見付けて懐《ふところ》に入れた。板敷に上るとまた四つん這いになり、手探りで這い進んだ。さっき起きしなに嗅いだ匂いの元を確認したかった。

奥に積まれた俵の山はそのまま残っていた。喜右衛門は顔を近付け、馴染み深い匂いを嗅いだ。思った通り米俵ではなかった。

俵の山を背凭《せもた》れにして座り、草鞋を履いた。逃げる支度を整えておいたほうがよさそうだった。

島には、長崎御番の番所がある。深堀の武士が常駐し、直接統治を行う。喜右衛門の廻船は、その屋敷がある集落付近の港に碇泊しているはずだった。亀次郎たちは無事だろうか。

徳兵衛の言葉をひとつずつ思い出した。どうして徳山の商人を求めたのか。喜右衛門に課された役割はなんだったのか。徳山湾の漁村で生まれ育った者なら、干し藁《わら》に混じったあの海産物の匂いを忘れない。背後に積まれた四斗俵からは、懐かしい煎海鼠《いりこ》の香りがした。俵物だ。

ここ香焼島で生産されたものではないだろう。おそらく瀬戸内産だ。廻送し、蓄えた。この俵物が、香焼百姓と笠戸屋徳兵衛の繋がりだった。俵物を長崎会所に渡さず、地下人どうしで売買することは重罪だ。むろん、秘蔵は許されない。これは、隠田どころの騒ぎではなかった。公儀を敵に回した重犯罪、抜け荷だった。

十内たちはこの俵物を請け渡す相手を何日も待ち、疲労が溜まっていたのだろう。俵物は、唐船に売らねば儲けが出ない。だからこそ、停泊した喜右衛門の船にあれほど異常な警戒心を示した。取引直前に、監視の目が栗ノ浦へ向かないように。

喜右衛門は立ち上がり、やみくもに壁を殴った。ひびでも入らないかと期待したが、薄明かりの入る隙間もなかった。荒地に取り残された古びた堂なのに、入念に修繕されていた。なんの解決策も思い浮かばないうち、戸の向こうから物音が聞こえてきた。板が一枚外れ、淡い光が入り込む。喜右衛門はとっさに俵の後ろに隠れた。

戸口の向こうは夜になっていた。松明《たいまつ》の炎が間遠に揺らめくが、堂の奥までは照らしきらない。戸口に屯した者たちは、暗がりに潜んだ喜右衛門に気付かなかった。

「急げ。はよう持ち出せ!」と急き立てる小声が続く。若衆たちが草鞋も脱がず板敷へ上がり、一俵ずつ担ぎ出してゆく。

黙々と続く作業に不気味さを覚え始めたとき、うわあと誰かが大声を上げて尻餅を突いた。

李太郎だった。浜で粋がっていた十内の息子だ。俵の山が小さくなり、喜右衛門の顔がぬっと現れたから生首にでも見えたのだろう。

「なんだ、和主か」李太郎は慌てて立ち上がり、こともなげに言った。「そげなとこに居らんで加勢しんしゃい」

予想外な要求だが、脱出するには都合がよかった。喜右衛門は百姓に紛れて俵を担ぎ、李太郎の後について小屋表に出た。

松明がところどころに掛かり、山道を照らしていた。訊きたいことは山ほどあるが、まず観音堂を離れるのが先決だった。しばらく無言でいようと思っていると、

「村井屋ち言いなったか。のう、船頭さん」李太郎が前を向いたまま、語りかけてきた。「閉じ込めるごとなって悪かったのう。密告されたら面倒やけ、動かんでもらいたかった。戸を立てるごと言うたんは俺ばい。そげやけ、恨みたきゃ俺を恨みなっせ。実際のとこ、俺ら百姓もこげな真似はしとうない。見付かれば、えらい目に遭わされるっちゃろう」

喜右衛門は混乱した。

「和主らの企てじゃないんか」

「誰も密告せんごと、みなで危うい橋を渡りよる。利得では縛られんけ、恐れで縛りよる。よか手段やないことくらい俺でン分かるばってン、島の百姓は怯えよるとよ。加《か》たらん者がひとりでも居ったら、告げ口に行ったかと疑わしくなろう。その疑われた者がどげなるか容易に想像つくけン、誰も足を洗われん」

喜右衛門が島の秘密に興味を抱いて歩き回っていれば、疑心暗鬼に憑《つ》かれた百姓に襲われる可能性は高かっただろう。それだけ危ない橋を百姓たちは渡っている。観音堂に閉じ込められたお蔭で命拾いしたのかもしれない。

「これは、どこへ向かいよりなさる」喜右衛門は素知らぬ態度で尋ねた。栗ノ浦へ登ってきた林とは違う道だった。

「西に辰ノ口という浦がある。沖之島を対岸に臨む浜で——じきに着くばい。あ、足元に気ィつけんしゃい」

忠告された直後、いきなり現れた柔らかい砂地に足を取られて膝を落とした。俵が転がり、鼻面を砂に突っ込んで噎《む》せた。杢太郎が立ち止まったが、喜右衛門は先に行くように促した。

眼前に広がる浜辺には、大勢の人影があった。真夜中の浜に百姓が集まっているが、妙に静かだった。波の音が単調に漂ってくる。

喜右衛門が砂浜に落とした四斗俵を見ていると、元締らしい男が近寄ってきた。やや離れたところから怒鳴り声を上げ、百姓の目がこちらに集中した。

従者が掲げる松明に、その男の身なりが照らされた。小袖に羽織、下は伊賀袴《いがばかま》、足袋を履き、帯刀していた。二本差しだった。

香焼島に武士が常駐しているとは、再三にわたって聞かされていた。手明鑓が治める長崎警固の拠点だった。長崎近郊で最も監視の厳しいこの香焼島で、抜け荷が能《あた》うはずはなかった。唐船が来航しているこの時期は当番が見張りに立ち、沿海の不審船を警戒するだろう。

「どこの村の百姓か。見覚えがないぞ」武士が警戒心を剝《む》き出しに尋問する。手にした笞《むち》で肩を打たれた。

抜け荷を遂行するには、長崎御番たる深堀家の警戒を掻い潜らねばならない。あるいは深堀家に見逃されなければならなかった。香焼百姓だけで完遂できる仕事ではない。喜右衛門が得心いかなかったのは、まさにそれだった。

深堀家は財政難だと徳兵衛から聞いていた。台所を立て直すべく余所者の受け入れを始めた。徳山商人なら喜んで受け入れられるだろうとも言った。

「……そういうことか」喜右衛門は思わず呟いた。

漁場にしか注目していなかった。島の真相を見なかった。深堀家は香焼島に漁場を欲してはいない。笠戸屋の目的も漁場ではなかった。この島に連れてこられた理由を、喜右衛門はようやく理解した。

俵物の集荷役だった。抜け荷を成功させるために、深堀家は煎海鼠の産地と縁の深い船主を探した。つまり――深堀家が首魁《しゅかい》だったのだ。

長崎を警固する佐賀藩御番方の大番頭が、長崎を欺いて抜け荷商売を行っていた。おそらく警固に必要な資金を賄うためだろう。抜け荷以上に稼げる商売はない。深堀家は佐賀藩の面目を保つために、危うい橋を渡っていた。

十内たち百姓は人足に過ぎない。杢太郎に言わせれば、利益もないのに嫌々付き合わされている。露見時に負わされる危険を思えばその言い分は尤《もっと》もだった。

それでも百姓は逆らえない。抜け荷を主導するのが、香焼島を統治し、長崎湾沖の監視を任された深堀家そのものだから。

「もう加勢なさっているのか」

馴染み深い声がして顔を向けると、杖をついた徳兵衛が立っていた。見張りの武士もそちらを見、妙に畏《かしこ》まって話し始めた。徳兵衛は喜右衛門の素性《すじょう》について説明した。

武士は仏頂面で喜右衛門を解放すると、小者を連れて海辺へ去った。行き掛けの駄賃というように、百姓の行列に向かって怒鳴り声を上げた。

立ち上がると、潮風を感じた。風に煽られた白砂が足の甲に乗った。その砂がぞわぞわと脛《すね》や腿《もも》を這い上がってくるような不快感を覚えた。足の甲に絡み付いたその感触は、喜右衛門を新しい土地に搦《から》めとろうとするかのようだった。

「手の空いた百姓が居るじゃろう。呼んできちゃるけ、その俵を運ばせなされ」

　徳兵衛はそう言ったが、喜右衛門は俵物を担ぎ直した。

「百姓に交じって荷運びげな、趣味が悪うござるぞ。今夜の分は、和殿の儲けにもならんじゃろう」

「始めたことはやり遂げるのが性分でしてな。わしとて好んで重荷を抱えはしない。笠戸屋は深堀家と付き合いがあるようじゃが、最初から――」

　徳兵衛が観音堂にいなかったとき疑うべきだった。徳兵衛が密告しないと百姓たちは知っていたのだ。徳兵衛は当事者だからだ。だから、余所者を連れてきたことを訝りながらも、喜右衛門のことも丁重にもてなした。

「わしを深堀様に売るつもりで連れてきたのか?」

「なんとも異なことを思いつかれたな」老人は嗤《わら》った。「少し、落ち着いて考えてみなされ。俵物の抜け荷は莫大な利を生む。手前は村井屋と商売をしたいだけじゃ。和殿を売っては商売になるまい。むしろ逆じゃ。和殿が島を買いなさるのじゃ。漁場もそう。もっと大きな取引の権利もそう。ご自分が思うていなさる以上に出世すると手前は請け合うた。それとも、香焼島をあきらめなさるか。瀬戸内の見知らぬ寒村の復興に長い歳月を捧げなさるつもりなら、それもよかろう。それほど徳の高いお方なら、手前もいっそのことあきらめがつく。儲け話を見過ごす商人とでは、どのみち長続きしますまい」

徳兵衛は挑発しながら、杖を持ち上げて海を示した。

「見なされ、喜右衛門殿。これぞ奇縁じゃないか。奇瑞《きずい》でござったか。和殿が見たがっていたもんがここにあるぞ。これが本当に望んだ商いではなかったか。御公儀にも御政道にも歪められず妨げられない、自由な、自立した商取引こそ、和殿の望まれた商いの正道ではなかったか」

四斗俵を担いだ喜右衛門の向かう先に、それは確かにあった。松明が点々と続く浜の向こう、賑わいの勃興する海岸線の向こう、百姓行列のずっと向こうに、黒々とした影さえも揺らさずに、まるで動かぬ山か島のようにそれは控えていた。

闇の奥に浮かび上がる巨大な影を見るうち、だんだん身の火照りが抜けた。喜右衛門は俵を抱え直すと、我知らず足取りを速めていた。

それは、唐船だった。島に上陸する直前、同じ船を見た。船首を飾る獅子が浜辺に照り輝く無数の松明の炎に照った。間近で見た唐船は、咆哮《ほうこう》しているかのようだった。

海上で揺れ動く小さな伝馬に荷が降ろされる。木箱に詰められたあの積荷は、生糸だろうか、絹織物だろうか、薬種だろうか。

「思いがけぬことかもしらんが、よい仕入れ先が見付かったろう」

伝馬に目を凝らす喜右衛門を揶揄うように、徳兵衛が言った。

元禄十三年 *1700* 十二月 肥前国長崎

寛文十二年（一六七二）に市法貨物商法が施行されると、長崎はその後の十二年間を希望と繁栄のなかで過ごした。長崎商人の誰もが、貿易のもたらす明るい未来を信じた。初期長崎貿易は輸入が主で、上質な生糸や絹織物を銀貨で買った。唐人、蘭人、それに国外追放される前の南蛮人もまた、極東との取引に銀貨を求めた。日本の銀相場は、彼らの常識を遥かに下回って割安だった。

それ以前に行われた糸割符《いとわっぷ》貿易では、特定の商人に生糸利権が独占され、長崎商人の多くは貿易に参加できずにいた。糸割符制が廃止されて自由貿易が始まると、今度は誰でも取引できるようになり、競争が激化して輸入価格の高騰を招いた。やはり一介の商人が入札に参加することは難しかった。さらに問題が発生した。輸入品が高騰する所為で、行き過ぎた銀の海外流出が幕府の懸案となったのだ。

銀採掘が最も盛んな時期でも、年間産出量は七千貫が最大だったと言われる。自由貿易が盛り上がった寛文期は、毎年三万五千貫以上の銀が海外へ流れた。流出銀が日本国内に戻る見込みはなく、となれば、採鉱が底を打ったときに貨幣経済は瓦解する。豪商たちが長崎で繰り広げた異常な入札競争に幕府が懸念を示したのは当然だった。

そこで寛文十二年、件の市法が制定された。際限なく高騰を続ける貿易価格の安定を図るため、輸入価格の引き下げを狙ったものだった。

輸入価格の高騰は、豪商たちが個別に異国商人と取引し、確実な落札を望んで値を吊り上げた結果、起こった。過当競争を抑えるため、まず入札の方式が改められた。商人たちで組織する会所を設け、その会所が唐人、阿蘭陀人から商品を輸入する。長崎商人一同が参加するこの組織が、生糸、反物、薬種など個々の輸入品の価格上限額を、あらかじめ合議して決めた。上限を参加者全員が支払い可能な金額に設定し、これを購入希望価格として唐、阿蘭陀の商人に伝え、相手が応じれば売買成立、応じなければ積み戻しとした。

輸入品は一旦、会所の所有となり、それを入手できる商人を決めるために、後日、会所が管理する入札が行われた。これに全員が参加できるよう、輸入額を最低価格に抑えた。むろん落札額は、唐、阿蘭陀商人に支払う輸入価格よりも高くなる。その余剰益を会所の運営費や、まだ唐人屋敷のなかった当時、唐人を泊める宿所や世話人がいる町内への助成金として提供した。

この取引は利点が多かった。唐、阿蘭陀の商人を相手どった直接の入札を行わないので、日本側の提示する指値《さしね》によって輸入額を決められた。必ず取引が成立する保証はないが、その代わり輸入価格の高騰は防がれ、銀貨の国外流出も最小限に留められる。さらに、輸入額と落札価格の差額が町に還元されることで、長崎全体の生活水準が底上げされた。そして最も大きな利点は、一部の大商人だけでなく零細の小商人に至るまで平等に貿易に参加できたことだ。誰もが貿易に参加できる保証こそ、長崎が貿易都市として花開く端緒となった。

市法は評判がよく、長崎は短期間のうちに発展したが、施行から十二年後の貞享元年（一六八四）に突如廃止された。

時の長崎奉行は、銀の流出が止まらないことを廃法理由に挙げたが、納得できた商人はいなかった。市法が機能した十二年間の銀流出高は、異常な価格高騰を招いた寛文期だけでなく、それ以前の糸割符制の時代に比べても遥かに抑制されていた。幕府が本当に嫌がったのは著しい長崎の発展ではなかったか。長崎貿易が幕府の統制から外れそうなのを案じたのではないか。長崎商人の目にはそう映った。

その一方で、懸念も残った。もしも奉行の説明が正しく、幕府がさらに銀の流出を引き下げたい、可能ならば皆無にしたいと考えたとしたなら、よほど由々しき事態だった。銀の取引なしに貿易が行えない以上、貿易停止が生じる恐れさえあった。長崎商人はその考えを否定しようとしたが、実のところ、幕府は長崎が思う以上に銀の流出を深刻に捉えていた。

翌貞享二年、幕府は新法を発令して長崎貿易に大きく介入した。

後に貞享令と呼ばれる貿易制限令だった。右肩上がりだった長崎の栄華に歯止めが掛かったのはこのときだ。その後の貿易の方向性を決定づけたこの法令は、長崎商人から見れば紛れもない悪手《あくしゅ》だった。

貞享令は、長崎が開港して以来初めて、貿易取引額に上限を設定した。市場規模を政治によって強制的に縮小したのだ。阿蘭陀船は金五万両（銀にして三千四百貫）以内、唐船は銀六千貫（金にして十万両）以内を年間総取引高と定め、交易船は入港順に上限を割り当てられ、順々に取引を行う。取引総額が上限に達した時点で、その年の入港、そして取引は中止となる。遅れた船は取引に参加できず、積荷を載せたまま帰されるのだ。

数多の危険を顧みず大海原を渡ってきた貿易船が、素直に積み戻しに応じては破産するだけだろう。貿易市場の縮小は、抜け荷が横行する土壌を拵えた。それこそ、長崎商人が最も避けたかった事態だった。長崎の外で非公式な貿易交渉が行われれば、長崎の特権が失われる。

百艘余りの唐船が来航していた貞享期は、年に七十艘の船が積み戻しを命じられた。言うまでもなく荷を満載した唐船だ。抜け荷が流行しないはずがなかった。

長崎奉行所は取り締まりを強化し、抜け荷に加担した日本側の商人を片っ端から死罪に処した。長崎の辻々《つじつじ》で残虐な公開処刑が繰り返された。それでも、抜け荷が減ることはなかった。

その後、長崎に入津《にゅうしん》する交易船舶数が制限された。積み戻し船が抜け荷の元凶なら、長崎へ入る船舶数を決めておけば来航船自体が少なくなるという算段だ。貿易にとっては諸刃《もろは》の剣だった。長崎に関心を示す交易船が減少すれば利益は損なわれてゆく。

そうこうするうち、唐、阿蘭陀の商人にとって一番の魅力だった銀が、目に見えて不足し始めた。貞享二年以来、銀貨での支払いは原則止められたが、例外的な支払いに宛てた余剰分までが底をついた。

年を追うごとに幕府が発する強硬な貿易統制策は、とどのつまり、金銀流出への懸念から生じたものだった。特に銀の流出規制は揺らぐことがなかった。貿易を維持するには、銀貨に代わる支払い方法で、唐人、蘭人と交渉せねばならない。当時、金、銀に代わって採掘量が増えてきたのが銅だった。長崎にも大量の銅銭が流入した。唐人は金には見向きもしなかったが、銅銭には大いに関心を寄せた。

唐船への銅輸出高は、少し前から増えていた。規制が掛かる前の寛文十二年の総輸出高は百万斤だったが、十二年後の貞享元年には二百六十万斤を越えた。唐人は、銅銭での取引に条件をつけた。日本国内で流通する銅銭には質の悪いものも混ざる。幕府は銭貨を選《え》り好みしないように撰銭令《えりぜにれい》を出していたが、唐人の要求は、まさに撰銭だった。大欠け、割れ銭、形なし、ころ銭、鐚銭《びたせん》、鉛銭などが除《の》けられ、きれいな銅銭による支払い以外受け付けなかった。唐人はひとえに純度の高い銅を欲した。中国に持ち帰った銅銭を溶かして地金にすることで、高値で取引されたからである。

銅取引を軌道に乗せるために、長崎奉行所に銅代物替《しろものがえ》会所が設立された。長崎の豪商である町年寄が資本を提供したこの会所に、選り分けの済んだ銅銭や御用銅が集められた。

代物替会所の設立によって、輸入一辺倒だった長崎貿易は一変した。落札価格の銀高を基準とした代物替を行うことで、銀に代わる輸出品を唐人、蘭人に提供するようになった。生糸や砂糖などの輸入品を落札した商人は、代物替会所に貨幣を支払う。会所は輸入額相当の、たとえば銅などの代物を、唐、阿蘭陀の商人に引き渡す。代物替会所を通すことで、物々交換ができた。代物替会所は、換銀率や相場の管理、代物の集荷、保管、入札と商品の厳密な計量などを含む、唐人、阿蘭陀商人との貿易交渉の一切を担った。交易商人たちは、いずれ銀貨も改悪が施されると見越し、特産品を買い入れたほうが利益になると見込んだ。代物替会所の需要は年々高まった。

銅銭が主だった代物替に俵物が加わると、会所の活動は一挙に拡大した。俵物とは、煎海鼠や干鮑《ほしあわび》といった海産加工品だ。銅と俵物は、日本の輸出品の花形として貿易商人に好まれた。

代物替が莫大な利益を生むと確信した町年寄は、唐、阿蘭陀が積極的に輸出品を求めたがる方策を、長崎奉行所に申し入れた。長らく抑圧されてきた取引上限額を引き上げる好機でもあった。

そして、貞享令以来、銀高六千貫だった唐船との取引上限額に特例が認められた。銅の代物替なら銀五千貫分、俵物の代物替なら銀二千貫分を、六千貫の取引上限額に加算できるように幕府の認可が下りた。規制緩和だった。幕府にすれば、銀の流出を抑えた上、舶来品が流入すれば願ってもないことだった。むろん、唐、阿蘭陀の商人は喜んで受け入れた。これによって、元禄四年（一六九一）、貿易決済における銀の受け渡しが全面禁止となったときも、貿易業務には大きな影響が出なかった。

長崎貿易の成功は、幕府に莫大な収益をもたらした。貿易黒字の運上金は幕府の懐に入った。米の生産量が上がったことで米相場は慢性的な下落傾向にあり、年貢高が横這いである限り貨幣収入は減った。米本位制を貫く幕府財政は年々苦しさを増し、加えて金山銀山の採掘量が減少したことで、長崎貿易が頼みの綱となった。

会所の実利が格段に増大した元禄期の運上金は、二十万両にも達していた。代物替会所内に運上方が設けられ、一括で運上金が納入されるのは幕府にとって大きな実入りだった。従来、商家ごとに納めさせたことで面倒だった運上手続きも、会所業務に一元化されて遅滞なく皆済されるようになった。幕府が代物替会所を強く後押ししたのは言うまでもなかった。

代物替会所が長崎会所と改称したのは、元禄十一年（一六九八）のことだった。

改称に先立つ元禄九年九月、町年寄のひとり、高木《たかぎ》彦右衛門《ひこえもん》貞近《さだちか》が、唐・蘭貿易と三ヵ一商売の総勘定元締役《もとじめやく》に就いた。翌十年十月、彦右衛門は銅代物替商売の総締《そうじめ》役にも就任した。

もともとの長崎貿易は、一枚岩ではなかった。宿町《やどまち》・附町《つきまち》が行う三ヵ一商売、俵物大問屋による俵物貿易、代物替会所の銅代物替商売、それ以外の銅輪出商による独自の銅貿易など、それぞれの組織が独立して専門の貿易に従事していた。元禄九年、十年と立て続けに高木彦右衛門が長崎を代表する会所の総締役を兼任した後、翌十一年に三ヵ一商売が停止、代物替会所も廃止され、新たに長崎会所として統一された。

当時、長崎で権勢を振るう町年寄は四家あったが、高木作右衛門《さくえもん》家、高島《たかしま》家、後藤《ごとう》家の三家は、遠く永禄年間に始まる長崎草創の町づくりを主導した旧家の末裔《まつえい》で、俗に頭人《とうにん》と呼ばれる古参だった。高木彦右衛門家も旧家とは言え、頭人たちに比べれば、近年の長崎貿易を通じて頭角を現してきた新興勢力だった。

元禄十三年、この町年寄四家の力関係が大きく揺らいだ。

高木彦右衛門はこの年、改めて長崎会所の会頭に就任した。さらに、長崎表御船武具預役と立て続けに重職を任じられた。その後、幕府の勘定奉行所組内として役料八十俵を賜り、帯刀の許可を受けた。彦右衛門の貢献に対し、幕府が武士待遇を与えたのだ。

長崎奉行直属の長崎会所会頭高木彦右衛門は、長崎貿易利権において一頭地《いっとうち》抜きん出た存在となった。

会所は長崎市政にも強い影響力を及ぼした。

貞享令以来、資本の少ない小商人が貿易に参加できる機会は失われていた。そんななか代物替会所が設立され、貿易業務の一括管理が始まった。煩雑な手続きを処理する下役が必要となり、彦右衛門始め町年寄は協議の上、長崎在郷の町衆を会所に雇い入れた。

小商人から順に自前の商いを棄《す》て、長崎会所に職を求めた。会所で働く地役人はやがて二千人を越えたが、単に貿易業務に従事する者となると、それだけに留まらなかった。町内ごとに割り当てた荷役人夫や港湾管理の細々した職まで含めれば長崎会所に関わらない男衆はほとんど居らず、長崎の町衆は、長崎会所から俸給を得て生計を立てるようになっていった。

諸国商人は長崎に集まる。その入札を管理する長崎会所には、莫大な口銭《くちせん》が集中した。落札額は銀高として会所に支払われ、応じた額の俵物や御用銅などを輸出品として唐人、蘭人に引き渡した。長崎会所はいわば貿易事業の胴元として、設立当初から貿易利権を独占した。不満の声は上がらなかった。いまや長崎の町衆も会所の収益で暮らしているからだ。むしろ、彼らの利権が長崎会所に保護されていると考えた。

奉行所は、長崎会所の上役として協力関係にあった。町年寄も会頭も律儀に奉行所に出仕し、改革案があれば必ず稟議《りんぎ》に上げた。奉行所で棄却されることはないので形式的なものだったが、町年寄が長崎奉行を蔑《ないがし》ろにしていないという形式は、町衆が奉行所の命令に素直に従う下地になった。


町年寄筆頭格、高木彦右衛門貞近の屋敷は西浜町《にしはまのまち》にあった。

港湾に近く、内海を一望できる立地だった。大名蔵屋敷より広い敷地は、長崎市中を縦断する幅広の大川と西側の塀を接していた。大川は港湾の喉元に当たり、この川を通じて移動や荷運びが行われた。敷地に蔵が幾つも並んでいた。粋を凝らした広庭の御影石には、わざわざ瀬戸内から取り寄せたものもあった。

元禄十三年十二月十九日、彦右衛門屋敷で盛大な酒宴が開かれた。この年、彦右衛門は初の男孫を得た。跡取りである彦八郎《ひこはちろう》の子だった。祖父《じい》様の喜びはひとしおで、諏訪《すわ》神社へお宮参りに行った後、午後から一族郎党を集めて宴を開いた。

軒先に積んだこもかぶりは、長崎北端に鎮座ましﾏす宮に奉納された酒樽《さかだる》よりも多かった。釜屋から運ばれる馳走は三の膳まで支度があった。食材を用意した馴染みの商人は、大名屋敷もかくやという宴だと数日前から吹聴していた。

日和だけがよくなかった。明け方まで降った雪の所為で冷え込みが厳しく、街路には積雪が残った。名残りの粉雪がチラチラと舞っていた。宮に詣でた間も曇天で、綿入れを着込んでもなお寒い。それでも彦右衛門は歳《とし》に似ず、矍鑠《かくしゃく》として宮へ上り、神主から手厚く歓待された。一家の者といっしょにいられるのも久方ぶりのことで、彦右衛門は一時《いっとき》商売を忘れて気を休めた。生き馬の目を抜く長崎で莫大な金を動かしてきた。毎日張りつめていた。跡取りもすでによい歳だが、近年は彦右衛門が立て続けに重職を受けるので、家督を譲る潮を逃した。老いてなお立身出世する彦右衛門に、隠居を奨める者はいなかった。

午後になると、ちらほら晴れ間も窺えた。宮から屋敷へ戻ったときには、雪解けの雫《しずく》に反射して煌《きら》めく庭が、いつも以上に映えて見えた。

晴れ間が出ても寒さは和らがない。母屋に隙間風を入れぬよう、きつく板戸を閉じさせた。連れ回されて疲れた赤ん坊は、宴が始まっても長火鉢を幾つも用意した暖かな別室でおとなしく眠っていた。

「お孫様は大物になりましょう」と誰彼なく褒めそやし、彦右衛門は機嫌が良かった。下戸なのに奨められるまま杯を干して酔いは回り、いち早く顔が真っ赤になった。皺《しわ》を深くして豪毅《ごうき》な笑みを浮かべ、今日ばかりは我がことを忘れ、孫の健やかな成長を祈った。孫が無事に育てば、代々栄えてゆくことは請け合いだった。

強い地盤を持つ権勢家を相手どって出世した彦右衛門は、紛《まが》うかたなき一代の傑物だった。足りなかった家格も、幕府から賜った身分で補った。いまは一代限りの帯刀だが、運上次第で永代の武士待遇に引き上げられるだろう。実際、彦右衛門は、この扶持米と帯刀を息子の彦八郎にも継がせるべく奉行所と密に付き合っていた。町人として最上の名声に包まれても、彦右衛門の出世の道はなお半ばだった。

この目の黒いうちに、長崎代官を彦右衛門家の家職にしておきたい。かつて当職を世襲していた町年寄は抜け荷疑獄で没落した。村山等安《むらやまとうあん》、末次平蔵《すえつぐへいぞう》が相次いで失脚した後、長崎代官は二人制を採り、高木作右衛門と高島四郎兵衛《しろべえ》が就いた。長崎で高木家と言えば、未《いま》だに作右衛門の名が先に上がる。事実、長崎代官の権力は大きかった。奉行所の所管は市中のみだが、代官は市外にまで請所《うけしょ》を持ち、財力の基盤としてきた。後々の繁栄を望むなら、請所支配を含め、世襲可能な代官の地位こそ魅力的だった。

のんびりできる機会も、また当分訪れないだろう。可愛《かわい》い孫の代まで彦右衛門家を栄えさせねばならない。一族は賑やかな連中ばかりで、始終、陽気な酒席となった。彦右衛門は身内に囲まれながら、ひとり醒めた気持ちで己を見つめ返していた。


又助《またすけ》、久助《きゆうすけ》のふたりは酒癖が悪かった。

夕刻、まだ宴の続いていた屋敷を追い出されたのは、家来どうしで喧嘩になりそうだったからだ。場を収めた仲間から「酔いが醒めるまで帰ってくるな」と屋敷表に逐《お》われると、腹立ち紛れに大川を渡った。ふたりして西浜町を離れ、当てもなく西へ歩く。潮風が冷たいが、酔いの火照りは醒めそうになかった。

思案橋《しあんばし》とは逆方面だったが、引き返すのも億劫《おっくう》だ。地獄川を西へ渡ると町年寄の後藤屋敷がある。その南隣に高木作右衛門家、さらに高島四郎兵衛家と、町年寄の屋敷が並んでいた。

長崎草創期から続く頭人屋敷を見、又助たちは苛立ちを覚えた。左を後藤家の塀に、右を寺の塀に挟まれた坂を、会話もなく登った。この坂を抜ければ本博多町《ほんはかたまち》だった。そのまま進めば、海に突き当たる。西岸には、武家の蔵屋敷が列なっている。市中に点在する大名屋敷を、又助たちは小馬鹿にしていた。商売のために長崎を訪れたのに商売を知らない武士どもは、町衆に頼りきりだった。

両脇を築地塀《ついじべい》に挟まれ、日射しが届かない石畳の坂だった。道端に雪が溶けずに残っていた。千鳥足のふたりの前方を、二本差しが歩いていた。一張羅と思しい羽織袴に身を包んだ老いぼれ二人組だった。ともに背が低く、腰は引け気味、連れた下人がひとりなのがまた貧乏くさかった。

又助はまっすぐ歩いているつもりが、知らず塀のほうへ寄っていた。塀にぶつかって立ち止まり、呼吸を整えて前方を睨んだ。老武士たちに追いつきそうだった。のろまな老人が道の真ん中にいて、追い抜くには廻り込まねばならない。足の遅いほうが遠慮するのが本当ではないか。又助は腹が立ち、咆哮した。後方にいることを気付かせ、相手に道を空けさせようとした。

老武士たちは聞こえないフリを決め込んだ。まあ、そうだろうと又助は思った。町衆に絡まれるのは武士の恥だが、長崎では珍しくない。身分が上ゆえ武士が有利かと言えば、そうでもなかった。治安を乱せば責めを負う。下手をすれば、武士だからこそ詰め腹を切らされる。だから、偉そうな態度をとる武士も喧嘩を避けた。

又助は声を張り上げながら進んだ。そのうち又助になど気付かなかったと装いつつ脇に退くだろう。それでやり過ごせると高をくくった武士を逃がす気はなかった。追い抜かずに立ち止まり、道を譲った臆病ぶりを罵ってやろう。真正面から罵声を浴びればさすがに無視を決め込むことはできまい。

又助は武士たちの背後に迫った。思惑通り相手は石垣のほうへ避けようとしたが、突如、老武士が雪解け水に足を滑らせ、激しく音を立てて転倒した。又助はギョッとし、たたらを踏んで後退した。そのとき、こちらも足を滑らせた。転倒する寸前に久助に支えられたが、危うく転ぶところだった。

又助の動揺ぶりを、久助が腹を抱えて笑う。又助は頭に血が上り、久助の腕を乱暴に振り払った。袴が汚れたのに気付いてますますカッとなり、

「老いぼれが！　袴に泥が飛んだぞ、どうしてくれるのだ！」

その坂――大音寺坂《だいおんじざか》は急だが、長くはない。周りに人影はなかった。寒風が吹き抜けた。血気に駆られた酔っぱらいは、肌寒さなど感じなかった。

尻餅を突いて動けない老人に連れが手を貸していた。又助は不快を強め、さらに怒鳴りつけた。

町衆風情があからさまに罵ってくるので、武士たちは唖然としている。もはや見て見ぬフリなどできないのに、なお無言だった。勤番は意気地がないのだ。町衆と張り合うだけの気骨ある勤番武士に、又助は出会《でくわ》したことがなかった。

いきり立つ又助を制し、久助が割り込んだ。いざとなれば冗談だったと言い逃れできるよ

うな不真面目な態度で、「困りましたな、御武家様。我らは町年寄高木彦右衛門組内の家人ですが、そちらの失態で泥が跳ね、連れの袴が汚れてしもうた。これじゃあ、屋敷にも戻られんばい。落とし前を付けてもらわないけません。もう少しで転倒し、骨の一、二本は折るところでしたけンな。こんな目に遭わせた責任はとってくれましょうね」

高木彦右衛門の名に相手は動揺したようだった。

又助は鼻息荒く、肩を怒らせて老人たちを見下ろした。

やっと立ち上がった老武士の袴は泥にまみれ、水浸しだった。腰が引けた所為で、頭を垂れたように見えた。

老武士は軽く目を伏せるだけで会釈を誤魔化し、「不注意でそのほうの袴を汚した。故意ではない」

偉そうな言いざまに苛立ち、「その口の利き方はなんか！」と、又助は怒鳴りつける。

「汝《うぬ》こそなんのつもりだ！」やや若いほうが、堪えきれず怒鳴った。「町人輩《ばら》がなんたる言い草。おのれが不心得者でも非を認めたのだ。下手に出ていれば付け上がる。誰に向こうて口を利いているのか。高木殿の顔に泥を塗っていると気付かんのか」

久助がへらへら笑い、「お見受けしたところ、浦五島町《うらごとうまち》の深堀様のお家来ですな。その言い分では、深堀様は町年寄を相手に一合戦なさるお覚悟か。そちら様こそ、長崎でのお立場を分かっておいでなのか」

茶々を入れる久助にも、又助は腹が立った。酔いの所為で視界が狭まった。めまいがする。老武士の返答もよく聞こえない。

「呂律の回らぬ酔漢の言葉など耳に入らん。こちらは詫びた。これで終わりにせえ。なお難癖をつけるなら、汝らの主人に話をつけに行こう」

分別臭い侍の口上に苛立ち、又助は言い返した。「深堀の似非《えせ》侍が、ずいぶんな口を利きなる。町衆から馬鹿にされよるのに、酔漢の戯言ゆえ勘弁してやろうなどと誤魔化し、手打ちにもできん。そんなだから、主家を乗っ取られても、ご主君、ご主君と誤魔化し、情けのう仕えておれるのだ。我が身可愛さで忠義は二の次。侍というのなら、偽の主家をとっくの昔に討ち果たしておらねば嘘ではないか」

連れが腰の物に手を伸ばし、袴を汚した老いぼれが慌ててその手を押さえた。又助は思わず半歩退いたが、踏みとどまって嘲笑《あざわら》った。

「抜けば、のっぴきならんぞ。似非侍が長崎で町人を斬れるか。先に殿様を斬るのが本当やろうが。この際、順序は逆で構わん。俺を斬ったら、その後はちゃんと主を斬るんやろうな。そうでなければ、武士の面目は保てまい」

狂ったように笑う又助の目の前へ、連れを抑えていた老人が鬼の形相で詰め寄った。動きは鈍いが、気魄《きはく》があった。一瞬、躊躇《ちゅうちょ》した又助は手首を掴まれ、こちらの腹に押しつけられた。さっきまで尻餅を突いていたのと同一人とは思えない面相を近付け、囁き声で又助を脅した。

「のっぴきならんと知る頭があるなら、そろそろ立ち去れ。商人風情に武士の本分を知れとは言わん。こげな下衆《げす》を飼わねばならん高木殿こそ哀れに存じる。まだ悪ふざけを続ける気なら、覚悟を決めようぞ。どうせ老い先短い身の上、刺し違えてでも殺すぞ」

背後で久助が厭味を言おうとするのを察し、又助は掻き消すような怒鳴り声を上げた。

「馬鹿馬鹿しい！」

乱暴に腕を振ると、あっさり老人の手は外れた。相手が力を抜いたからだ。武士たちに諍い続けるつもりはないに決まっている。そのための脅しだ。

しかし又助は急に酔いが回り、道端に嘔吐《おうと》した。涙で歪んだ目を向けると、もうひとりの武士がいまにも刀を抜きそうに身構えていた。目障りだった。抜く覚悟もないくせに武士のフリをし続ける。又助は久助に声を掛け、大音寺坂をよろめきながら西浜町へと下った。

佐賀藩長崎番方の大番頭、深堀官左衛門茂久《かんざえもんしげひさ》の蔵屋敷は長崎西岸の浦五島町にあった。敷地の西側にある間口十二間四尺（約二十三メートル）ほどの船着き場は長崎湾に面し、蔵屋敷から直接長崎湾を通って野母半島にある深堀港まで海路で行き来できた。今年の勤番に就いて以来、深堀三右衛門《さんえもん》は本宅へ帰っていない。間もなく勤番が終わり、深堀城下に暮らす孫の顔も一年ぶりに見られると、三右衛門は楽しみにしていた。

夕刻の一件は、さすがにこたえた。

長崎では勤番に対する町衆の態度がぞんざいで、しばしば嫌がらせを受けた。長崎警備のために深堀武士は人生を犠牲にしてきたが、その深堀家に感謝する町衆はひとりもいなかった。大名よりも小禄《しょうろく》で身分が低く、貿易の権限も薄いからだ。

下人を除けば、屋敷には三右衛門と志波原武右衛門《しばはらたけえもん》のふたりだけだった。武右衛門は三右衛門の甥《おい》だ。十歳違いだった。俸禄も三右衛門が切米三十石で志波原家より高い。三右衛門が先導すべき立場にあった。

深堀鍋島茂久《しげひさ》は佐賀藩家老で、佐賀城詰めだった。長崎から南二里の深堀領は佐賀藩の飛び地で、鎌倉御家人として入植以来、深堀氏が治める由緒ある土地だった。佐賀藩主鍋島家からもその地縁を認められ、自治を許されていた。その代わり、乱世には海賊でもあった深堀家は、長崎に近い立地を活かした番方大番頭の任を賜り、無休の定役として長崎警備を担わされた。

長崎に設けられた深堀蔵屋敷は、藩邸と同じ扱いを受ける。蔵屋敷には、長崎奉行所も町年寄も改めに入れない。勤番が心身を休められる長崎で唯一の場所だった。

大音寺坂から浦五島町までは徒歩でも寸の間だ。定刻に帰宅できて幸いだったが、帰り着いたときには疲労困憊《こんぱい》だった。

勤番は、御家の名代だ。長崎でのありようは、一個人の責任を越える。町衆が武士に絡むのは無名の強みだが、連中はそうと気付かない。背負う看板のない町衆は、身分ある者の誇りなどに考えも及ばない。しょせん卑しい百姓で、武士が構う相手ではないのだ。子供の遊びに付き合わされては、堪ったものではなかった。斬り殺せるなら気も晴れるが、それでは大事になった。斬り捨てた場合、この長崎で勤番に味方して「町衆が無礼だった」「殺されても仕方ない」と証言する第三者がいるのか、甚だ疑わしい。結局、町衆との揉め事が武士の得になることはなかった。

それでも讒言《ざんげん》に辛抱しきれず、覚悟を決めて斬り捨てた武士を三右衛門も見たことがあった。結末は無残だった。町衆には遊びだろうが、武士は喧嘩を買った時点で落命が決する。命を懸けるほど価値ある喧嘩など、長崎にはなかった。

何度も似たような目に遭った。それでも、三右衛門は役目を投げ出さなかった。長崎を守る御家の役目は、町衆がどれほど下衆であろうと関係ない。主命の遂行が忠であり、忠を尽くすことが武士の証《あかし》だった。

「あのような難癖は珍しうもない。逐一腹を立てていればきりがない」

静かな夕餐《ゆうさん》を終えて囲炉裏端に移動すると、武右衛門に言った。普段は会話もなくお互い勝手に煙管《きせる》でも喫《の》むところだが、今夜は煙草盆《たばこぼん》さえ用意しなかった。

短檠《たんけい》の薄明かりはか弱く、囲炉裏の炭の赤光がふたりの顔をぼんやり浮かした。その炭も尽きそうだが、今夜は足す気がなかった。後は眠るだけの夜だ。炭も油も無駄遣いを避けた。

館入《たちいり》に払う合力銭のため、自分たちの贅沢は控えるのが勤番だった。

「町衆風情に心を乱され、刀を抜けば主家の恥だ」

偉そうに言える立場ではなかった。自分が無様に転倒したことが発端だった。武右衛門は叔父を庇っただけだ。

武右衛門は改まって頭を垂れた。「拙者の落ち度でございました」

深堀三右衛門は領主一門ではなく、土着の末裔だった。鎌倉御家人から枝分かれした貧しい侍だ。それでも伝来の土地と墳墓を守り抜いた先祖を誇っていた。多くの大名が改易され、領地替えに遭うなかで、鎌倉殿以来の知行を守り通した武士はわずかだった。深堀は五百年、土地を守ってきた。何処の馬の骨とも分からぬ長崎の町衆とは家の重みが違う。

「……されども叔父上」

武右衛門が思い切ったように口にしたが、三右衛門は首を横に振り、なにも言うなと先を制した。

なぜ武右衛門が激昂《げっこう》したのか、むろん三右衛門も分かっていた。自分自身への侮辱のためではない。似非侍と蔑まれた深堀武士のためだった。

屈強な海賊として名を馳せた土豪の深堀家は、もうなかった。深堀家は肥前鍋島家に従属する際、その家老石井《いしい》氏から養子を迎えて血筋を書き換えた。

短檠の灯が尽きかけた。呼びつけた下人に火を採らせ、三右衛門が先に寝所へ向かった。

騒ぎの声で目を醒ました。壁の向こうに、ざわめく人の声がした。闇夜のことで不穏を覚え、三右衛門は上体を起こし、手探りで唐紙障子を開けた。

ちょうど灯を持った小者が注進に訪れるところだった。

「門の外辺りで、町人どもが集《たか》って騒いでいるようです」

三右衛門は枕元の大小を取ると、寝間着のまま小者を連れて廊下を進み、屋敷表を望む縁廊に立った。前庭の先、門の向こうに人の気配があった。

蔵屋敷は治外法権だ。浦五島町にはそのような武家屋敷が多く、夜は静かだった。場所柄を弁《わきま》えない町衆に苛立ち、三右衛門が木戸番の許へ中間《ちゆうげん》たちを送ろうとしたとき、騒ぎは静まったようだった。酔っぱらいが道に迷っていたのかもしれない。木戸番はなにをしているのかと呆れながら、寝所へ引き返した。

枕元に刀を掛けようとすると、悲鳴が上がった。三右衛門は付き添ってきた小者に様子を見に行かせた。小者は手にした灯から寝所の短檠に火を移して出て行った。

騒ぎはだんだん大きくなった。小者の帰りを待つまでもなく、賊が押し入ったのだと三右衛門は察した。しかし、俄《にわか》には信じがたかった。武家屋敷で盗賊が狼藉《ろうぜき》を働いたなど聞いたこともなかった。

「叔父上」

武右衛門が部屋に駈け込んできた。寝間着の袖を襷《たすき》でからげ、鉢巻を締め、引き連れた小者には行灯《あんどん》を持たせ、自身は槍を持っていた。その物々しさを見て、三右衛門も再び大刀を手に取った。

「賊は高木彦右衛門の家来と名乗っています。二十人ばかりが門番を殺して押し入り、夕刻の意趣返しを叫んで素性を隠そうともしません。かようの無礼を働かれたからには、成敗するに如《し》くはござらん。叔父上もすぐに参られよ」

そう言い残し、武右衛門は踵を返した。すぐに雄叫びが聞こえた。

三右衛門は怖れるよりも呆れた。町衆が深堀家と戦をするつもりなのか。貿易通商のために町人によい顔をしてきたが、それを卑屈さと見誤り、町衆は大きな思い違いをしたらしい。

武右衛門に続こうとしたとき、騒ぎがいっぺんに近付いてきて唐紙障子が倒された。

「老いぼれを見付けたぞ！　集え！」敷居の向こうでひとりが声を荒らげた。

武右衛門はどうなったかと惑う間もなかった。たちまち、ぞろぞろと十人ばかりが部屋に押し入り、三右衛門を取り囲んだ。相手方が持参した提灯《ちょうちん》で、寝室が少し明るくなった。

三右衛門が刀の柄《つか》に手を掛けて睨みを利かすと、全員が足を止めた。刃物を持った者はひとりもいなかった。これほどの狼藉を働きながら、帯刀不可だけは遵守している。手に手に持つのはせいぜい六尺棒だった。

三右衛門は大きく息を吸い、声を荒らげた。

「汝ら、高木彦右衛門殿家中の者であろう。夕刻の意趣返しと申すなら、あの場の下郎ふたりがここに進み出、名乗りを上げるがいい。この深堀三右衛門、逃げも隠れもせんぞ」

誰も応じなかった。見回しても、十人ほどの囲みのなかに、大音寺坂で出会した二人組は見当たらなかった。

「――本人を連れてきてさえ居らんのか！」

連中が高木彦右衛門方というなら、喧嘩の恨みを晴らすべく押し入ったはずだ。ならばもとより御咎め覚悟、不退転の心意気で臨むのが当然だった。それを、当事者さえ引っ込めて同輩だけで押し入ったところに、あわよくば言い逃れしようとする小狡《こずる》さが垣間《かいま》見《み》えた。三右衛門はひどく侮辱された気になった。

一声叫んで鯉口《こいぐち》を切った。敵勢は刀を抜かれるのを恐れ、一斉に襲いかかってきた。三右衛門は正面のひとりを素早く斬り、刀を返そうとしたところを、脇から思いきり振り下ろした棒で頭を殴られた。同朋の血を見て逆上した連中が、怯えきって闇雲に棒を叩き付けてきた。老武士は崩れ落ち、頭を庇うのが精一杯で、再び立ち上がって斬りつけることはできなかった。

賊のひとりが三右衛門の手から大刀を奪い、「みな離れれ、そこを退けえ！」と乱れる呼吸を整えもせず、掠れる声で叫んだ。ハッとして顔を上げた三右衛門は、振り下ろされる白刃の煌めきを見た。

慣れない刀捌きゆえ、まっすぐには振り下ろせなかった。刃は三右衛門の右肩を叩いた。急所ではなかったが、出血は著しかった。肉の裂ける痛みに堪えきれず、三右衛門は悲鳴を上げた。歪む老人の顔を間近に見、刀を握り締めた町衆は興奮して奇声を上げた。二人掛かりで肉にめり込んだままの刀の柄を握り、別のひとりが三右衛門の腹を蹴り飛ばした。肉が削《そ》げ、激しい出血で床が濡れるのを他人事のように眺めた。三右衛門が両膝立ちして大刀を取り返そうと手を伸ばす幽鬼のような仕草に、商人の家来たちは狼狽したように後じさった。ひとりが枕元の脇差を盗んだ。返り血を浴びて怯んでいた町衆が、突如として「討ち取ったり！」と叫び声を上げると、賊は次々と部屋から逃げ出した。

意識が朦朧《もうろう》とした。三右衛門は立ち上がることができなかった。力が入らず、血止めもできないまま寝具の上に倒れた。

母屋の外からしばらく声が聞こえたが、間もなく夜の静寂が戻った。

「……武右衛門はどうした」

三右衛門は掠れ声で口にしたが、中間も下人も近くにはいなかった。

意識を取り戻したとき、三右衛門は同じ寝室で手当てを受けていた。同じ夜が続いていた。枕元に、武右衛門がいた。縒《よ》れた着物がところどころ血に染まっていたが、ほとんど返り血のようだった。

「この寝間から賊が飛び出し、逃げてゆきました。気付くのが遅れ、叔父上に大怪我《おおけが》を負わせましたこと、武右衛門の不覚でございます」

幸い、町人の腕前では刃が通らなかったようだ。出血の割に傷は浅かった。ただ、発熱していた。武右衛門や小者を押しのけ上体を起こすと、視界が霞《かす》んだ。

「深堀に報《しら》せを送りましたゆえ、追って救援が参りましょう」武右衛門は苦い口調で報告した。「お咎めは免れ得ません。町衆風情に蔵屋敷へ踏み込まれ、狼藉を働かれましたことは、武士の名折れでございます」

三右衛門は部屋の惨状に気付いた。踏み荒らされ、血潮に濡れていた。屋敷全体がここと同じく荒らされたに違いない。これほど虚仮《こけ》にされては死んでも死にきれなかった。

「深堀に飛ばした早舟で、今夜の襲撃が高木彦右衛門家によるものだとは報せてあります。発端は夕刻、大音寺坂の悶着でございます。辛抱しきれなかった某に、すべての責任はございます。この武右衛門が自害いたせば、叔父上にまでは災いは及びますまい。武右衛門は覚悟していますゆえ」

「もう戯けたことを申すな」三右衛門は甥を睨みつけた。「蔵屋敷でかような狼藉を許した以上、勤番に責が及ぶのは尤もなことだ。明朝には、深堀蔵屋敷が町衆に襲撃されたと知れ渡ることになろう。それを恥辱としていち早く自害し果てたとあっては、なおさら主家の顔に泥を塗る」

武右衛門はなにか言おうとしたが、三右衛門はそれを押しとどめた。

「武右衛門よ、和主の怒りが正しかったのだ。武士であることとは、主に尽くすことだ。それは、由緒ある深堀家が鍋島家の御家老に乗っ取られようと、なんの違いもありはしない。百姓輩には分かるまい。己の感情一切を排し、見立てた主のために命を尽くすのが武士だ」

主家と呼べない主家ゆえに、忠義を貫いて死ぬことにこそ深堀武士の面目がある。似非侍に見えようと、武士の本懐は己のために死なないことにある。

「ゆえに、我らも主の面目を取り戻してから死のうではないか」

「右に同じく」武右衛門は落涙し、頭を垂れた。

三右衛門は、しばしひとりにしてくれるように頼んだ。

今日までなにを守ってきたかと、改めて自分に問う。守るべき長崎の町衆に疎まれ、蔑まれ、それでもじっと屈辱に耐えて長崎警備に励んできた。

だが、疾《と》うの昔に分かっていた。三右衛門は長崎が嫌いだった。

それでも長崎を守ってきたのは、それが深堀武士としての矜持だったからだ。

いま、町衆如きを遺恨で討つと思われては業腹だった。だが、くだらない諍いに深堀の武士たちを関わらせずに済むように、三右衛門自らの手で今夜のうちに終わらせようと思った。

高木彦右衛門に恨みはなかった。大音寺坂の下衆ふたりも、蔵屋敷を襲撃した賊も、彦右衛門の与り知らぬところで勝手を行った連中だろう。しかし、是非もなかった。長崎警備の大番頭の、ひいては武士の面目を保つために、いまや長崎そのものである町年寄、高木彦右衛門を殺さなくてはならなかった。

「――長崎を討つべし」

佐賀藩深堀家中、長崎御番方勤番深堀三右衛門は心穏やかに口にした。

安永八年　*1779*　冬　肥前国彼杵郡深堀村

香焼島から東四半里（約一キロメートル）の対岸、野母半島の深堀村へ喜右衛門は渡った。島の船着き場からも、海の向こうの高台に城構えが見えた。

深堀港までの運搬を命じたのは、深堀家中の赤司左門《あかじさもん》なる人物だった。唐船の抜け荷に遭遇した翌日、喜右衛門は笠戸屋徳兵衛とともに、島の東部、香焼本村に構える赤司屋敷に招かれた。船着き場には、亀次郎に移動させた廻船が碇泊していた。その浜から一段高くなった辺りに注連縄《しめなわ》を結った大きな木戸があり、それが赤司屋敷へ続く切り通しの入り口で、塞《さい》の神でもあった。この一帯を百姓はキドンダンと呼んでいたが、どうやら「木戸の段」の訛《なま》りのようだった。

赤司氏は、深堀家の手明鑓《てあきやり》だった。香焼番所の定役として代々島に常住してきた。地役人を置かない香焼島で、村方の真似事を行った。

赤司屋敷は、寛永二十一年（一六四四）に築かれた。以来、米、食物、酒や綿布などの日用品が深堀港から搬入され、それを購う市も立った。香焼島は長崎警固の防衛拠点となり、船着き場が整備された。大木戸の設置と同時期だったため、屋敷も港もキドンダンと呼ばれた。この赤司氏が島を実効支配していた。

寛永年間、佐賀藩主鍋島家の家老石井安芸守《あきのかみ》の実子が深堀家の養子となり、家督を継いだ。新たな領主は、深堀鍋島七左衛門《しちざえもん》茂賢《しげまさ》と名乗った。長崎警固を担う佐賀藩主の命を受け、香焼島、脇津《わきつ》、高島《たかしま》、伊王島、沖之島といった深堀領の離島に次々と遠見番所を増設したが、七左衛門茂賢は、深堀家のみですべての勤番を担うのは難しいと藩主に上申した。

「御新設の御番所の内、香焼、脇津の御勤番は、深堀組内にて担いて候。しかるに、高島、伊王島、沖之島の三ヶ所御勤番は能わず。佐賀城にてお引き受けくださりたく存じ上げ候」

重臣家に出自を持つ深堀鍋島茂賢の言い分は容《い》れられた。高島、伊王島、沖之島の番所を、佐賀藩の三支藩が担当することになった。本藩としては、深堀の陳情を利用し、三支藩にも番方の経済的負担を担わせる狙いもあった。

三支藩の協力を得たものの、長崎湾沖の警固は深堀家がまとめ役となり、負担は最も大きかった。その頃は国外追放に処した南蛮人がしきりに長崎へ押し寄せたので、番方は寝る間もなかった。

「赤司党は御番方に専念すべし」と深堀陣屋から命じられ、赤司氏は香焼本村に屋敷と田地を与えられた。以後、香焼島は長崎湾沖最大の防衛拠点となり、前線基地となった。深堀村から派遣された数十艘の小早、数百人の鉄炮組を頻繁に迎え、長崎湾の水際で異国船を打ち払う防波堤の役目を担った。

相次ぐ南蛮船の襲来もやがて絶え、次第に、伊王島、沖之島、高島からは支藩の勤番が撤退した。それでも赤司党は香焼島に残され、長崎湾沖の哨戒《しょうかい》を続けてきた。

喜右衛門は、その赤司屋敷を訪れた。庭に敷き詰めた筵の上で、百姓たちが稲束を叩いて脱穀していた。棒で叩かれて藁屑《わらくず》が舞った。干し藁の臭いが鼻腔《びこう》をくすぐった。

土間に縄を綯《な》う小者が何人もいた。土壁には蓑や草鞋が掛かり、壁際の床に手鎌や鍬が砥《と》石《いし》とともに置いてある。ひんやりする通り土間に炭の燃える匂いが漂い、百姓家の印象がいよいよ強まった。喜右衛門は徳兵衛とともに客間へ通され、島の主である赤司党の頭領、赤司左門と面会した。

赤司党も小百姓を雇って農作を行うが、香焼島での収入源はそれに留まらなかった。切米十五石に加え、別途、勤番俸禄を賜る。百年以上南蛮船は来ず、監視任務など有名無実となっていたにもかかわらず、香焼島にいるというだけで禄を食《は》んでいた。そして、長く根付いたことから、赤司党は百姓相手に酷薄な権勢を振るっていた。

彼らは香焼島東部と蔭ノ尾島《かげのおじま》など近場の離島を仕切り、港や市庭で口銭をとっていた。年貢納めに際しても同様だった。

そもそも赤司は代官ではない。百姓から搾取する権限はなかった。しかし、百姓たちは何代にもわたって慣習化したしきたりの言いなりだった。

こうして代官並を自称する赤司党だったが、島の困窮を救いはしなかった。開墾や治水を手掛けたことすらなかった。

漁場を開きたいという喜右衛門の申し出を、赤司左門は歓迎した。見返りに収益の一部を求めてきたが、これは請浦の年貢とは別口だ。赤司は香焼の土地や百姓に対して正当な権限を持たない自覚はあった。喜右衛門が請浦の小物成を納める相手は、もちろん深堀陣屋に他ならなかった。

「しかし、我ら赤司党と香焼には切っても切れない縁があるのだ。余所者の和主が漁場を開きたいと言い、島の百姓を網子として使役すると言うなら、通すべき筋があるだろう。網元株の一部を譲渡し、年貢納めの時期に合わせて運上を納めよ。それができぬなら、漁場は他で捜せ」

分け前の要求は、喜右衛門も覚悟していた。赤司党は深堀領の飛び地で勝手に振る舞うならず者だ。自分が余所者であり、請浦となる以上、赤司党を通さずに漁を始めれば必ず面倒な揉め事が起こるだろう。赤司の屋敷には、武士とも百姓ともつかない家来たちが大勢いた。素直に応じる喜右衛門を、頭領は気に入ったようだった。赤司方から切り出した要求が、その日の本題となった。

「和主、先夜の辰ノ口に居合わせたそうだな。唐船との付き合いは今後も続く。村井屋は俵物で財を成したと聞いた。今後は俵物会所を通さず、この香焼へ廻送するがよい」

「恐れながら、俵物を扱いますのは徳山の生家でございます」

「なんの違いがあるか。同じ家であろう。稼げる深堀へ廻させろ。せっかく船主なのだ。廻船の儲けを、漁場開きの資金の足しにすればよかろう」赤司は熱を込めて言い募った。「和主の裁量で貿易を行えるのだぞ。深堀家に運上銀さえ払えば、残りは和主の取り分だ。悪い話ではあるまい」

先日の杜撰《ずさん》な抜け荷を仕切ったのは、この赤司党のようだった。赤司党は手順も知らず、とにかく段取りが悪かった。徹夜続きで来航を待つなど、本来、あり得ないやり方だった。

抜け荷では、事前に決めた取引内容を記した「票」を互いに持ち合うことで取引を約束した。大規模な抜け荷は常に長崎から離れた場所で行われた。五島や赤間沖、あるいは薩摩《さつま》の坊津《ぼうのつ》、さらに南方の口永良部島《くちのえらぶじま》などへ、漂流を装って着岸した異国船と荷を積み換えるのだ。

計画は入念に練られ、その契約書となる票には、品目、取引方法、日時、場所が記載された。そして、票を持たない相手とは決して取引しなかった。それが抜け荷の鉄則だった。逆に言えば、票さえ手に入れれば取引を乗っ取ることも可能だった。赤の他人が奪った場合でも有効なのが、票だった。互いの票の交換こそが商売だった。

それに比べれば、香焼島の抜け荷はまるで子供の遊びだった。長崎からわずか二里では、唐船にとっても行き掛けの駄賃以上にはなりにくい。多額の取引を唐人側が拒んだのだろう。

赤司は儲け話だと吹聴《ふいちょう》するが、それが本当なら余所者にやらせるはずがなかった。捕縛の危険が高く旨味の少ない取引を、こちらに押しつけるつもりに違いなかった。

喜右衛門は香焼における赤司党の立場を理解し、密かに今後の指針を立てた。いずれ赤司党をこの島から追い払い、庄屋を立てて真っ当な村方を樹立せねばならない。百姓自身が土地に愛着を抱き、生活向上を自発的に目指さねば、本当の豊かさには至らない。赤司党は香焼の発展を妨げるだけであり、害でしかなかった。

翌日、喜右衛門は遠見岳へ案内された。

貿易船の船影を沖合に確認すれば、狼煙が上がる。その監視場所が、島中央に聳える高山の頂だった。赤司党の唯一の仕事だった。

赤司が自慢するだけあって、眺めはよかった。長崎湾まで一望できる。交易船の臨検が行われる高鉾島《たかほこじま》は、緑の茂った山のような島だった。それが内海の入り口にあり、その奥の湾岸に西泊番所や道生田《みぶた》の煙硝蔵があった。番所の港には小早が並んでいた。

巡視船が出てくる様子も一目瞭然だった。赤司は自信たっぷりに言った。

「高鉾島より外の海域は、深堀家御番方の御領分になる。巡視も深堀家に一任され、御味方以外が大中瀬戸に出張ることはない」

潮風に木々が揺れた。喜右衛門は潮の香りを嗅ぎながら、長崎とは逆の手の栗ノ浦のほうへ目をやった。白浜とその沖合は、間遠な長崎湾よりもずっと明瞭に見えた。

その後、赤司屋敷で抜け荷を実見した。先日、唐船と取引した反物だった。生糸、反物、薬種などの唐物は、相場が高値で安定し、値崩れの心配がない。飢饉《ききん》の年でも価格が変わらない優秀な代物だった。唐物が大量に流入すれば国内で生産する絹織物が売れなくなる。そのため、幕府は反物の取引高にも上限を設けた。唐船は入港順に取引し、上限に達した時点で積み戻しとなった。つまり、船倉に手つかずの反物が残った。抜け荷として取引するのは、その積み戻しだった。

しかし、抜け荷は長く続かないだろう。赤司が力説する荒稼ぎは期待できず、おそらく赤司自身も期待していなかった。それでも喜右衛門が前向きな姿勢を見せると、赤司は満足げに深堀陣屋への紹介状を認《したた》めた。

蔵で唐物を検分した折、深堀陣屋から派遣された勘定方が同行していた。赤司はあっけらかんと言った。

「明日、村井屋を深堀港へ渡海させる。唐物を運ばせては如何かな」

赤司の望み通り、喜右衛門は抜け荷と陣屋の役人を乗せて深堀港へ渡った。その際、香焼本村の寺で寝起きしていた亀次郎や笠戸屋久兵衛、水夫や石工たちと数日ぶりに合流した。港で多額の口銭を要求されたと、亀次郎は憤っていた。

深堀港に着岸すると、抜け荷の木箱を先に降ろさせた。深堀方の役人に従って下船した喜右衛門は、往来切手を見せた。港湾を管理する事務方が荷を運搬する人足を見繕っていたところへ、喜右衛門は深堀陣屋へ商談に行きたい旨を伝えた。いっしょに下船した役人が案内を買って出た。そこで徳兵衛も連れ、陣屋のある高台へ向かった。抜け荷を担いだ人足の列が後に続いた。期せずして、抜け荷の行方を最後まで見守ることになった。御影石を伝馬へ降ろす水夫と深堀村の人足の言い争う声が絶えず、それらに対し、亀次郎が大声を荒らげて制していた。

港の喧噪から遠ざかり、喜右衛門は改めて振り返った。かなり坂を登っていた。強い潮風が頬に吹き付ける。視界が開け、長崎湾の沖合が一望できた。香焼島をはじめ、たくさんの離島が青い海に点在していた。

登坂を続けると、やがて石垣に行き当たった。その石垣沿いに門があった。深堀陣屋だ。厳めしい警固の脇を抜けて中に入ると、石垣や櫓が入り組んで建っていた。なお坂道を上ってゆくと、迎えに出た役人が荷運び人足たちを連れていった。その方角に蔵があった。

喜右衛門は御殿に連れられ、玄関からすぐの控えの詰所に通された。薄ら寒いその詰所に、商人たちが待機していた。間もなく、喜右衛門が呼ばれた。他を差し置いて指名されたことに驚いたが、徳兵衛に急かされ先に立って廊下を歩いた。

身なりのよい複数人のいる広間へ案内された。そこが商人誘致のための吟味、評定の場のようだった。

喜右衛門は敷居近くに跪《ひざまず》き、恭しく頭を垂れた。

「防州櫛ヶ浜村の漁師、村井屋喜右衛門に相違ないか」上座近くに控えた用人《ようにん》が確認した。

「村井屋喜右衛門でございます」漁師ではないが、請浦の申し入れを考慮して訂正しなかった。

用人が事前に提出していた書面を読み上げ、改めて漁撈の細目を問う。

喜右衛門は漁場の規模、必要な漁船数、網の大きさ、網子の数などを語り、網子に地元百姓の協力を求める旨を申し入れた。網子への俸給も含め、必要な支出は村井屋が全額負担すること、漁業振興のために郷里から漁師を呼び寄せること、さらに年間漁獲高の見込みまでを説明した。

「村井屋が網元として、漁場を預かりたいとの申し出に相違ないか」

「網元として、漁業権の認可をいただきとうございます」

そうした用人とのやりとりの間、上座にいる人物は無言だった。脇息《きようそく》に肘を突き、値踏みするように喜右衛門を見ていた。陣屋の主たる深堀新左衛門《しんざえもん》だろう、と喜右衛門は察した。

喜右衛門が地曳き網の曳き方を身振り付きで説明する間も、干鰯の売却価格を問われ近年の相場を参考に答えたときも、新左衛門は表情を変えなかった。やがて用人との応答が途絶え、ふと座に沈黙が生じたとき、

「香焼より反物を運搬したのは、和主の船か」

上座からそう声が掛かった。会話の流れを断つようではなかったが、脈絡のない質問に聞こえた。事実、戸惑ったのは喜右衛門だけではなく、複数人が上座へ訝しげな視線を向けた。

「答えよ」と、用人が促す。

喜右衛門は慌てて、「左様でございます。香焼島で赤司様より御預かりいたしました反物と、笠戸屋の積荷であります御影石を、深堀港で降ろしました」

「船主にて候や」新左衛門が念を押すように言う。

「左様にてございます」漁師と偽ったことを咎められたのかと不安を覚えた。

相手はこともなげに、「漁場に関する提言は興味深い。先を続けよ」そう言い、また口をつぐんだ。

この人物――深堀新左衛門については、事前に徳兵衛から聞いていた。領主ではなく、陣代だった。深堀領主の深堀隼之助がまだ元服前の童ゆえ、一門を代表して国元に下り、明和八年以来九年間、執政を務めてきた。

前領主、深堀七左衛門茂雅が病に臥《ふ》し陣屋に隠棲《いんせい》した折、治政を託す人材として佐賀城から新左衛門を呼び寄せた。このとき家督を継いだ深堀隼之助はまだ二歳、この幼君は佐賀詰めで、十一歳になった今日まで深堀に下ったことがなかった。

新左衛門が先君に託された事業は、深堀領の財政再建だった。財政難の要因は、石高に見合わない長崎御番方にあった。先代は、幼君が元服するまでの空白期をひとつの好機と捉え、先送りにしてきた抜本的な財政改革を新左衛門に委ねた。領主に責任能力がなければ、詰め腹を切らされるのは陣代の役割だ。財政再建がなろうとなるまいと、深堀新左衛門は御家再興のための人身御供《ひとみごくう》として選ばれたのだった。

深堀家は御番の立場上機密が多く、ゆえに商人の入植を拒んできた。だが、いまや長崎警備も形ばかりだ。起こりもしない戦に備えて御家が沈んでゆくのを、新左衛門はもはや看過できなかった。お咎め覚悟で先例を廃し、領内に商工人を誘致した。領主が関与しないからこそ打って出られた改革で、主家のため、後世に悪名が残ることも怖れなかった。長崎御番は返上できない。軍役を果たすには、どんな手を使ってでも財政を立て直す必要があった。しかし、開墾に乗り出そうにも、小村と離島の寄せ集めである知行地の増免は高が知れていた。頼れるのは、商業以外になかった。

誘致を呼び掛けると、長崎との商売を求める商人ばかり訪れた。深堀陣屋の膝元に問屋を構えたがったが、新左衛門の耳には全く新味に欠けた。誰もが思いつく商売は誰かの受け売りに過ぎず、だからこそ口先だけは滑らかだ。自力で長崎に拠点を築けない時点で、商才にも乏しい者ばかりだった。

七十九年前の元禄十三年（一七〇〇）十二月二十日未明、深堀領主家の長崎勤番深堀三右衛門、志波原武右衛門の二名は、西浜町にある高木彦右衛門邸に討ち入り、当主の彦右衛門を惨殺した。

慣れぬ酒の所為で泥酔し、彦右衛門は前後不覚のまま床に就いていた。三右衛門らは寝込みを襲った。意識朦朧とした彦右衛門は、賊の正体も殺される理由も分からないまま斬られ、首を切断された。

三右衛門らが彦右衛門邸に踏み込んで間もなく、深堀領から派遣された武士十名が、内海から浦五島町の役宅へ上陸した。下人から事情を聞いた彼らは、夜の市中を西浜町へ走り、三右衛門、武右衛門に遅れじと彦右衛門邸に押し入った。彼らが相手方の家来衆を槍や刀で斬り殺していたそのときには、もう三右衛門らの目的は果たされていた。

血まみれの老武士が、長崎の顔役、高木彦右衛門の生首を刺した槍を持ち、幽鬼のような足取りで正門に現れた。彦右衛門家の家来たちは、仇敵《きゅうてき》に襲いかかることもできず、跡取りの彦八郎に至っては姿も見せなかった。

三右衛門は悠然と槍を門前に立て掛け、武右衛門とともに浦五島町への帰途に就いた。

「夜間にて用なく役宅を留守にするのは、勤番の不覚にてござ候」

武右衛門は気丈に笑ったが、傷は重かった。役宅で負った傷が開き、彦右衛門邸でも深手を負った。血が止まらず、目が霞んできたようだった。三右衛門の名を呼びながらも、あらぬ方向を見、探すように落ち着きなく首を振った。

「されば、叔父上だけでも蔵屋敷に御戻りくだされ。お屋敷で腹を召されてくだされ。勤番として御家を護ったと誇ってくだされ。正気を失うたと思われては、死んでも死にきれぬ」

「承知した」三右衛門は感情を籠めずに口にした。

冷え込みの厳しい冬の夜だった。武右衛門が橋上に腰を下ろした。未練が出ないうちに本懐を遂げんとし、即座に脇差を抜いた。「しからば、お先に」と、三右衛門の足手まといにならないように切腹して果てた。

三右衛門は甥の介錯《かいしゃく》を行うと、その首を抱えて浦五島町の役宅へ戻った。そして身辺の整理を済ませると、彼もまた庭で自害した。

長い夜が明け、長崎を震撼《しんかん》させる大事件が明るみに出た。彦右衛門邸の惨劇を報せるように血の臭いが海風に乗った。邸宅の門前で彦右衛門の首を見た町衆は慄然とした。ある者は気を失った。自分たちの町で起きた事件に、理解が追いつかなかった。

すでに幕は下りていた。高木彦右衛門は死に、深堀の勤番ふたりも死んだ。しかし、勤番の自害のみで事は収まらなかった。後日、長崎奉行所は町年寄の屋敷に討ち入りを掛けた深堀武士十人に切腹を申し付けた。遅れて長崎入りした七人の深堀武士も、流刑に処された。

高木彦右衛門家も処罰された。当主始め多数の死傷者を出したその夜、屋敷に居合わせたのに抵抗せず、我が身可愛さに隠れ潜んで父を見殺しにした跡取り高木彦八郎は、奉行所からきつくお叱りを受けた。彦右衛門家の家財は没収、御家は断絶とされた。一代の栄華を誇った高木彦右衛門家は、その家名を残すことができなかった。

一方、深堀家は謹慎で済まされた。深堀領主は佐賀に詰め、長崎にも深堀にもいなかったことから不問に付された。長崎御番方が停止せられたが、いずれ復職させる前提での処分だった。

そして長崎の外では、命懸けで主家の面目を守った深堀三右衛門と志波原武右衛門を賞賛する声が、日増しに大きくなった。佐賀藩では、主家に忠義を尽くし、役宅を侵した賊に対して見事な仇討ちを果たしたふたりを忠臣の鑑《かがみ》として讃《たた》えた。佐賀藩独自の武士道教育の規範とすべく、その物語は長く語り継がれた。

時の深堀領主、鍋島官左衛門茂久は、騒動の後で深堀陣屋へ下り、深堀三右衛門が勤番明けに会いたがっていた孫を養子として引き取った。三右衛門、武右衛門の忠義に報い、深堀同苗の誼《よし》みで一門に加えた。

現在、深堀陣屋の陣代である深堀新左衛門はその末裔だった。三右衛門の血筋として知られ、そのために深堀では人気が高かった。三十石取の下級武士から一門に取り立てられた者の子孫が故郷に戻り、陣代に就任した。深堀武士にしてみれば、英雄の里帰りだった。

鍋島家の石井一族が深堀領主家に取って代わったことで、深堀武士が主に抱く感情は複雑だった。新左衛門は深堀鍋島の一門に列《つら》なるが、出自は鎌倉御家人として深堀に土着した家筋だ。深堀武士が三右衛門の物語に自分たちを投影したのは、通り一遍な忠臣の姿ではなく、本来あるべき武士の姿だった。

深堀では、武士も領民も、深堀新左衛門に三右衛門の栄光を重ねた。鎌倉御家人以来五百五十年の重みを託していた。

新左衛門が抜け荷を唱道すると、家中では賛否両論が起こった。新左衛門自身は抜け荷政策を尽忠と主張した。深堀領主そのものに責任が向かわない、深堀領主不在のいまだからこそ、思い切って行うべき施策だった。大罪人の汚名を被るのは、成り上がりの新左衛門家で構わなかった。

だが、期待したほど抜け荷は利益を上げなかった。

唐人が求める代物は、俵物だった。新左衛門は、俵物を仕入れられる商人を捜した。禁制品を入手でき、既存貿易に挑戦し得る商才を求めた。石材取引を求めて訪れた笠戸屋に、瀬戸内の俵物集荷を要求したのも、新左衛門の考えだった。

笠戸屋は期待に応えようと努めた。浦々の網元と直接交渉し、実際に仕入れもした。数こそ少なくとも、畑違いの商人が取引を結実させ得たことを、新左衛門は評価した。笠戸屋を優遇し、石材取引も望み通りに行わせた。徳兵衛は深堀に店を構えると、深堀神社に灯籠や鳥居を寄進することで、町方、村方の信用を勝ち得た。

喜右衛門は、漁場の開発と干鰯生産から売却までの一連の流れを説明し、その上で強調した。

「深堀領には、漁場が少のうございます。今後、発展の見込みが大いにある分野でございます」

長崎警備の海域という考えが根強いのか、広く温暖な海を抱えながら、深堀武士たちは漁場を開く発想に馴染んでいない。香焼島に限らず、深堀領の十数個の離島に暮らす百姓の多くが漁業に従事できれば、領民の生活水準は向上し、年貢の取り立ても円滑に進む。

香焼島栗ノ浦の漁場は請浦とし、喜右衛門が小物成や雑税を深堀家に払うつもりだった。漁獲高の目安から海上石《かいじょうこく》を設定するのか、干鰯の売却益から運上銀として納めるのか、いずれにしろ、領主家の判断に任せる他ないが、それらは当然、深堀領主家の新しい収入となるはずだった。

一段落したところで、深堀新左衛門がおもむろに口を開いた。その冷ややかな声を聞くと、喜右衛門の首筋を嫌な汗が伝った。

「漁場の件は、望むままに進めるがよい。そして、我が領内で商いを続けるならば、肝に銘じておけ」

新左衛門は、表情を変えることもなく続けた。

「――長崎は閉じている」

安永九年　*1780*　香焼村

一、本人は耳鼻をそぎ、過怠《かたい》の積り、家財の内、相応にこれを取り上げ、追放申し付くべく候。

一、身上のよき者、本人にてはこれなく、抜荷など取り持ち、本人に差し添えて抜荷商売の手伝いを致し候者は、耳鼻をそぎ申さず、過怠の積り。家財の内、相応これを取り上げ、追放申し付くべく候。

一、軽き者は、耳鼻をそぎ候上にて、過怠これなき積りに候。これは、本人と申すにてはこれなく、手伝い候までの儀に候ゆえ、過怠に及ばず追放申し付くべく候。

喜右衛門は長崎に入ると、高札場でその触書を見た。土埃《つちぼこり》を被り、墨が掠《かす》れているかのように文字は薄くなっていた。雨避《あまよ》けの笠の下、複数の触書がいっしょくたに並んでいた。六十年以上も掛かり続けた古い定書《さだめがき》に見入る者など、喜右衛門の他にはひとりもいなかった。抜け荷の張本人が負う刑罰は、耳と鼻を削ぎ落とす肉刑。家財の没収。長崎近郊からの追放。せっかく手に入れた香焼島から追い出されるのは避けたかった。耳鼻削ぎもゾッとしなかった。なんの気なしに鼻の頭を触っていると、「兄者！」と、怒声が聞こえた。

駈け寄ってきた亀次郎に腕を引かれ、喜右衛門は街路へ放り出された。町衆の視線が集まるのを避けるべく何事もなかったように歩きだす。

亀次郎が声を潜め、「長崎じゃぞ。どこに役人が居るかも分からん。高札げなに目を凝らしなさるな。決行すると宣言しようごたるもんじゃ」

つい先日、陣屋から下向した後、船宿で亀次郎らと合流した。御影石を卸して一息ついていた弟に、喜右衛門は香焼島上陸以降の出来事を話した。亀次郎は兄の経験した数日間の出来事に絶句したが、その上、抜け荷を行うことになったと告げると、声を上げて怒りだした。喜右衛門はその口を押さえねばならず、「漁場を仕入れるための方便じゃ」と慌てて言った。亀次郎もその場は呑み込んだようだったが、長崎に来れば周りが目明かしばかりに見えるようだった。

「極悪人がわざわざ高札を確かめるか。珍しうて文字を追う田舎者に見られるくらいが関の山じゃ」

「用心なさってくだされ」

亀次郎の仏頂面を脇に見つつ、喜右衛門もまた抜け荷には現実味を覚えなかった。徳兵衛は協力すると言うし、深堀家もそのつもりのようだが、喜右衛門には根本的な懐疑があった。

……抜け荷では稼げまい。

「陣代様のお心を測りかねました」

先日、喜右衛門は徳兵衛に問い質した。船宿でのことだ。興奮しきりの亀次郎をひとまず退出させ、喜右衛門は差し向かいで徳兵衛とふたり部屋に残った。

深堀新左衛門はすでに九年、御家の財政立て直しに取り組んできたという。その一環である抜け荷は、しかし、いまのところ期待外れだった。九年間成果の出ていない取引になお執着するのでは、いささか正気を疑いたくもなる。

「なにが分からんとな？」徳兵衛が挑発するように問い返す。

長崎湾に近い香焼島で犯行に及ぶこと自体、大胆不敵すぎた。決行するには、必ず深堀番方の協力が要るだろう。その見返りに、利益の半分を渡す約束だった。ということは、喜右衛門が捕まれば、深堀家も連座となる。それだけ深く関わる以上、深堀家は大きな利益を期待しているのだろうが――。

「もはや抜け荷で稼げる時代じゃありますまい。俵物が手に入らなければ、取引はその時点で終わります」

あえて陣屋では明かさなかったが、赤間関と大坂にそれぞれある俵物会所で、集荷が極端に減少していた。

俵物の不足は長崎貿易にとっても死活問題となるはずで、早晩長崎会所は俵物確保のために御用商人を派遣し、直接、漁村での買い入れを行うようになるだろう。だが、いまはもっと根本的な問題が生じていた。

「瀬戸内では、多くの漁村が俵物から撤退しています。よほどのことがない限り、その流れは覆らんでしょう」

よほどのこととは、長崎会所が俵物の買値を上げることだった。稼げないから撤退するのだ。理屈は簡単だった。

俵物は禁制品で、最終的に長崎会所が独占する。そのため、買値の決定権を長崎会所が握っていた。大元の買値が下がることで、俵物会所の廻船への支払いも、廻船の網元への支払いも安くなる。長崎会所自体には競合相手がなく、買値はいくらでも引き下げられた。

煎海鼠や干鮑の生産は、百年以上にわたって続いてきた。いまなお唐人からの需要は大きいのに、生産現場に支払われる価格は下がる一方だった。買い叩かれると分かって俵物にこだわる理由が、漁師たちにはなかった。

「御公儀が確実な集荷を目指して一元的に管理するようになれば、今後は長崎の御用商人が直買することになりましょう。地下人《じげにん》は指一本触れられない。明日、そうなっても驚きません」喜右衛門は続けた。「現状の地下による集荷に紛れ込めば、手前どもでも網元と交渉できましょう。高値を付ければ仕入れは可能です。それで数年は稼げたとしても、とても長くは続きますまい。御公儀の出方ひとつなのです」

「商いに根気は付き物じゃろう。生産が減ったとは言え瀬戸内はまだマシじゃ。いまなお煎海鼠を拵える浦は多い。まずは長崎会所が自ら集荷を始めるまで、続けてみようじゃないか」

話が嚙《か》み合わないように感じた。「生産高が落ちれば普通は値上がりしますが、禁制品ゆえ値動きがありません。市場が正常ではない証拠です。塩の場合とも、まるで違います」

競合のない禁制品に価格競争は生じない。長崎会所の指値に従う俵物は、最初から商売の理《ことわり》の外にあった。長崎会所だけが儲かる仕組みなのだ。

「長崎会所がいまの指値を付け続ける限り、漁村が再び煎海鼠や干鮑の量産に掛かる望みは薄い。長崎会所に可能な取り組みも、数少ない俵物を残らず搔き集めるくらいでしょうが、少なくとも抜け荷を取り締まる役には立ちましょう」

徳兵衛は笑みを浮かべ、「なんにせよ、和殿は漁のために香焼島に来なすった。まずはそれを一番に考えなされ」

深堀領は海に面している割に、漁場が少ない。最大の漁場は野母半島の深堀村で、海上石は四百六十四石、これが領内の二割を占めた。櫛ヶ浜の海上石が七十三石余りだったことを思えば、ざっと六倍以上の漁獲が見込まれた。西海は漁場に適している。上等な網代が眠っているはずだった。

「和殿の成功を深堀様が妨げなさることはない。小物成や運上銀が大きうなるンじゃけ。なにごとも種播《ま》きから始めることじゃ。いきなり規模の大きな商売はでけまい。伝手《つて》を作るところから始めるのは、どんな商いでも同じじゃ」

抜け荷を語るのか、漁場を語るのか分からなかった。喜右衛門は相槌《あいづち》を打つだけで、なんとも答えなかった。

翌安永九年（一七八〇）から、栗ノ浦の開発に着手した。櫛ヶ浜に戻った喜右衛門は、二男以下の厄介連中をひとところに集め、ともに漁場と村を作ろうと誘った。長崎の離島に漁場を開く。そこには地曳き網を行える広大な浜がある。喜右衛門は熱を込めて語ったが、思いのほか反応は薄かった。漁師でない廻船商人の見立てを信じきれなかったのだろうか。喜右衛門には理解しがたかった。

彼らには、郷里に残って得るものなどなにもなかった。嫁も取れず、家も持てない。不自由で、肩身の狭い居候として生涯を終えるだけだ。彼らが人生を切り開く道は、彼らを認めないこの故郷を捨てる他にないではないか。どれほど肩身が狭くとも、最低限の衣食住を保証された厄介でいたいのか。真っ当に生きられるのは跡取りだけと分かっているのに、どうして賛同しないのか。

「全員が強ければ、村げなもんは成り立つまい」甚平が悟ったような顔で言った。「和主のごと生きられる者は少ない。他と違うことを自覚せねばならんよ」

結局、香焼行きを承諾したのは、嘉吉、甚平を含む五人だった。喜右衛門は月夜の浜に赴き、彼らと盃《さかずき》を交わした。嘉吉は相変わらずの能天気さだが、甚平は考え込むようだった。

「俺らと喜右衛門も、もう対等じゃ居られん。宿仲間のごと接するわけにもいくまい。区別をつけねば、周りに示しが付かんけな。勘違いせんでくれよ。誘うてもろうたのは嬉《うれ》しい。ただ、俺は俺の立場は弁えちょるだけじゃ」

ひとりでも多く漁師が移住すれば、香焼島の助けになった。喜右衛門はお互い様だと考えた。甚平が香焼島で家を構えれば、それは甚平の努力の成果であり手柄なのだ。喜右衛門は手下を募ったのではない。いっしょに漁場を開き、村の一員になる移住者を求めた。だが、甚平はそう素直には受け止めなかった。

「どげ言おうと、その島では和主は網元、俺らは網子じゃ。網元なら網子の暮らしに責任があろう。いっしょに村を築くのじゃない。ついてゆく者は和主の下で働くのじゃ。島に行けば不自由なく飯が喰えるとでもはっきり言わんと、ついてくる者は居らんのじゃないか」

それは謙虚なようでありながら、一面では甘ったれた厄介根性にも聞こえた。命令に従う代わりに食いっ逸《ぱぐ》れがないように保証しろと言うのだ。

喜右衛門は彼らを一軒前にしたかった。一軒前には責任が生じる。年貢も払わねばならない。移住する前から自分は網子だと強調し、自立を拒む言い方に少し違和感を覚えた。

「理屈張ったことを言われると、辛気臭うてかなわん」嘉吉は酔っぱらっていた。「俺はどげな立場でも構わん。村を出るのは端っから決めちょったことじゃ。どうせ村に居場所はねえ。宿に入り浸る歳でもねえし、娘っ子に夜這いを掛ける歳でもねえ。昔、夜這いを掛けた女はみな嫁に出た。酒飲んで管を巻くのも気兼ねする。そげな窮屈な暮らしにうんざりしたんじゃ。甚平、和主もそうじゃろう。はよう喜右衛門が呼びに来んかと言いよったろうが。どこでもいいけン連れていけと言いたいんじゃろう」

新たな浦では地曳き網ができると喜右衛門が改めて言うと、嘉吉は奇声を発して喜んだ。幼いときから変わらない顔に見えた。

百姓たちが故郷に別れを告げるその夏の間、喜右衛門は徳兵衛を連れて瀬戸内の浦々を廻った。廻船のついでに、俵物の仕入れを打診したのだ。抜け荷とは打ち明けず、赤間関へ向かう買い積み廻船を装った。

「取引先とは長い付き合いがありますけ、簡単に乗り換えはできかねる」

「そうでしょうな」喜右衛門は無理強いしなかった。

漁村と取引する俵物廻船が支払う上限額については、おおよそ摑んでいた。喜右衛門の強みは、俵物会所も長崎会所も取っ払い、直接唐船と取引できることだった。価格競争で地下廻船に負けるはずがなかった。喜右衛門はひとまず買値を提示するだけでよかった。その提示額が余所に洩れないように口止めだけはした。

網元たちは、取引先への義理を立てようと努めただろう。しかし、近年の漁場経営は苦しかった。二、三年過ぎると、喜右衛門と優先的に取引を行う浦が増えてきた。今度は網元たちのほうが、取引内容が洩れないよう喜右衛門に口止めをした。

それでも、喜右衛門が落手できた俵物は少なかった。煎海鼠も干鮑も、すでにほとんど生産されていなかったのだ。

「わしのごたる新参が直買できるほど、俵物市場は死に体です。長くは保《も》たんごたります」

ある年、喜右衛門は香焼行きの船上で徳兵衛に語った。

「俵物の生産が増えんことにはどうにもなるまいな」

「かと言って、支度銀を入れるのはちと危うい。禁制品を作らせた証拠が残れば露見の恐れが高まりましょう」

悠長な犯罪になったが、喜右衛門はそもそも抜け荷に頼るつもりはなかった。

網元たちも同じで、「俵物に掛かり切りでは暮らしていけん」と、口を揃えて言った。俵物を高値で買い取る村井屋は抜け荷が目的ではないか。そう勘付く者もあっただろうが、儲けになる間は網元も口をつぐんだ。

徳兵衛はこともなげに言った。「長崎で露見せん限り、抜け荷で捕縛されることはない。御公儀から大名家に向け、領内で抜け荷犯を見付けたら即座に長崎へ送って奉行所の沙汰に任せよ、とお達しがあった。また、領内から抜け荷犯を生じさせた咎は大名も受くべきことともある。これでは、大名家も自領で行われた抜け荷を隠匿する。抜け荷自体は珍しうもない。もしもご領主が本腰入れてお調べになれば、いくらでも露見するじゃろう。だからこそ、長崎以外で抜け荷の改めなど行われんのじゃ。露見して困るのは、ご領主のほうじゃけ」

「それはまた、間抜けな御触ですな」と、喜右衛門は笑った。

徳山では、笠戸屋の御影石を積み込んだ。俵物はその石材で囲んだ。石材が倒れないように蛇腹垣で覆い、苫を掛ける。これなら入念に検査されない限り、抜け荷は見付からない。しかも煎海鼠は米俵に詰め替えたため、臨検が入っても差しを入れられる程度の改めなら、溢《こぼ》れ落ちるのは米粒だった。俵を破られでもしない限り、露見しなかった。

船上で、喜右衛門は徳兵衛に言った。「唐人とは行き当たりばったりで取引しとうない。早晩、唐通事《とうつうじ》との伝手を探らねばなりません」

「長崎蔵屋敷には館入する通事がいるじゃろう。いずれ御家中に話してみよう」徳兵衛は淡々と受けた。

喜右衛門が嘉吉、甚平らを連れて戻った秋、香焼では喜右衛門たち櫛ヶ浜組の受け入れ支度を整えていた。栗ノ浦の高台では、広範囲にわたって草刈りが決行された上、人足小屋のような掘建まで築かれていた。堀を巡らして溝板を掛け、竹矢来でぐるりを囲ってあった。李太郎たち若い者が中心になって施した獣除けだった。移住者の仮宿には十分だった。

前年の船出前に、喜右衛門は長崎と深堀に手漕ぎ船を発注していた。打診した使い古しはすでに搬入され、白浜に引き上げられていた。沖合に網を張る準備は着々と進められていた。

李太郎が補強途中の浜小屋を示し、大声で言った。

「島の者も本村から通うのは難儀ですけ、漁の間は寝泊まりできるごとしよります。いずれ栗ノ浦が拓《ひら》ければ、俺らも越してこようと考えよります」

別の若衆が勇んで続ける。「栗ノ浦の荒地は、俺らが思いよったよりずっと広うござった。この分なら、本村に負けんごと栄えましょう」

地曳き網は人手が要った。喜右衛門は来年の春漁に間に合わせるべく、まずは香焼衆を漁に慣れさせることから始めた。

廻船から下ろされた漁網の大きさに、李太郎らは驚いた。その袖網をひとまず浜小屋に運び込むと、船曳き用の小網を抱え、嘉吉たちが漕ぐ漁船に乗った。

香焼百姓には、沖合の網漁など初めての体験だった。荒波立つ漁場で網を下ろす漁師たちの手際の良さに逐一感心し、嘉吉などは褒めちぎられて、ずいぶん上機嫌だった。

長年漁獲のなかった温暖な海域には、魚群がよく集っていた。冬場に差し掛かっても、連日漁を行うたびに面白いように網に掛かった。嘉吉は香焼衆以上に興奮した。そのうち、香焼島の各所から百姓たちが栗ノ浦に詰めかけ、先を争って漁船に乗り込むようになった。喜右衛門はさっそく船を増やす算段を立てねばならなかった。

女子供や老人も浜を訪れ、沖ではしゃぐ男衆を見て陽気に語り合う。沖から戻った男衆は、成果を見せて自慢する。香焼島に活気が漲《みなぎ》っていた。広大な海で行われる漁の華やかさは、百姓たちの鬱いでいた気持ちを開放させた。

喜右衛門も浜に入り浸りだった。ある日、十内が訪れた。杢太郎の父で、香焼百姓たちのまとめ役だ。頭領格の百姓が熱の籠もった砂浜に両膝を突いたと思うと、両手を突いてゆっくり頭を垂れた。

喜右衛門は驚いて屈み込み、「よしなされ、十内殿」と頭を上げさせようとしたが、十内老人は首を横に振り、嗄《しやが》れ声で言った。

「村井屋殿、百姓に漁を教えてくだされ。若い者たちが豊かになれるごと、今後も導いてやってくだされ」

そうするうち、老百姓たちが打ち揃って十内に倣い、同じように白浜に膝を突いて頭を垂れた。島の将来を喜右衛門に託すことを、彼らは寄合で話し合ったのだという。自分たちのためでなく、子供たち孫たちのために香焼を変えてゆきたいと切に願い、漁場を残せる以上の幸せはないと真摯に訴えた。香焼百姓は実直だった。

喜右衛門は沖合の漁船に目を向けると、

「よい漁場になります」と、自信を持って請け合った。「初めて浜を見たときより、いまのほうがよう確信しちょります。浜だけでなく、よい網子も居ったのじゃ。香焼島ほどよい漁場を、わしは他に見たことがない」

漁と村づくりは並行して行われた。春、地曳き網が始まると、島の百姓ほとんどが栗ノ浦へ働きにきた。日中、女衆が干鰯加工を行う間、栗ノ浦の高台では家屋敷の建設が続けられた。その年、櫛ヶ浜でも移住に応じる百姓が続々と出た。

廻船から戻った晩秋、香焼島西端にある辰ノ口の浜に唐船を迎えた。

漁の活況とは裏腹に、抜け荷の成果は横這いだった。俵物が集まらない以上、利益は増えない。唐人がどれほど俵物を求めていても、生産現場に利益が還元されない所為で、産業そのものが衰退していた。解決は簡単なのだ。長崎会所が高値で買えばいいだけのことだった。稼げるようになれば、どの漁村も積極的に煎海鼠や干鮑の生産に乗り出すだろう。もっと言うなら、禁制の枷《かせ》を外して自由化すれば、俵物は一大市場を築くはずだった。しかし、俵物の生産高は、喜右衛門が考えもしなかった方法によって増大した。

天明五年（一七八五）、俵物会所が廃止され、長崎会所が自前で俵物の集荷を行うようになった。それに伴い、津々浦々にわたって俵物の生産が割り当てられた。

幕府が介入したのだ。唐人の俵物需要を満たすべく諸大名に触書を出し、長崎への俵物納入高を設定した。大名家は領内それぞれの浦に一定の割り当てを行い、俵物の生産を命じた。こうして網元は、長崎から訪れる集荷役人あるいは御用商人に、毎年、決まった量の俵物を売却せねばならなくなった。

不足していた俵物供給が増加した。生産体制は強制的に整備されたのだが、恐ろしいことに長崎会所は買値を改めなかった。漁村は買い叩かれることを承知で、俵物に人手と時間を割かねばならなくなった。

そして公儀は改めて、地下廻船による俵物買入を禁じた。長崎会所は直接網元から俵物を買い付けるべく、子飼いの長崎商人に集荷を委託した。地下人が俵物に関わる機会はなくなり、網元も御用商人以外に俵物を売却できなくなった。事ここに至っては、香焼島の抜け荷も破綻するはずだった。

ところが、抜け荷は破綻するどころか、この年を境に大きく飛躍した。

「――俵物を買うてくれんか」

網元たちは口を揃え、喜右衛門に頭を下げた。

最初に打診してきたのは、櫛ヶ浜の中野屋だった。実家の廻船山本は、集荷から撤退していた。郷里だけでなく、どの漁村を訪れても喜右衛門は同じ打診を受けた。

「御公儀から浦ごとに俵物の割り当てがなされ、長崎から徴集に訪れる。強制して拵えさせられるのに、売値は安い。これが続けば、浦は立ち行かんごとなる。他の漁を潰してまで煎海鼠を拵えよるのじゃ。従いよったら浦が潰れる」

余剰分だけでも買ってほしいという訴えだった。前年まで喜右衛門が支払っていた価格で構わないという。いったい長崎会所はどれだけ買い叩いたのかと、喜右衛門は背筋の凍るような思いがした。

長崎貿易は歪だった。長崎会所の他に唐人、蘭人との貿易に携わる組織がなく、禁制品の集荷にかけては完全に独占していた。長崎会所は手厚く保護され、そして長崎そのものを経営するかのようだった。

——長崎は閉じている。

深堀新左衛門が言った言葉を思い出した。

陣代は抜け荷の構想を立てたときから、長崎会所が自らの手で俵物集荷に乗り出す天明五年を待っていたのではないか。俵物の供給が強制的に引き上げられ、その歪みが漁村に集中したとき、香焼の抜け荷商売が始まると予見していたのではないか。

「郷里を救うと思うて俵物を買うてくだされ」櫛ヶ浜では、中野屋の佐兵衛が喜右衛門に頭を下げた。吉蔵の傲慢な兄が嘆くように言った。「これでは、年貢も同然じゃ」

喜右衛門は取引を行う浦に支度銀を渡し、煎海鼠の生産を促した。長崎会所に割当分を引き渡した後の余剰分を、すべて村井屋が買い上げる約束を交わした。抜け荷の規模を大きくすることには抵抗があったが、喜右衛門は漁師たちを見捨てることができなかった。

網元たちには、自分が買うことを黙っているように頼んだ。特に、俵物廻船から撤退した父や兄に知られたくはなかった。

前年までと同じように浦々を廻送したのに、胴の間に積んだ四斗俵は驚くほど増大した。香焼へ戻るまでの間、喜右衛門は呆然とそれを眺めた。

秋、なおも普請が続いていた栗ノ浦に、派手な身なりの若者が訪れた。

「和主が村井屋殿であろうか。某《それがし》、長崎在郷の者で、彭城源太郎《さかきげんたろう》と申す。唐通事でございます。和主が俵物をふんだんに仕入れられると聞き及び交渉に参った。まずは、辰ノ口とやらに案内していただけますか」

深堀の武士が話を通したのだろうが、ずいぶんな悪太郎が来たと喜右衛門は思った。

抜け荷情勢は明らかに変わった。

俵物の集荷が急増したこと。唐船との交渉人を得たこと。天明六年、抜け荷による利益は桁がふたつ繰り上がった。

「密買は憚らずにやりなされ。長崎で露見しない限り、咎めを負うことはない」

徳兵衛は病の床でそう言った。抜け荷が軌道に乗った頃から痩せ始め、肌は水気を失い、目に曇りが見えてきた。船旅は過酷に思えたが、老人は忠告を拒んで同船を求めた。

「我が行く末は覚悟の上じゃ。和殿の行く末を近くで見さしてもらえば、僥倖《ぎょうこう》、僥倖」にこやかに笑みを浮かべ、そう言った。

徳山に寄ったとき、徳兵衛を郷里に残してゆきたいと久兵衛に相談したのだが、死に場所は父に選ばせてくれと頼まれた。徳兵衛は香焼島に戻りたがった。

船出はその年までになった。香焼に戻った徳兵衛は、それきり母屋に籠もった。調子の良いときは縁側に出、海原を眺めながら過ごした。百姓たちがよく見舞いに訪れたから、淋しさを感じる暇はなかっただろう。隠居後の徳兵衛は、笠戸屋にも深堀陣屋にも抜け荷にも香焼の漁場にも関心がないように見え、それでいて、人生を空疎に感じるようでもなかった。

いずれ己が満足の境地に到達できるのか、喜右衛門に確信などなかった。貧しくとも足ることはあろうし、富めども足りぬことはあるだろう。日々の稼ぎに汲々《きゅうきゅう》とする現状では、それを云々《うんぬん》する資格もないだろう。

「翁は、俵物が割当制になると見込んでいなさったのですな。瀬戸内の網元たちに、そう噂を流されもしたのでしょう。それで、村井屋は高値で買い取るという信用を植え付けるべく、早くからわしに種を播かせたのでございますな」

喜右衛門が問うても、徳兵衛は真っ当には返事をしなかった。

「商いの道は、しょせん利を追うことに尽きる。誰かを救うだの、御公儀に尽くすだの、私利の外を求めれば、必ず破綻するじゃろう。お好きになさるがよい。絶え間ない選択に苦悩しながら、ひとり荒野を行くようなもの。選択が正しいか間違いかの間にも、さほどの違いはないのじゃ。己を信じきれるかどうかじゃ。執着がなければ辿《たど》り着けぬ境地もござろう。

善人なおもて往生す、いわんや悪人をや。己のために生き、その果てに見出せるなにかがあればよし。なにもなければ、それもまたよし。だから、喜右衛門殿、好きにやりなされ。わしにはなにも言い残すことはない。後は、和殿の好きにやりなされ」

足りないと思う心ばえがなければ、足りていることに気付きもしない。足りないと思う浅ましさを、徳兵衛は否定しなかった。

いまでも櫛ヶ浜に戻って徳山湾を眺めるたび、喜右衛門は吉蔵を思い出す。吉蔵は彼自身を拒絶した故郷に留まり、不自由な人生のなかで足りようとした。喜右衛門は吉蔵の境地にさえ届いていないと感じる。

天明七年（一七八七）二月、笠戸屋徳兵衛は栗ノ浦で他界した。春漁が始まる季節だった。喜右衛門は船出の支度に追われていた。

香焼に越して八年目の春だった。栗ノ浦には家屋敷も増え、ずいぶん賑やかになった。喜右衛門が徳兵衛を看取《みと》ったときも、屋敷表から子供たちの声が聞こえていた。

第 三 章

寛政元年　1789　十二月　長崎

寛政元年（一七八九）十二月、長崎で公開処刑が行われた。

西坂ではなく、南方の江戸町に囲いができた。出島の正門が石橋の向こうに見えた。

刑場に跪《ひざまず》いた罪人は猿ぐつわを嚙《か》まされ、後ろ手に縛られていた。その目の前には深い穴があった。役人が口上を述べる間に、罪人がわずかながら身じろぎした。途端に背後に控えた刑吏ふたりがその後頭部を摑《つか》み、鉢を叩《たた》き付けるようにして上体を折り曲げさせ、地面に押しつけた。涙と汗に濡《ぬ》れそぼる顔面に筵《むしろ》の藁屑《わらくず》が貼り付き、苦悶《くもん》の表情を浮かべる。罪人は、前方に置かれた木箱を見ようとしただけだった。松明《たいまつ》を持った役人がその箱に近付き、反物を取り出して火を掛けた。海風に巻かれた黒煙が人垣のほうへ流れると、ほとんど狂気めいた喚声が沸き上がった。

絹織物の切れ端が、火の粉を散らして宙を舞う。それは、罪人が阿蘭陀《オランダ》船から購入した抜け荷だった。炎は木箱に燃え移り、板の割れる音が響いた。

やがて下働きが砂を掛けて鎮火すると、先の役人が叫ぶように言った。

「この者、抜け荷商売にて私《ひそか》に財を得んと欲し、不届きにも御公儀をたばかり、蔑《ないがし》ろにせし罪、まことにもって許しがたし。よって、獄門申し付けられ候！」

刑場には煙の臭いが残っていたが、首斬り役人は構わず穴の際まで進んだ。自らの足場を確認すると、慣れた手つきで刀を抜いた。

罪人が抱え起こされ、猿ぐつわを解かれた。叫びを上げ、逃れようと身悶《みもだ》えした。目隠しをされる。虚《むな》しく上げる悲鳴も野次馬の怒号に掻《か》き消された。刑吏に押されて前傾した罪人の首に、白刃が振り下ろされた。

首なし死体は穴の縁に倒れ、切断面から怒濤《どとう》のように零《こぼ》れる血がその穴に溜《た》まっていった。熱気に酔いそうだった。煙と血の臭いが野次馬たちの汗と混じり合い、耐えがたい臭気を放っていた。村井屋喜右衛門《むらいやきえもん》は、己の行く末を見ている気がした。

笠戸屋久兵衛《かさどやきゅうべえ》が栗ノ浦《くりのうら》の喜右衛門屋敷を訪ねたのは、寛政元年の仕事もあらかた終わり、村内が年貢納めに追われる師走初頭だった。

抜け荷から足を洗いたいと、久兵衛は言った。

「死刑が本当に行われるかどうか、まだ分からんぞ」

公開処刑は、先月長崎市中に立った高札で予告されていたが、抜け荷犯の死刑は七十年前に廃止されていた。

久兵衛が顔を曇らせた。「船頭、気は確かか」

「なにがじゃ」喜右衛門は空とぼけた。

なんのために香焼島《こうやぎしま》に来たのかと、喜右衛門は時おり考えた。むろん漁場のためだった。抜け荷は、網代《あじろ》を確保する条件のひとつに過ぎなかった。いまや香焼島だけでなく、深堀《ふかほり》領の離島を中心に漁場は幾つも開かれていた。喜右衛門は各所の漁場開きを手伝い、干鰯《ほしか》の仕入れのために支度銀を入れた。買い積み総高は年々跳ね上がり、廻船《かいせん》業の収益も急増していた。収益は、翌年の仕入れに回す。順繰りに資金を回し続ける果てのない商いではあった。

栗ノ浦の漁場は、最も大事だった。そもそも、この漁場を守るべく抜け荷を引き受けたのだ。十年前には、いつでも足抜けできると高をくくっていた。だが、どんな仕事も長く続ければ、期待と怨嗟《えんさ》が積み重なりがんじがらめになってゆく。

抜け荷犯に死刑判決が下り、取引の危険度は格段に上がった。ここまで条件が変わったのなら、撤退を考慮しないほうがおかしかった。

先代と違い、久兵衛は実行犯ではなかった。買付も売却も、村井屋が一手に請け負った。徳兵衛が開拓した取引先を譲り受けた代わりに利益の一部を分配したが、その取り分を放棄すると久兵衛は言うのだ。

「密告を案じなさんな。当方も長く関わってきた犯罪じゃ。罪科はわしも同じじゃ。御影石《みかげいし》の廻送は今後も村井屋に頼みたいが、抜け荷は先代亡き後、関わってこんかった仕事じゃ。

ここできっぱりと退きたい」

「処刑が行われるかどうか、見極めてからでも遅くはないぞ」

喜右衛門が呑気《のんき》だったのは、処刑は取り止《や》めになると踏んでいたからだ。

抜け荷の死罪は、あまり現実的ではなかった。長崎は長崎奉行が統治するが、死罪以上の執行には江戸の承認を必要とした。長崎と江戸の往復となれば、最短でも二ヶ月を要する。その間、桜町の牢屋《ろうや》に留め置くのは奉行所の負担であり、まして抜け荷は共犯者が多く、牢屋の広さにも限界があった。それに今回の死罪判決は、町年寄でさえ不可解に感じたという。特に悪質だったわけでもないのだ。

だが、喜右衛門の予想は外れ、罪人はあっさり首を斬られた。


「――御代官様がお通りになるぞ!」

夕焼けに包まれた江戸町に、突如声が上がった。喜右衛門が振り返ると、羽織袴《はかま》に陣笠《じんがさ》を被《かぶ》った五、六人の男衆が南下してきた。

長崎代官、高木作右衛門《たかぎさくえもん》忠任の一行だった。手代《てだい》の小比賀慎八《こひがしんぱち》が怒鳴ると、肝を冷やした町衆が脇に退《の》いた。家来たちが六尺棒で掻き分けるまでもなかった。

長崎代官は、高木家の家職だった。長崎内外に五万石の請所を持ち、大名並の権勢を誇った。自他ともに認める長崎の顔役で、帯刀も許された。

十代目となる高木作右衛門は、まだ二十代と若い。が、先代が早世したため、実務経験はすでに十年近くあった。利権まみれの長崎政治にどっぷり浸り、歳《とし》の割に老成した風格が備わっていた。喜右衛門はその人物を初めて間近で見た。

代官の職務は市政だった。原則、貿易業務には携わらない。だが、例外的に与えられた権限があった。俵物紕《ただし》と抜け荷取り締まりだ。長崎代官は貿易方から独立した別組織として、抜け荷に目を光らせていた。

高木作右衛門は出島への短い石橋を渡った。木戸の前で立ち止まり、杖《つえ》で格子を打った。ひとつ、ふたつ、みっつとゆっくりと叩いた。単調な音が意味不明に続いた。遠巻きに眺める町衆までが静まり、一定の律動の打擲《ちようちやく》音が海風のまにまに漂うのを聞いた。

蘭人が格子を離れて通詞を振り返ったとき、高木作右衛門は打つ手を止め、格子越しに冷たく言った。

「カピタンに騒げと命じられたか。声を上げる柄ではあるまい」

処刑の間、その蘭人はずっとわめき声を上げていたのだ。

作右衛門は、蘭人が通詞と話している間に正門へ移動した。それきり相手には目も向けず、乙名《おとな》詰所がある出島の南端へと歩いていった。

一、首謀の密買の者。金、銀、銅銭を以て、または雑物等を取り替え候とも金高に積《もっ》り拾《じゅう》両以上の品を以て密買致し候者。並びに、密買の再犯。右三ヵ条は、死罪申し付くべし。尤《もっと》も、右の企てを存じながら抜買致し候者も、同罪に申し付くべきこと。

一、金、銀、銅銭にてはこれなく、雑物など拾両以下の密買を企て候者は、これまでの御仕置より、一、二等も重く申し付くべし。右の企てを存じながら買い取り候者も、これ又、同罪たるべきこと。

従来の抜け荷禁令が掛け替えられた。寛政元年十二月付けで、高札場に新たな定《さだめ》が掛かった。先日の公開処刑のみが例外でないことが、長崎内外に知れ渡った。

金高に換算して十両以上の代物、並びに、金額にかかわらず金、銀、銅銭は、取引すれば死罪。銭貨の扱いが、特に厳しかった。売買に銅銭一文でも用いたなら命がない。

次に記載の雑物とは俵物のことで、十両以下の取引でも従来以上の厳罰となる。一、二等の重罰なら死罪の公算も高い。喜右衛門が扱ってきた俵物は、天明六年以降、金高十両を優に越えた。もれなく死罪相当だと思われた。

――とにかく長崎は日本の病のひとつにてござ候。

昔、徳川御一門の若者が、将軍に具申書を提出した。その人物――松平定信《まつだいらさだのぶ》がいまや老中首座となり、次いで将軍補佐役に就任した。公開処刑に始まる抜け荷の厳刑化も、この執政、松平定信の意を汲《く》んだものだった。新執政は、なにより長崎貿易を警戒していた。

その意向が周知されたのは、寛政二年（一七九〇）だった。

新たな貿易規制が発布され、唐人、蘭人の買付上限高が、従来の半額まで引き下げられた。入港船舶数の制限が強まり、唐船は十艘《そう》（総取引額二千七百四十貫）まで、蘭船は一艘（総取引額七百貫）までとなった。輸出細目では、特に、銀の輸出上限高が千二百八十貫から七百貫に、銅が九十万斤から六十万斤に減らされた。銅に関しては、数年前に百二十万斤から九十万斤に減額されたばかりだったため、これも実質的な半減だった。

抜け荷の厳罰化に続き、正規貿易でも銀、銅の規制が強まれば、採掘状況の不調は隠しようがなかった。金、銀は底を尽き、銅も危うくなった。二百年前は輸出の代名詞だった銀と銅を、いまは輸入に頼っていた。貨幣の原料としての備蓄を優先し、輸出に強い制限が掛けられた。

規制によって抜け荷件数が増加するのは、前例からも明らかだった。寛政元年十二月に行われた公開処刑は、貿易半減令の発布を見越した見せしめだったのだ。抜け荷の取り締まり強化を知らしめ、抜け荷犯を萎縮させることが目的だった。

幕府主導の罰則改正なら、たとえ手続きが煩雑になろうと長崎奉行所は必ず従う。長崎が江戸に追随するのは昔から変わらなかった。

こうした公儀のやり口が明らかになるに連れ、喜右衛門は不快を募らせた。抜け荷を止めたければ、刑罰を重くする前にやることがあろう。俵物を生産する漁村に適正価格を支払え！　正規販路で利得が保証されれば、生産者は横流しなどしないのだ。そして、唐人、蘭人に適正価格で売却すればいい。法外な高値で売りつけなければ、危険を冒して抜け荷を買うことはないのだ。

かつて喜右衛門は、俵物集荷が長崎に独占されれば抜け荷は潰《つい》えると考えた。現実は逆だった。幕府が津々浦々に俵物生産を割り当て、その収入は保証しなかった。漁村では、幕府、大名、長崎会所への怨嗟を蓄えた。抜け荷は、名もなき漁師のささやかな抵抗になった。喜右衛門に託された俵物は、彼らの怒りそのものだった。他の網漁を犠牲にしてまで、買い叩かれる俵物を作らねばならない。その恨みつらみがある限り、抜け荷は終わらなかった。いまや俵物は年貢のように徴集されていた。生産現場から見れば、俵物市場など崩壊していた。それを商いと言い張るのは、長崎会所だけだった。

貿易半減令の発布と同時期に、出島の阿蘭陀通詞が相次いで解任された。

寛政元年、大通詞堀門十郎《ほりもんじゆうろう》が阿蘭陀商館からの収賄を密告され、町年寄とともに任を解かれた。

翌年九月の貿易半減令発布の折には、年番通詞がその細則を省略して阿蘭陀商館に伝えた一件が問題視された。あくまで付帯条項の省略で、半減令の大枠には影響しないのだが、処罰が厳しかったため、前代未聞の誤訳事件として巷《ちまた》を騒がすことになった。通詞目付吉雄耕牛《よしおこうぎゅう》、年番大通詞楢林重兵衛《ならばやしじゅうべえ》、年番小通詞西吉兵衛《にしきちべえ》が逮捕された。年が明けて三月、三通詞は免職、五年間の蟄居《ちっきょ》を命じられた。

吟味されたとは思えない迅速な裁決は、松平定信が直々に命令を下したという。定信は長崎を汚職の温床と見定め、通詞の粛清を望んだ。誤訳はその口実に使われたのだった。処罰は当事者三名では済まなかった。これに連座し、大通詞本木仁太夫《もときにだゆう》、加福安次郎、小通詞中山作三郎《なかやまさくさぶろう》、吉雄左七郎《さしちろう》、小通詞助今村金兵衛といった重職の通詞たちが相次いで捕縛され、それぞれ五十日の押込に処された。

さらに寛政四年には、吉雄、楢林、西家の跡取りが、二年前の誤訳事件の際に親の赦免を願って役人に賄賂を贈ったと訴えられ、長崎から追放処分となった。蟄居中だった三通詞は跡継ぎをも失った。

松平定信はわずかな瑕瑾《かきん》に託《かこつ》けて直々に罰を下し、通詞組織の刷新を目論《もくろ》んだ。蘭人を外敵のように見なし、その警戒を謳《うた》って世情不安を煽《あお》りもしたが、癒着を嫌った本当の理由は抜け荷だったのだろう。出島と深く繋《つな》がりすぎた通詞を解任するための再編だった。だが、皮肉にも幕府は優秀な通詞を失っただけであり、長崎を離れた通詞は大名家に傭《やと》われた。大名家が通詞を求める理由は、各藩独自の交易路を開くためだった。つまり、松平定信は、自らの手で抜け荷の可能性を切り開いたのだ。

唐人屋敷でも規制に対する抗議の声が起こっていた。唐船も寛政二年半減令の折に入船制限が十艘まで減少したことで、いよいよ仕事にあぶれる通事が増えていた。

喜右衛門は深堀の蔵屋敷で、しばしば唐通事の彭城源太郎《さかきげんたろう》と面会していた。唐通事も決まった家系を出自とするが、阿蘭陀通詞より圧倒的に数が多かった。そのほとんどは、百五十年ほど前、中国から長崎へ逃げてきた一族の子孫たちだった。彭城源太郎は劉又郎《りゅうまたろう》の甥《おい》で、その養子となって彭城家の一つを継いでいた。彭城家は長崎に三家あり、源太郎が継いだ家はさほど裕福ではなかった。

源太郎が入り浸ったのは、主に唐船修理場だった。入船中の唐船は、外洋航海に備えて念入りに整備される。修理場はその数ヶ月間、休まず稼働した。

職人の出入りが多く、始終忙《せわ》しない修理場に、役人や通事目付はあまり訪れなかった。源太郎は船主に挨拶して回り、そして抜け荷の相談を持ちかけた。源太郎が俵物を仲介することは、唐人の間では公然の秘密だった。

喜右衛門の知らぬところで、源太郎は唐船どうしを競合させて口銭《くちせん》を稼いでいた。源太郎にとって、村井屋は確実に俵物を仕入れてくる上客だった。

源太郎は喜右衛門の要求する反物、生糸、薬種などの細目を記憶して唐人屋敷へ持ち帰り、積み戻しのある唐船と交渉した。長崎の南外れにある唐人屋敷は、牢獄のような高い築地塀《ついじべい》に囲まれ、出島同様、日本人が無断で立ち入ることはできなかった。唐船は海から直接唐人屋敷に乗り入れ、入港した唐人はそこで数ヶ月を過ごす。出島の四倍ほどの広さに、十艘まで入港できた。

積み戻しは多く、唐船にとっては悩みの種だった。売れ残りが俵物に換わるのであれば、多少割高でも交渉に応じる。その段取りを付けるのが源太郎の仕事だった。

「積み戻しで細かく稼ぐより、もっと大きく稼ぎとうはないか」

ある日、源太郎が神妙な態度で喜右衛門に持ちかけた。

「親方には前にも話したばってン、唐人は、御公儀のやり方に反感があるごたって、抜け荷に関わりたがる者は多い。長崎以外に市場ができれば、喜んで食いつこう。長崎会所げなもんを気にせんでようなれば、もっと好きに交易がでけよう。いまは積み戻しの買付やけン、唐人と会所の交易が終わらんと交渉を始められん。陸揚げした荷は記録されとって長崎に居る間は動かせん。それではつまらんめえ。それでは、いつまでも大きくは稼げん」

唐人屋敷は、思案橋《しあんばし》を渡った丸山町《まるやままち》や寄合町《よりあいまち》などの悪所場の西に築かれた町だった。湾岸に面し、貿易はすべて塀のなかで行われた。

「もしも帳面に書かれる前の、陸揚げしてすぐの積荷を唐人屋敷の外に持ち出せたなら、密買はやりたい放題できよう。余り物で妥協せんでいい。長崎会所げな気にせず、割りのいい取引ができる。いいか、親方。唐人は長崎に愛想を尽かしとる。客は幾らでも連れてこれる」

「荷など持ち出せるものか」喜右衛門は一蹴した。

「唐人屋敷を囲う塀は広かたい。番所に見付からん場所もある。抜け道さえ掘られれば、毎年、同じ通路で荷を持ち出せる。わしと親方で、長崎に穴ば開けちゃろうち思わんか」

「与太話はもういい。そげなこと、弟には吹き込むなよ」

歳の離れた弟音右衛門《おとえもん》は、このやくざな唐通事と親しかった。

源太郎はあきらめきれないようで、「一番稼げる商売に力を入れんげな、親方は謙虚ばい。さんざん苦労しよる水夫《かこ》には聞かせられんめえ」

「唐人はいまも騒ぎよるか」

「半減令のことか？　そりゃあそうやろう。苦労して長崎に来たちいうのに、欲しい代物をちっとも買えん、持ち出しもでけんでは商売になるまい。唐人ばかりか、唐通事も入船が減って上がったりたい。正味な話、長崎貿易はいつ終わってもおかしうなかぞ。稼げるうちに稼いじょきぃ。唐人は商売に来とうとぞ。必ずしも長崎で商売をしたいわけやない。場所にこだわりはしよらんとぞ」

春漁を始める時期は雨が少ない。二月に入ると、浜小屋、船小屋の軒に注連縄《しめなわ》を張り、仕立てた船で比売神《ひめがみ》への供物を流す。百姓らが浜辺で祈禱《きとう》を行い、神楽を舞った。喜右衛門も奉納を行った。

初漁は毎年、盛大だった。島外からも出稼ぎが押し寄せ、漁師小屋は寝泊まりする人夫たちで溢《あふ》れた。

夜明け前、袖網を載せて漕《こ》ぎ出した二十艘の船は、大網を介した巨大な生き物のようだった。網を広げながら、船を半円状に散開させる。手旗や声で合図を交わして所定の位置に碇《てい》泊《はく》すると、船に仁王立ちした漁師たちが左右と呼吸を合わせながら、袖網を沈めてゆく。網の設置は見た目以上に力仕事だ。荒波の立つ沖合での作業は難しく、ひとりが常に櫓《ろ》を持って船を安定させ続け、残る全員で網を下ろした。一艘当たり四、五人で慎重に網を手繰り、絡まないように注意し合い、海底に対して垂直に立ててゆく。広い海原の一部を切り取ったように設置し終えると、袖網の両端に結びつけた巨大な綱を二艘に預け、磯に向かって曳《ひ》かせた。

香焼の漁師を束ねるのは、杢太郎《もくたろう》だった。亡父十内《じゅうない》の跡目を継ぎ、寄合をよくまとめてきた。

「みなの衆、今年の漁ば始めるぞ！」

杢太郎が気合を入れると、漁師たちの大音声が轟《とどろ》き渡った。網の両端を沖合から漁船が曳いてくると、浜では諸手《もろて》を上げて出迎えた。

そのうちの一艘に乗っているのは、櫛ヶ浜《くしがはま》組の最古参である嘉吉《かきち》だった。若衆たちが遠浅に出張り、腰まで海に浸して太綱を受け取った。

漁場開きの当初から、漁撈《ぎょろう》は嘉吉が指導してきた。杢太郎の後見も務め、若い百姓には特に厳しかったが、香焼衆から小父《おじ》と慕われた。嘉吉は紛《まが》うかたなき島一番の漁師になっていた。網元に代わって漁場を仕切る、かけがえのない大番頭だった。

喜右衛門は漁場を拡大し続けた。漁船や漁具、浜小屋を増やすべく、収益をつぎ込んだ。いまや栗ノ浦には七十艘を越える船があり、櫛ヶ浜よりも規模の大きな漁場になった。わずか十五年の成果と考えると、尋常ではなかった。徳山《とくやま》湾で比べれば、福川《ふくかわ》浦や下松《くだまつ》浦に並ぶ規模だったし、純利益ではそれらを凌駕《りょうが》しただろう。

地曳き網は、網子百人の綱引きだ。海と人との格闘だった。引き潮に逆らい、人力で網を浜へ引き揚げる。袖網で囲い込んだ網代ごと、余さず総取りにする。それは、恵まれた漁場だけに許された大網漁だった。櫛ヶ浜の漁師たちにとっては、夢にまで見た地曳き網だった。

香焼衆も、漁撈に従事できる喜びを嚙みしめていた。何百年も何世代も、この恵まれた海を間近に見ながら漁ができなかったのだ。自分たちの海だと感じることができずにいたのだ。

栗ノ浦で網を曳く全員が、元は貧しい百姓だった。たしかに漁村としての歴史は浅い。だが、喜右衛門が見てきたどの浦より彼らは固く結びついていた。漁獲の本当の喜びを知ることができれば島はますます繁栄する。ずっとそうあって欲しいと、喜右衛門は願った。

「ヘーン、エッサイソウ。ヘーン、エッサイソウ」

くるぶしまで白砂に埋まり、みな必死の形相だった。広い砂浜で二手に分かれて網を握り、掛け声を揃《そろ》える。海底を浚《さら》う建網を倒さないように均一に力を掛ける。徳山なまりの大合唱が浜を埋め尽くした。

地曳き網は、遠見岳《とおみだけ》からも見えるだろう。番所に詰めた赤司《あかじ》党にも、掛け声は届いているはずだった。

「今年の鰯《いわし》は大きい。干鰯の嵩《かさ》が去年よりも増えるじゃろう」

嘉吉が日焼けして浅黒くなった顔をくしゃくしゃに歪《ゆが》め、楽しげに語った。嘉吉は歳を重ね、だいぶ肥えた。毎日どやしつけてばかりだが、仕事が終わると率先して漁師たちを労《ねぎら》い、浜でいっしょに酒を飲んだ。

賑《にぎ》やかな漁期が半ばを過ぎる頃、喜右衛門の廻船は船出する。干鰯の積み込みのために栗ノ浦の浜小屋へ行くと、大抵、嘉吉と行き会った。鰯漁が佳境に差し掛かるこの時期、嘉吉は出稼ぎ人足に紛れて浜小屋に寝泊まりしていた。

白昼、その浜小屋で女衆が干鰯を作っていた。浜には鰯が大量に干してあり、臭いが村内まで漂っていた。

嘉吉が目を細めて言った。「こげな良か浜に居ると、昔はよう船曳きやらしよったと我ながら感心する。他にやりようがなかったとは言え、同じことをもう一度やれち言われてもでけそうにない」

「ここは外海で波も荒い。地曳き網も楽じゃなかろうに、ようやってくれよる」

「櫛ヶ浜は、いま頃どげンしようろうか」と、嘉吉はなにげなく問うた。

喜右衛門は海へ目をやった。嘉吉は深く考えて話すほうではない。本当に櫛ヶ浜が気になったわけではあるまい。

嘉吉も妻《めと》を娶り、栗ノ浦に家を構えた。家族や地元百姓と交流するうち、方言がごちゃ混ぜになっていた。その奇妙な言葉遣いを聞くたび、「嘉吉は足りたのだ」と、喜右衛門は考えた。香焼に根付き、櫛ヶ浜で望めなかった人生を確かに手に入れた。

櫛ヶ浜では、ずいぶん前に船曳き網をやめていた。干鰯の生産をやめたことで、喜右衛門が帰郷する動機も薄まった。

先代の網元が他界すると、網代の確保が難しくなったという。だがそれは跡継ぎの実力不足でなく、単に時勢の変化だった。どの浦も景気が悪くなり、漁場争いが激化した。櫛ヶ浜は分が悪かった。それでも喜右衛門は干鰯生産を促し資金援助を行ったのだが、網元が先にあきらめた。苦労して漁場を広げれば、他浦と争いになる。挙句、根こそぎ奪われる。その繰り返しだったのだ。徳山湾には、櫛ヶ浜が資金を投じて漁場開発を行うのを待ち構える小判鮫《ばんざめ》のような端浦が幾つもあった。ある夏、続けざまに二度大きな颶風《ぐふう》が訪れて海上の杜《こ》を折り、その年を最後に網元は鰯漁をあきらめた。

侘《わび》しい本浦に逆戻りすると、移住を求める百姓が増えた。百姓家でも積極的に送り出した。もう厄介《やっかい》を養う余裕さえなくなったようだった。

近年、喜右衛門は櫛ヶ浜に長逗留《ながとうりゅう》しなくなった。年によっては、遠石《とおいし》港から西国街道に出、そのまま花岡《はなおか》宿に向かうこともあった。いまや櫛ヶ浜の窮状は、喜右衛門ひとりにどうにかできるものではなくなっていた。市庭《いちば》が残ったことが救いで、まだ隣村から人は集まっているようだった。

「――喜右衛門」

嘉吉が不意に昔のように呼び掛けてきた。「御公儀が抜け荷を死罪にお定めになったと船乗りに聞いた。外海のことはよう分からんばってンが、和主《わぬし》、櫛ヶ浜でも俵物を買いよるんじゃろう」

喜右衛門は返答を渋った。

嘉吉はまっすぐに見つめ、「櫛ヶ浜を憐《あわ》れんで手を貸すのもいいが、度を過ぎれば、香焼への裏切りンごたろう。和主が死罪になれば、島の者はみな路頭に迷うんじゃ。櫛ヶ浜がどげ思いよりなさるか知らんが、殺される覚悟があって俵物を売りよるとは思えん。和主が首を刎《は》ねられると知った上で売りよるンか。違おう。櫛ヶ浜は、我《わ》が苦しいと言うだけで、抜け荷がどげに危険なことか、考えもしよらんじゃろう。長崎の現状げな知るはずもないし、捕縛されて長崎送りになるとも思っちょらせんめえ。俺らのほうがよほど関わっちょる。和主が死罪にでもなればどげなるか。島の者は女子供に至るまで不幸になるぞ。どれだけ頼りにされちょるか、少しは考えちゃらんか」

　誰でもいま暮らす場所を一番に思うべきだ。喜右衛門もそうしてくれと、嘉吉は突きつけてきた。それを薄情だとは思わない。

「我が商売じゃ。脇からつべこべ言うな」と、喜右衛門は吐き捨てた。

　櫛ヶ浜組や香焼の若衆には、抜け荷が請浦《うけうら》の交換条件だったと知らない者もいる。喜右衛門は百姓たちを関わらせず、亀次郎《かめじろう》さえ辰ノ口《たつのくち》には近付けなかった。

　村井屋には廻船が二艘あった。喜右衛門の西漁丸《せいりょう》と亀次郎の西吉丸《にしき》だ。抜け荷は、西漁丸の船乗りだけでこなしてきた。

　亀次郎を独立させたのは、万が一、喜右衛門が捕縛された際の保険だった。妻子を逃がして預けられるように準備もした。干鰯を載せる廻船が残っていれば香焼の漁師は生きてゆける。漁獲、生産、廻船で自足するのが干鰯商売だった。島で働く百姓がいれば、干鰯廻船も安泰だった。

ある年の、春漁を控えた夜のことだった。

嘉吉が甚平《じんぺい》を連れて屋敷を訪れた。甚平は嘉吉と違い、香焼に移住してからは影が薄かった。

「網元に頼みがあって来た。俺を、辰ノ口の取引に加《か》てちゃらんやろうか」

挨拶もそこそこに、甚平が唐突に口を開いた。

「なんごつ言いようとか！」嘉吉が声を荒らげ、甚平の肩をきつく摑んだ。それから喜右衛門に向かって取りなすように苦笑すると、「すまんすまん、網元。この男、どうも酔っ払っちょったごたる。また改めて挨拶に伺うけン。甚平、帰るぞ」

しかし、甚平は嘉吉を振り切って身を乗り出し、両手を叩き付けるようにして床についた。

「和主は、抜け荷でえらい稼ぎよるじゃろう。鰯漁もそりゃあ順調じゃろうが、秋頃はみながみな沖に出ちょるけ、辰ノ口に詰める者が少ない。昨秋も、俺は崖の上から見よりましたぞ。加勢があれば、もっと手広うでける商売でしょう。俺はちいとばかりの俸給が貰《もら》えればええ。人は幾らでも連れてくるけ、欲しいだけの人数を言うちゃらんか」

嘉吉が肩を摑んだまま、「人手ちいうのは、網元の朋輩《ほうばい》じゃち触れ回っておのれが集めた悪たれ共のことじゃろう。勝手な真似《まね》して村を割れば、俺が許さんぞ」

李太郎たち香焼衆は、抜け荷に加担したいとは言わない。甚平を唆したのは、事情に疎い櫛ヶ浜組に違いなかった。せっかく移住組が疎まれずに受け入れられたのに、櫛ヶ浜組だけで固まって別仕事を始めれば、たちまち余所者《よそもの》扱いになるだろう。嘉吉が言うように、村が割れることになりかねない。

喜右衛門は冷ややかに、「米か。銭か。足らんのはなんじゃ。都合しちゃるけ、要らん口出しをするな。和主らの加勢は要らん」と答えた。

異郷に渡り、地歩を築くことに失敗した。甚平はずっと、こんなはずじゃなかったという不満が消えなかったのだろう。

なおも言い募ろうとする甚平の言葉を喜右衛門は聞かず、ただ銭を取り出して渡した。甚平は驚いた顔つきだったが、結局は拝むようにして受け取った。なにに使うのか、喜右衛門は訊《き》かなかった。抜け荷に踏み込んできたことに不快を覚えた。陽《ひ》の当たる道を歩ませたくて汚れ仕事から遠ざけたのに、わざわざ首を突っ込んでくる浅ましさに失望した。

甚平は自尊心が強い。それに見合う魅力や才覚に乏しかった。人の輪に溶け込めないが、人の上に立つ器でもなかった。嘉吉とともに指導者として入植したのに、甚平を敬う百姓はいなかった。

一から開いた漁場だけに、その差は残酷なほど浮かび上がった。自分は古株だと言って新たに入植した櫛ヶ浜の者に近付くが、村内の人間関係が分かってくると、新参もまた離れてゆく。次第に、自分と同じように妬みに憑《つ》かれた百姓に取り入るようになっていた。

考えてみれば櫛ヶ浜から連れてきたのは二男三男たちで、つまり、厄介ばかりだった。家の跡取りという責任とは無縁に生きてきた者たちだ。同じ厄介でも、自立したいと野心を抱くとは限らなかった。自らの足で立たねばならない香焼での生活は、甚平にとって櫛ヶ浜より厳しかったのかもしれない。だが、誰かに頼るだけで自ら厄介というぬるま湯から出ようとしない者は、喜右衛門とて救いようがなかった。

やがてひとり戻った嘉吉は、顔を真っ赤にして突っかかってきた。

「あげなやり方はよくねえ。断じてよくねえ。みな、他に行き場げなねえんじゃ。ここで生きてゆく他ねえ。あげな対処をしよったら、いずれおかしなことになるぞ。和主は、甚平をぶん殴ってでも、過ちを知らしめねばならんかった。そうでけんかったのは、和主に抜け荷ちいう触れられたら痛いところがあるけじゃろう。それは和主だけの弱味じゃねえぞ。甚平のごたる弱い者を堕落させる餌になっちょる」

「分かっちょる」

「分かっちょらん！　いつまでも抜け荷にうつつを抜かしよるけ、甚平げな者が出てくる。隙にしかなっちょらんめえが！」

嘉吉はそう言い捨てて、不貞腐《ふてくさ》れたような足取りで退去した。

「――船頭」と呼び掛ける声で、喜右衛門は我に返った。

まだ二十歳すぎの若い弟音右衛門は、喜右衛門屋敷の厄介だ。おざなりに返事をすると弟が唐紙を開け、愛想笑いを浮かべながら近付いてきた。盗み聞きしていたようだが、喜右衛門は咎《とが》める気にならなかった。

「抜け荷を手放しとうなったなら、俺に譲っちゃれ。近ごろ源太郎が賢《さか》しいことば言いよろう？　唐人屋敷に穴を掘って荷を持ち出すげな」

「それには耳を貸すなと言うたじゃろう」喜右衛門はため息を吐《つ》く。

「どげなるものか見届けたい。上手く行けば、長崎がひっくり返るンばい」

「くだらんことを。源太郎に会《お》うたらまめに働くごと言え」

若いが、商才に長《た》けた弟だった。真っ当な商売に携わらせたいのに、抜け荷にばかり熱中していた。喜右衛門が足抜けすれば、きっと跡目を継ごうとするはずだ。それもまた悩みの種だった。

「俺ならもっと大きく稼げる。源太郎も長くは長崎に居《お》られんめえ。唐人屋敷の抜け穴げな掘れんめえが、やらかして長崎から逃げた後で引き取っちゃれば、新たな市場を辰ノ口に拵えるよか駒に使える。船頭、これは夢物語じゃねえぞ」

「抜け荷で稼ぐげなことを考えるな」

「つまらんなあ」音右衛門は拗《す》ねたように言った。「それじゃ、つまらんばい」

軽口のようだが、ハッタリではない。なにか、喜右衛門の知らない情報を摑んでいるようだった。

「甚平が邪魔しにきたごたるが、どげなさるおつもりな。あげなもんの始末くらい、俺でもつけちゃれる」

「大概にせんか！」喜右衛門は叱りつけた。


同年の秋、廻船から戻ると、栗ノ浦の数軒が喪に服していた。同じ船から降りた音右衛門が最初に気付き、喜右衛門に告げた。

ひとつは、甚平の家だった。喜右衛門が帰宅すると、妻のほうから問わず語りに事情を語った。

夏頃、栗ノ浦の浜で甚平を含む数人の死体が発見されたという。刃物で首を掻っ切られていた。だが、白浜に鮮血が染みた様子はなかった。どこか余所で殺され、浜まで運ばれたようだった。

甚平宅を訪ねると、甚平の妻は卑屈な態度で詫《わ》びた。甚平がなにか言い残したのかもしれないが、彼女が打ち明けることはなかった。

明らかに殺されたのに、島ではろくに調べがされていなかった。甚平と付き合いのあった数軒の家が同じように喪に服し、戸を閉ざしていた。

喜右衛門には下手人の察しがついた。栗ノ浦に運んだのは、そこで死体が発見されるのを望んだからだ。見せしめのために違いない。そうして、喜右衛門が島に戻るのを待ったのだ。

案に相違せず、喜右衛門は赤司党から呼び出しを受けた。島の東、赤司屋敷へ赴くと、しかつめらしい顔をした赤司左門《さもん》とその取り巻きに迎えられた。

「栗ノ浦じゃ百姓の統制も取れんごたるな。船頭、大きな貸しになったのう」

赤司左門は赤ら顔で吐き捨てた。全身から酒の匂いが漂っていた。取り巻きがここぞとばかりに喜右衛門に運上を求めた。

幼い頃からの朋輩を殺した相手に喜右衛門は礼を言い、運上だけでなく手間賃まで包んだ。まるで自分が、甚平殺しを依頼したかのようだった。

赤司らの話では、甚平たちはこともあろうに、抜け荷の密告を赤司党に持ち込んだらしかった。たしかに栗ノ浦と赤司党は長らく漁業権を巡って縄張り争いを続け、喜右衛門が仲裁した過去があった。その喜右衛門の醜聞を、赤司党なら高く買うと判断したようだった。赤司党どころか深堀領主家まで抜け荷に加担しているなど、甚平には想像もつかなかっただろう。

栗ノ浦へ戻ると、嘉吉が白浜にいた。表情もなく海を眺め、淡々とした口ぶりで喜右衛門に語りかけた。

「甚平は櫛ヶ浜に帰りたかったんじゃろうか。どうしても、香焼が好きになれんかったんじやろうか」

いまさら櫛ヶ浜に戻っても歓迎されるはずがない。それは、香焼に移った全員が自覚していたはずだ。香焼の生活を棄《す》て、次はどこへ逃げるのか。櫛ヶ浜を棄て、香焼を棄て、そうして逃げ続けて本当にどこかに居場所が見付かるのか。

後日、甚平の妻が銭を返しにきたが、喜右衛門は受け取らなかった。

廻船も漁撈も軌道に乗り、当初の思惑以上の成功を収めた。これからも栄えてゆくだろう。それなのに、喜右衛門の前方にはいつもぽっかり奈落が口を開け、この身を引きずり込もうと手ぐすね引いているようだった。

出島橋の袂《たもと》の刑場で首を打たれ、深い深い穴へと墜落してゆく夢をよく見た。いずれ自分がそうなる予感から逃げられなかった。進もうと退こうと奈落の大穴が開いた道にいるのではないか。喜右衛門は商いの正道を見失った気がしていた。

寛政八年　*1796*　九月　香焼村

寛政十年（一七九八）十月十七日戌《いぬ》の刻（午後八時）、喜右衛門は船乗りを引き連れ、辰ノ口にある御堂に籠もった。火桶《ひおけ》が照らす堂内で、喜右衛門は荷の上に座り、抜け荷船の到着を待っていた。夕方から無風が続いている。凪《なぎ》を懸念した。

異国船の退去期限は十月二十日だった。その三日前に取引日時を設定したのは、先方の希望だった。喜右衛門はこれまで、抜け荷の取引を順延したことは一度もなかった。

開け放しの戸口から外気が忍び入る。浜辺には交代で哨戒《しょうかい》を立たせた。裏の山道にまで差し向けたのは、百姓を近付かせないためだった。

「弟御も居合わせたかったでしょうな」

船方番頭の市三郎《いちさぶろう》が言った。すでに壮年の市三だが、音右衛門とは妙に馬が合ったようだ。いっしょに遊女屋へ通い、後家に夜這《よば》いを掛けたともいう。市三は大坂《おおさか》では全く弟の監視役にならなかった。

喜右衛門が独立したとき音右衛門は五、六歳の幼子で、その数年後、まだ前髪の頃に香焼に連れてきた。褌祝《ふんどし》いも香焼島で行った。櫛ヶ浜に居場所のなかった妾腹《しようふく》の子が、香焼で働かせ始めるとめきめき才覚を発揮した。船乗りは皆、その商才に一目置いた。ただ体格だけは兄たちに似ず、頑丈には育たなかった。呆気《あつけ》なく死んだとき、まだ二十代だった。そろそろ嫁を見付けてやろうと思っていた矢先のことだった。

「抜け荷げなもん、我が子には継がせとうはあるまい。亀兄ィに関わらせとうもないのやろう。俺に譲れば船頭も漁場に集中できてよかろうもん」

音右衛門は、病床でさえそう訴えた。

しがらみに縛られない。純粋な儲《もう》けに興じられるのも才能の内だった。浮世の法に己の人生を委ねず、金のある奴《やつ》が一等偉いと言うたび、偉そうな口を叩くなと喜右衛門は叱った。だが、俺を従えたけりゃ俺より稼げと宣《のたま》う音右衛門の叫びは、船乗りたちを奮い立たせるようだった。

寛政八年五月、妻に看病を委ね、音右衛門を島に残した。廻船に乗せなかったのは、香焼に連れてきて以来初めてだった。

九月の末、香焼に戻ったときは、見る影もなく痩せ衰えていた。自力で起き上がることもできなかった。それなのに、「船頭の帰りを待っちょったぞ」と、むりやり笑みを拵《こしら》えて言った。

「いまに唐人が辰ノ口に押し寄せる。長崎よりも俺らの港のほうが繁盛する。大中瀬戸《おおなかせと》は安全と知られ、新たな抜け荷が始まるっちゃが。唐人のなかには、長崎に見切りをつけた者が確かに居る。ばってン船頭は手ェ出しなさんな、俺がやるけン。こげなこつは悪太郎がやらンとならん。船頭はそろそろきっぱり抜け荷から身ば退いて、後は俺に譲っちゃれ」

女たちが休ませようとしても音右衛門は聞かず、兄の袖を引いた。いまここで話さねば次はない——そんな切迫した態度で、一心不乱に喋《しゃべ》り続けた。

「長崎どころやねえ。日ノ本じゅうから罵られ、後の世までも大悪人と石ば投げらるる。俺ならいい。俺なら世間と縁を切れる。船頭とも縁を切り、この家とも縁を切ろう。それで抜け荷に臨む覚悟じゃ。どげじゃ、こげなこつ船頭にはできんめえ。やけン殿様から打診がきたっちゃ断りぃ。そうせな村井屋が破滅するぞ。船頭、腰ば据えていま少し、俺の話ば聞いちゃらんね——」

それから十日と保《も》たなかった。

寛政八年九月二十九日、村井屋音右衛門信道《のぶみち》は死んだ。期せずして遺言となった警告は、喜右衛門の胸に蟠《わだかま》り続けた。

あの日から二年が過ぎた。来年は徳山から御影石を持ち帰れるだろう。栗ノ浦の墓地に弟の墓を建てる——せめてもの、罪滅ぼしに。

喜右衛門は抜け荷船の着到を待った。ここ数日、辰ノ口に香焼百姓を近付かせなかった。これまで以上に用心し、存在さえ知られないようにその荷を隠した。いずれそれが辰ノ口に持ち込まれることを弟は予見し、忌避すべく訴えたのに喜右衛門は避けきれなかった。

荷箱の中身は、銭だった。

寛政九年の年明け早々、喜右衛門は勘定方に呼び出された。深堀陣屋へ赴くと、定宿での待機を命じられた。

翌朝、宿に思いがけない訪問を受けた。勘定方の使いではなく、長年抜け荷に反対してきた深堀の家来衆だった。彼らはズカズカと部屋まで上がり込んできた。

「抜け荷の算段を立てに御城下に潜伏していたか」

笑えない難癖だった。困惑しきりの亭主に席を外してもらい、喜右衛門は差し向かいで腰を据えた。相手は喜右衛門より事情に精通し、勘定方の呼び出しがくる前に釘《くぎ》を刺しにきたようだった。

「漁場を失いたくなくば、もう陣屋と関わるな。請浦の上がりに免じてこれまでのことは追及せぬが、なおも欲を掻くなら見過ごしにはせんぞ。罪人として長崎送りになりとうなければ、漁撈に専心するがいい」

主張は道理であり、法に適《かな》ったものだった。長崎警備の番頭が抜け荷に加担するなどあってはならない。領主に責任は及ばないと推進派は主張したが、幕府や佐賀藩に通じる保証はなかった。財政再建のためになし崩しに続けられてきた抜け荷だったが、にわかに風向きが変わったようだった。

家督相続時には二歳だった深堀領主、鍋島淡路守茂矩《あわじのかみしげのり》が成人した。佐賀城から領主が下向してくれば、もはや抜け荷と無関係では通せない。知らないでは済まなくなるのだ。抜け荷を潰したければ実行犯を退かせるのが手っ取り早い。喜右衛門の説得にまで至った以上、推進派に密告されても構わない程度まで反対派の切り崩しが進んだと考えてよさそうだった。

その次の日に、勘定方の屋敷に招かれた。日没後のことで海風の冷たさが身に染みた。通された書院には、陣屋詰めの用人《ようにん》がいた。陣代の名代のようだった。窮屈なもてなしを受け、喜右衛門は冷えた身体《からだ》を酒で温めた。

歓談は長く続かず、膳が下げられると勘定方が人払いを行った。障子を閉ざし、屛風《びょうぶ》まで立て、短檠《たんけい》の灯火が照らす狭い畳間に三人きりになったところで、

「村井屋に新たな仕儀を申し付けられ候」と言い、票を寄越《よこ》した。

抜け荷契約の内容を記した手形だった。票は、中国では鈔《しょう》と並んで紙幣を指す。取引日時、取引内容、取引場所が記され、署名はない。匿名性が高く、発行者ではなく所持者に使用権が帰属し、拾ったり盗んだりしても通用するという仕組みを思えば、紙幣の考え方に近かった。

要求は、例年どおり俵物だった。しかし、他人の票での取引はしたくなかった。主導権を放棄した抜け荷の危険を、この犯罪に長く携わってきた彼らが知らぬはずがなかった。

票を床に置くと、上座の用人が冷淡な口ぶりで言った。

「これまで抜け荷でさんざん稼いできた者が、易々《やすやす》と身を退けると思うほど愚かではあるまい」

だが喜右衛門は、深堀家の命令で抜け荷を行ったことはなかった。あくまで喜右衛門が主導し、成果を挙げ、利益の半分を運上銀として納めるだけだった。相手方の焦りがひしひしと感じられた。

政争に巻き込まれるのは剣呑《けんのん》だ。ただでさえ、喜右衛門は領主家にとって都合のよい駒だった。秋に干鰯の集荷に訪れ、春に瀬戸内へ売りに戻る廻船業者、それが村井屋の立場だ。香焼島に漁を根付かせ、二十年栗ノ浦に屋敷を構えて妻子と暮らすのに、深堀領民とは認められず、毎年七月に毛利《もうり》領都濃宰判花岡勘場《つのさいばんはなおかかんば》で往来切手を更新した。遅滞なく年貢を納め続けても請浦のままで、網元株を買い取る許しも下りていなかった。

抜け荷では、もっと顕著な不利があった。領主が自領の抜け荷犯に縄目を掛けることはない。自領で抜け荷が発覚すれば、幕府から咎《とが》めを受けるからだ。その点、深堀領民でない喜右衛門は、いつでも好きに切り捨てられる。

「密買する代物が例年と違うごたりますが、唐人のほうから願い出たのでございましょうか」喜右衛門は用心深くたずねた。

「銭の取引を、唐人が求めてきたのだ」勘定方が仕切り直すように軽く咳払《せきばら》いし、「唐船が銅銭を持ち込み始めたのは三、四年前からだが、長崎で余した銭を帰路で使うていきたいと要望があった。銭高のうちに売り切りたいのだろう」

「御家中からの御要望ではございませんか」

「否なり。昨今の唐船は、一番船から十番船まで例外なく銅銭を積んでくる。余剰十分な銭は、必ず積み戻しが出ているのだ。頓挫することはあるまい」

「率直に申せ、村井屋」用人が口を挟んできた。「なにが不満だ」

「銭は御禁制でございます」

寛政に入り、奇妙な銭高が続いた。もともと銭相場は安値につく傾向があり、長期の銭高は珍しかった。ここを商機と見た唐人が退蔵していた銅銭を売り始めたという説明は、一応筋が通った。長崎で使い切れずに余した銭の引き受け手が欲しいのも、理屈としては通る。

用人が吐き捨てるように言う。「和主の扱う俵物は十両を優に越えている。死罪相当の罪科ではないか。なにを買うかが問題ではない。露見しなければよいのだ。和主の抜け荷が功を奏してきたのは、深堀の力添えあってのこと。御恩に報いよ。従来の生糸、反物が銭に替わったところで違いはない」

違いはあった。

抜け荷商人が銭貨密買を避けるのは厳罰を恐れるからではない。売却先がないからだ。抜け荷の肝は、速やかな荷の売却にある。瀬戸内で仕入れた俵物は、その秋には唐人にすべて売る。唐船から買う生糸や反物、薬種は売約済みだった。しかし、銭ではそうはならない。長崎で取引される銭は幕府が買い占め、世間に流出していない。

「おそれながら、唐人から仕入れた銭を使えば、抜け荷を行うたと喧伝《けんでん》するようなもの。そのような危険な代物を引き取る商人が居りましょうか。売却がままならねば、俵物の代銀も払えません。これでは、取引が成り立ちません」

「すべての銭を深堀家で買い取るならば構うまい」と、勘定方が即答した。

喜右衛門の心臓が早鐘を打ち始めた。

相手は懐から巾着袋を取り出した。「もともと我が邦《くに》から流出した銅銭なのだ。それを買い戻すまでのこと」

渡された巾着には、銭が詰まっていた。

喜右衛門は指図に従い、畳に空けた。甲高い音が響いた。無造作に一枚をつまみ上げる。指先で感じる重みと滑らかな感触を受け、思わず寒気を覚えた。

純銅に近い本物の青銅銭だった。それを初めて見た喜右衛門は、亡き弟の警告が現実のものになりつつあることを実感した。

勘定方が続ける。「唐人が見本として置いていった、寛永期に鋳造した寛永通宝だ。近年、唐人はその銭を長崎での取引に用いている。昨年の取引は、買入の半分以上が俵物だ」

深堀家は、集めた銅銭をどう処理するつもりなのか。使用すれば抜け荷が露見する。商人は禁制品である輸入貨幣においそれと手は出さない。そう突き詰めて考えてゆけば、やはり売却先はひとつしかなかった。

両替商。銭屋に売る他ない。

それこそ、最悪の展開だった。

寛永通宝は、寛永十三年（一六三六）の鋳造以来、継続して発行されてきた。円形方孔の形状と表に彫られる「寛永通寳」の銘は同じだが、改鋳ごとに品質は劣化していった。原料不足が原因だった。

最初期には、銅資源が潤沢にあった。青銅は銅と錫《すず》の合金だが、当時は輸入していた錫のほうを節約したため、純銅に近い仕上がりの銭ができた。喜右衛門が見せられた寛永通宝は、まさに初期のそれだった。

青銅の銅錫比率は、見た目で判断できる。錫が多くなるに従い、赤銅色から金色へ、さらに銀色へと発色が変わる。初期寛永通宝は、銅そのものの赤い発色が顕《あらわ》れる珍しい精銭だった。地金である棹銅《さおどう》ほど赤茶けていないが、鈍く輝く照りは却《かえ》って鮮やかだった。原価の高さは百姓にも一目で分かるだろう。その一文銭には、現行の一文以上の価値があった。

長崎会所を通して輸入される銀貨、銅銭は、例外なく幕府が買い占めていた。鋳潰《いつぶ》して地金とし、質の悪い悪貨、悪銭の原料にするのだ。銀、銅は、いまや国内では稀少で、唐人が持ち込む銭は貴重な銅資源となっていた。

一方、唐人がこれらの銅銭を買ったのは、まだ日本に銅がふんだんにあった時代だった。百五十年以上前、寛永通宝が初めて発行された数年後に始まっている。当時、銭輸出が禁じられたにもかかわらず、長崎商人は新銭を用いて唐人と取引した。

――中国へ持ち帰り、銅地金として売却する。銅銭で支払うのなら、銅含有率が高くなければ取引しない。欲しいのは貨幣ではなく原料だ。唐人はそう主張し、長崎商人はこれに従った。

現在、唐人たちが長崎に持ち込むのは、そのときの銅銭だった。地金ではなく、鋳潰していない輸出当時そのままの銭だった。

音右衛門は死の直前にこう言った。「新たな抜け荷は銅銭じゃ。俺自身が打診を受けた。源太郎からは銭箱も見させられた。腰が抜けるかち思うた。純銅と紛うほど赤い照りのある銭さし。少し前まで中国で当たり前に流通しとったそうじゃ。大昔、唐人が長崎で買い付けた寛永通宝は鋳潰されることなく、貨幣としてずっと使われてきた」

天を向いて横たわり、弟は声を絞り出した。

「当時の長崎商人は、銀に代わって貿易のできる代物を探しよった。そこで唐人の求めるまま、真新しい銅銭を支払うたんじゃ。引き換えに得られる生糸や反物、砂糖などは莫大《ばくだい》な富になるけン、そりゃあ競うて銭を集めたろう。一方その頃の中国では、私鋳銭が流行しよった。素封家たちが勝手に鋳銭し、発行益を得た。唐船の商人も、初めは原料として銅を売りよったんやろう。ばってン、もっと手っ取り早く収益を得る方法を見付けた。当時の寛永通宝は、異様なほど上質やった。永楽銭より上等ちいうけ、凄《すさ》まじいことよ。その上、中国は銭不足に苦しみよった。唐人も自分で鋳銭することを考えたろうが、溶かして鋳造し直す手間を考えたとき、持ち帰った銭をそのまま流したほうが儲けになると気付いた。史上稀《まれ》に見る銭高の中国市場で、唐人は寛永通宝を売った」

寛永通宝発行から八年後、日本の元号では寛永二十一年に、明《みん》が滅んで清《しん》が建った。王朝交代の戦乱の最中、流賊の暴虐などにより中国各地にあった鋳銭場がすべて壊された。そのために銭の供給が完全に停止し、明末清初の五十年間にわたり、公には一銭も鋳造されない異常事態が続いた。

中国で用いられる貨幣は、主に銭だ。日常使いの消費量は莫大だった。発行し続けねば、すぐに銭不足に陥る。だから私鋳銭が蔓延《はびこ》ったのだが、そこへ突如として、上質な銭が大量投入され始めた。精銭は悪銭を押しのけてたちまち普及した。同じ価格なら、より良質な銭が信用を得るのは当然だ。唐人たちは、毎年、長崎で銭を仕入れ、絶え間なく供給を続けた。発行益は尋常でなかっただろう。こうして、莫大な量の寛永通宝が中国に流れた。

唐人は銀の代替品としてでなく、銅銭そのものの獲得を狙った。長崎商人は銀不足の問題が解決するとあって、まだ国内供給も十分でなかった寛永通宝を集めて売却した。やがて銅代物替会所が設立されるほど需要は高まり、主要輸出品が銀から銅へと移行することで、長崎貿易の形が定まった。

時は下り、清王朝の権力も強大となった。版図が最大規模にまで広がった乾隆帝《けんりゅうてい》の代に、ようやく新銭の大量発行が行われた。

清朝は私鋳銭の使用を停止し、統一規格の乾隆通宝を鋳造した。そして私鋳銭の横行を恐れ、収買を断行した。乾隆末年（一七九五）になると、ほとんど代価すら与えられずそれらは回収されるに至った。

こうして清国で寛永通宝を含む私鋳銭の使用が停止され、銅が暴落した。

翻って日本では、銅不足が続いていた。唐人の手元には、無益な収買を嫌った大量の寛永通宝が集まっていた。唐人はそれらを、日本で売却しようと企図した。

音右衛門は語った。

「御公儀は、唐人が多額の寛永通宝を退蔵しちょると推察なさった。それが寛政元年の抜け荷厳刑化の一番の目的じゃ。死罪ち脅したくらいで抜け荷がのうならんのは奉行所も分かっちょる。半減令を見据えた厳刑化と言うが、それだけで抜け荷を取り締まれるとも思っちょらんめえ。してみりゃ、あの禁令はなんのために発せられたのか。高札を見た商人は必ず考えたろう。御公儀は、特に銀、銅の取引を取り締まるつもりだ、と。ならば、銭貨は危うい から避けようと考える。売り捌くのが難しいごたるけ、無駄骨になるばい――と、そう思い 込ませるのが禁令の目的じゃった。貨幣密買は割に合わないと他の代物へ誘導する。そうま でして御公儀は銭貨に手を出させとうなかった。加えて、御禁制は張本人より取引先への警 告になる。御公儀が本当に警戒したのも、抜け荷の張本人じゃなく、銭貨の売却先じゃっ た」

音右衛門は自嘲するように笑った。

「なあ、船頭。なして唐人は長崎へ銭を持ち込む？ むろん、高く売れるけンやろう。高く 売るには、せいぜい銭高を維持したい。叶《かな》うことなら、暴騰させたかろう。では、銭を高く するにはどげすればいい？ 銭不足に陥らせればいい。かつて中国の銭市場に寛永通宝が流 入したとき、それが起きた。流通しちょった悪銭を押しのけ、寛永通宝が普及したろう。唐 人が狙うたのは、その再現じゃ。手始めに、質の悪い今の波銭の排除に掛かる。これは政治 介入とは違う。統制げな効きやせん。市場が勝手に動き、勝手に撰銭《えりぜに》が始まるんじゃ。倒壊 してゆく大黒柱がよう見えるぞ、船頭。人は疾《と》うに貨幣の奴隷になり下がっちょるんじゃ」

――およそ三十年前。

幕府勘定方は諸国銭座《ぜにざ》を管理下に置き、新鋳銭の発行元から除外した。

古来、江戸の金座は後藤《ごとう》家、銀座は大黒《だいこく》家が請け負ったが、新たに発行する真鍮《しんちゅう》四文銭の鋳造を、この金銀二座に委託した。発行益を奪われた諸国銭座の不平は激しかった。

当時、幕府の執政を担った田沼意次《たぬまおきつぐ》は、全国各地に散らばる銭座が勝手に四文銭を作ることを好まなかった。発行枚数を統制したかったからだ。

元を正せば、幕府財政を立て直す試みだった。従来の石高制を廃止し、貫高制を導入しようとしたのだ。米の生産量が増えたことで供給が増え、米相場は下落した。米価は安値安定し、禄米《ろくまい》を売って銭に換える武士の収入は低下した。幕府や大名の蔵米も同様だ。そこで、年貢徴収を米から貨幣に換えることで、収入源の安定を図ろうとした。それが改革の主眼だった。

元々幕府は金一両＝銀五十匁《もんめ》＝銭四貫文の法定比価の固定を望んだが、金一両＝銀六十匁＝銭六貫文まで銀安銭安が進行したのは、幕政の早い時期だった。市場に介入しても是正できず、市価を追認した。銀採掘量が尽きてくると、改鋳のたび銀安に拍車がかかった。銀座が信用を失った宝永期には、金一両＝銀八十五匁まで価値が下がった。価値の安定しない貨幣を経済の中核に置くのは自殺行為だった。だから幕府は、米本位制の崩壊を目のあたりにしながらもその維持に努めた。

明和二年（一七六五）九月、勘定吟味役川井次郎兵衛の発案で発行した五匁銀は、画期的な発明だった。五匁銀は一枚を五匁（約十九グラム）として鋳造し、金一両＝銀六十匁の法定相場に従って十二枚で金一両と定めた。金貨の価値基準に銀貨を組み込み、市価に左右されない価値の安定を図ったものだった。

しかし五匁銀は、却って銀貨の信用を損ねた。一年足らずで金一両＝銀七十匁まで銀安が進み、市場に大混乱をもたらした。失敗の原因は、両替商が協力しなかったことだ。財政難に喘《あえ》ぐ幕府は、新貨幣の後ろ盾として不十分だった。そこで両替商らに信用を裏付けさせようとしたが、変動相場で稼ぐ両替商が、金銀比価を無効にする五匁銀発行に賛同するはずがない。加えて五匁銀は、銀含有率四割六分と質も悪かった。

その失敗を踏まえ、明和九年（一七七二）九月、南鐐《なんりよう》二朱銀が発行された。朱は金貨の単位で、十六朱が一両に相当する。五匁銀より形は小さいが、銀含有率は九割八分とほぼ純銀だった。当時、金貨の補助通貨は一朱金があるのみで、金は稀少《きしよう》のため出回ってはいなかった。一枚二朱という価格も好まれ、両替商の裏付けなしでも市場は受け入れた。

先立つ明和五年（一七六八）には真鍮四文銭の通用が始まった。農村でも銭を扱うようになり、銭不足が進行した。百姓が求めたこの銭は主に江戸の銀座で鋳造され、幕府が流通を統御した。東国ではすでに二朱銀、四文銭が普及していた。

後任の松平定信が米本位制を徹底し、貫高制導入は実現しなかったが、貨幣改革は継続した。銭貨発行を制限して銀安銭安を防ぎ、西国大名にも二朱銀、四文銭の使用を強制した。

両替商たちは、むろん長崎で精銭が取引されている現状を把握していた。彼らは、その精銭を望んだ。

──これを密買して市場に流すことができれば、明和以来進行してきた貨幣相場の一本化を突き崩す一手となる。精銭の流入は安定しつつある貨幣相場に混乱を引き起こすだろう。唐人と両替商の思惑が一致していることに、音右衛門は気付いていた。

「精銭が流通すれば、四文銭は駆逐される。より価値のある一文銭があるのに、誰が好き好んで悪銭を選ぼうか。四文銭一枚と純銅の銭四枚が引き換えになるなら、誰でも純銅の銭に交換して退蔵しよう。すなわち、撰銭が起きる──」音右衛門は大きく息を吐き、「それが、御公儀が銭貨密買を避けたかった理由じゃ。唐人が銅銭を長崎に持ち込むのは、中国で乾隆通宝以外の銭が害になったけンじゃ。駆逐し尽くさんと撰銭の元凶になる。我が邦でも同じばい。だから抜け荷令を強化し、銅銭買い戻しを幕府の主導下で行えるようにした。抜け荷として銭が流れ込むのを防がねばならんかった。明和以来三十年、幕府はほぼ完全に貨幣を統制してきた。執政が田沼から松平に変わっても貨幣政策は引き継がれた。いま、唐人はなんとしても銭高を誘発したい。彼らの持ち込む寛永通宝は完成された銭じゃ。そげなもんが銅不足の国に流れ込んだらどげなるか？　四文銭の価値は暴落し、銭相場は壊滅。きれいな青銅一文銭を巡って撰銭が過熱し、真鍮四文銭の信用はがた落ちじゃ。唐人の持つ青銅一文銭だけが天井知らずに価値が上がってゆく。それが供給され続ける限り、高値が続くンじゃ。唐人は、初期寛永通宝を流入させ続けられる経路を求めよる。唐人と手を組んで両替商に横流しするなら、村井屋は莫大な儲けを得られるやろう」

喜右衛門は答えた。「手元の波銭が屑になれば、百姓とて黙っていまい」

「一揆《いっき》が多発し、世は大いに乱れること請け合いじゃろう。今度こそ、御公儀は持ち堪《こた》えきれんかも分からん」音右衛門は素っ気なく言った。「どげなるにせよ、屋敷に備蓄しちょる波銭は早う金銀に換えなすったほうがよい」

真鍮四文銭は、乾隆通宝を模して裏面に波形紋を入れてはいるが、しょせんは黄金色に輝く真鍮特有の照りで繕った粗悪品だ。そこへ、ほぼ純銅の青銅銭が流れ込めば、真鍮銭にな

ど誰も見向きもしなくなる。二百万貫の四文銭が無価値になる。

「——少なくとも、百万貫を越えるという」

薄暗い畳間で、深堀の勘定方が言った。喜右衛門は握り締めていた銭から目を離し、面を上げた。

「唐人が退蔵する銅銭の額だ。唐人全体と交渉できるようになれば、仕入れ量はさらに増えるだろう。いまや中国では無用の銭だ。唐人は銭高の間に売却したいと言うている」

だから抜け荷を利用すると唐人は語り、深堀家の勘定方は鵜呑《うの》みにした。精銭が流入したときに訪れる地獄絵図を全く想定していなかった。説明すべきかどうか、喜右衛門は迷った。その銭を買い占めて両替商に売れば莫大な富を得られると言えば、深堀家をいっそう乗り気にさせるだけだった。

幕府は、唐人が持ち込む生糸や反物にも取引上限額を設けた。上質な唐物が際限なく流入すれば、国内生産の反物が売れなくなるからだ。であれば、喜右衛門が仕入れて横流ししてきた反物も、量はわずかであれ、市場の均衡を崩す恐れはあった。事実、規制があるから唐物の希少価値は高まり、抜け荷は高値で売れるのだ。

銭も同じではないか。貨幣相場を壊す恐れがあっても、市場を維持すべく保護を与えた公儀の施策を、私欲で壊す行為が抜け荷だった。

正義を語ろうと倫理に訴えようと、勘定方が聞く耳を持つはずがなかった。さんざん抜け荷で稼いだ喜右衛門が、どの口で正義を語れるだろうか。この場で言えるのは道義ではなく、商売としての銭取引の工夫だった。

「お受けいたします」

喜右衛門は銅銭を掬《すく》うようにして掻き集め、丁寧に巾着に戻した。

「ただし、密買した銅銭はこの村井屋が然《しか》るべき筋に売却いたしますゆえ、ご一任いただければ幸いかと存じます。先般ご忠告いただきました通り、反物、生糸の商いと同じであれば、従来通り銀に換え、利益の半分を運上としてお納めいたします。なんとなれば、唐人から仕入れる銭価格以上に利益を増やす見込みがございます」

「売却先を申してみよ」用人が間を置かず問い詰める。

「ご承知の通り銭商いは密告の危険が大きうございます。御公儀のお耳に入れれば、我ら一同、揃って死罪でございますゆえ、売り手の選定は慎重に行わねばなりません。安心安全の保証を得るには、相手と利益を共有することに尽きます。してみれば、純銅にも等しいこの銅銭を欲する商人に、心当たりがございます。御家のご加勢を改めて願いとう存じます」

炎が揺らぎ、薄い影が震えた。ふたりは喜右衛門の喋りを遮らなかった。

この難局を切り抜ける方策がひとつだけあった。誰もが利益を得られる商いの正道が。

「蘭人に売却いたします」

寛政九年

1797

二月　長崎

貿易半減令の発布から七年が過ぎ、阿蘭陀人の貿易収支は右肩下がりだと、長崎でも大坂でも噂《うわさ》されていた。銅不足の所為《せい》だった。採掘量低下に伴って銭貨の原料備蓄が優先され、大坂銅座への宛てがいが減っていた。

銅地金と言えば、かつては輸出品の花形で、棹銅入りの百斤箱を山と積んだ御用船が列《つら》なって瀬戸内を渡ったものだ。いまは、輸送船すらまばらだった。長崎会所も俵物に力を入れ、銅代物替は半ばあきらめていた。

寛政九年春二月、喜右衛門は鰯漁を嘉吉に、船支度を亀次郎に任せて長崎を訪れた。ふたりとも抜け荷絡みと察しただろうが、喜右衛門は黙したままだった。

長崎湾に面した浦五島町《うらごとうまち》に、勤番二名が常勤する深堀蔵屋敷があった。塀囲いと門構えのある蔵屋敷は、表通りから見えなかった。北隣には佐賀支藩の鹿島《かしま》蔵屋敷、同じ通りのさらに北には福岡藩黒田《くろだ》家の広大な藩邸が構えてあった。

南北に長い長崎湾の南に、長崎警備が詰める戸町《とまち》番所がある。浦五島町、戸町番所、深堀番所の間をよく小早《こばや》が行き来した。寛政九年は佐賀藩の年番だった。喜右衛門は深堀の船に同乗して蔵屋敷に上陸した。

長崎の蔵屋敷は、どの藩邸も頻繁に商人が出入りしていた。大名家なら有力商人や地役人を四、五十人、家老格に過ぎない深堀屋敷でさえ、常に二、三十人を館入《たちいり》として抱えていた。深堀家は唐人との取引のために、唐通事の彭城源太郎など唐人屋敷の諸役人と誼《よし》みを通じていたが、出島とは関わりがなかった。抜け荷の相談ができるほど親密な阿蘭陀通詞となると、全く当てがなかった。

喜右衛門は、通詞探しから始めなければならなかった。抜け荷に拒否反応を示さない相手であることが、第一条件だった。そこを踏み誤ると、密告されて奉行所の捕り手に襲われる。深堀家もろとも処罰されておしまいだ。

長崎に点在する大名蔵屋敷にとって町年寄、阿蘭陀通詞、唐通事との誼みはなにより有益で、人材は、銀子や扶持米《ふちまい》が飛び交う争奪戦となった。長崎会所に伝手がなければ、輸入品の買付も特産品の売り込みも叶わない。唐人、蘭人に代物を推薦するには、必ず唐通事、阿蘭陀通詞を味方につけねばならない。しかし、深堀家は大名家ほど資金がなく、館入に支払える俸禄《ほうろく》も知れていた。

隠居した通詞は長崎会所との繋がりから好まれたが、近年は、罷免された通詞も人気だった。

寛政二年の貿易半減令発布の際に起きた誤訳事件をきっかけに、数多《あまた》の通詞が解任された。佐賀本藩の鍋島家は、そのとき罷免された元大通詞、楢林重兵衛を重用してきた。まだ四十七歳と若く、出島の第一線で働き、貿易に精通していた。喜右衛門が最初に望んだのが、その楢林家の協力だった。だが、重兵衛自身の五年の蟄居が解けて間もないこと、さらに追放に処されていた嫡男が長崎へ復帰したばかりだったことから、詳細を話す前に断られた。

次に目を付けたのは、薩摩藩邸に出入りする阿蘭陀通詞だった。抜け荷に関しては、薩摩《さつま》藩の噂は絶えなかった。

薩摩の老公島津重豪《しまづしげひで》は、蘭癖大名として有名だった。蘭学や阿蘭陀の文物に執着を示し、参勤交代の帰路には必ず長崎に寄って出島のカピタンと語らった。そのとき連れ歩いたのが、薩摩蔵屋敷に館入する堀門十郎だった。

前執政松平定信は、阿蘭陀商館との癒着を警戒して阿蘭陀通詞の粛清を図った。大通詞の堀門十郎は最初の標的となった。寛政元年、商館から贈物を受けたと密告され職を失った門十郎は、その後も長崎で母の介護をしていたそうで、蟄居が解けて町衆身分を回復すると、商館への出入りを許可された。

失職後も、薩摩藩は以前と同じように門十郎を出島へ随伴した。門十郎にはもはや幕府に尽くす忠義も義理もなかっただろう。恩を受けた薩摩藩のためにこそ働く動機があった。堀門十郎は、いまのカピタン、ヘースベルト・ヘンミーと親しかった。

深堀勤番が堀門十郎の招待に成功したのは、花曇りの夜だった。蔵屋敷の母屋で饗宴《きようえん》を開いた。喜右衛門は開け放しの続きの間に待機し、進捗を見守った。

堀門十郎は四十過ぎで、喜右衛門よりやや年下だった。公職を離れても月代《さかやき》をきれいに剃《そ》り、身なりを清潔に保ち、実年齢より若く見えた。折り目正しく酒肴《しゆこう》を楽しみ、当たり障りなく会話を交わす。如才ない印象があった。

「当家は出島との縁が浅うござるが、今後、親しく取引してゆきたいと願う所存である。まずは、当方の代物《しろもの》を見ていただきたい」

勤番が切り出した。

喜右衛門は折敷《おしき》を抱え、間近へ膝を進めた。門十郎の前に置いたそれには、件《くだん》の初期寛永通宝を載せていた。

門十郎が一枚をつまみ上げた。連れも珍しげに目をやった。

「これより先は、廻船村井屋がご説明申し上げげます」喜右衛門は改まって語り出した。「ご覧の御品は青銅銭でございます。我が邦では見なくなって久しい古銭にございますが、今秋さる筋より多額の買入の手はずを整えております。極めて多量の銅を含有し、ほぼ純銅と申してよい品位でございます。御用銅の代用となりますゆえ、是非とも阿蘭陀商館にお買い上げを願いたい」

出所は明かさなかったが、禁制の銭取引に後ろ暗い事情があることは門十郎も承知するだろう。

喜右衛門は続けて、「私貿易にて銅が取引された例は聞かぬ話でございますが、銅山、銅座を仲介せずに手前どもで集荷を行い、御公儀に露呈することなく用意することができます。その旨も合わせ、阿蘭陀商館にお伝え願いとう存じます」

門十郎はさらに数枚を無造作につまみ上げる。それから唸《うな》るように息を吐き、顔を上げると勤番のほうを見た。

「大変ご立派な銅銭かと存じます。仕入れ量次第でカピタンは大いに興味を示されるでしょう。商館が求める代物はいまも昔も銅が第一、銅取引を巡りましては当今の規制に不服を表明するところも周知の事実でございましょう。御用銅の代用としての上質な銅銭、双方に利益をもたらす取引かと愚考いたします」

勤番はすかさず身を乗り出した。「堀殿のお骨折りの対価には、当家から扶持米なり合力銭なり——」と言いかけるのを、門十郎が手を挙げて制した。

「先に申し上げるべきでございましたが、某《それがし》はお受けすることができかねます。間もなく、長崎を去る身でございますゆえ」

喜右衛門は目を丸くした。そんな話は聞いていなかった。

門十郎は淡々と続けた。「かねてよりお誘いくださっていた薩摩様に、この度、公にお仕えすべく鹿児島へ赴きます。先方にはすでに伝えてありますゆえ」

「それでは、日取りもお決まりでしょうか」喜右衛門が尋ねると、

「不遇を託《かこ》って八年、長崎で辛抱を続けましたが、公職に戻る見込みは立ちません。御公儀に尽くすべくたしなんだ蘭語でしたが、某の席はもう長崎にはございません。本年は薩摩様も御在国とのこと、この機を逃せばまた数年を棒に振ります。日延べできかねますゆえ、どうぞご容赦ください」

銭を折敷に戻す素っ気ない仕草が拒否の意思表示に見えた。

大通詞にまで登り詰めながら不当に人生を奪われた無念――いっそ恨みは生半《なまなか》には消えないのだろう。喜右衛門は、通詞の過剰に穏やかな態度を見て思った。

仮に大規模な撰銭が発生したとき、影響を受けにくい国のひとつが薩摩だ。九州でも四文銭や二朱銀の使用が強制されてきたが、薩摩藩は佐賀藩と並んで国を鎖《とざ》してきた。四文銭は未《いま》だ普及しておらず、銭相場が混乱しても対岸の火事、むしろ精銭流入を見て見ぬフリをすることが幕府への復讐《ふくしゅう》にもなる。……さすがに穿《うが》ち過ぎだろうか。

老母が他界して長崎に留《とど》まる理由がなくなったと、門十郎は語った。

深堀武士が説得を続けたが、どのみち薩摩藩以上の好条件を出せはしなかった。

「恐れながら――」と、聞き慣れない声がした。

これまで口を利かなかった門十郎の従者が、突然割り込むように勤番に語りかけた。中肉中背で肌艶も悪く、如何《いか》にも風采が上がらなかった。

門十郎が頭《こうべ》を垂れ、随行者の非礼を詫びた。「ご無礼をお許しください。この者も通詞で、某とは仕事を共にして参りました。不躾《ぶしつけ》であろう、名乗りたまえ」

「失礼をつかまつりました。某、通詞会所にて小通詞末席を勤めております、名村恵助《なむらけいすけ》と申します」

勤番が疑わしげに目を細めた。「名村殿と言われると、ご類縁に大通詞がおられるか」

「大通詞名村多吉郎《たきちろう》は、我が従弟《いとこ》でございます」恵助は短く答えた。勤番たちがざわつくのも構わず、「銭を拝見させていただいてもよろしいでしょうか」

勤番が戸惑いながらも許可を出すと、名村恵助はそそくさと膝を進めた。銭をつまんで表裏をひっくり返し、ずいぶん熱心に観察する。やがて居住まいを正し、深々と頭を下げた。

「某も幼少より蘭語を習い覚えて参りました通詞の端くれ。僭越《せんえつ》ではございますが、阿蘭陀商館との交渉をお任せいただけませんでしょうか」

喜右衛門はその意図を測りかねた。

近親に大通詞がいる身でありながら、抜け荷に関わりたがる気持ちが分からない。大通詞に迷惑が掛かる恐れは大いにあった。

……罠《わな》か。迂闊《うかつ》にも、銅銭の秘密を知られた。

勤番が目を向けるが、喜右衛門は即答できなかった。拒めば名村恵助がどんな行動をとるか分からなかった。どういうつもりで連れてきたのか、そう問い質《ただ》したい気持ちで門十郎を睨《にら》んだ。

堀門十郎愛生《あいせい》は、出島で最も愛された通詞だった。語学力だけを取り上げれば、彼以上の人材はいた。しかし、歴代のカピタンが手元に置きたがり、後任にも重用を奨《すす》めるほど信頼を置いた通詞は、堀門十郎を措《お》いて他にいなかった。

大小通詞は定員四名ずつで、空きがなければ昇進できないが、門十郎は三十歳で小通詞、三十五歳で大通詞に就いた。かなり早い躍進だった。

大通詞就任の翌年、寛政元年には年番を勤めた。前途洋々だったその年、突如未来を奪われた。

罷免された門十郎に、通詞仲間は近付かなくなった。折しも、出島では粛清の嵐が吹き荒れていた。真っ先に処分された門十郎の巻き添えを避けたのだ。そもそも狭き門を競う通詞には、出世に響く付き合いは害でしかなかった。

門十郎を見捨てなかったのは、薩摩藩だけだった。公職を失ってからも、門十郎は薩摩方の密使としてカピタンとの付き合いを続けた。シャッセ、ヘンミーとは取引を通じて密接に関わった。抜け荷だった。

解任から数年が過ぎた頃、名村恵助が訪ねてきた。初対面だったが、名村家を知らない通詞は長崎にはいない。

名門家の当主の来訪を、門十郎は警戒した。奉行所に雇われて内偵に来たのではないか。抜け荷が露見すれば最低でも死罪だった。用心しすぎることはなかったが、門十郎はその訪問者にあまり才知を感じなかった。

名村本家は、平戸《ひらど》に商館があった幕政初期から、五代にわたって当主全員が大通詞に登り詰めたという優秀な一家だ。だが、六代目の名村恵助の役職は小通詞末席に留まっていた。もはや上がり目もなく、名村本家当主にしては凡庸な通詞だった。

名村恵助は頭を垂れ、「本家と言うても名ばかりのことでして。名跡を継げない某よりも、当主には適任者がございます」

門十郎は、恵助の自虐的な物言いを訂正しなかった。

当代名村家と言われて思い浮かぶ顔は、本家の者ではなかった。本家の名跡である名村八左衛門を継ぐと噂される人物は、分家に生まれた。名村多吉郎は、まさに神童と呼ぶに相応《ふさわ》しい才能に恵まれた阿蘭陀通詞だった。

八左衛門の名跡を継げない当主は、内外から白い目で見られただろう。名村恵助はその息苦しさに耐えながら家名に恥じない役職を得ようと躍起になったが、分家の神童は易々と彼を追い抜いた。

元服を終えると、稽古通詞として出島に上がる。おおよそ十三歳から十六歳の間が通例だったが、分家の多吉郎が稽古通詞に上がったのは天明元年（一七八一）、当時十歳だった。稀に見る早熟ぶりであり、さすがに幼すぎたので年齢を偽ることになった。そこで、出島入りは十四歳とされた。神童の出世は止まらなかった。寛政三年に小通詞、寛政八年には二十九歳の若さで大通詞に昇進した。大通詞就任時には堀門十郎以来の俊才と謳われたが、多吉郎のほうがずっと早い。実年齢は二十五歳だった。この年齢での大通詞昇進は、過去に年番大通詞十二回、江戸番大通詞十回という破格の実績を上げた名村本家五代当主八左衛門しかいなかった。恵助の父親だ。名村の天才は、分家の甥に受け継がれたと認めない者はいなかった。

「多吉郎の年齢詐称は、もともと某への配慮です」恵助は門十郎に語った。「本家の体面を守るためでしたが、いまや馬鹿げた気遣いに聞こえましょう。本家では、みなが多吉郎に継いでもらいたがっています。某もそのほうが安心できます。某などは家名を傷つけ、泥を塗るだけの男でございます」

恵助は、もう名村であることをやめたいと言った。そして門十郎に、公職を離れた通詞がどう生きられるか、通詞以外の何者にもなれない者が通詞でなくなったときどうすればよいか、それを教えてほしいと言った。

しかし、門十郎に分かるはずがなかった。立場が違った。門十郎は無能さから落伍《らくご》したのではない。

「公職を捨てると簡単に言われるが、それでは名村のお屋敷にもいられまい。それだけの覚悟があって、某に会いに来られたのか」

恵助は迷わずに首肯した。「然り。覚悟はございます」

恵助はその後も、たびたび屋敷を訪ねてきた。通詞会所は雑務が多い。少ない暇を縫って訪れる相手を、門十郎も次第に無下にはできなくなった。

門十郎が調べたところ、椛島町《かばしままち》の名村本家では、本当に恵助への風当たりがきついようだった。恵助には息子がいたが、その跡取りまで邪険に扱われていた。多吉郎に本家を継がせるには、父子ともども邪魔だったのだろう。恵助は息子を連れ、諏訪《すわ》神社に近い今籠町《いまかごまち》の長屋に移っていた。

恵助は、出島以外での仕事を知りたがった。実際に携われば、凝り固まった劣等感から解放されるかもしれない。幸い、門十郎は薩摩藩以外から招かれる機会も多かった。

長崎に駐在する西国諸藩の勤番は、交易のために通詞の館入を求める。「現役通詞の利点は大きかろう。伝手を持ちたいと願う御家があるやもしれん」

門十郎は恵助を藩邸に同行させるようになった。

薩摩行を決めてからは、武家や商家の招待を拒まなかった。世話になった相手には別離の挨拶を行う一方で、押し売りにならない程度に名村恵助を紹介した。見ず知らずの通詞を後釜に据えるよりはマシだろうと、門十郎は考えた。だが、恵助を雇おうとする蔵屋敷は一向になかった。

深堀屋敷から招待されたとき、門十郎は抜け荷の相談だと察しがついた。面識のない相手に誘われる理由は、それ以外考えられなかった。

その抜け荷に、恵助が食いついた。

門十郎の見たところ、深堀家は宴の膳も貧しく、合力銭は大して期待できないと思われた。抜け荷は危険な取引だ。それに見合う報酬を得られるものか、甚だ怪しかった。同席した防州の廻船商人も素性が知れず、他国者なら逃亡される恐れもあった。この仕事、門十郎なら引き受けない。

それでも、深堀家が通詞を求めていることは分かった。

公儀に尽くすだけが通詞の道ではない。通詞の本分とは人を繋ぐことだ。異質な二者を取り持ち、人が人として生きる上で最も大事な信頼を体現できるのが、通詞だ。

地位や肩書きを失った後には、志だけが残る。門十郎は、恵助にも志を思い出してほしかった。初めて稽古通詞として出島に入ったとき、蘭人と接したとき、言葉が通じたそのときに感じた気持ちが、通詞の人生を決めるのだ。すべてをなくした後に残る志こそが、その人の生きる本当の証なのだ。大通詞だから偉いのではない。

「カピタンとは親しうございます」

門十郎は深堀方に言った。

「近く、出島へも長崎を離れると報告に参りますが、その折、こちらの銭の見本をお渡しすることは可能です。最初の口利きを某が引き受けますので、その後を名村恵助にお任せいただくということで如何《いかが》でございましょうか。その旨、カピタンにもお伝えいたします。この者、蘭語にはなんの問題もございません」

深堀方は乗り気になった。

門十郎は偽りを述べたのではない。カピタンを承諾させる自信もあった。先鞭《せんべん》をつけておけば、恵助の負担は軽くなる。ただし、恵助には深入りしないように念を押さねばならないだろう。

深堀屋敷を退去したときには、もう真夜中だった。護岸の築地にぶつかる波濤《はとう》が音を立てた。行灯《あんどん》を持つ恵助が先に立ち、道々、何度も礼を言った。感謝される謂《いわ》れはない気がした。

寛政九年　1797　秋　香焼村

寛政九年の秋九月、喜右衛門は香焼島に戻ると、その足で長崎へ上り、深堀蔵屋敷を訪問した。

取引日時や買入予定の銭の総額などは、あらかじめ深堀勤番に知らせておいた。

「悪い報《しら》せだ」と、勤番が言った。「本年の取引は成立せなんだ。蘭人が準備不足というて取引を拒んできた」

やはり話が急すぎたのだろう。蘭船の来航は毎年とは限らないため、今年の取引を逃したくなかったが、入港後の打診だから準備不足と言われればあきらめる他なかった。積み戻しで取引できるだろうと、喜右衛門らは考えていた。だが、蘭人は行き当たりばったりの取引を嫌ったのだ。こちらの手元に銅銭の備蓄がないことも問題視されたという。阿蘭陀商館は見知らぬ商人との取引に慎重だった。そうでなくても、監視が厳しいようなのだ。

堀門十郎だったなら、と勤番の表情が語っていた。勤番は明らかに、交渉決裂は通詞の責任だと言いたげだった。

名村恵助には商館との伝手がない。出島の外で事務仕事をしていた下級通詞に、カピタンと個人的な交流があるはずもなかった。

同席していた名村恵助が口を開いた。

「今年の取引見送りを覆せなかったことは、力不足だと認めます。ついては来年以降の取引のために、銅銭の入荷総額を知りたいとカピタンは仰せです。銅銭の総高次第で、来年二ヶ年分の買い取りを決めたいそうです」

蘭船出港は、毎年十月二十日頃だった。唐船のほうが早く出港する。銭の密買は、今年の蘭船入港中に遂行できるだろう。入荷総額を商館長に知らせる時間的猶予はある。

「今年中に、必ず抜け荷票を取り付けます」と、恵助は続けた。

勤番は信用しきれないようで、「奉行所に嗅ぎつけられてはいまいな」と仏頂面で言った。

「出島へ立ち入ることもありません。疑いの掛かる理由がございません」恵助は答えた。

「商館では書物編纂《へんさん》のため、阿蘭陀風俗についての聞き取りが続いているようです。御手附出役が臨時に通詞を募っていました。蘭語を解さない出役が編纂に携わるという不可解な人事でしたので、通詞募集は罠かと用心し、念のために避けておきました。出島入りを焦るべきではございません。伝手がございますので、直接カピタンと接触はいたしません」

「慎重に対処せよ」勤番はぶっきらぼうに返した。

噛み合わない会話を目のあたりにし、長旅の疲れがどっと押し寄せた。あまり長居もせず、喜右衛門は蔵屋敷を後にした。恵助は押しの強い交渉をしているようで、そこだけは安心した。

その秋、喜右衛門は予定通り香焼島でジャンク船を迎えた。唐人が引き渡した銭箱は、想像以上に嵩があった。篝火《かがりび》に照る伝馬船は喫水線ギリギリまで沈み、海を渡るのも危うげだった。

銭箱は砂浜に近い御堂へ搬入した。木箱の底が抜けないよう慎重に抱えさせた。とりあえず御堂に隠したが、一年の間浜に置いておくのは不用心だった。銭の入手を名村恵助に伝えるように深堀蔵屋敷へ連絡をやると、返答が届くより先に深堀陣屋へ廻送した。

陣屋の勘定方には、くれぐれも厳重な封印を願った。一文でも流出すれば命に関わる。喜右衛門だけでなく深堀家も同罪だった。

冬が深まった頃、名村恵助が香焼島を訪問した。これが三度目の面会だった。長崎で会ったときよりも顔色がよく、やや興奮気味でもあった。喜右衛門は自宅に招き、囲炉裏端で酒を酌み交わした。

恵助は、蘭人の票を持参してきた。喜右衛門は素直に喜び、改めて祝杯を挙げた。通詞は頬を赤らめ、吉報はもうひとつあると言った。

「今年、出島で取引された御用銅は、総額二十一万斤とのことです」

喜右衛門は聞き違えたかと思った。「蘭人は確か、六十万斤の上限を不服として、規制緩和を求めていたのでは」

「長崎会所が銅を集荷しきれんようで、例年に比べても過少です。カピタンは青ざめたでしょうが、我らには大きな追い風になりました。カピタンも抜け荷に乗り気です。バタビアへ出港した船に、貿易についての弁明と打開策を記した手紙を預けたそうです」

喜右衛門は蘭人の票を見た。

唐人からは安く銅銭を買えた。御用銅相当として売却しても利益は一挙に跳ね上がる。

「取引を行う浜を見てもよろしいでしょうか」と、恵助が帰り際に言った。

喜右衛門自ら案内を買って出た。供もなくふたりで辰ノ口へ下りた。海岸を歩きながら、海風で髪が乱れても気にしない恵助が、真剣な顔で語り出した。

「難しい交渉ではありませんでした。村井屋殿の希望額が法外でなかったためです。もっと吹っかけても問題なかったと思いますが、そうなれば交渉が長引いたでしょう。欲を掻かれなかったゆえ、こうして票をお渡しできた。我が役目は今日までですが」

外海に面した香焼島の海岸は、長崎湾岸より風が強かった。潮の香が濃く、息が詰まると言う者もいる。名村恵助は大中瀬戸の前で立ち止まり、波音に掻き消されないように声を張った。

「通詞としては大成しないと、某、若い時分に気付きました。それでも通詞以外に生きる道はなかった。学問した意義を残したいとも願いました。出世や銭のためでなくても、なにかの、誰かのお役に立てればよいと」

「銭のためでなくとも合力銭はお受けくだされ。少しは増額できるよう某からも口添えしておきましょう」喜右衛門は努めて明るく言った。

恵助は微笑を浮かべ、「そう言う村井屋殿こそ、採算度外視で取引なさっておいでなのでしょう。あの銅銭を流入させぬように水際で食い止め、蘭人に引き渡そうと工夫なさった。銭の抜け荷などなにゆえ好き好んで手を出されるのかと思うたが、和殿は世が乱れるのをお救いなさろうとしておいでだ」

喜右衛門は驚いた。抜け荷の目的に関しては、誰にも一言も話していなかった。

恵助は遠く海を眺めた。「撰銭が起きて被害を被るのは銭を普段使いする百姓です。百姓は手元の銭が価値を失うてゆく理由すら理解できますまい。それは蜂起するのに十分すぎる動機です。昨今は増免反対一揆が相次ぎましたが、撰銭が連鎖すれば、津々浦々に浸透した波銭が暴落し、損害は増免の比ではない。世情不安は加速し、混乱すればするほど撰銭も拡大してゆく。精銭を扱う唐人、抜け荷商人、両替商の稼ぎだけが増大してゆくでしょう。莫大な富が一ヶ所に集中していきます。もしも村井屋殿が利益だけを追求なさるなら、そちら側に荷担したはずでしょう。伝手もない蘭人に売るより両替商に売るほうがずっと楽です。難しくもないのに、そうしなかった。これは抜け荷ですので、世人に知られることはないでしょう。誰も知ることがなく、誰かに救われたとさえ気付かない。偉業はひっそり遂行される。某は、生まれて初めて己に誇りを持てました。通詞として生まれ、通詞として役に立てた。人と人とを繋ぐ、本物の通詞になれました」

そんな純朴な志で仕事をしていたとは思いもしなかった。通詞の家に生まれた以上、通詞の道を歩むのは、きっと自然な生き方だっただろう。だが当然、能力差が生じる。淘汰《とうた》され、成功するのは一握りだった。そして、恵助は淘汰される側だった。恵助にとって通詞であること、名村の家に生まれたことは、終わることのない苦しみだった。

「ようやく通詞の本懐を知りました」と、恵助は言った。

喜右衛門はそれを大袈裟《おおげさ》だとは思わなかった。

無言のままうなずくと、恵助は晴れ晴れとした表情で言った。「来年の取引に、某も立ち会うてよろしいでしょうか。この目で見届けたいのですが」

「それは願ってもないことです。通詞に待機してもらえるなら心強い。蘭船の船頭と顔合わせをなされば、和殿の今後にも有意義かもしれませんな」

恵助の目が潤んでいたのは、海面に照り返した西日が眩《まぶ》しかったからだろう。しきりに目を瞬かせ、それから両手で顔を拭うと、照れ隠しのように俯《うつむ》いた。

しかし、喜右衛門が名村恵助と会うことはもうなかった。

翌寛政十年十月十七日夜の辰ノ口にも、恵助は来なかった。

——雨が降り始めた。

早い時刻には凪を心配したほどだったのに、夜半を過ぎて風が出始めると、間もなく戸を開けていられない強風に変わった。三枚帆を張る蘭船には絶好の風だった。時を移さず、神《こう》崎《ざき》沖から大船が現れるだろう。喜右衛門はそう判断し、手下たちを御堂の外に出して海の監視を命じた。

喜右衛門自らも蓑《みの》を着込み、御堂に残した船乗りたちと搬送支度を整えた。そのとき、雨風が暴力的に壁を叩いた。刻一刻と激しさを増し、ついに堂内まで吹き込んできた。身を切るような冷たさだった。

「まだ見えぬか！」

喜右衛門は表に出ると、声を上げて叫んだ。すでにどしゃ降りで、視界が遮られていた。飛ばされないように腰を屈《かが》め、風に逆らうように浜辺へ駈《か》けたが、哨戒に出した船乗りたちの所在が摑めない。岸に近付くな、と怒鳴ったが、その声も掻き消された。

「親方は小屋にいてくだせえ！」と叫びが聞こえた。すぐ近くにいるはずなのに、声が遠い。

喜右衛門はびしょ濡れになって立ち尽くした。寒さで全身が麻痺《まひ》したらしく、腕を摑まれているかどうかさえ覚束《おぼつか》なかった。

松明の火は疾うに消えた。見廻《みまわ》りがどこにいるのか分からない。まっすぐ歩くことさえ難しい。激しい雨と風に煽られた海岸は、潮の匂いがいっそう濃くなった。波しぶきが浜に跳んでいた。押し寄せる高波の轟音《ごうおん》が悪夢のように響いた。海の方角は塗り潰したような暗黒だった。

ぐいと市三に腕を取られ、喜右衛門は我に返った。顔に叩き付ける雨の所為で、目を開けていられない。

「親方、小屋に戻っちゃれ！」

市三は息も切れ切れだった。喜右衛門もずぶ濡れのまま大声で命じた。

「大時化《おおしけ》になるぞ。蘭船は大中瀬戸まで入れまい。浜辺を見廻れ。どこに着岸したっちゃ取引でけるごと用心せえ！」

荒れる海の轟音が辰ノ口に覆い被さるようだった。蘭船が船出していれば、引き返すことはならず、遮二無二香焼を目指すだろう。慎重に風を見極めていたのなら、念のため船出を取りやめたかもしれず、そうであれば、いまさら出航はない。いずれにしろ、蘭船が来るかどうかは、あと寸時でわかるはずだった。栗ノ浦のほうまで哨戒を遣わした。いつ蘭船が現れても対処できるように、喜右衛門も浜辺に出たまま見張りを続けた。

「まだか！　まだ見えんか」と、市三が手下たちに呼び掛ける切迫した叫び声が聞こえた。

市三は喜右衛門の側で、万が一の危険に備えていた。御堂の壁が軋《きし》んでいた。叩き付けるような風はますます強くなる。雨のやむ気配はない。御堂に退避させると、入り口に落とす雨粒は、まるでそれ自体が凶器のようだった。

やがて喜右衛門は見切りを付け、全員を呼び戻した。御堂に退避させると、入り口に落とし戸を閉《た》てさせた。一枚分だけ残して板を落とした。

初更の凪からは考えられない颶風のような荒れようだった。蘭船が船出を見送ったのなら正解だろう。喜右衛門たちも、この強風では銭箱を海岸まで運べそうになかった。みなに弁当を食わせ、交代で仮眠を取らせた。

とは言え、蘭船が着到しなければ長い夜が終わらない。地鳴りめいた雨風の所為で、心の休まる隙もなかった。喜右衛門は戸口近くに待機し続けた。羽目板一枚分の隙間から夜の浜を睨み続けた。

壁を叩く音が弱まったのは、明け方近くだっただろう。ようやく天候が変わりそうな雰囲気を察し、何人かが見廻りに志願した。

夜が白む頃、雨が上がった。

喜右衛門は一睡もできなかった。なお風が吹きつける御堂の外へ出、雨水で固くなった砂浜を踏みしめて歩いた。風に流され、地形が変わったようだった。雲間からこぼれる朝日が海に照り返した。さんざん悩まされた挙句、海は穏やかだった。

喜右衛門は御堂に戻ると、銭箱を蹴り飛ばした。びくともしない。怒りを向ける先がなかった。天災ならば、取引延期もやむを得ない。誰を責めることもできず、明夜、再び蘭船を待つ他なかった。そう自分に言い聞かせ、「帰って休め」と、手下たちに命じた。

翌日も蘭船は来なかった。

寛政十年

1798

十月　長崎

「──俺らは長崎に上っちょくぞ！」

おい聞こえたか、兄者──。亀次郎が大袈裟な身振りで叫ぶ。風に呑まれて声は届かないが、予定した離脱地点だから、そう言ったに違いなかった。おざなりに合図を返すと、二百石積み廻船西吉丸に括《くく》った曳き綱が外れて海に落ちた。

廻船に曳かれて長崎湾に入った。喜右衛門が乗るのは、沖合漁に用いる五十石積みの手漕ぎ船だった。南北に長い長崎湾では、小回りの利く舟のほうが動き易い。亀次郎の廻船は、早々と風を捕まえて北上していった。

寛政十年（一七九八）十月二十九日だった。昼下がりの日射《ひざ》しが反射する波に、船が上下に大きく揺れた。乾いた風が冷たい冬の海だった。綿入れの袷《あわせ》の上に蓑を被った喜右衛門は、胴の間に積んだ脚荷に凭《もた》れ、開いた帳面に筆を走らせ始めた。手下たちが曳き綱を回収して船上に放り投げた。

湾内随所に番船が碇泊していた。黒田家の旗印が多いのは、長崎警備の年番だからだ。加えて非番の佐賀藩士や、普段は湾外警備を担う深堀家も駆り出され、この時期には珍しく大所帯の内海警備となっていた。

最も多く密集するのは、長崎湾南西部の木鉢浦《きばちうら》だった。内海の入り口から遠くはない。喜右衛門もその浦へ目を凝らした。

例年なら、十月二十日の蘭船退去を境に内海は静かになる。諸国商人はとっくに会所との取引を終えて長崎にいない。唐船、蘭船の荷卸しと並行して行われる商取引は、七月八月には買い手がつき、十月まで居残る商船は少なかった。最後まで長崎に残る船は、決まって蘭船だった。

その蘭船が、木鉢浦に沈んでいた。

自慢の大帆柱を三本とも伐《き》られた船体が、無数の番船の向こう側に垣間見《かいまみ》えた。沈船があまりに大きい所為で、距離感を見誤りそうだった。巡視する番船はまるで玩具《おもちゃ》のようだった。海面から二、三尺ばかり覗く船体は、全長二十三間（約四十二メートル）、幅六間（約十一メートル）で七千石積み――積載量はむろん過少申告だろう。取引制限の厳しい昨今、臨検で馬鹿正直に明かすのは愚の極みだし、抜け荷を積んでいるならなおさらだった。外観からは分からないが、隠し蔵があるのだ。総積載高は一万石をも見込めよう、と喜右衛門は考えた。

……この巨大船をどうやって引き揚げるのか。

それが、長崎の直面している難問だった。

紅毛船難船に及び、木鉢浦の浜手に引き寄せこれあり。垢《あか》多く差し込み、過半沈船に相なりぬ。殊に、下積みの銅も多くあり候。右、差し水繰り上げ、銅取り揚げ方など、便利の手段を存じよる者は、申し出《い》づべし。

十月二十一日、長崎の辻《つじ》という辻から湾岸の浦村に至るまで、同じ文言の高札が立った。出島乙名と阿蘭陀通詞連名による触書で、むろん阿蘭陀商館の意向によるものだった。蘭船沈没後、商館は迅速な引き揚げを奉行所に願い出、長崎内外に住まう商人、百姓にまで、沈船引き揚げや積荷陸揚げの工夫を募る認可を得た。

喜右衛門は高札が立ったその日に触を知ったが、しばらく様子を見た。募集範囲が広かっただけに、抜け荷犯を炙《あぶ》り出す罠という可能性も皆無ではなかった。

そして赤司党の下っ端に銭を渡し、連日、遠見番所から長崎湾を監視し続けた。

「内海で沈没げな珍しかこつもあったもんばい。御奉行もはよ引き揚げを始めんと雪が降り出すぞ。ようけ船を出したきりで余裕のごたってん」

見張りは他人事《ひとごと》のように皮肉った。もちろん、彼らには他人事だった。

数日経《た》っても内海に変化はなかった。見張りも退屈し、嗤《わら》いもしなくなった。そこで喜右衛門は意を決し、現場視察に赴くことにしたのだ。

沈船は未申告の荷を抱えたままでいる。そう喜右衛門は確信していた。昨年の阿蘭陀商館との交渉で、密買用の荷を用意するとカピタンは言ったという。出航直後に大中瀬戸へ入る予定だった船が長崎湾で沈んだのだから、抜け荷を下ろす暇はなかっただろう。

沈船が引き揚がれば、荷の確認が行われる。帳簿と照合し、点検される。修理が始まれば、隠し蔵が露見する可能性もある。そうなれば当然取引は中止となり、喜右衛門が抱えた二年分の銅銭は、永久に売却先を失う。

喜右衛門は抜け荷の頓挫を深堀陣屋に報告せず、銭は辰ノ口の御堂に保管したままだった。御堂の補強を行い、泊まり込みの警備も配したが、長く手元には置いておけない。一日も早く蘭船を復帰させ、売却せねばならなかった。

浮かし方が募集されたのは、不幸中の幸いだった。喜右衛門は自ら沈船を引き揚げるつもりだった。

手漕ぎ船をゆっくり木鉢浦のほうへ近付かせた。浦終《じま》いの始まった木鉢浦に立ち入ることはできない。番船に制止されない距離を保ち、浦の状況を写生した。帆柱をなくした蘭船は、かえって巨大さを剝《む》き出しにしたようだった。喜右衛門が描いた図では、浦に根を張る岩島かなにかのように見えた。

漠然と考えていた工夫は、昔、櫛ヶ浜で行った船曳き網のやり方だった。木鉢浦は穏やかな入江だけに、頑丈な柱を何本も設置できるだろう。そこで柱と滑車、船綱を用いれば、上手いこと吊《つ》り上げられるのではないか。そう思い描いたのだが、実際に沈船を目のあたりにすると、現実的ではなかった。

船が大きすぎるのだ。自重は二百五十万斤（約千五百トン）に及ぶといい、さらに荷を積んだままだった。

奉行所や町年寄の巡視船も、警備に交じって木鉢浦を巡回していた。沈船の引き揚げには、今後の蘭人貿易の利権も密接に絡んでくるだろう。阿蘭陀商館は、引き揚げを成功させた相手に大きな借りができることになる。

「網元よ。俺らは場違いじゃなかろうか」

嘉吉が嗄れ声で言った。艫《とも》に立って櫓に手を掛けていた。島の漁師に慕われる嘉吉小父も、政争渦巻く内海の雰囲気に気後れしたようだった。

喜右衛門は漕ぎ手を止めるように言った。やや浦へ近付きすぎた。碇《いかり》を下ろさないので波のまにまに上下に揺れる。流されないように嘉吉は慎重に櫓を繰り、進んでいるフリを続けた。潮の流れが速く、苦労していた。

沈船見物に行くと打ち明けたとき、亀次郎は渋面を拵えた。抜け荷がらみと疑ったからだ。追及しなかった代わりに、嘉吉の同行を求めた。兄と手下だけで行かせたくなかったようだが、それは喜右衛門の望むところだった。今後、香焼百姓の協力が必要になる。亀次郎と嘉吉の賛同は不可欠だった。

浦の地形を帳面に書き込みながら、喜右衛門は素っ気なく言う。

「これほど大掛かりな浦終いも滅多にあるまい。見物を自慢できるぞ」

「欲を掻いて荷を積みすぎたのでしょうな」嘉吉は呆《あき》れた口調で受けた。「長崎から野次馬が出よる。いい見世物のごたって、取り締まるほうも大変じゃ」

「寄り鯨があれば、浦終いがあったろう」

喜右衛門が言うと、嘉吉はすぐに俯いて表情を隠した。

徳山湾の海難はもはや三十年も昔のことだった。喜右衛門は実際には見ていない。死んだ吉蔵《きちぞう》も誰も、みな若かった。

あの日、鯨を引き揚げた浦の地役人は、速やかに浦終いを執行したという。櫛ヶ浜百姓は他浦の荷とされた鯨に近付けず、腕ずくで取り返す術《すべ》を失った。

「懐かしい話を持ち出したな」

横を向いた嘉吉の笑みは硬かった。

「今度は引き揚げるぞ」と、喜右衛門は言った。

嘉吉がハッとして顔を向けた。喜右衛門は視線を無視するように、帳面を畳んで立ち上がった。

北から番船が近付いてきた。

その番船に命じられて碇を下ろした。嘉吉も艫を離れて船乗りたちと船縁《ふなべり》に跪いた。

奉行所の検使船だった。船を横付けした検使に、喜右衛門は毛利領都濃宰判発行の往来切手を見せ、素性を明かした。相手の視線が、懐から覗《のぞ》いている帳面に向かう。浦を観察していたのは承知の上――と言うより、喜右衛門は役人が気付くのを待っていた。浮かし方に名乗りを上げるにも、前もって知られるほうがよいと考えたのだ。

「帳面を見せよ」と、検使は手を突き出した。

喜右衛門は素直に従い、紙面を開いて渡した。そこには浦の地形や沈没船の様子が遠景ながらも細かく描いてある。相手は意表を突かれたようだった。

「引き揚げの工夫はできているのか」

「ここからでは遠すぎてなんとも――」そう言いながら、喜右衛門はさりげなく検使に銀子を渡した。

相手は乱暴に帳面を返し、「近くで調べよ」とぶっきらぼうに受けた。喜右衛門は嘉吉ら四人を指名し、検使船に乗り込むことになった。

木鉢浦まで向かう間に、沈没の経緯を聞いた。その検使、熊谷与十郎《くまがいよじゅうろう》は、海難事故の直後、鯨船を仕立てて真っ先に救助に駆けつけた役人のひとりだった。

十月十七日深更、長崎湾は大時化に見舞われた。内海の入り口近辺の小ヶ倉《こがくら》沖に碇泊していた蘭船は高波に連れ去られ、高鉾島脇の唐人瀬という難所に乗り上げた。船が座礁しても嵐はやむ気配すらなく、船頭は黒人奴隷を伝馬船に乗せ、出島へ救難を求めに向かわせた。奴隷は命からがら出島までたどり着き、カピタンに事故を伝えた。阿蘭陀商館は即刻、立山役所に使いを送ると、件の黒人奴隷を案内に立て、通詞同行の上、商館員を救難に向かわせた。そのとき仕立てた鯨船に、熊谷与十郎も検使として乗り込んでいたという。

救助船は、十八日の六つ（午前六時）前に出港した。夜明け頃には風雨が収まり、各所から一斉に船が出た。

唐人瀬に沈んだ蘭船は、船底が損壊して浸水していた。ひとまず百艘ほどの小早を連結して曳き、木鉢浦の道生田《みぶた》の浜手に寄せたのが、同日八つ時（午後二時頃）だった。

道生田沖で再び座礁したためそこに碇を下ろし、乗員九十人を浜へ退避させた。出島から商館員ポシェット、在留医師レッケが道生田村に出向いた。以後、二人は阿蘭陀商館代表として長崎方へ意見を伝える役目を負った。

阿蘭陀商館が奉行所に申し送った要請は、積荷の陸揚げだった。穏やかな入江に曳かれたことで漂流の危険はなくなり、船の引き揚げより積荷の保全が優先された。

なにより銅の搬出が望まれたが陸揚げできたのは上荷のみで、分量にしてわずか一万斤程度だった。百斤ごとに箱詰めした御用銅は、大部分が脚荷として底に積まれていた。浸水著しい船倉に立ち入ることができず、荷揚げは断念せざるを得なかった。

食い下がる商館に対し、二十日、奉行所は手形を振り出して本年分の買付銅総額を保証する旨、念書を書き送った。

併せて奉行所は浮かし方の編成を急ぎ、水練人夫を集めた。座礁した地点から近くの浜までは五町（約五百四十五メートル）余りと、さして遠くない。引き揚げは容易と見られたが、どれだけ多くの船で曳いてみても沈船は微動だにしなかった。

二十一日、阿蘭陀商館が奉行所に陳情を行い、町方村方にまで広く浮かし方の工夫を募ることになった。そして、長崎の辻に浮かし方募集の高札が立った。

木鉢浦は、長崎湾南西部に広がる泥海だ。深いところは一丈三尺（約四メートル）余りの水深がある。沈船は舳先二、三尺ほどを海上に浮かせ、泥塗《どろまみ》れの甲板が斜めに傾《かし》いでいた。艫のほとんどが水面下に隠れ、帆柱の切り口が海面に露出していた。

道生田浜周辺は、長崎湾でも特に警備が固い一帯だった。煙硝蔵が、村の高台に築かれていた。石垣に囲われた奥にその屋根が垣間見える。複数の蔵が集中し、福岡藩、佐賀藩の使用する火薬や武器類、あるいは長崎入港の間、唐船、蘭船が解除した武装を保管していた。同岸の北に、長崎湾警備の拠点、西泊番所があった。砲台が設置された海岸は、築地塀を巡らしたいわば臨海要塞だった。その西泊から内海を隔てた対岸には、戸町番所が控えていた。

つまり、木鉢浦周辺は異国船打ち払いを担った長崎御番方による監視が最も行き届いた場所であり、人員の補充と交代、道具調達を含めた兵站《へいたん》、引き揚げ作業を円滑に行う準備があらかじめ整っていた。海難事故の後始末にはうってつけの場所だった。

煙硝蔵のある道生田村からやや離れたところに、長崎市中から出向した大勢が寝泊まりできる番所や詰所、人足小屋などが新設されていた。

熊谷与十郎の検使船は、沈船の間際に迫り、寄り添うように碇泊した。

喜右衛門は間近で見るよう命じられた。

「巷で騒がれるほど深く沈んだのではない。唐人瀬から早期に移動できたことが幸いしたのだ。ここから浜までは、さほど隔たりも障害もない。段取りさえ整えば、曳いてゆけるだろう」

蘭船は甲板を海上に余していた。高札の「過半沈」は正しかった。甲板にある船倉への開閉口は封じられ、全長二十三間、幅六間の巨大な船は、いまの喜右衛門の目には抜け荷を積んだ大箱と映っていた。

絶えず波が押し寄せたが、沈船は微塵《みじん》も揺れなかった。波しぶきが甲板に乗り上げても、船縁に掛けた喜右衛門の両手は振動さえ感じない。船底が泥に埋まり、傾いだまま重心が安定したのだろう。その重心に変化がないのは、浸水した海水が激しく流出入を起こさないからだ。損壊箇所はあまり大きくないのかもしれなかった。

高鉾島《たかほこじま》は内海の中央にぽつんとあり、周囲は断崖絶壁で喫水の深い異国船がしばしば風待ち、風除《よ》けに用いた。座礁した唐人瀬はそのすぐ側《そば》だった。

蘭船は唐人瀬から無数の小早によって曳かれ、内海を横断して木鉢浦へ入った。そこまで順調に事が運んだため、長崎方は錯誤したのかもしれない。木鉢浦から道生田浜へ引き揚げる作業は、唐人瀬からの救出に比べて遥《はる》かに容易だろうと。上荷を陸揚げして船体を浮かせられれば、唐人瀬のときと同じく浜まで曳けるだろうと。

この引き揚げは容易でない、と喜右衛門は判断した。

唐人瀬からは水深のある沖合に向かって曳いた。深い内海を横断して木鉢浦へ入った。海深が十分にあったから蘭船の浮力を利用できた。今後行う作業は、それとは逆になる。浅いほうへ曳くほうが、遥かに難しくなる。

「測量を行うなら、道具を取りに行かせるぞ」

熊谷がそう提案したが、喜右衛門は丁重に断った。「本日は判断がつきかねます。可能なら、明日改めて検分に参りとうございます。その折、なにかしらご提言ができるかと存じます」

「分からぬことを言う」熊谷が眉根を寄せた。「如何なる了見で返答を先延ばしにするのか仔細《しさい》を申せ。易々と浦に入れたと嘲笑《あざわら》うているのなら、後悔することになるぞ」

盗人とでも疑われたのか、同乗した武士や中間が警戒を強めた。嘉吉や船乗りたちまで取り囲まれたが、喜右衛門は動じずに言った。

「沈みきったところも見とうございます」

検使役人が気色ばんだ。

「心得違いをしたか、この痴《し》れ者め！　これ以上の沈没を防いできたのだ。また時化になればよいとでも申すか」

そう罵る声を喜右衛門は聞こえないフリをし、「沈船を浮かす工夫は幾つか思いつきますが、難しいのは浮かしたままにしておく方法でございます。座礁した船を曳いてこられたのは、蘭船が浮いたままだったためです。浮いたままでしたのは、十分な水深があったためです。浅ければ、一度浮いてもすぐまた海底に乗り上げましょう。繰り返しになりますが、浮かし続ける工夫がなければ、浜まで曳いてゆくことはできません」

船上の全員が沈船に目をやった。

千石船がせいぜいの和船に比べ、公称七千石積みの外洋船は喫水が深かった。平時も長崎港に入れず、入港と言いつつ艤装《ぎそう》を解いた船は常に沖合に碇泊し、荷運びには伝馬を用いた。大船を浜に引き揚げる困難さに、ようやく彼らも勘付いたようだった。

「いまは、十八日の沈没以来、初めて訪れた大潮です。御承知のように、潮が満ちれば最も海面が高くなり、潮が引けば最も低くなる時期でございます。巨大な船を引き揚げ、さらに浮かし続けるためには、この大潮時期の上げ潮をよく利用することが肝要かと存じます」

干満の潮位差が最大となる大潮は月に二度、朔日と十五日前後に訪れる。明日が、十一月朔日だった。

「まずは、木鉢浦の潮位差を知りとう存じます」

役人たちは、湾内で起きた未曾有の海難事故を出世に結びつけようと目論んでいた。阿蘭陀商館に恩を売る好機となる引き揚げに貢献すれば、役所で一目置かれる。そして、熊谷与十郎は野心家のひとりだった。

「いずれ、蘭人に話を聞けましょうか」喜右衛門は自分の船に戻る前に尋ねた。

「道生田の新屋敷に詰めるのは使いっ走りだ。有益な話は聞けまい」

「そのうち沈船の船頭が参りましょう」

「これだけ迷惑を掛ければ、出島の内でさえ出歩けまい」熊谷は苦笑した。

「通詞は手前どもで用意いたします。お手を煩わせはいたしません。いずれ蘭人に話を聞けましょうか」

約束は交わされなかった。だが今後、喜右衛門が役に立てば、熊谷も多少の便宜を図るだろう。まずは要求を伝えるに留め、この場で無理は通さなかった。

いずれにしろ、蘭人との接触は必須だった。喜右衛門は、なるべく早く抜け荷の再交渉を行いたかった。浸水で積荷が使いものにならなければ、別の代物を用意させねばならない。使いっ走りだろうと出島の外に蘭人が出たなら連絡役に使える。交渉は名村恵助に頼むつもりだった。拒まれる可能性を、喜右衛門は考えなかった。

同日、喜右衛門は浦五島町の深堀屋敷へ向かった。

抜け荷取引の夜、恵助が約束を違えて島に来なかったことにやや失望したが、通詞要らずの票が用意された以上文句を言う筋合いもなかった。むしろ相手に気を遣わせないよう、その点に触れる気はなかった。

すでに十月末だが、喜右衛門が浦五島町を訪ねるのは今年になって初めてだった。館入として案内され、勤番武士ふたりと差し向かいになった。蔵屋敷の勤番は見知らぬ武士に交替していた。

挨拶もそこそこに、「元阿蘭陀通詞の名村恵助殿に至急会いたいのですが」と、本題を切り出した。

勤番は顔を見合わせた。不自然な間があった。

「名村恵助と申されたか」わざわざ問い返した老武士は無表情だった。

喜右衛門が首肯すると警戒するような気色が強まった。

「それは、桜町に繋がれた元通詞のことで相違ないか。そのほう、罪人と取引があったのか」

問われた意味が分からない。

若いほうが身を乗り出し、「名村家の元通詞なら、夏に捕縛された。町外れの今籠町に潜んでいたところを御奉行所に踏み込まれたのだ。今籠町は長屋が多く、裏道へ逃がすまいとかなりの人員が割かれたという。なかなかの捕物だったようだ。抜け荷との噂だが、元通詞の犯罪ならさもありなん」

その語り口が他人事だと気付いて喜右衛門はゾッとした。

一年前、名村恵助とはこの部屋で面会した。申し送りが行われていないとは考えもしなかった。

出島との交渉が成立した後、深堀家は名村恵助との縁故を切ったのだろう。そして今年は引き継がれなかった。抜け荷の秘密を知る者は少ないほどよい。

喜右衛門は突如、敵地に放り込まれた思いがした。この一件で深堀屋敷を頼ったことは失策だったようだ。

「長崎湾の沈船のことでございます」

喜右衛門は下手に繕わず、ありのままを語ることにした。

「先般高札が立ちまして浮かし方の募集が掛かりました。村井屋は廻船ならびに漁撈においては多年にわたって長崎に恩義を受けた身の上、憚りながら助勢を考えておりました。事故現場には蘭人が駐在と聞き及び、沈没の事情を聞きたいと願います一方で、御公儀の手を煩わせるわけにもいかず通詞を探しておりました。江戸町の通詞会所を詣でてもよかったのですが、通詞の内でも顔役の名村本家から若衆でも紹介してもらえないかと願うた次第で。本州より戻りまして日数も浅く、世間に疎うございました。名門の通詞が罪人に成り果てたとは――醜聞でございましたでしょう」

抜け荷の可否を巡る争いは家中で続いていただろうが、名村恵助捕縛の一件は深堀領主家を揺るがす大事だけに派閥を越えて箝口令《かんこうれい》が布かれたのだろう。そうして、名村恵助は見捨てられた。元通詞には後ろ盾がなかった。

喜右衛門は土産品を贈り、蔵屋敷を辞去した。垣の外に出て人混みに紛れ、足早に坂を登った。慎重に行動していた恵助にどうして嫌疑が掛かったか、知る由もなかった。確実なのは、奉行所の狙いは恵助本人でないだろうということだ。抜け荷の首謀者と実行犯を吐かせようと、苛酷な拷問に掛けているに違いない。

「……なしてじゃ？」

喜右衛門には解せなかった。恵助と関わりのあった深堀屋敷は平穏そのものだった。香焼島の喜右衛門屋敷にも手入れは入っていない。

名村恵助は黙秘しているのか。死ぬほどの苦痛に耐え、恵助は喜右衛門らを庇《かば》い続けているのか。

「なして吐かん？」

喜右衛門は寒空の下を歩いた。辻ごとに同じ高札が立っていた。どこも人だかりがあり、必ず誰かが愚にもつかない引き揚げの工夫を語っていた。呼吸が乱れ、汗が止まらなかった。深堀陣屋はとうに証拠を処分しただろう。彼らは恵助同様、喜右衛門を捨てることにも躊《ちゅう》躇《ちょ》しないだろう。

坂の上で立ち止まった。切れた息を落ち着かせつつ、内海を振り返った。潮風は湿りを含み、香りが強かった。海面に反射した西日が目に痛い。手庇《てびさし》を作って遠く南の入江を眺望すると、雲霞《うんか》の如《ごと》く屯《たむろ》した番船があった。

封鎖された木鉢浦が、証拠を隠滅しにくる抜け荷犯を待ち受ける巨大な罠に思えた。海風に触れて全身の汗が冷え、胴震いがした。

恵助に生かされているという現実が、重くのしかかった。

なぜ白状しないのか！　己の死罪は免れ得ないと観念したからか！　黙秘を続ければ拷問は苛烈さが増すだけだ。喜右衛門は吐き気がした。

去年の冬、大中瀬戸を眺めて「ようやく通詞になれた」と言った恵助の屈託のない笑みが、脳裡《のうり》から離れなかった。

「嘉吉は島へ帰した。やる気になったごたるなあ。兄者が上手いこと籠絡なさいましたか」

宿で待っていた亀次郎は上機嫌だった。相客もない一室だった。風呂を浴び、女中の酌を受けていた。一杯機嫌で頬が赤い。商取引が順調に進んだのだろう。帳簿を分けてからは互いの商売に口を挟まなかった。

「おい、兄者に湯漬けを持ってきちゃらんか」

亀次郎が女中を使いに出した。部屋には兄弟の他だれもいない。亀次郎は湯煎していたちろりを盛んに気にし、やがて袷の袖でつまみ上げるると、膝を進めて喜右衛門の盃に注《つ》いだ。

「して、算段は？」

「……なんの話じゃ」

亀次郎は間を置かずに語を継いだ。率直に、沈船引き揚げの相談をしたいと持ちかけてきた。銭にならない面倒ごとなど亀次郎は拒むだろうと喜右衛門は思っていたが――。

「高札を見た。市中を歩けば、嫌でも目に付こう。名乗りを上げる猛者《もさ》は未だ居らんごたって、先生方も書斎の外では役に立たんと町衆が笑いよった。民草を頼ること自体情けないが、奉行所も蘭人も工夫が立たんというから仕方あるまい。むしろ潔いと感心した。――兄者は、なにか考えがあるのじゃろう」

喜右衛門が盃を干すと、亀次郎は手にしたままのちろりで酒を足した。

「あの沈船は注目の的じゃ。こげな盛り上がりはまたとあるまい。叶《かの》うことなら、俺はこの事業を香焼百姓の手で成し遂げたい。これは十分に、赤司党を追い払う好機になると見た。何度陣屋に訴えても埒《らち》が明かん。御領主は島の実情げな知ろうともしなさらんけンなあ。しかし、沈船の引き揚げを島の百姓が成し遂げたとなれば話が違うてくる。嫌でも世間の目が香焼島に向くのじゃ。こうなれば、御領主も放っていられず、俺らの声に耳を傾けなさろう。深堀ばかりか肥前の大殿様のお耳にまで届くやもしれん。——兄者よ。俺らももう若くない。この目の黒いうちに赤司党を追放し、百姓から庄屋を立て、地役人を置き、真っ当な村方が行き渡る島の仕組みを作っておかねば、子の代孫の代まで横暴が続くぞ。先送りにすればするだけ、香焼を立て直したのが誰じゃったか知らんごとなる。ふんぞり返って銭だけ奪う連中など、島には要らんじゃろう」

亀次郎は盃を呷《あお》った。手酌で注ぎ足すと、すぐに口に含んだ。酔っているようだが呂律《ろれつ》はしっかりしていた。

長年、深堀領主への年貢とは別に、赤司党に運上銀を払ってきた。村井屋は防州人、しょせん余所者だった。土地所有を認められず、請浦として借りていた。本来栗ノ浦の海岸は誰の土地でもなかったが、漁場が開かれると赤司党が権利を主張したのだ。栗ノ浦の惣中が抗議すれば、密漁紛いに漁場を荒らした。運上を支払うまで嫌がらせはやまなかった。

請浦と言うが、村井屋が開いた漁場だった。だから百姓たちは喜右衛門を網元と呼んだ。地主顔で振る舞う赤司党のありようは、栗ノ浦では押領と看做《みな》されていた。

　喜右衛門は穏便な解決を求め、入植以来二十年、香焼百姓から庄屋を立てられるように陣屋と掛け合ってきた。しかし、領主家は赤司党へ警告すら出さなかった。面倒だからだ。そのたびに、喜右衛門は櫛ヶ浜を思い出した。徳山藩への編入を取り付けていたのに、処理はいつも先送りにされた。領主は漁場争いへの介入が面倒だから内済《ないさい》を望む。

　亀次郎は続けた。「収益を赤司党に渡さなければ、その分を村へも還元できる。もともと兄者が言い出したことじゃろう。赤司党は追い出す腹じゃった」

　女中が湯漬けと酒を持ってきた。先ほどとは違う女だった。

　亀次郎は固く口を閉ざし、恨めしげに女を睨んだ。空気の重さを察した女は、湯漬けを膳に載せるとそそくさと部屋を去った。

　喜右衛門はその膳に盃を置いた。「百姓の取りまとめは暇がかかる。引き揚げの工夫も考えねばならん。急《せ》かさずに待て」

　亀次郎は身を乗り出し、「櫛ヶ浜に居ったら、俺らは生涯、厄介じゃったろう。俺は兄者に賭けるとき、一度も悩んだことがない。兄者が決めなさったことに逆らう気はないのじゃ。どげな無謀な計画でも俺が支えよう。百姓の取りまとめは任しちゃれ。これは、百姓のためでもある。誰に遠慮をなさることもない。香焼島は兄者の村じゃ。やりたいようにやりなされ」

抜け荷がらみと察しても亀次郎は口に出さなかった。祭支度を語り合うような陽気さで𠲿《けしか》けた。

それでも喜右衛門は晴れ晴れした気持ちにはならなかった。……引き揚げに本腰を入れれば、いよいよ桜町には近付けまい。

それが信念か、それとも保身か、喜右衛門には判断がつかなかった。明らかなのは、名村恵助を見捨てるということだった。

湯漬けの碗を抱えたとき、徒労に似た疲れに襲われた。

翌十一月一日朝、喜右衛門は長崎湾に入った。小早で溢れる内海に四百石積み廻船は目立った。高鉾島脇で往来切手を警固役人に見せていると、熊谷与十郎の検使船が近付いてきた。

廻船を市三に預けて長崎へ向かわせ、喜右衛門は若衆数人と嘉吉だけを連れて検使船に移った。

「和主の求めた通り蘭船は沈んでいるぞ。いずれ潮は引くがな。だが、これで浮かせられるのであろうな！」熊谷は興奮していた。「御奉行様の御用人、寺田半蔵《てらだはんぞう》殿が道生田村に御下向なさっている。目通りを許されたゆえ、その折に工夫を述べられるよう支度しておけ」

喜右衛門は少し驚いた。どうやら熊谷は、喜右衛門を利用しようと決めたようだった。

船影が水面下に隠れると、木鉢浦の印象はずいぶん変わった。番船の真下に沈んだ蘭船は、海底そのものが迫《せ》り上がったようで圧迫感があった。

昨日見たときと比べ、海面が四尺（約百二十センチ）は上昇していた。満潮を待てば、さらに潮位は増す。やはり引き揚げは大潮に合わせて行うのがよい。

検使船から覗き込んだ水面下の甲板は屈折していた。海上に帆柱の伐り痕がわずかに突出していた。周回する番船が大回りしている。

「蘭人に言うて、船綱を借りられましょうか。頑丈で長い綱がよいでしょう。それから柱です。大柱を二本、長さ十三間ほど、胴回り六尺ばかり。別に二十本、こちらは八間ばかりで胴回り五、六尺。さらに杉柱を百二十本、六間から七間ほどの長さ、胴回り一尺五寸――」

立て板に水とばかりに並べ立てる喜右衛門の注文を、船付きの書き役が書き留めていたが、

「待て待て」熊谷がその筆を止めさせた。「なにに用いるか説明できねば支度はできんぞ。準備に時間も要る。まず、どう使うつもりなのか申せ」

「むろん、浮かし方をお任せいただけると決まってからの御支度でようございます。そうでなければ、お骨折りいただく甲斐《かい》もございません」

「某は、和主を推挙するつもりで付き合うている。それゆえ、今日の目通りも差配した。隠す謂れはなかろう。いま工夫を言え」

喜右衛門は重々しく首肯し、「仰せでございますのでお話ししますが、他言無用になさる

ことが互《かたみ》のためでございます。工夫を盗まれでもすれば、台なしでございますゆえ」

道生田へ向かう船上、明らかに熊谷与十郎の口数が減った。喜右衛門の語った工夫について黙考、吟味するようだった。

沈船に近いほうの浜で、大工や人足たちが働いていた。竹矢来で囲い、堀まで巡らした詰所や人足小屋の掘っ立て集落は、早くも完成しつつあった。

名付けられた新出島の異称に相応しく、その浜辺に蘭人を見かけた。奇抜な恰好《かっこう》の若者が波打ち際に出て、沈船の方角を眺望していた。熊谷の言った阿蘭陀商館の使いっ走りだろうが、無精髭《ぶしょうひげ》を蓄え、衣服には皺《しわ》が寄っていた。着たきりなのか、汚れが目に付いた。出島の外では厚遇にも限界があるのだろう。

同年輩らしい若い通詞と話す蘭人の表情は物憂げで、作業が進まない現状に苛立《いらだ》つようであり、あきらめているようでもあった。

浜には、厳重な監視がついている。近付くには段取りを踏まねばならないだろう。警備は、蘭人との接触を求める日本人排除が目的のようだった。一攫千金《いっかくせんきん》の私貿易を求めて蘭人との直接交渉を望む商人は後を絶たないようだった。

浜辺の通詞と目が合った。自分を見ているとは思わず、喜右衛門はさりげなく辺りを窺《うかが》ったが、船上の誰も浜を見ていなかった。若い通詞は海風に袴の裾を揺らしながら身じろぎもしない。知った顔ではなかった。

一時期、出島で通詞の粛清が続いた。松平定信の失脚に伴って終息したが、逐《お》われた通詞はいまなお復職できていない。出島に残ったのは公儀に忠実な通詞だけだ。抜け荷の密告も、彼らにすれば義務だった。喜右衛門は顔を覚えられないように向きを変えた。すると、近くにいた熊谷がそっけなく言った。

「非番の大通詞まで駆り出されたのだ。あの若さで大通詞とは信じられんだろう。あれが出島始まって以来の神童とも謳われる――」

喜右衛門がハッとして目を向けたが、通詞はもうこちらを見ていなかった。検使船は阿蘭陀新屋敷から遠ざかってゆく。顔を確認しそびれたのは、喜右衛門のほうだった。

「――名村多吉郎だ」

道生田の村内にも警備が布《し》かれていた。

「御役が欲しければ、無礼のないように心掛けよ」熊谷はそう忠告し、中間を連れて先に屋敷の門を潜った。

庄屋屋敷が本陣として提供されているようだった。煙硝蔵の地代がよいのか、ずいぶん豪勢な屋敷だった。

周囲が物々しく警備され、垣内に入るだけで緊張を強いられた。奉行御用人である寺田半蔵は、事故当初から浮かし方を担当する長崎奉行の名代だという。

案内の小者が呼びにきた。喜右衛門は嘉吉だけを同行させた。門ではなく庭口から縁側前の庭先へ入った。縁側の長火鉢に炭が焚《た》かれていた。

その庭まで、さざ波の音が届いた。しかし海はやや遠く、波音も耳を澄ませなければ聞き取れないほどだった。

「頭を下げろ」と、小者に促された。

足音に続き、障子の開く音がした。流紋の裾を器用に畳み、衣擦れの音を立て縁側の床几に腰を下ろす足元が見えた。

また促されて面を上げると、壮年の武士がいた。熊谷を含め、ぞろぞろ随行した家来すべてが腰を下ろした。急に活気づいたようだった。長火鉢に炭を足しに百姓が訪れた。

庭先を見下ろす用人寺田半蔵は、見るからに寝不足の顔だった。素性の知れない客を屋敷に上げず、寺田は熊谷に問いかけた。

「検使方。この度は高札に従うて百姓の工夫を持参したとの由、相違ないか」

熊谷は重々しく「御意」と答え、「未だ浮かし方に応募がないと聞き及び、憚りながら、某、熊谷与十郎、内海にて人材を探しましたところ――」

寺田は遮り、「時が惜しい。用件を申せ」と、今度は喜右衛門を促した。

「恐れながら、肥前佐賀領香焼にて漁撈を営み、干鰯買付を商売にしております、廻船村井屋と申します。このたびの災難におかれましては、手前どもの船、人足を用いて引き揚げに臨むことで、多年、お世話になった長崎へ御恩返しができようかと思い立ち、参上仕《つかまつ》った次第でございます」

「このような場だ。畏《かしこ》まらず、率直に申せ」

浮かし方に応募があれば、面接して話を聞くのも役目なのだろう。出島が求めた募集だが、奉行所にすれば町衆や蘭人に好き勝手動かれても困る。そこで、監視、監督の名目で、浮かし方一件を預かった。だが、その疲れた面相からして、用人はさすがに手一杯のようだった。

「手前どもには、香焼百姓を糾合し、沈船引き揚げに従事させる準備がございます。掛かる費用は村井屋が負担いたし、御役所からいただくつもりはございません」

「褒賞目当てではないと申すか」寺田が問い質す。

「褒賞をいただけば、御恩返しを願いました我が志が濁ります。一介の商人ではございますが、名を惜しむ心はございます」

寺田は微《かす》かに口元を緩めた。それを誤魔化すように息を吐き、尻の位置を変えてやや身を乗り出した。「銭の話は後でよい。村井屋と申したか。まずは工夫を聞かせよ。使えそうかどうか、吟味するとしよう」

もったいぶる気はなかった。用人を説得できねば、浮かし方には選ばれない。隠さずに引き揚げの工夫を開陳するつもりだった。

「——御用人」と、縁側を仕切った唐紙障子の向こうから声がした。

何者かと喜右衛門は懸念し、口にしかけた言葉を呑み込んだ。寺田は機嫌を損ねたふうでなく、笑みを浮かべたまま家来に障子を開けさせた。

続きの間に、数人の男が平伏していた。寺田が促すと、先頭のひとりが縁側へ膝を進めてきた。

歳の頃は三十前後、地味ながら品のよい紺無地の羽織袴を着けている。武士ではなかった。その男は寺田の斜め後ろに座を占め、なにごとか密談した。寺田が満足げにうなずくと、小者が朗々と言った。

「これより、長崎御代官が同席なさる。村井屋、先を続けよ」

奉行所の出世頭にも、長崎随一の有力商人との縁は重要なのだろう。長崎代官高木作右衛門はいまや旗本待遇だった。用人は気負いもなく、屈託のない自慢顔を拵えた。

一方の高木作右衛門は、のっぺりと無表情だった。敷居近くに、その一味が控えた。見覚えのある顔が何人かいた。寛政元年十二月、長崎江戸町での抜け荷犯処刑の折、喜右衛門はその一味の顔を間近で見ていた。

高木作右衛門はこちらの素性を知らないだろう。知っていたなら、喜右衛門の命はすでにない。

まさか長崎代官が自ら現場に赴くとは予想しなかった。今回の沈船引き揚げは貿易事業の後始末であり、奉行所、長崎会所、出島乙名、長崎御番が臨場しても、長崎代官の出る幕はないだろう。少なくとも、会所の年番会頭を差し置いて、浮かし方吟味に一席を占める謂れはないはずだった。

むろん高木作右衛門は町年寄であり、会所会頭でもあり、代々出島株を受け継いだ出島乙名のひとりでもある。だが、寺田の態度から察するに、作右衛門は貿易利権を争わない立場でこの場にいるようだった。

長崎代官は、各役所の外部監査として抜け荷を取り締まってきた。折しも長崎では、名村恵助が関与した抜け荷捜査が難航している。口を割らない罪人に、奉行所も苛立っているだろう。引き揚げた阿蘭陀船に、その抜け荷の証拠が積んだままである可能性は低くなかった。

そうなると、率先して浮かし方に名乗りを上げた喜右衛門も、容疑対象なのだろう。跪いた前庭が、お白州のように思えてきた。

「如何した。御代官同席で都合の悪い理由でもあるのか」

寺田が促した。もの言わぬ高木作右衛門の視線は冷ややかだった。

「恐れながら、申し上げます」喜右衛門は穏やかに語り出した。「引き揚げの肝要は、沈船を浮かし続けることにあるかと存じます。その仕掛けとしまして、丈夫な船綱を船の底に通します。蘭船が用いる丈夫な綱がよろしうございましょう。出島から徴集できればありがたく存じます。長さ二十三間、幅六間と長大な蘭船の底に、百本の船綱を敷き並べられましたなら、すべての綱の両端を海上にまで引っ張り出し、沈船の舷側脇に配した帆船に括りつけ、綱をピンと張るように一斉に左右へ曳きます。このとき、息を揃えることが肝心でございます。逸《はや》ったり遅れたりする一艘もなく、同時に綱を曳いて張り切ることができましたなら、沈船は必ず浮かび上がります。浜に引き揚げるまで、これらの船は浮かんだ蘭船と並行することになります」

寺田はしきりに相槌《あいづち》を打つが、代官が仏頂面のまま口を挟んできた。

「先刻、船と人足を自前で用意すると、約定したのではなかったか。敷き詰めた船綱の両端を曳くには十や二十の船では利くまい。綱を百本ほど用意すると聞こえたが、それを曳く船と人足を用意できるのか。長崎方を頼りにするつもりなら、先に言うておくがよかろう」

「船、人足の支度は如何いたすか、答えよ」と、寺田が問い質す。

「手前どもが動かせます船が、およそ八十艘ございます。その船に合わせ――」

「足りぬではないか」作右衛門が遮り、寺田に忠言した。「御用人、憚《はばか》りながらご忠告申し上げます。この漁師が信用に足るかどうかはさておきましても、市中に高札を立てましたのは、長崎在郷の者に工夫を求めるためでございました。某も出島乙名として連名に加わりましたが、まずもって長崎の智慧《ちえ》者を募ることが筋ではござるまいか。初手から余所者を頼れば、長崎には智慧者の一人もいないと広言するようなもの。たとえ引き揚げが行われましても、外聞が悪うございます」

寺田はしばし考え込み、「船が足らんのは、奉行所の協力を当て込んだ算段か」と問う。

「恐れながら、手前どもの八十艘で間に合いませぬときには、ご助力を願うやもしれません」喜右衛門は及び腰になり、そう述べざるを得なかった。

「相分かった。追って沙汰をいたす。検使から連絡が行くよう互いに計らえ」

熊谷与十郎が頭を垂れ、喜右衛門も倣った。寺田は忙しげに座を立ち、作右衛門を随伴して奥へ立ち去った。

長崎方は喜右衛門の素性を知らない。何者でもない余所者に引き揚げ事業を任せる利点が、彼らにはない。長崎奉行やその組内なら遠国赴任であり、数年後に長崎を離れるため事故の解決を優先するかもしれない。だが、在郷の有力町人は違う。彼らは引き揚げで得られる利権に執着する。蘭人と結びつく伝手を、他国商人に握られたくはないはずだった。

町年寄なら誰でも、長崎会所と取引のない商人を警戒するだろう。今後も彼らが吟味に加わるつもりなら、喜右衛門の採用は絶望的だった。

まるで長崎は鎖国しているかのようだった。堅固な塀に覆われ、余所者が足を踏み入れる余地がなかった。

先に庄屋宅を出た喜右衛門らは、屋敷表で熊谷を待った。百姓や浦村には場違いな武士たちが通り過ぎるのを見ていると、

「工夫を盗まれやせんじゃろうか」と、嘉吉が声を潜めて不安げに言った。誰が聞いているとも知れない。喜右衛門は黙るように目で伝えた。

屋敷から出てきた熊谷は、喜右衛門に近寄ると肩口を摑んだ。会釈したままの喜右衛門へ声を潜め、

「どういうつもりだ、村井屋。なして偽りを申した？」

憤りを抑えようとして熊谷の呼吸が乱れた。喜右衛門は両手を垂らし、されるに任せた。

「一度の面談で大役を仰せつかるとは、過信しておりません」

「説明せえ」

「御代官御臨席と相なりました時点で、手前どもが御役目を賜る望みはのうなりました。町年寄が介入なさった以上、長崎に利をもたらさない他国商人を御頼りにはなさりますまい。御代官が仰せになられた文言こそ、嘘《うそ》偽りなき本心でございます。となれば、是非もございません。打てる手は他にございませんでした。ここで工夫を提供すれば、なにも残りません。ゆえに、別の工夫をお伝えいたしました」

嘉吉は疑わしげな顔つきだが、熊谷は理解した。喜右衛門が寺田に語った文言は、先だって熊谷に聞かせたそれとは別物だったからだ。熊谷はあの場でその嘘を指弾し、本当の工夫を明かすこともできた。だが、しなかった。だから喜右衛門は、熊谷を信用した。出世のために公儀を裏切る性であれば、熊谷はきっと味方につくと踏んだ。

「次の機会を待つ他ございません」

「引き揚がれば、次はないぞ」

喜右衛門はしばし沈黙し、それから神妙に口にした。「沈船は泥海に埋まり、船底に綱を通すほどの隙間はございますまい。わずかでも隙間があれば、高波を被ったとき船が振動したはずです。この引き揚げは、一筋縄ではいきますまい。長崎方がご想像なさるよりも、ずいぶん難儀な仕儀でございます」

寛政十年

1798

冬　長崎

十一月も半ばがすぎた頃、長崎は智慧者の話題で持ち切りだった。立山役所に浮かし方の申し入れがあった。奉行所はその工夫を採用し、持ち込んだ長崎在郷の町衆ふたりに引き揚げを命じた。

高札が立っている辻また辻で、口達者な町衆が事情通を気取って饒舌《じようぜつ》を振るい、その経緯を語っていた。

「長崎で智慧者と言えば、誰もが知るごと田中庄助《たなかしようすけ》と山下兵衛《やましたひようえ》やろう。大沈船を引き揚げるのは、広か長崎でもそのどっちかたい、と俺は端《はな》から言いよった。覚えとう者もおろうが、そもそも智慧者ちいうンはな——」

唾を飛ばして語るうちの何人が、町年寄が送り込んだ間者だろう。口上盛んに噂を広め、抜け荷犯を焦らせて沈船に近付けさせようと煽っているのではないか。などと考えるのは、喜右衛門の僻目だろうか。

喜右衛門は野次馬に混ざり、事実とは全く異なるお喋りを聞いた。似非《えせ》講談師が得意顔で宣うには、田中庄助、山下兵衛は長崎の学者先生で、理詰めでもって沈船を揚げられるとのことだ。工夫の内実は明かさなかったが、それほどの智慧者が今日まで名乗りを挙げずにいたのだから、実に奥床しい限りだった。むろん、どの辻でも村井屋の名は一言も聞こえなかった。いま、長崎は一丸となって地元の智慧者が執り行う沈船引き揚げを応援していた。

先日、熊谷与十郎が香焼島を訪ねてきた。喜右衛門が浮かし方の選に洩れたと伝えに来たのだ。予想通りだったが、熊谷は責任を感じたようで口ぶりが弁解めいていた。

「御奉行様御自ら、長崎在郷の適任者は居らんのかと仰せになられた。それで後日、町衆ふたりが立山御役所へ呼ばれたときには、もう御用人まで話が通っており、某が口を挟む余地はなかったのだ。御奉行は重ねて、村井屋に暇を与える、国元へ帰ってよい、と仰せだ。香焼島に残っていようとも、引き揚げに加えることは今後ないそうだ」

喜右衛門は冷静に確認した。「阿蘭陀商館に後押しを願えますまいか」

「蘭人との面会は、伝手を得るのが難しい。不用意に動けばお縄につくぞ」

「出島に入るのは難しいでしょうが、木鉢浦では如何でございましょう」

熊谷はしばし考え込んだ。「それでも望みは薄いが、通詞と話はしてみよう」

どうやら浮かし方に選ばれない限り、蘭人と密かに語らう機会は得られないようだった。

「引き揚げが難航すれば、また風向きが変わってくる。某も御役所内に味方を増やしておこう。沈船騒ぎを早く終わらせたいと願う者は少なくなかろう」

「ご助力、恐れ入ります」

「この熊谷が和主を推薦したとは、寺田殿だけでなく御役所全体に周知されている。このまま終われば、我が面目も潰れたままだ。――ひとつ期待を掛けるなら、沈没直後に江戸へ遣いが出ている。天領の大事である以上、江戸表から御目付が派遣されると考えられる。長崎御目付は御奉行に次ぐ権限を持ち、御奉行監視の特約を担う。任期は短いゆえ、長崎と繋がりも持たない。浮かし方の所管がこの御目付に移れば、町年寄も今回のような横車を押せまい。江戸との往復を二、三ヶ月と見れば、御着任は早くても来月の末か。御目付次第ではあるが、引き揚げの効率を優先されるなら在郷の者に執着はなさるまい」

「冬場の作業より春先がようございます」

喜右衛門の皮肉に、熊谷は笑いも怒りもしなかった。

熊谷自身、工夫を盗んで別人の提案とした奉行所の厚顔ぶりに思うところがあったのだろう。香焼は立山役所から二里離れた離島であり、連れてきた中間も別室に残した。熊谷は喜右衛門とふたりきりの居室で、御役目から少し離れたようだった。

十一月吉日は朝から陽が射したが、冬の海水は冷えきっていた。奉行所が平船を幾つも用意し、沈船を囲うようにして浮かべると、その船上に火を焚いて凍えた身を温められるように準備した。人足たちは長崎内外から集めた水練上手だったが、厳冬の海に潜るとあって逃げた者も少なくなかった。奉行所は日傭《ひよう》銭を吊り上げる羽目になり、成功報酬も別途約束した。

田中庄助と山下兵衛は、奉行所の船に同乗した。いよいよ引き揚げの本番とあって、海難取締方の竹内弥十郎、隠密方の松本忠次、盗賊方の卯野熊之丞など、事故当初から関わってきた役人頭はそろって海上に出た。蘭人ポシェットと通詞たちも、阿蘭陀商館の艀船《バッテイラ》から見守った。もちろん、熊谷らの検使船も近くに配置された。

木鉢浦の阿蘭陀新屋敷に出向している在留医師レッケも、商館の代表としてポシェットと同じ船に乗り込んだ。日本人医師たちは、蘭人医と会える機会を逃すまいと船を近付け、ここぞとばかりに質問攻めにした。レッケ付きの通詞が最も忙しそうだった。

長崎代官は自前の船を出し、浦から距離を置いて碇泊した。同乗した護衛は少なく、手代の小比賀慎八が直々に櫓を漕いでいた。長崎会所の年番会頭の船が近付き、すぐ側に碇を下ろした。

田中庄助と山下兵衛には、一世一代の晴れ舞台だった。ふたりとも沈船に興味などなかったのだが、思わぬ大役を引き受け一躍時の人になると、当初の困惑も忘れて誇らしげな気持ちになっていた。これまで、智慧者だなどと興味を持つ人は数えるほどしかいなかった。後世のための学問だ、脚光を浴びずともよいと門弟には常々告げていたが、本心を誤摩化していたようだった。町を歩くたびに注目を浴びれば、確かに己が世の中と繋がっているという快さに酔えた。町年寄から話を聞いたときには茶番だと蔑《さげす》んだが、世間の声を聞くうちに自分たちが立役者であることを実感した。長崎中が沈船に注目していた。

先に順応したのは田中庄助だった。「船を浮かしたとき、どちらがこの工夫を見出《みいだ》したと答えようか」意地悪く嗤いながら、山下兵衛に尋ねた。

兵衛は仏頂面で、「表沙汰にはならずとも考案者は別にいるのだろう。手柄の横取りはしとうない。その御仁が知れば、我らのことを蔑むだろう」

「ならば、某が考案したことにしてよろしいか」

「そういう話ではあるまい。他に称賛を受けるべき人がいると知りつつ、我らが栄誉を受けるわけにいくものか」

「青臭いことを言いなさるな。何者か知らんがどうせ名乗り出やせんのだ。考えを思いつくなど大したことではない。肝要なのは、工夫を実現できるかどうかだ。それができる者こそが世に出る人物なのだ。長崎中が注目する事故だぞ。だれかが栄誉を受けねばならん。コソコソと隠れ回る考案者とやらは、実現する自信がなかったのだ。どれほどの大事か分かっていない」

庄助には後ろめたさがなく、だから兵衛の嘘を指弾できたのだろう。兵衛が浮かし方に就いたと話したとき、家族や弟子は泣いて喜んだ。貧しい暮らしに耐えてきた家族は、兵衛が公儀に認められ頼られたことが嬉《うれ》しいと泣いた。兵衛はそのとき、工夫は別人が考案したとは言わなかった。あたかも自分の思い付きだと周りが思い込むように余計なことを言わなかったのだ。いまさら綺麗事《きれいごと》を言うのは偽善でしかなかった。

残るのは、結果だけだ。計画を実行に移せなかったなら、思いつきはなかったに等しい。思いつくだけなら子供にもできる。大事なのはそれを実現に導く才覚だと、兵衛もそう考えるようになった。

日一日と寒さが増す内海に、二百艘近い船が手配された。庄助も兵衛も工夫をよく理解していた。引き揚げは可能だ。

今回の引き揚げのために、長崎中が援助を惜しまなかった。出島からは船綱を借りた。この綱を増やせば増やすだけ、引き揚げに掛かる力は分散される。百本まで分散すれば一本ごとの綱に掛かる荷重は小さくなる。問題は、泥海に埋まった船底に綱を敷く方法だけだった。

沈船は船首側が浮き上がっていた。そこで沈船前方の海底に、伸ばした綱を沈める。綱の両端は二艘の船に括り、沈船の左右両舷側に沿うようにして船尾方向へ進め、泥の海底に潜らせて船下に埋める。小早の推進力を利用して少しずつ、一本ずつ、船底の下の泥中へ滑り込ませてゆく。時間が掛かるのは最初の数本のみだろう。数本を船底に敷ければ、残りの綱を潜らせる隙間が生じる。さらに数十本を敷き詰めたところで、綱を帆船に繋いで曳航し、まずは船首側を引き揚げる。船首がわずかに浮いた隙に、残りの綱を船体の底に滑り込ませる。そうして、沈船両舷側に配した二百艘の帆船と敷き詰めた百本の綱を固く繋ぎ、一斉に出航して沈船を浮かす。これなら、極寒の海に潜らなくても遂行できるだろう。

さっそく計画通りに実践したが、最初の一本から難航した。綱の両端を括った二艘では推力が足りず、船を何艘も連ねた。それでも、沈めた綱は竜骨に掛かり、船底に向かって滑り込んでいかない。やがて見物する誰もが気付いたことは、その綱を船底に敷くためには、まず沈船を浮かさねばならないという矛盾だった。

午前中を、この無駄な作業に費やした。奉行所が雇った潜水人夫はイサバ船に待機し続けた。午後になって庄助は綱を渡した曳き船を進めるために、潜水人夫を船首側に潜らせて海底の泥を掘らせることを提案した。船首が海面まで持ち上がっているのだから、海底に埋まった船底部分は浅いはずだった。そちらから海底を掘り進めるのが良策に思われた。

沈船の幅は六間(約十一メートル)もあり、一口に船首と言っても、横一列に並べて掘削するには人数が必要だった。十人一組で潜水させ、少し間を置き、また十人を送り込む。冬の海底で長くは作業できない上、海底の泥は海流に流されやすく、絶えず掘り続けなければならなかった。

そこで短い間隔での交代制にこだわった。鋤《すき》や鍬《くわ》、あるいは踏み鍬などの支度を急がせた。

結果から言えば、掘削作業は失敗だった。成功の手応えは微塵も得られなかった。どれだけ人夫を投入しても、海流に泥が流され、堀った先から埋まってゆく。沈船の下を掘り進むこと自体、極めて危険な作業だった。しかも、多少の穴を掘ったくらいでは船底にまで到達できないと、潜水人夫は言った。泥中に埋まった船底の深さは、一、二尺ではすまなかった。陽は西へ傾き始めた。人足たちは凍え、疲弊し、火を焚いた平船でうずくまって震えていた。なんの見通しも立たないまま一日を終えることだけは避けたかった。

「綱を敷くことにこだわっていては、埒が明かん。まず、沈船の重さが問題なのだ。人足を潜らせ、破損箇所から積荷を運び出そう。浸水するくらいなら、人が潜れるほどの穴が見付かるかもしれん。なければ、入れる程度まで広げればよい」

船上での評定で兵衛が言うと、検使方の熊谷与十郎が水を差した。

「沈船とは言え、船倉すべてが浸水したのではないのだ。だから、甲板の出入り口も密閉したのだ。無闇に浸水を助長しては、いま以上に沈没が進む。だいたい船腹は銅鉄製で、簡単に穴など開くものか。沈没具合を考えても、破損は大きなものではない」

熊谷には、浦終いの初めから立ち会ってきた自負があった。

「我ら検使方が浸水を食い止めてきたことを忘れるな」

だが、熊谷の発言は用人寺田半蔵に阻まれた。

「下がれ、与十郎。もう黙っていろ。和主が引き揚げられるわけではなかろう。今日の浮かし方はこの町衆らに委ねたのだ。口出し無用だ」

山下兵衛が熊谷を睨み返し、挑むような口ぶりで言った。

「恐れながら、手を下すのは我らでございます。引き揚げを仕損じたとき、長崎中から恥辱を受けますのも、手前どもでございます。これだけの見物の前で失敗いたしましては、もはや市中にて学問の看板は立てられんでしょう。それだけの覚悟で臨んでおりますことを、ご理解いただきたい」

集めた名声を今後に活《い》かすには、浮かし方を成功させねばならなかった。

たとえ沈船を引き揚げられずとも、手付かずだった積荷だけでも陸揚げできれば手柄になる。奉行所、代官、蘭人や通詞、長崎の町人たちに注目され、家の者も期待を掛けた。この現場は、まさに兵衛のものだった。なんの工夫も考案せず、現場の矢面にも立たない検使風情に意見されるのが、兵衛には業腹だった。もはやそもそもが剽窃《ひょうせつ》だったなど念頭になく、己が請け負い、己が遂行する仕事なのだと、固い信念を抱いていた。

「某自ら潜水し、破損の様子を実見して参りましょう。実物を見ないことには対策も立てられません。穴があれば、鉤《かぎ》を引っ掛けて船で曳きましょう。風が強ければ、銅鉄張りであろうと穴は広がりましょう」

兵衛はすでに、荷揚げに絞ったほうが成功できると打算していた。網を敷き詰める工夫はどう考えても困難だった。そもそも六間幅の沈船の底に、人手で隙間を作るなど正気ではなかった。積荷だけでも引き揚げれば、蘭人も満足するだろう。

破損箇所の入念な点検を行うため、人足らをひとつの船に集めた。兵衛もそちらへ移った。

火を焚いている平船だった。兵衛が褌一丁になると、弟子たちがヘチマで丹念に彼の身を擦った。兵衛は何度も深呼吸を繰り返し、高ぶる鼓動を整えた。

やがて船縁に腰を下ろした。海底に着いたらすぐに外すように念を押され、錘《おもり》を繋いだ縄を右の足首に掛けられた。腰に命綱を巻き付け、その錘を両手で抱え上げ、大きく息を吸った。海に落とした錘に引かれるように、両足を揃えて飛び込んだ。身を切るような冷水に浸ると、心臓がひときわ激しく脈打った。体力を温存すべく身動きをせず、足の錘に引かれるまま、まっすぐ泥海の底へ沈んだ。

着地したとき、足が泥に埋もれるのを感じた。一丈ばかりの海深だった。錘を引きずって歩くと、泥が立ち上って視界が濁った。外せと言われた錘は、あまり重さを感じなかった。

錘を外す時間を惜しみ、まず船体に近付いた。両手を伸ばして歩き続けると、すぐに銅鉄張りにぶつかった。あちらこちらから気泡が上がっていた。船倉に空気が残っている。検使方が言った通り、完全には浸水していないのだ。

すでに潜水人夫たちが、船腹に手を当てて歩いていた。不意に泥が巻き上がり、人夫が浮上する。兵衛は足首に掛けた錘の縄を解こうとした。右足を持ち上げ、爪先立ちするだけで輪っかにした縄がするりと外れるはずだった。

だが、足が動かなかった。力が入らなかった。異常を察知し、兵衛は腰に巻いた命綱を引こうとした。そのとき腕も動かないと知り、思わず口を開いた。空気が一気に漏れて海水を呑んだ。

助けを呼ぼうと周りを見ると、屈強な潜水人夫たちが身体を硬直させたまま、溺れていた。もがくでもないのに、苦悶の表情で浮遊する静かな光景があまりに不気味で、兵衛はまた空気を漏らした。

船体から立ち上る気泡に交じり、兵衛や人足たちの口、鼻からもボコボコと泡が立ち上った。自分の身になにが起きたのか、理解できなかった。もう一度命綱を引こうとしたが、腕の動かし方が分からない。全身が麻痺し、口を閉じていられなかった。浮かぼうとしても足首の錘に阻まれた。泡に包まれた気がした。

眼球が痛んだ。飛び出しそうな痛みでまぶたが閉じられなくなると、これは祟《たた》りなのかと兵衛は思った。

錘を外していた人足たちが、海面に浮かび上がった。船に引き揚げられると、息も絶え絶えに海底で大勢が溺れていると報告した。

役人や田中庄助は狼狽《ろうばい》し、即座に潜水人夫たちを救難に向かわせた。命からがら浮上した人足らは全身が麻痺し、体力が失われていた。すぐさま医師のいる平船に運び込まれた。その後も潜水人夫が飛び込む水の音がひっきりなしに続いていたが、

「不用意に潜るな。巻き添えになるぞ！」

通詞が嶮《けわ》しい声で叫んだ。レッケ医師の言葉を通訳したものだった。
「原因は、樟脳《しようのう》の毒です。船倉から漏れ出した樟脳で、海域が汚染されています。助けに向かった者もみな、毒を吸い込んで溺れることになります」

溺死者が相次いだ引き揚げ作業は、長崎では大々的な醜聞となった。積荷の樟脳が船倉から洩れ出し、その毒に中《あ》たって全身麻痺した潜水夫はみな、浮上することもできず溺れ死んだ。冬場の過酷な潜水作業を無理強いしたことも原因だったが、なにより樟脳には、呼吸困難、麻痺、眩暈《めまい》を引き起こす強い毒性がある。蘭船の船倉には大量の樟脳が積まれたままだった。

船底に綱を通す工夫は却下された。潜水が不可能である以上、海底深くまで埋没した船底を掘り出すことはできなかった。

その日以来、木鉢浦にも立山役所にも、工夫を持ち込む者はいなかった。樟脳は水に溶けない。船外に漏出したそれは、容易に流れ去りはしないだろう。さらに船倉からは漏出が続き、沈船周りならどこでも吸入する恐れがあった。つまり、浮かし方は命がけの作業となったのだ。

これまで長崎奉行所は、引き揚げのために水練上手を募ってきた。船底に杭《くい》を打つなり転《ころ》を置くなり、泥から引き出す工夫を考えたが、潜水できない以上、どれも実践されないまま御蔵入りになった。奉行所は引き揚げ作業を一時中断し、年明けまで凍結することを決めた。むろん、阿蘭陀商館は承服しなかった。それならば奉行所には任せず、今後は自分たちで引き揚げを行うと主張した。

人足たちを傭い、木鉢浦の阿蘭陀新屋敷に派遣した。船を借り出し、海上で曳き綱を掛けようと試行錯誤を重ねた。しかし、潜水できなければ、海上で綱を接続して強引に曳航する程度の試みしかできなかった。

その間も喜右衛門は、長崎湾に通い続けた。勝手次第帰国せよと命じられていたが、まだ瀬戸内へ向かう時期ではなかった。とは言え、浮かし方の選に洩れた喜右衛門は木鉢浦に立ち入れなかった。樟脳の漏出が明らかになって以降、浦はいっそう厳重に封鎖されていた。山下兵衛の事故以来、見物人は減っていた。

浦の外に碇泊して蘭人の作業を眺めるうち、喜右衛門は彼らが曳き船との連結に用いている巨大な滑車機構——南蛮車《なんばぐるま》に興味を惹かれた。ある日、船を寄せた熊谷与十郎に、あの南蛮車をひとつ蘭人から借りてほしいと頼んだ。

喜右衛門は海上で袷の襟を掻き抱き、失敗続きの作業を観察した。遠くからの眺望でも、木鉢浦の風向きは一目瞭然だった。奥まった入江だけに波は穏やかで、季節風の向きや強さも外海よりは定常的だ。喜右衛門は律儀に記録を付け続けた。

後日、熊谷が香焼島へ南蛮車を持参した。仕掛け滑車は、喜右衛門が思っていた以上に大きく、重さ百斤(約六十キログラム)はあるようだった。

「預けてはゆけんぞ。持って帰らねばならん。見せるだけだ」と、熊谷は断った。

南蛮車は、同一機構を二つ組み合わせて用いる装置だった。ひとつの機構に、横三列に二段並べた滑車六個が木枠に嵌《は》め込まれ、その滑車に三本の綱を通し、もうひとつの機構と上下に繋いでいる。持ち上げたい錘は、下段の底に備え付けの鉤に、別の綱で結びつける仕組みだった。

喜右衛門は栗ノ浦の浜へ赴き、熊谷たち役人と香焼百姓を集めて実際に使ってみることにした。

「これは定滑車と動滑車を組み合わせ、ひとつにした装置です。まず上段の滑車が力の向きを変えます。綱を下に向かって引くと、錘は上へ浮き上がるでしょう。そして、下段の滑車が、錘を引き揚げるのに必要な力を半分にします」

ん？　と一同、不思議そうな顔で喜右衛門を見た。綱を下に引けば錘が上に持ち上がる、つまり力の向きが変わるという説明は呑み込んだが、力が半分になる理屈が分からないようだった。

「下段の滑車は上段に支えられています。その上段の滑車が錘の重さの半分を引き受けるため、錘を浮かす力が半分で済むわけです。それを三列の滑車でさらに力を分散できるので――」

さらに説明を加えてもみなの顔つきが変わらないので、喜右衛門は言葉を切った。

「まずは、試してみようかね」

喜右衛門は浜に揚げていた漁船の帆柱に、南蛮車を設置させた。錘には適当な石を使い、縄で縛って下段の鉤に括り付けた。

南蛮車は上段と下段の滑車がそれぞれ三本の苧綱《おづな》で繋がっている。手始めに、帆柱に設置した上段側からその三本の苧綱を引き出し、熊谷に引かせた。熊谷が足を広げて中腰になり体重を掛けるようにして綱を引くと、下段が引っ張り上がり、上下段の間がぎゅっと詰まって石が浮かんだ。

「上段は力の働く向きを変えるだけですので、錘を引き揚げるには錘の重さと同じだけの力が必要になります。いま熊谷様が加えなさった力は、石の重さと同じです。それでは、次は下段から綱を引き出してみましょう」

喜右衛門は一旦南蛮車を下ろさせ、苧綱を掛け直させた。そしてさっきと同様に上段を帆柱に設置したが、今度は下段から綱を引っ張りだした。それを熊谷に握らせて引くように示した。

先ほど予想外に重かった所為で、熊谷は初めから中腰に構えて綱を引いたが、本人が驚くほどスッと石が持ち上がり、思わず足元がよろけた。

「これはどうしたことか。まるで勝手が違うぞ」

熊谷は片手で綱を握り、平然と腰を伸ばした。上段下段の間の苧綱が詰まった様子は先刻となんら変わらない。傍《はた》から見ると、まるで熊谷が豪傑にでも変貌したかのようだった。

「これが南蛮車です」喜右衛門は満足げにうなずいた。「この仕掛け滑車を無数に用意し、沈船周りに立てた柱に設置すればどうか。南蛮車と船体を碇綱で繋げば、より小さな力で沈船を引き揚げることができましょう。下段側から引き出した三本の綱の端は巻き揚げ機に繋げます。把手《はしゅ》を用いて回す轆轤《ろくろ》で綱を巻き取れば、より効率よく力を掛けられましょう。沈船の重さは二百五十万斤。積荷を含めて、三百万斤にも及ぶといいます。これだけの重量、そして巨大な嵩がある船ですけ、その重さと同じ力を使うて引き揚げるのは難儀なことです。引き揚げに掛ける力は減らせるだけ減らしておかねばなりません。重さを半分にできる南蛮車は、工夫の肝になりましょう」

百姓たちも試したいと志願し始め、海辺は賑やかになった。熊谷の従者たちも関心を示し、蘭人の奇妙な滑車機構にみな夢中になった。

「こんな便利なものがあれば、今度こそ引き揚げられるのではないか」

だが喜右衛門には、南蛮車の効果は端から分かっていたことだった。熊谷を出島との交渉に乗り気にさせるためにに実演したにすぎない。

悩みは他にあった。南蛮車を用いるとして、それと連結する碇綱をどのようにして沈船に繋げばよいのか。樟脳が漏出して潜水不可となったのは、喜右衛門にとっても大きな誤算だった。


公開処刑が予告された。

沈船引き揚げが停滞している木鉢浦から町衆の関心を逸らし、奉行所の為体《ていたらく》を糊塗《こと》するつもりか。その高札を見たとき、喜右衛門はそう思った。

刑場は江戸町、出島橋の袂だった。近くには西役所と通詞会所もあった。

喜右衛門は高札の前に立ち、過ぎてゆく人の波に取り残された。

――処刑されるのは、元阿蘭陀通詞名村恵助だった。

忘れてはいなかった。桜町に近付かなかったのは、いつかこの日が来ると分かっていたからだった。

抜け荷に関与した以上、死罪は避けられない。抜け荷は長崎への造反だった。町衆はこれを嘲り、蔑んだ。貿易に関わらない町衆はほとんどいない。抜け荷によって盗まれるのは、彼らの富だった。

桜町の牢屋では、苛酷な取り調べが行われただろう。自白を強要すべく際限ない苦痛を与えられ、それでも恵助は黙秘を貫いた。そして喜右衛門は生かされたのだ。

恵助を巻き込んだことへの罪悪感が日増しに募った。高札にある市中引き回しの文言を見たとき、喜右衛門は恵助の黙秘に対する奉行所の怒りと恨みを感じた。

寒空の下、町衆たちは興奮したように語り合った。高札が予告したのは、滅多に見ることのない磔刑《たっけい》だった。


寛政十年十二月二十三日は、粉雪が風に巻かれる寒い日だった。潮の香を強く滲《にじ》ませながら吹き寄せる海風が、白雪を地面に溜めないように吹き飛ばした。

引き回しは桜町から始まった。牢屋から罪人が引き出されたとき、路傍に詰めかけた人垣から悲鳴が上がった。

恵助の全身は無残に腫れ上がっていた。骨が折れて自力で歩けないのか、曲禄《きよくろく》に括られていた。曲禄とは、杉丸太を斜交《はすか》いに組み、上端に一本横木を通して「又」の形にした木工細工で、馬上に組まれる。罪人は馬に乗せられると、曲禄に寄りかかるようにして括られ、抗《あらが》う術もなく市中の晒《さら》し者にされる。

先導する幟《のぼり》には、素性と罪状が大書されていた。出生地である椛島町の番地、捕縛されるまで住んでいた今籠町の番地。罪状は抜け荷とだけあった。幟は八尺五寸（約二・六メートル）、大きな文字は否応《いやおう》なく町衆の目に触れる。痛めつけられた恵助の無残な肉体から目を逸らすと、幟に目が行った。

名村の苗字は、阿蘭陀通詞の代名詞だった。五代連続で大通詞まで登り詰めた名門であり、六代目が名村恵助だった。名門通詞が抜け荷を目論んだ。これ以上ない醜聞だろう。名村の名声は地に堕《お》ちた。散々な罵声を浴びせようと野次馬は集ったのだろう。だが、妙に静かだった。

風に舞う粉雪の寂寥《せきりよう》に呑まれたように、声が出なかった。あまりに騒ぎ立てないので、風音を縫って波の音まで聞こえた。誰もが恵助から目を逸らした。死罪以上は江戸の認可が必要で、それを待つ間に牢死する罪人もままあるという。そんなとき奉行所は、死人を西坂の刑場に引き出し、形ばかりに首を刎ねた。名村恵助の処刑は死人に笞《むち》打つそんな様に似て、町衆に疾《やま》しさと落ち着かない気持ちを与えたようだった。

抜け荷のほとんどは、密告によって露見する。罪人は自分が助かるため、さらに密告する。連座が多いのはそのためだ。抜け荷犯は卑怯《ひきよう》な盗人《ぬすっと》に決まっていると、町衆は考えた。拷問に堪えて仲間を守りきる者などいなかった。名村恵助のありようは、とうてい抜け荷犯のそれではなかった。

恵助の首は曲彔に固定されて回せない。路端に目をやれないので、喜右衛門にも気付かなかっただろう。野次馬たちは重い足取りながら、惹《ひ》き付けられるように引き回しの行列を追った。

引き回しは付加刑だと、みな知っている。それは主に、火あぶりと磔《はりつけ》に付随した。抜け荷とは言え、通詞は首謀者でも実行犯でもなく口利きの従犯に違いない。それなのに、死罪以上の刑罰が科された理由は明らかに黙秘への報復であり、潜伏し続ける主犯への見せしめ以外のなにものでもなかった。

出島橋の袂に、磔柱が用意された。「キ」の字形に組んだ栂《つが》材の柱が刑場に寝かされていた。磔刑は、罪人を苦しめるための刑罰だ。首斬りのように即座に命が絶たれることはなく、苦しみの上に苦しみを与える。江戸町に詰めかけた見物は、今日の処刑がいつもと違うことを悟った。引き回しを目にしなかった野次馬でさえ、罪人の到着を待つ間息を殺していた。

馬から引き摺り下ろされた罪人は、磔柱の上に仰向《あおむ》けに寝かせられ、縄できつく括り付けられた。「キ」の字の柱の上の貫に両腕をまっすぐ添えて肩口と手首を括り、突起した腰掛けに股座を乗せ、下の貫には広げた脚の両足首が括られた。掛け声とともに抱え起こされた磔柱は、三尺ばかり掘ってある穴に埋め込んで固定された。太さ五寸の角柱が、海風に吹かれて微かに揺れた。馬から下ろされても磔柱に括られても、恵助は身悶えひとつしなかった。

大の字に張り付けられた恵助の前に、それぞれ長槍《ながやり》を持った刑吏ふたりが近付いた。穂先が二尺五寸もある細長い粗末な槍だった。罪人の目の前で穂先が交差して音を立てた。見せ槍の後、刑吏が声を荒らげ始めた。お囃子《はやし》かなにかのように、「ありゃ、ありゃ、ありゃ」と叫んだと思うや、恵助の脇腹に鋭く、力任せに槍を突き上げた。

血しぶきが飛んだ。穂先が肉にめり込む不快な音がした。急に我に返ったかのように、恵助の悲鳴が轟いた。脇腹に突き刺さった穂先は鋭く、細長く、刑吏が気合いを込めて強引に押し込むと、そのまま肩口へ抜けた。

野次馬は息を詰めた。眼前で繰り広げられる光景が本当のことと思えず、絶句した。槍が引き抜かれ、恵助は悲鳴を上げ続けた。反対側に待機していたもうひとりの刑吏が、すぐさま同じように逆の脇腹を槍で突いた。恵助は嘔吐《おうと》した。それきり、悲鳴が嗄《か》れた。身体の痙攣《けいれん》が止まらなかった。

刑場は異常なまでの鮮血にまみれたが、それでもまだ処刑は終わらなかった。罪人の粗末な服は血を吸って重くなり、海風が吹いても揺れなかった。刑吏たちは交互に槍で突き続けた。

磔刑は、死ぬまで苦しみ抜かせる刑罰だ。たとえ絶命しても、槍は三十回突き通すのが決まりだった。刑吏は淡々と、職務に忠実に、動かない的に向かって槍を突き続けた。されるがままに長く鋭い槍に貫かれる罪人の痛みに感応し、見物から物狂いめいた悲鳴が上がった。そして、それを契機にして、あちこちで叫び声が上がり始めた。

「はよう死ね！」という怒号が瀰漫《びまん》した。

叫びは、やがて呪詛《じゅそ》に変わった。群衆は正義にすがりついて抜け荷犯を蔑み、あれは同じ人間ではないのだと思い込むために糾弾の罵声を上げた。刑場に石が投げ込まれ始めた。控えていた役人らが六尺棒で野次馬を蹴散らした。

突如騒がしくなった刑場を、喜右衛門は冷ややかに眺めていた。辰ノ口にある精銭を長崎の銭屋に売却してやろうか。ふと、暗い情動を抱いた。この長崎で真っ先に撰銭を起こしてやろうか。世を恨むこともなく黙って死んでいった恵助は、いったいなにを救おうとしたのか。

浅ましい世の中の縮図を見るようだった。こんな世界なら滅びたほうがよいのではないか、と喜右衛門は思った。

野次馬はなおも死んだ罪人に呪詛を浴びせ続けた。汚い言葉を吐き、恵助の死を乞い、懸命に自らの生きる場所を肯定した。罪人には同情しない。殺されて当然の人非人だ。

別の刑吏が長い熊手をうなだれた罪人の髷《まげ》に引っ掛け、首を上向かせた。誰がどう見てもこと切れていたが、それもしきたりなのだろう、長槍が恵助の咽喉《のど》を右下から左上に向かって刺し貫いた。とどめの槍だった。

長崎を守ったのは役人ではなかった。町年寄ではなかった。彼らはいま自分たちが誰を殺したのか知らない。彼らは彼らが殺した罪人に救われるのだ。なにも語らず、誰にも知られず、ひっそりと偉業が果たされることを――恵助は望んだ。

喜右衛門は復讐するように、自らの抜け荷の成功を念じた。今日から三日、恵助の死は晒され続ける。

そのとき、「――村井屋」と、背後で声がした。

喧噪《けんそう》にまみれた刑場と一線を画す冷ややかさは、感情をひた隠しにする官吏の声だった。喜右衛門の首筋、脇を汗が滴った。もう一声掛けられる前に振り返った。聞き覚えのない声だったのに、誰だか分かっていた気がした。

大通詞、名村多吉郎だった。

寛政十年

1798

十二月　長崎

疲れきった足取りで散ってゆく野次馬に紛れ、喜右衛門は名村の菩提寺《ぼだいじ》へ案内された。名村家は大檀那《おおだんな》らしく、縁者の刑死への憐れみも手伝ったか、住職は望むままに坊を貸した上、人を近付けないように計らった。喜右衛門は初対面の大通詞と差し向かいに腰を落ち着けた。

「長崎は狭い。どこにでも耳があり、不自由なものです」平淡な口調でそんなことを言う多吉郎は、喜右衛門よりひと回り以上若かった。「御身にも聞かれたくない事柄はありましょう」

「互に」喜右衛門は短く受けた後、「誰にでも」と誤摩化した。

お悔やみを言うべきかいまさら迷ううちに、多吉郎から語り出した。

「恵助殿は本家筋だが、長らく没交渉でした。通詞をお辞めになったことさえ、人伝に聞きました。今籠町に潜伏なさっていたとは本家もご存じなかったといいます。今夏、縄目につかれたとき、御無事で居られたことに安心したほどです。されども、罪状が抜け荷とあっては呑気に構えていられない。当人は死罪を免れず、あまつさえ一家に飛び火する恐れもありました。絶縁していたと証言されたが、それでも連座に及ばぬかと本家は戦々恐々となさる毎日だった。恵助殿が完全に口を閉ざされた今日まで、本家の怯《おび》えは消えなかったでしょう」

喜右衛門は相槌も打たなかった。多吉郎の言い方を内心の吐露だとも思わなかった。むしろ、密告に怯える抜け荷犯の心情を仄《ほの》めかしたのか。

さもありなん。真相に肉薄しなければ、喜右衛門まで辿《たど》り着くことはないのだ。いっそこの場で暴かれたほうが気も楽になる。そう考えた。

「一家を代表して幾度か桜町を訪ねました。言うてはなんだが、恵助殿は出島に影響力のある方ではない。主犯として抜け荷を差配する器量はござるまい。首謀者が別にいることは、御役人もご承知でした。事実、疑いは某にも掛かりました。恵助殿は頑なに分家とは長らく疎遠だったことをご主張なさったようで、それは事実でもあります。と言えば、親しくもないのに、なして従兄の命乞いに牢屋へ行くのかと不思議にお思いかもしれませんが、某は恵助殿を励ましに行ったのではない。密告するよう説得に赴いたのです。それも自ら進んで行うたのでもない。言いつけに逆らえば縄目に掛けると脅され、指図に従うたのです」

「どなた様の差し金でしょうか」

「長崎御代官、高木殿です。この長崎で、町年寄に逆らえる者が居りましょうか。高木作右衛門殿が通詞会所にお見えになられ、脅したと言えば外聞が悪いでしょうが、条件を提示なすったのです。悪い条件ではなかった。先方は取引のつもりだったのでしょう。恵助殿が首謀者を密告しさえすれば、罪一等を減じるように御奉行に掛け合うと言われました。某は引き受けました。こげなこと、簡単な手続きにすぎんのです。そもそも、恵助殿に黙秘を続ける理由などなかった。命と引き換えに犯人を守る義務など誰にありましょうか。これで恵助殿は解放されると、某は信じました。――が、連日の拷問で正気を失うておいでだったのか、恵助殿は拒みなさった。不可解でした。某が訪問した契機は町年寄の依頼ですが、恵助殿の悲惨なお姿を目にしてからというもの、心底から救おうとしたのです。桜町の役人さえ某の訪問を歓迎し、恵助殿が口を割られることを期待しました。事実、その間は拷問も止められました。某が役に立たなかったから拷問が再開したのです。恵助殿は生きて牢屋を出る気がないようでしたが、なぜなのか某には分からなかった」

多吉郎は徐々に高ぶる気を鎮めようと、何度も大きく息を吐いた。

「抜け荷の背景を探り始めたのは、それからです。しかし、カピタンに探りを入れても知らぬ存ぜぬの一点張り。出島での調査は実入りがなかった。秋が深まった頃、薩摩の御老公にお仕えする元大通詞、堀門十郎殿が逐電なさったと噂に聞きました。元通詞の行方など御公儀は気になさるまいが、某は気に懸けました。門十郎殿は前カピタン、ヘンミー殿と大変親しい間柄でした。その逐電は夏頃といい、まさにヘンミー殿が東海道にてお亡くなりになられた直後のことでした。加えて、江戸参府に同行した内通詞がひとり、大坂で姿を晦《くら》まし長崎に戻っていません。内通詞は、まず間違いなく恵助殿の共犯者でしょう。彼が仕えていた主《あるじ》はヘンミー殿でしたから。つまり、ヘンミー殿が急死なさったことで、少なくとも三人の通詞が影響を被った。となれば、この抜け荷の中心にヘンミー殿がいたことは間違いない。そこで某は再び恵助殿に会いに行き、ヘンミーはもう鬼籍に入った、庇《かば》うても意味はない。すべてを話して楽になりなされ——そう懇願しました。それでも、効果はなかった。——いまは出島も大変だろう、罪人に構わず職務に励みなさいと、あべこべに気を遣われる始末です。死に急ぐ相手に某は腹を立て、もう二度と桜町には来るまいと思うた。しかし、その帰りぎわです。恵助殿に呼び止められ、沈船が引き揚げられたら教えてほしいと頼まれました。それで、わけが分からなくなりました。思わず聞き返しました。恵助殿から求められた要望は、それのみです。むろん某も気付いてはいました。抜け荷は、沈没したエライザ号で行われる予定だったのでしょう。阿蘭陀船の入港は一艘のみ、疑うべうもありません。実行前に船が沈み、抜け荷はご破算になったのだろうと考えたとき、奇妙な点が浮き彫りになりました。奉行所と阿蘭陀商館は長崎内外に広く浮かし方を募りましたが、この海難自体は町衆となんの関わりもない。報奨金さえ保証されていません。これで、誰が浮かし方などに申し出るでしょうか。長崎でさえそうなのに、他国商人が首を突っ込むはずがないのです。それなのに、熱心に木鉢浦を訪れ、工夫の上申にまで及んだ商人がいました。恵助殿を死なせたいま、真相はどうでもよい。それでも、どうしてもひとつ気掛かりが残るのです」

多吉郎は言葉を切り、じっと喜右衛門を見つめた。喜右衛門は変わらず無言でいた。多吉郎は呼吸を落ち着けるように小さく嘆息し、そして言った。

「――和殿はだれだ？」

長崎に、喜右衛門を知る者はほとんどいない。蘭船エライザ号が木鉢浦に沈んだ後、長崎湾に突如出没するようになり、誰もが無関心だった引き揚げの工夫までを考案した。その防州商人は、長崎の者にとって謎めいた存在だった。

名村多吉郎の疑問は、奉行所や町年寄が抱いた疑念に通じるものだった。同じ疑念は、当事者である阿蘭陀商館でも取り沙汰されるだろう。

浮かし方に選ばれなかった後、喜右衛門は商館の後押しを願い、カピタンの信用を得る手段を講じた。さらには、いつ機会が訪れてもよいように用意を怠らなかった。袷の襟を破り、生地の裏に縫い込んでいた一枚の紙を取り出すと、喜右衛門は多吉郎にそれを渡した。

翌日、出島北西部の庭園内に建つ新カピタン部屋を名村多吉郎が訪ねたとき、レオポルド・ウィレム・ラスは胸騒ぎを覚えた。前商館長ヘンミーが急死した夏以降、次席のラスが役職を引き継いでいた。

昨年、多吉郎は年番大通詞を勤めた。今年は非番だったが、来年早々に参府休年出府通詞に就く予定だった。

寛政三年以来、毎年行われていた商館長の江戸参府が、四、五年に一度に削減された。そこで商館長が出府しない年は、阿蘭陀通詞が代わりに献物、進物を携えて東上した。奉行所は経費削減を理由に休年出府に警固検使を付けないので、通詞中心の小編成となり、道中警固までも通詞が責任を負った。江戸での謁見や会合も然りだった。

出府を控え、支度に多忙な多吉郎は沈船に構う暇などないはずだ。ラスは奉行所との折衝も新たな年番通詞に任せ、多吉郎を木鉢浦から解放していた。その男がわざわざ面会に訪れたのだ。

執務室に招き入れると、多吉郎は立ったまま言った。「村井屋なる商人が居ります。この者ならば、エライザ号の引き揚げに真剣に取り組みましょう」

悪い予感は的中するものだ。多吉郎が携えてきたのは、亡きヘンミーの隠された罪だった。放蕩と怠惰のうちに絶命したヘンミーを、いまさらどうして墓から掘り起こそうとするのか。長崎から立ち去らないエライザ号にもラスは怯えていた。

「抜け荷が計画されていた証《あかし》を手に入れました」

多吉郎が冷ややかに言ったのは、以前、ラスが真相究明を求めたからだろう。

今夏のことだった。江戸参府から戻ったラスは、真っ先に多吉郎を呼びつけた。江戸からの帰路、東海道で病死したヘンミーの荷からある密書が発見されたのだ。差出人は名村恵助、内容は抜け荷の確認だった。名村の通詞がヘンミーと抜け荷を画策した証拠が出てきた以上、多吉郎も連座に及びかねなかった。尋問せずとも知っていることを洗いざらい白状するだろうとラスは考えたが、多吉郎はなにも知らなかった。そして、ラスはこの一件に関わるまいと決めた。船長を尋問しても、なにも聞き出せなかった。

木鉢浦は、エライザ号が出港すれば、終わる話だったのだ。

木鉢浦は、ラスの悪夢だった。奉行所が損失分の補償を請け合ったことで、秘密裡《ひみつり》に抜け荷だけを搬出する方策を考え始めた。それも下手な考えだった。事故の後処理は長崎奉行所の管理下に置かれ、ラスの出る幕はなかった。

エライザ号は監視され続けた。商館長といえど近付くこともできず、ポシェットや通詞から報告は上がったが、肝心の引き揚げもまるで進まなかった。

「浮かし方の募集に応じ、工夫を持ち込んだ商人がおりました。しかし奉行所は、長崎在郷でないという理由で拒んだとのことです」

ラスには初耳だった。そもそも先の引き揚げ失敗以降、浮かし方に応募があったこと自体聞いていなかった。

「有効な工夫を無下にしたのか。それとも、とるに足らない工夫だったから却下したのか」

「長崎での取引実績が少ないために、御奉行や町年寄の信用を得なかったようです。しかしその商人、村井屋は、国元で発行された往来手形を持ち、素性は保証されています。深堀領内では、金持ちの漁師として知られてもいます。村井屋は、阿蘭陀商館の推薦を望んでいます。引き揚げの工夫をカピタンにお伝えする準備があるそうです。村井屋から、これを預かって参りました」

そう言って多吉郎は、ラスの前に一枚の紙を置いた。それを目にした途端、ラスは呆気に取られた。見間違いかと疑いつつ手にとった。その紙は、エライザ号の出港当日に行われるはずだった抜け荷の契約書だった。

取引内容と場所、日付のみが記され、取引相手の名はなかった。蘭人側の署名もないが、そもそも顔を合わせても本人かどうか知りようがない。この契約書自体が本人証明になるのだと思われた。契約書そのものは効力を失っているが、亡きヘンミーの抜け荷相手がラスに接触を試みてきたのだ。

ラスは、抜け荷に関わる気はなかった。穢らわしい文書を突っぱねようと卓子へ叩き付けたとき、オランダ語と日本語で併記された内容に目を奪われた。

「この銅銭というのは、どのようなものだ――?」

多吉郎はよどみなく答えた。

「村井屋が売る予定だった抜け荷でございます」

そうして、村井屋が純銅に近い銅銭を大量に退蔵していることを、多吉郎は説明した。

通詞は単なる通訳者ではない。貿易官として商館の補佐を務める。貿易に通じていなければ、出島で役職は得られない。多吉郎は優れた経済感覚を持ち、これまでも的確な助言を行ってきた。その若き大通詞が、村井屋のことを信用しているようだった。

ラスは再び契約書を手にした。それは、ヘンミーが銅銭取引を承認した事実を示していた。ヘンミーは実物を確認した上で、この交渉をまとめたのだろう。

ラスは冷静になろうとした。これまで知りたかった抜け荷の全貌が、この一枚の紙の上に余さず記してあるのだ。そしてそれは、彼が考えていた以上に価値のある取引だった。

「誰かに話したか」

「誰にも。今後も話しません」

ラスはゆっくりと立ち上がった。

村井屋の要求は、沈船の引き揚げにとどまるものではない。抜け荷の再交渉を求めていた。そして、ヘンミー亡き後の取引相手にラスを指名してきた。でなければ、危険を承知で己の正体をも明かす抜け荷の証拠を届けさせるはずがなかった。ラスが密告すれば、命はない。だが裏を返せば、そこまでせねばならないほど追い込まれているということだ。銅銭売買は禁制中の禁制だ。その売買がエライザ号の沈没で頓挫し、彼の手元には多額の銅銭が残っている。

エライザ号を引き揚げる日本人はどんな人物かと、これまでラスは考えてきた。

長崎奉行所はあっさりと引き揚げを中断した。急ぐ理由が彼らにはないからだ。義務として管掌しているが、その奉行すら二年もすれば長崎を去る。親身になるとは思えない。町年寄も利益にならない事業に自分から動くことはまずない。彼らの協力を得るには、なにかしら差し出さねばならないだろう。それこそ、採算を度外視した出費を覚悟せねばなるまい。だが、村井屋は違う。沈船の引き揚げが彼自身の救済に繋がるのだ。銅銭を処理するには、一日も早いエライザ号の復帰が必要だった。商館と利害の一致した、おそらく唯一の日本人だろう。彼以上の適任者はいなかった。

赤々と燃える暖炉の前に立ち、悪夢そのものである契約書を焼《く》べた。音を立てて燃え上がる炎を見ながら、ラスは言った。

「村井屋との面会を手配しろ。すぐに始めろ。お前が取り計らえ、多吉郎」

人払いし、ラスはなおも考えた。契約書によれば、ヘンミーが支払う予定だった代物は砂糖だった。耐火蔵に砂糖の余剰はなかった。であれば、エライザ号の隠し蔵にあったのだ。沈没から二ヶ月、砂糖はとっくに溶けただろう。抜け荷の証拠は残っていまい。引き揚げに怯える理由はもはや存在しなかった。ラスは無声の笑いを続け、そして、銅銭への期待を高めた。

今年も、銅買付は悲惨だった。バタビアは満足しないだろう。その上、エライザ号の沈没だ。ヘンミーの死ともどもバタビアはまだ知らないが、来年には新たな商館長が赴任し、ラスは呼び戻されるだろう。バタビアで待っているのは処分だ。悠々自適な老後はおろか、極東貿易を破綻させた無能者として、死んだヘンミーに代わって歴史に汚名を刻むことになる。

だが、村井屋との取引は、ラスの評価を好転させるだろう。ヘンミーが江戸参府でなにもしなかったのは、この抜け荷で挽回《ばんかい》できると考えたからだ。ラスは、ヘンミーよりも有利な立場にあった。村井屋の窮地につけ込めば、銅銭を買い叩ける。そう思うと、笑いが止まらなかった。

寛政十年十二月二十七日、喜右衛門はレオポルド・ラスと面会する運びとなった。

年の瀬の忙しい雰囲気が道生田村から漂ってくるが、沈船周りには変化がなかった。番船が行き交ういつもの景色に紛れ込むと、自分たちまで侘しい冬の海に呑まれる気分だった。

この日は亀次郎だけでなく、嘉吉、杢太郎にも船を出させた。喜右衛門と亀次郎が船頭を務める廻船二艘に、普段は漁船として使用する五十石積み帆船二艘を加えた。高鉾島脇で往来切手を提示した後、一団は番船に囲まれて木鉢浦に入り、沖合で帆を下ろして碇泊した。

浦では見掛けることのない廻船二艘は、人目に立った。廻船、漁船を一塊にし、亀次郎、嘉吉、杢太郎、市三らに船を預け、船乗りや漁師たちとともに海上に残した。

喜右衛門はひとり艀船《はしけぶね》に移り、供もつけなかった。阿蘭陀新屋敷に警戒が高まっているのは警備状況を見れば分かった。カピタンを迎えた証拠だ。複数の屋敷を垣や塀、堀で囲んでいる阿蘭陀新屋敷は、開墾や治水の際に建てられる人足小屋に似ていた。

検使熊谷与十郎、通詞名村多吉郎らに案内され、喜右衛門は新屋敷の表門をくぐった。垣内は海風が遮られ、思ったよりも静かだった。小径《こみち》で異国人を見かけ、異国情緒を覚えた。エライザ号の船員が駐留しているのだという。長崎市中で蘭人を見る機会は存外少なく、喜右衛門は出島に立ち入ったこともない。出島よりずっと狭い居住区で、異国人たちは窮屈そうだった。

母屋に案内された。広縁を進んで通された広間は、平屋の割に天井が高かった。

髭を生やした蘭人が脇座にいた。畳に腰を落ち着け、パイプをくわえ、挨拶はない。それが新カピタン、レオポルド・ラスだった。中肉中背で喜右衛門よりも背は低く、気難しげな仏頂面をして目を合わさない。長く長崎に留まっている変わり者と噂に聞いた所為か、威厳は感じなかった。喜右衛門も江戸町から見かけたことはあるが、むろん面識はなかった。

喜右衛門は敷居の際に坐を占めた。多吉郎が膝を進め、ラス方にこちらの素性を告げた。喜右衛門はお声掛かりを待ったが、ラスは一度居住まいを正すと、それから脇息《きょうそく》に凭れた。通詞も含め、沈黙したままだった。多吉郎は喜右衛門の脇に戻り、ともに下座で待機した。

広間には蘭人だけでなく出島乙名も坐を占めていた。通詞会所から派遣された下級通詞も何人かいた。若い蘭人が入室し、カピタンに近付いてゆく。沈没当初から浦に詰める商館員、ポシェットだった。

やがて、用人を従えて広間に入ってきたのは、初めて見る官僚だった。喜右衛門は頭を垂れ、役人が上座に腰を据えるのを待った。家来たちが側に控え、そのなかに通詞もいた。

「長崎御目付、鈴木七十郎《すずきしちじゆうろう》様の御臨席でござる。一同、面を上げよ」

それから長崎目付は用人を通じ、喜右衛門に「近う」と命じた。

御目付が江戸から下向すると、以前熊谷が話していた。難航した事故処理に不満だったらしい。その所為で奉行の独断も許されず、癒着していた町年寄の発言力も弱まった。この場に長崎の顔役がいないのは、長崎目付の意向だったのだろう。

長崎方の一味だった寺田半蔵は、喜右衛門を見ても素知らぬ顔をしていた。追い返したはずの他国商人を再び前にしても、悪びれるふうでもなかった。初対面のように応対したのは、長崎目付やカピタンからの指弾を避けるためかもしれない。

喜右衛門が膝を進めたことで、カピタンとの距離はぐっと縮まった。後押しを願う機会は今日だけかもしれず、失敗は許されなかった。

長崎目付に促され、喜右衛門は工夫を語り始めた。カピタンは興味を示すふうではなかったが、早々に巻き込むべく、予定より早く商館への申し入れを行うことにした。喜右衛門は引き揚げに用いる道具の貸与を願い出た。

「つきましては、出島から船綱と南蛮車をお借りしとう存じます。船綱のほうは長ければ長いほどようございます。南蛮車は沈船周りに固定しますので、あるだけすべてお借りしたい。どのように用いるのか、これより説明いたします」

ポシェットが声を潜め、何度も通詞に確認ラスはやや首を傾げ、通詞の声に耳を傾けた。

した。

奉行所の役人たちは、南蛮車についての詳しい説明を求めた。阿蘭陀新屋敷にも搬入されているので蘭人に取り寄せてもらえば実物を見ることもできたはずだが、その程度の手間を惜しんだのか、そのまま喜右衛門に語らせた。

喜右衛門は前回同様、奉行所に実害のないことを強調した。どれだけ工夫を語っても、彼らの関心は引き揚げに掛かる経費の見積もりだったからだ。

「引き揚げに用います船は、手前どもの抱える廻船二艘に、小舟七十艘でございます。こちらで用意いたします。阿蘭陀の特殊な道具を除けば、お借りするものもございません」

香焼百姓以外にも、付き合いのある網元たちから船と人夫を借り出す手はずを整えていた。長崎で船、人足を傭うつもりはなかった。香焼の自治を勝ち取るためにも手柄を奪われるわけにはいかず、だから一文たりとも費用の融通を求めなかった。

そこで再び、カピタンに向き直った。

「この引き揚げが成功した暁に、阿蘭陀商館より報酬をいただければ幸いです。成功の記念として、砂糖を二十俵いただけましょうか」

喜右衛門がそう言うと、初めてラスの表情が変わった。

先日、多吉郎が商館へ抜け荷票を届けた。もちろん、ラスは取引内容を見ただろう。喜右衛門は、彼の信用を得るために頓挫した計画を明かしたのではない。

秘密の開示は、新たな交渉の始まりだった。効力を失ったあの契約書は、喜右衛門がヘンミー亡き後の商館に対して打った初手だった。

この場で、奉行所でなく阿蘭陀商館に成功報酬を求めること自体は理に適っていた。役人たちも怪しまない。むしろ自分たちが出費を被らずに済んだことに安心して、カピタンの返答を待った。同意すれば、砂糖二十俵の支払いが奉行所によって保証される。

ラスは一度通詞に聞き直し、なお無言だった。喜右衛門の提示した額は、抜け荷票に記されていた取引分と一桁違っていた。砂糖二十俵では、とうてい商館が求めるだけの銅銭は買えなかった。これは当事者同士にしか分からない駆け引きだった。

ようやく、ラスが発言した。「船綱、並びに南蛮車の貸し出しに関し、阿蘭陀商館は可能な限りの協力を約束する」

喜右衛門は通訳される言葉に熱心に耳を傾けた。阿蘭陀商館は引き揚げ事業を全面的に村井屋に委ねる算段であること。船、人足、道具類に至る必要経費を村井屋が賄うという条件で、成功報酬の砂糖二十俵を約束すること。

さらに記録に残らない了解事項が、契約に含まれた。

喜右衛門は一応、念を押した。

「浮かし方が失敗しましたなら、当方から謝礼の要求はいたしません。あくまでも、長崎への御恩返しに、浮かし方を務めさせていただきとう存じます」

その後浜に出ると、引き揚げに用いる四百石積み、二百石積みの廻船と五十石積みの漁船を長崎目付とカピタンに披露した。その場で改めて工夫を語り、南蛮車を用いた簡単な実演も行った。喜右衛門は前もって奉行所に浮かし方の上申書を渡していたが、
「提出の請状、確かに受領した」一通りの説明が済んだ後、長崎目付が太鼓判を押した。

喜右衛門の浦入り許可は、しかしなかなか下りなかった。栗ノ浦の屋敷で待機するうちに年が明けた。

寛政十一年一月四日、喜右衛門は長崎江戸町の通詞会所に呼び出された。本年の年番通詞、加福安次郎、今村才右衛門《いまむらさいえもん》が待ち受けていた。
「阿蘭陀商館から浮かし方の一儀について御頼みがあった。村井屋殿に引き揚げを願いたい」
とカピタン直々の仰せである。

喜右衛門が待っていたのは、長崎奉行所の許可だった。商館からの依頼など、いまさら言われるまでもなかった。

しかし喜右衛門は呆れ顔を見せず、殊勝に受けた。「昨年暮れには、御目付鈴木七十郎様が、手前どもの請状を御受領なさいました。御役所の御命令があれば、すぐにも引き揚げに

取り掛かる所存でございます」

おそらく通詞たちは、喜右衛門の言質《げんち》を取って奉行所へ赴きたいのだろう。商館、村井屋両者たっての希望で引き揚げを望んでいると報告できるように。

だが、その後も依然として木鉢浦への立ち入り許可は下りなかった。

一月十日、ラスが年番通詞を呼びつけ、奉行所が村井屋に浦入り許可を出さない理由を厳しく問い質した。通詞たちは慌てて役所へ出向き、カピタンの言葉をそのまま伝えた。

翌一月十一日に、喜右衛門は再び長崎へ呼び出された。通詞会所を訪れると、昨年の年番大通詞石橋助左衛門の手引きで、高島作兵衛屋敷へ案内された。高島作兵衛は、今年の年番町年寄だった。

高島屋敷は江戸町から近い。川沿いに北へ上った町内に屋敷を構えていた。長崎草創期からの由緒ある素封家だった。いまや数家を残すのみとなった頭人《とうにん》として、代々長崎の有力者であり続けた。

客間で家主を待つ間、喜右衛門は違和感を拭えなかった。奉行所、阿蘭陀商館、通詞会所までが、喜右衛門の浮かし方に合意したとすれば、奉行所に裏から手を回して反対し続けるのは、町年寄以外にいないだろう。だが、いまになって町年寄が沈船引き揚げに口出しをする利点があるのだろうか。沈没直後なら貿易利権を守るために余所者を排除しようとするのも理解できた。なぜなら、その気になればすぐにでも引き揚げられると過信していたからだ。

しかし、もはや利権を争う段階などとっくに過ぎただろう。さっさと引き揚げてしまうに如くはない。浮かし方に名乗りを上げる町衆ももう現れない。エライザ号が沈んでいる不利益を、長崎商人が考えないはずはなかった。

積荷を補償した奉行所も、阿蘭陀商館も、廻送が先延ばしになれば莫大な損害が出るだろう。仮にいま、奉行所と商館が中心となって引き揚げに乗り出したとして、十分な費用を用意できるか甚だ怪しい。そのツケは、町年寄が払うことになる。だから、高島作兵衛は気が気でないはずなのだ。浮かし方を請け負う者がいるのに無下に扱う理由はなく、たとえ余所者であれ頼らねばならない段階に達していた。

唐紙障子が開き反射的に会釈したとき、喜右衛門はひとつ合点のいった気がした。浮かし方だけなら、町年寄に拒む理由はないのだ。

入室したのは、高島作兵衛だけではなかった。同じ町年寄の、高木作右衛門が随行していた。

上座に腰を据えた高島作兵衛は、愛想がよかった。「和殿が村井屋さんかね。よくぞお出でくだされた。沈船の浮かし方を担おうとなさっていると伺うた。長崎のためにお力を貸していただけることに、町衆を代表して深く感謝いたす」

高木作右衛門は無表情だ。高島が軽く会釈しても、目顔で礼をすることさえしない。見透かすようなまなざしで喜右衛門を見ていた。好々爺然とした高島作兵衛とは、好対照だった。

さもありなんと、喜右衛門は考えた。抜け荷の嫌疑を掛けられたのだ。長崎代官は、抜け荷捜査をあきらめていない。いち早く浮かし方に参加しようとした他国商人を、代官が見過ごすはずがなかった。多吉郎を使って名村恵助に首謀者を吐かせようと試みたのも、高木作右衛門の差し金だった。代官は、容疑者の目星を十分に絞っている。

いきなり押さえつけられ、桜町へ連行されても不思議はなかった。障子の向こうに人の気配は感じないが、長崎有数の商家の母屋にどんな仕掛けがあるか知れたものではない。抜け荷の一件は恵助の処刑で片付いたと思ったが、考えてみれば抜け荷に使う予定だったと思しき蘭船が沈んだままなのだ。引き揚げに参加する者を関係者と疑うのは、筋の通った話だった。

長崎への恩返しなどという名目は、町年寄の耳には空々しく聞こえただろう。喜右衛門は長崎では無名の商人で、蘭人や阿蘭陀通詞とはなんの繋がりもなかった。

高島作兵衛が質問した。浮かし方認可を奉行所へ上申するための便宜上の質問だとわざわざ断った。

「帆船、人足を揃え、諸道具まで自前で買い集められ、一文の得にもならん引き揚げ事業に和殿は乗り出そうとなさっている。立派な志だが、大仰ではないかと方々から懸念が出ている。さほど蘭人との仲は深まりませんぞ。今回の浮かし方にどのような利益を期待なさっているのか率直にお聞かせ願えまいか」

他国商人が私財を抛《なげう》って蘭船を引き揚げようとするのには、相応の理由が必要だった。厄介なことに、最もよく説明のつく理由は抜け荷だった。

「私事ではございますが、お疑いを晴らすためとあらばお話しいたします。長崎の恩に報いたいとの思いに偽りはございませんが、二十年前、香焼島に開きました漁場こそが、某にとって大事な財産でございます。余所者である某は漁場を所有できず、請浦として網代を使うのに代銀を支払うています。ここだけの話に留めていただきたいのですが、香焼島では昔から赤司党なる卑劣な一団が代官並に振る舞いまして、百姓の暮らしを圧迫して参りました。手前どもの開きました漁場にまでその権利を主張し、不要な運上銀の支払いを強制されています。手前どもは長らく香焼島に村役人を立てられるように御領主家に上申して参りましたが、未だ聞き入れられるご様子がございません。今回の沈船引き揚げが成功したなら、これは香焼百姓の実績となりましょう。そして、長崎中の注目が香焼に集まりましたなら、深堀陣屋も手前どもの上申にお耳を傾けざるを得なくなりましょう。田舎の争いでございますので、長崎の注目は大きな影響がございます。深堀と香焼の根深い因縁でございます。香焼島に庄屋を置き、真っ当な暮らしを打ち立てとうございます。手前どもの身体が動くうちに、是非とも」

「志はご立派だが、この引き揚げはたいそうな入銀になろう。香焼のために莫大な額を費やして、果たして収支が立ちますかな」

情や信念、志を語ったところで、やはり空疎に右から左へ吹き抜ける。そんな話で腑に落ちる人生を、町年寄は送っていなかった。商人の志なら、結局のところ銭金の話になる。それ以外、本当に信じられるものはなかった。

工夫はすでに明かした。必要な費用が安ければ、余所者に預けずに自分たちで執り行える。長崎方に工夫を奪われる危険性も、喜右衛門は考慮していた。だから経費の見積もりを頑なに提出しなかったのだが、もう時間がなかった。

引き揚げ計画は、大潮時期の潮位上昇を前提とする。決行日は、朔日か十五日のいずれかだった。そこから逆算して仕掛けを完了させるのだから、一日浦入りが遅れれば、最大十六日の遅れを生みかねない。事実、昨年暮れから準備に入れなかったため、すでに一月十五日の引き揚げは断念していた。

作業の延期は、当然、出費に大きく関わる。確保した人員は近隣の漁場の網元、網子たちで、船も網元たちの持ち船だった。春漁の季節にずれ込めば、協力を求めるのが難しくなる。強いて参加を願うなら、出漁できなかった期間の漁獲高を保証しなくてはならないだろう。なにより、彼らが漁を行わなければ、村井屋が干鰯を入荷できず、廻船にまで影響が生じる。ただでさえ二年分の俵物代銀を回収できていないのだ。抜け荷は速やかに売却せねばならなかった。

「お尋ねとあらば、これ以上、無駄に月日を引き延ばす余裕はなかった。お答えいたします」

本当ならどんな数字も告げたくはなかった。町年寄は狡猾《こうかつ》であり、どこからつけ込まれるか分かったものではなかった。

「船は、四百石積み十八反帆が一艘、二百石積み十三反帆が一艘、五、六十石積みから四十石積みの小船を七、八十艘、見込んでいます。人足は漁師百姓を中心に三百余人の準備があり、その家内や子供まで含めますと、五、六百人になりましょう。それらの日傭に、諸道具に掛かりました経費を足した雑費入銀となりますと、ざっと五、六百両に及ぶかと存じます」

長崎有数の大商人は、金額を聞いても顔色を変えなかった。彼らは長崎会所を仕切る会頭でもあり、金銀比価は常に頭に入っている。

さらに、喜右衛門が阿蘭陀商館から受け取る予定の成功報酬が砂糖二十俵であることも、報告を受けているはずだった。

無報酬の仕事は疑いを濃くするだけだと、名村多吉郎に詰め寄られた折、喜右衛門は反省した。縁もゆかりもない蘭船の引き揚げに参入した意図を通詞さえ怪しんだ。利権と癒着の元締である町年寄ならなおさらだろう。

加えて長崎代官は、浮かし方への参入者に抜け荷との関わりを疑う立場にある。船、人足を含めた雑費入銀を賄う村井屋には、沈船と関わっても得がないのだから、怪しまれるのは当然だった。喜右衛門があらかじめ砂糖を要求したのは、蘭人との抜け荷取引を早めに確定させたかったからだが、もうひとつ、これが慈善事業でないことを長崎方に印象づけるためでもあった。

さらに、香焼島の自立という別の目的を先に述べることで、引き揚げには個人的な理由があると、彼らの頭に残しておきたかった。そうして、相手が潜在的に望んでいる金額を告げた。

蘭人が長崎会所に卸している砂糖俵は、一俵につき四百斤だった。砂糖相場は一斤＝銀四匁で安定していた。砂糖二十俵ならば、銀高三十二貫の計算になる。一方で、喜右衛門が明かした雑費入銀は金五百両、これは金一両＝銀六十匁の比価においては、銀高三十貫に相当した。成功報酬と経費が釣り合い、しかもお釣りが出る。

香焼島に注目を集めるため、百姓中心の大事業に自腹を切る覚悟だと綺麗事を主張しつつ、この防州商人はちゃっかり成功報酬として、経費を埋める算段を立てていた。その結論こそが、町年寄にはしごく納得のいくものだった。

「大掛かりな工夫を用いると聞いたが、失敗すれば報酬もなく、多額の借銀を背負うことになる。成功したとしても、阿蘭陀商館からの報酬額を取り決めた以上、それ以上の利権を得られるとは考えぬことだ。御公儀に楯突く非道を行えば、江戸町で磔刑に処されると心得よ」

高木作右衛門がそう諭してきた。喜右衛門は名村恵助の死を憶《おも》い、返答が遅れた。作右衛

門は恵助の捕縛に一枚嚙んでいたはずだ。喜右衛門は面を伏せ、そうして相手を見ないまま、

「必ずや、成功させてご覧に入れます」

平伏し、小さな声で諾《うべな》った。長崎代官の追及を振り切ることはできただろうが、達成感はなかった。

三日後、喜右衛門は三たび、通詞会所への出頭を命ぜられた。今度は、通詞と共に長崎奉行所へ赴くこととなった。行き先を告げられたとき、ついに認可が下りたと確信した。

立山役所では、寺田半蔵が応対した。両町年寄は割に合わない工夫だと判断し、浮かし方に村井屋を推挙したのだろう。寺田は喜右衛門が長崎のために働くことへの謝辞を述べ、引き揚げの成功を祈ると言った。同席した熊谷与十郎は、何度も誇らしげにうなずいていた。

奉行所からは公儀御用の証として日の丸の小指物を贈られた。引き揚げの作業中、村井屋の廻船、西漁丸の舳先《へさき》にその旗がはためくことになる。沈没から三ヶ月が過ぎ、これまで待つ他なかった喜右衛門に、ようやく追い風が吹き始めた。

寛政十一年　*1799*　一月　長崎

一月十五日、喜右衛門は引き揚げの準備に取り掛かった。栗ノ浦に用意していた材木を積み込み、船を出した。香焼島だけでなく、近隣漁村の網元たちをも引き連れ、七十艘以上の漁船を長崎湾に入れた。沈船には近付かず、専ら阿蘭陀新屋敷に近い浜で作業を行った。資材搬送だけで、その日は終えた。翌日も同様だった。日傭いの百姓人足を全員浜に上げ、終日掛けて材木の組み上げを行った。

本格的な準備は、十七日に始まった。

香焼島の百姓たち、村井屋と取引のある肥前の漁村で募った百姓たち、総勢六百人が木鉢浦に集結した。春漁前の臨時雇いとあって、誘いを拒む百姓はほとんどいなかった。

前日までに組み上げた幅二間（約三・六メートル）弱の筏《いかだ》二組を、エライザ号の両舷側沿いに並べた。長さ五十五間（約百メートル）に及ぶ、大きな足場だった。

次いで、この巨大筏を固定するための柱を建てた。筏を貫いて泥海の海底に達する支柱を二十二本用意した。四丈（約十二メートル）はある柱の根方は、六本の丸太で囲んで竹の輪を結び、厳重に補強していた。やがて、海底から足場を支える支柱が、点々と立ち並んだ。

さらに筏の上に、五、六十石積みの漁船七十艘ほどを船尾から引き揚げ、綱で結んだ。沈船は二間幅の巨大筏に囲まれ、さらに舷側に尻を向けた漁船七十艘に囲まれた。

支柱が目立ったのは、短時間だった。すぐに、舷側と筏の間に、これも海底まで届く竹竿《たけざお》を立て始めた。用意した竹竿は六百本もあり、すべてを海底に突き立てると竹矢来のような壁となった。密集した竹竿に沈船は覆い隠された。

「沈船を浮かす道具には、南蛮車を用いる所存でございます」

先月の阿蘭陀新屋敷での会合で、喜右衛門はそう説明した。

「沈船に繋いだ碇綱《いかりづな》を南蛮車で引き揚げるのですが、樟脳が漏出しました海での潜水作業はできかねます。それゆえ、海上において、海中にある船体と碇綱を繋ぐ工夫が必要となります」

喜右衛門は、大小合わせて九百個の南蛮車をカピタンに借りた。また、太くて長い船綱も借り受けた。

日本ではついぞ見たことのない頑丈な船綱を、蘭人は長崎湾に碇泊した外洋船に用いていた。長さ百二十間（約二百十八メートル）、太さは廻り一尺二寸（約三十六センチ）の太綱を、阿蘭陀商館は六筋用意した。

喜右衛門は、故郷の力石を思い出していた。若い頃、櫛ヶ浜の若衆宿裏手にあったそれを、嘉吉や甚平らと共に滑車を用いて引き揚げた。大石に巻かれた注連縄に縄を括ったと気付いた吉蔵が、露骨に嫌な顔をした。丸みを帯びた大石の注連縄は、柿の枝に括った滑車に曳かれてもズレなかった。その仕掛けを再現するのだ。

エライザ号の船腹をきつく締めた太綱に、碇綱を結びつける。肝心なのは、太綱が船体から外れないように締めることだった。幸い銅鉄張りの船腹は頑丈で、どれだけ太綱で締め付けても損壊する心配はなかった。

潮が引くと、斜めに傾いだ甲板が海上に現れる。巨大船の脇は波を被り、絶えず波しぶきが跳ねた。

濡れた足場に、六百人の百姓が人足として詰めていた。喜右衛門は取引のある網元たちに、集められるだけ人を集めるように頼んだ。

「ここが勘所になる」

計画段階で、喜右衛門は亀次郎に告げていた。

「最初に人足を増やし、一挙に片をつけたがよかろう。まず太綱を締めきれねば、引き揚げは叶わん」

人足を増やせば経費が嵩むと亀次郎は増員を渋ったが、喜右衛門は譲歩しなかった。これが計画のうち最も困難で、最も力を入れるべき工程だと主張した。人員が足りずに難航し日数が過ぎれば、却って出費が嵩むことになる。

「二月一日の引き揚げ予定は延期でけん。これを遅らせれば、春漁に影響が出てくる。銭を惜しんで日和見すれば、大損するぞ」

喜右衛門らしくない高圧的な態度は、焦りと不安の裏返しだったかもしれない。亀次郎はもう反論しなかった。

喜右衛門は、四百石積み廻船西漁丸をエライザ号の後方に碇泊させた。廻船の胴の間に積んでいた太綱を一筋、足場に向けて下ろした。

足場の筏に密集した数百の屈強な男たちが、列をなして一心不乱に綱を曳いた。寒空の下、太綱を脇の下に挟んで掛け声を上げた。やがて二十三間を渡りきったが、綱引きはそれで終わりではなかった。

太綱の端は沈船の船首近くで手漕ぎ船に載せられ、向かいの舷へと回された。咽喉を嗄らさんばかりの掛け声が沈船を挟んだ向かいからも轟き、また休むことなく太綱は曳かれて船を一巡した。それでもなお綱はとぐろを巻いて西漁丸に残っていた。

沈船の全周は五十八間（約百五メートル）、太綱はゆとりを持たせて八十間（約百四十五メートル）ほど足場に下りただろうか。人足たちはその前に屈み、碇綱を結わえていった。南蛮車に連結する丈夫な麻製の綱だった。絡まないように数筋を一組にして空樽《あきだる》に巻き付け、海に浮かべた。

問題は、ここからだった。

足場に並んだ人足が声を揃えて太綱を持ち上げた。その太綱を、沈船を覆っている竹竿の壁に押しつけるようにして海へ下ろすのだ。早かったり遅れたりしないよう全員に同じ動きが求められたが、沈船を挟んだ向こう側はもちろん、同じ側の足場でさえ遠方は見通せない。喜右衛門が西漁丸の艫に上って指揮を執った。手旗の合図で人足たちの掛け声を揃えさせる。人足たちは太綱を棒で押し込み、ゆっくりと沈下させる。

その沈下作業を途中で停止させ、今度は西漁丸の上で綱引きを始めた。

西漁丸の船上には巻き揚げ機が設置され、人力と轆轤で竹竿囲いを締め付けるように太綱を引き寄せた。沈船周りの海上に浮いた空樽が大きく流れてゆく。

足場ではその樽に繫いだ碇綱を摑み、人足たちが沈み具合を調整しつつ、またゆっくりと太綱を海へ押し込んだ。綱が浮いてくると、より長い竹や材木で押さえつけた。

西漁丸で何度目かの綱引きが行われると、太綱がしっかり竹竿の壁に張りつき、浮かんでこなくなった。そうなると、今度は沈める作業が難儀になった。一度締めた綱を緩めることはしない。人足たちは竹竿の壁に沿って棒や竿を押し込むが、綱がどこまで沈下したかは視認できなかった。それでいて夥《おびただ》しい他人と同調して押し沈めるのだから、神経を使った。足場のどこそこで、誰が早いの遅いのと罵声が上がった。

喜右衛門は、西漁丸の艫から指示を送り続けた。その号令を、船で足場を見廻っている亀次郎や嘉吉、各浦の網元たちが大声で知らせた。

「地曳き網を思い出せ。建網は、全員が同じ速さで下ろさねば上手に張れんじゃろうが」

しかし、定置網を張るのとは比べものにならない難事業だった。やがて太綱にも強い水圧が掛かり始め、思うように沈まなくなった。

「おい、止めろ！　こっちがまだ下りとらんぞ！」

悲痛な叫びがあちこちで上がった。西漁丸で綱引きが行われるたびに作業が止まると、進まない仕事に人足たちの不満が募った。

事実、一日では終わらなかった。そして最悪なことに、日没の直前に太綱の一部分だけが深く海底に沈んでしまった。どうやらその部分の締めつけが緩んだようだった。

最初からやり直しになった。

一日の仕事が無駄になり、太綱を足場まで引き揚げる間に徒労感が蔓延《まんえん》した。

先走ったのはどこの浦かと、犯人探しが始まった。網元たちが叱りつけて騒動には発展しなかったが、人足たちから当初の気合が削《そ》がれたことは確かだった。

慎重さを要する作業だけに簡単には終わらないと、喜右衛門も覚悟していた。春とは言え、海風と波しぶきに晒される足場は凍えるほど寒かった。そのくせ日射しだけは眩しく、海面を凝視し続ける所為で多くの人足が目を痛めた。

翌日も、朝から日射しが強かった。ひっきりなしに波しぶきが立ち、人足たちの全身が濡れた。

「こげん濡れるなら、潜ったっちゃ同じやろう。そのほうが仕事も早かろう」

辛抱しきれなくなった一団が騒ぎ出した。

「水練上手だけで構わん。海底まで潜って太綱を沈めてくればよかろう。綱を泥海に押しつけてすぐ浮上ばすりゃ、毒げな吸わんで済もうが」

そんな勝手を言い出せば、人足どうし喧嘩《けんか》になるのは必定だった。気が付けば、ほとんどの人足が綱から手を離していた。

仕事の遅れを危惧するのは網元たちも同じだった。彼らは人足の不満を伝えに西漁丸に赴いたが、喜右衛門は歯牙にも掛けなかった。

「樟脳の毒は、和主らが思うちょるより強い。漏出し尽くしたとしても、水に溶けんゆえ海底に沈殿しちょる。どげな水練上手も、泥海の底を踏み荒らさんでは作業でけまい。樟脳に包まれて働く気か。この海域が汚染されちょる事実は揺るがんのじゃ。仕事に飽いたか知らんが、犬死が望みなら働かんでいい。出て行かせえ」

死人でも出れば、それこそ士気が下がる。

「浅知恵を認められん理由は他にもある。太綱を抱いて潜水すれば簡単に海底まで沈められようが、それではいけんのじゃ。沈みきった綱をどう船腹に巻き付けるのか。この西漁丸でまめに綱を曳き締めよるのは、なんのためと思いよる。綱を沈めることが目的じゃないぞ。それとも、海底で太綱を引いて船腹を締められるか。そげな怪力が百人も居るなら聞き入れよう。それでも人足は樟脳を吸うて死ぬるぞ」

段階を踏んで締めてゆかねば、海底に沈んでいる船腹に太綱を固定できない。回り道に見えても少しずつ沈めるのが近道だった。

だが、人足は納得しなかった。いきり立った数人が海に飛び込んだ。海底を荒らすだけ荒らして泥海から顔を出し、「毒げなねえぞ。俺らは無事やろうが。これから綱を下ろしちゃる」と喚《わめ》き散らした。

喜右衛門は即刻、彼らを解雇した。それがきっかけで大勢が退くことになっても構わなかった。指示に従わない日傭は容赦なく切り捨てるという意志は、早めに示しておかねばならない。

雇用を切られた百姓は番船に追い払われ、以後、浦入りすることはできなかった。

二月一日まで、残り十日余りだった。月末に準備を終わらせねば、引き揚げ本番が半月の延期になる。

春漁を控える網元たちも焦った。自分たちの漁ばかりを心配したのではない。彼らの拵えた干鰯を買うのは村井屋だ。延期になった漁獲分を保証されたとしても、村井屋が破産しては意味がなかった。

「長崎の御役人も智慧が廻りなさる蘭人も、だれも引き揚げられんかった沈船ばい。成功したのは地元の漁師ぞと、子や孫に誇りたいち思わんかね！」

夜になると、李太郎たち香焼百姓が人足小屋を説得して廻った。

「俺は二十年前から喜右衛門さんを知っとう。あの人が香焼島を立て直したことを、ここらで知らん者はなかろう。智慧の廻る人ばい。ちえもんさん、と俺らは呼びよる。あんた方の浦が稼げるごとなったのも、ちえもんさんが干鰯を買い始めてからやろうが。ばってン、その恩につけ込むことはなさらず、日傭はちゃんと払いよンなさろ。みなの衆よ、ここはひとつ、喜右衛門さんの言う通りに働いてみんね」

李太郎は栗ノ浦をまとめてきた。いまや漁の中心にいた。地元の漁師だからこそ言える言葉があった。通じる熱意があった。

やがて太綱が海底に達し、喜右衛門は沈船を覆った数百本の竹竿すべてを撤去させた。それから西漁丸に帆を張った。横向きに帆柱に固定した南蛮車を太綱と繋いだまま、沈船から遠ざかるように直進し、沈みきった太綱をこれでもかと締めつけた。締めつけが完了すると、再び数百の竹竿を沈船周りに建ててゆく。そうして帆を下ろした廻船から、次の太綱を足場に下ろした。二周目も人足は同じ作業を繰り返した。

太綱の固定に四日間を費やした。喜右衛門は思ったより早く済んだことに安堵《あんど》し、すぐさま次の工程に移った。二十一日以降は、人足を二百人に減らした。

海底から延びた碇綱は、空樽に巻きついて海に浮かんでいた。沈船脇の足場に陣取った人足たちが、浜から運び込んだ無数の南蛮車の下段にその綱を繋いでいった。

南蛮車と碇綱を結ぶ作業の傍らで、足場に建っている二十二本の支柱に、横木を二本、舷側と平行になるように架けてゆく。横木を継ぎながら、五十五間の足場に点在する支柱と支柱を繋いだ。

最も高い柱は二丈（約六メートル）を越えていたが、できるだけ高い位置に横木を括るように喜右衛門は命じた。台座となる男衆の肩に乗った男が、別の一人を肩車して作業を行った。

やがて、直径一尺九寸（約五十八センチ）の支柱を挟んだ二本の横木が、足場の頭上にまっすぐ延びた。その横木の一尺九寸の間に、碇綱を繋いだ南蛮車を設置してゆく。

「南蛮車の設置は、なんら難しい作業ではございません」

昨年暮れ、喜右衛門は阿蘭陀新屋敷で語った。

「ただ、手間は掛かります。碇綱は南蛮車の下段の底に念入りに繋ぎます。それから、滑車用の苧綱《おづな》を三本、上下六個ずつの滑車に手作業で通します。これを横木に掛け、下段の滑車から引っ張り出した苧綱の一端を、足場に揚げた漁船上の巻き揚げ機に繋ぎます。巻き揚げ機との間にもう一体南蛮車を掛ければ、苧綱の長さを調節できる上、強度を保つことができましょう。引き揚げる力をさらに半減することにもなります」

南蛮車は定滑車と動滑車をひとつにまとめた装置だった。上段には設置用の取っ手が備わっていたので、取り付けは簡単だった。一個ずつの作業はさほど手間ではないが、南蛮車は九百個あった。巻き揚げ機の設置、ならびにそれとの接続までを、大急ぎで行わねば期日に間に合わない。

それが済むと、足場と漁船が波に攫《さら》われないよう、沈船周りの海域に杉柱で囲いを設けさせた。漁船のさらに外側に、長さ六、七間（約十二メートル）はある杉柱を対になるように建て、沈船に向かって互いに倒してゆく。

海面が下がって露《あらわ》になった甲板に人足たちを登らせ、両舷側から覆い被さる杉柱の頭どうしを、甲板上空で一組ずつ括らせた。杉柱は、実に二百本以上ある。沈船周りの海域は、やがて左右一対百本からの柱に覆われた。

沈船、足場、漁船を、ひとまとめに杉垣が包み込んだ。これで暴風雨が来ても押し流されないと、人足らは語り合った。頭上にかかった屋根を気に入ったようだった。

干潮を見計らって拵えたこの巨大な杉垣は、もちろん準備工程のひとつだった。

引き揚げ本番は大潮の満潮時だ。海面上昇に伴って足場の筏が浮上すれば、その足場を支えている二十二本の支柱も一時海底から離れる。

喜右衛門は足場や漁船が潮に流されないように海域を封鎖したのだが、それは単なる用心のためではなかった。

「沈船を引き揚げた時点で、足場に揚げてある漁船に帆を張り、北側の浜へ向きを換えます。漁船上の巻き揚げ機は固定し、南蛮車から延びた苧綱を引いた状態で維持します。すなわち、沈船を浮かせた状態を維持することになります。沈船は御番方の小早によって曳航されるでしょう。我が漁船七十余艘も小早に従い、沈船と併走いたします。その際、足場として用いた筏はこれら漁船としっかり繋げておきます」

阿蘭陀新屋敷で説明したとき、最もざわめいた箇所だった。

足場を支えた支柱は、海面上昇によって海底から浮き上がる。支えを失った足場は、強い力が掛かれば簡単に潮に流されるだろう。

「足場として用いたこの筏の支柱に南蛮車は設置してあります。曳航の際に足場を破棄すれば蘭船は再び沈没します。そこで足場もろとも浜へ揚げます」喜右衛門は言った。「当日は大潮です。波消しをする杉垣を崩した途端、潮の流れに沿って曳航は容易に行えましょう」

杉垣を建設している間に、奉行所から帆船の貸し出しがあった。船が百艘に増えたのは嬉しい誤算だった。扱える巻き揚げ機の数が増えた。

覆い隠した杉の囲いによって、沈船は浦に聳《そび》える建物かなにかのように見えた。

「日射しが遮られるけ、眩しくはのうなりました」

人足は汗を流しながら軽口を叩いた。太綱を沈めていた頃に比べ、ずいぶん余裕が出たようだった。

一月二十八日、引き揚げの準備は万端整った。浦入りこの方好天が続いていたが、この日は明け方から激しい雨が降った。

二日後の本番に備え、喜右衛門は人足を休ませるつもりだった。だが折悪《あ》しく、長崎奉行朝比奈河内守《あさひなかわちのかみ》が視察に訪れるとの通達が、その朝に届いた。熊谷与十郎が阿蘭陀新屋敷に先着し、喜右衛門を迎えに来た。熊谷は奉行に先んじて視察を望んだ。喜右衛門は雨降りのなか、略服に着替えて検使船に乗り込んだ。

杉垣の外に碇泊した検使船は荒波に揺れ、高波を被った。喜右衛門は杉垣の内へ船を入れるように言った。そうして、足場の上へその船を引き揚げさせた。

薄暗い足場を、用心しながら検使とともに進んだ。人足たちが続き、次々と足場に登った。御奉行が臨場なさるのに仕事を休むとは何事かと熊谷が言い出したので、喜右衛門は五十人ばかり連れてきたのだ。笠と蓑を着けさせ、南蛮車や巻き揚げ機を点検させた。せめて視察は午前中で切り上げてほしいと願った。

喜右衛門は、奉行所に借りた船の位置を熊谷に伝え、実際に見せた。長崎方は、引き揚げに一枚嚙んだという実績を強調したいのだろう。借り船について謝辞を述べると、熊谷は満足そうに笑った。

雨は上がりそうになかった。風も強くなる一方だった。昨日までの好天が嘘のようだった。

午過《ひる》ぎまで足場で待機したが、雨がやまないという理由で、奉行の視察は中止になった。検使船で新屋敷へ戻った。人足たちも引き揚げさせた。

堅苦しい着物を脱いだ喜右衛門は、野良着に蓑笠を被ってもう一度、浜へ向かった。浦に雨が降り注いでいた。沈船周りは番船がちらほら待機するだけだ。朝に比べて海はさらに荒れていた。

視察の中止を聞きつけ、亀次郎が喜右衛門を探しに出てきた。

「今日、明日は兄者もよう休んで、本番への英気を養われるがよかろう」

小屋へ戻るよう促しに来たのだ。しかし、喜右衛門は五町先の沈船を見据えて動こうとしなかった。

先刻足場に登ったとき、浜のほうを向いた蘭船の舳先が、二、三尺、海上に顔を出していた。高波が杉垣にぶつかり、ときどき舳先が波を被ったが、相変わらず揺れ動くことはなかった。銅鉄張りの船底は、深く泥に埋まったままだった。

生温《なまぬる》い向かい風に打たれながら、もう春だな、と喜右衛門は思った。雨風のまにまに亀次郎が叱りつけるような口調でなにか言ったが、聞き取れなかった。

喜右衛門は不意に亀次郎を振り返った。

「亀、人足を集めろ。全員に支度させて足場へ渡せ」

突然命じられた亀次郎はなにか言おうとしたが、喜右衛門はその先を制して大声で言った。

「いまから引き揚げを始めるぞ。風向きが絶好じゃ」

引き揚げ予定日の二日前だった。海面が徐々に上昇していた。潮位の高い海が荒れ、風が絶えず南から吹き付けていた。

突然の予定変更に人足小屋は大わらわになった。さらには、阿蘭陀新屋敷に詰めていた役人たち、熊谷を始めとする検使方、佐賀藩の番方、奉行所の諸役人らも慌てて船を仕立てた。大雨のなかで引き揚げを断行する理由を、喜右衛門は説明しなかった。自身、よく分からなかったのだ。ただ、一定の律動で海面を叩く雨を眺めるうち、なにかが足りないという思いに駆られた。南風は口実だった。

妙な胸騒ぎを覚えた。仕掛けに遺漏がないことは朝から入念に確認した。後は大潮を待つだけだったが――。

やはり焦りがあったのだろう。二月一日に失敗すれば、取り返しがつかない。やり直しは半月後になる。早めに準備が完了したのに、座して待つのは馬鹿げていた。予定を前倒しにし、わずかなりとも沈船を泥中から浮かしておいたほうが成功の可能性は高まる。

喜右衛門が日傭二百人を引き連れて海に出ると、検使、番方、各部署の役人たち、それに蘭人も、大雨に濡れるのも構わず船を出した。

野次馬はいなかった。引き揚げは二月一日だと、長崎では知らされていた。

これは予行演習だと喜右衛門は人足に伝え、緊張感を煽らなかった。検使たちに対しても、今日中に浜へ引き揚げるわけではないと明確に告げた。

「巻き揚げた苧綱を固定すれば、日を跨《また》いで作業を継続できます。熊谷様は先刻ご覧なさったでしょうが、杉垣で囲った影響で、この風雨でも沈船周りは波が消えています。むしろ海底の泥が流され、浮き易くなったかと存じます。今日、多少なりとも船底を引き出せば、明後日には大きな潮流を捉え、引き揚げがより容易になりましょう」

杉垣が波消しの役割を果たしたのは事実だった。沈船周りの水面は、その外側と比べるとずいぶん穏やかだった。

「配置につけ！」

喜右衛門は、両舷側を一望できる西漁丸の艫に立った。廻船を叩く雨を遮るものはなく、蓑笠を着けて視界の悪い豪雨越しに指揮を執った。

沈船を覆う杉垣は真後ろから見ればハリボテじみているが、足場の人足は風雨から守られて安心できるだろう。大屋根のお蔭《かげ》で足場と沈船はひとつになり、人足たちの心に余裕を生むはずだ。

支柱や横木を支える者、漁船の船尾を押さえる者、巻き揚げ機に手を掛ける者、その近くに寄り添う者、それぞれが役目を果たすべく持ち場についた。

「曳け！」

喜右衛門の短い指示は、足場に配備した網元たちの、「曳け、廻せ、グズグズするな！」と煽る叫び声となって増幅し、伝わった。

巻き揚げ機を一心不乱に回す人足は、漁船が上下に揺れようと気にしなかった。

やがて人足たちは手応えを感じ始めた。把《つか》を回す腕に泥や海水の圧力を感じ、懸命に脱出しようと試みる巨大船の叫びを聞いたような気がした。

杉垣の間から降り注ぐ雨が、大声を張り上げる人足の周りにうっすら蒸気のような靄《もや》を作った。身体が燃えるように熱くなり、彼らはもろ肌脱ぎになった。

まさにいま、三ヶ月以上泥海に埋まっていた巨大船が浮かぼうとしていた。その感触を、人足たちは巻き揚げ機の把から直接受けた。成功の興奮が、船首側で巻き揚げを行う人足の間にたちまち広がった。昂揚し、いっそう力を込められるように腰を落とした。怒号のような叫びが周囲で上がっていた。足場が大きく揺れるのは、海底から巨大な沈船が持ち上がっている証拠だった。

雨粒を振り払うように人足らは巻き揚げ機を回した。軋む音を立てて巻き上げ機が回転し、綱を巻き取っていった。

突然、怒鳴り声がひとりの人足の耳を襲い、慌てて振り返ると、

「――やめれち言いよろうが！」

網元が殴り掛かり、その人足を巻き揚げ機から引き剝がそうとする。

「はよ、手を離させれ！　その馬鹿をさっさと引き剝がせ！」別の網元の怒鳴り声が聞こえた。

そのとき、人足の目には巨大な阿蘭陀船の船体が見えていた。殴られた程度では巻き揚げ機の把を手放せなかった。むしろ巻き上げた苧綱が戻らないように両手で把を押さえた。せっかく引き揚げたのに、力を緩めればまた沈没してしまう。

周りに目をやると、船首側の人足たち、西漁丸から最も遠くに陣取った人足たちが一様に巻き揚げ機から引き剝がされていた。

「慌てんで、ゆっくり綱を緩めろ！　急げば、南蛮車が壊るるぞ。苧綱が切るるぞ」

「なして下ろすとか！　ようやっと引き揚げたっちゃねえか」ひとりの人足が泣きじゃくりながら叫んだが、力ずくでその身を押さえられた。

近くで南蛮車が破砕し、弾け飛んだ。次の瞬間には、支柱に括っていた横木が折れ、無数の南蛮車が音を立てて落下した。引き揚げていた船が沈み始め、高波が起きて足場と漁船を呑み込みだした。

足場が大きく揺れた。人足たちは慌てて足場の縁へ駆け寄り、ある者は柱と横木を支え、ある者は碇綱を摑み取って南蛮車を海から引っ張り上げた。

それから足場の維持に掛かり切りになると、もう沈船引き揚げどころではなくなった。

喜右衛門は叫び続けたが、ついに声も出なくなり、雨に打たれるまま、慌ただしい足場の惨状を見守った。

準備作業を始めたとき——いや、最初に査察に訪れた十月の時点でこうなることは分かっていたはずだった。浦入り後は、沈船から目を離すことはなかった。その景色が見慣れたものになったことで、違和感を見落としたのだ。

沈船は傾いでいた。舳先が浮かび、艫は深く沈んでいた。その状態のまま引き揚げれば、当然、船首側だけが浮かび上がる。泥に埋まった船底が、船尾に比べて浅いのだから。

船尾は微塵も動かなかった。屈強な男衆が代わる代わる苧綱を巻き取ろうとしたが、その巻き揚げ機もまた動かなかった。

喜右衛門は即刻、中止を命じた。しかし、引き揚げの成功に沸く船首側にはその声が届かなかった。

大勢の人足が船首近くの足場に詰めかけ、足場そのものが転覆しないよう補強に励んだ。船尾側に残った者はまばらだった。

高波に見舞われ、西漁丸も揺れていた。蘭船の船首がしぶきを上げながら再び沈んでいった。

計画を見直さなくてはならなかった。

今日までの準備が水泡に帰したと思うと絶望感に襲われた。足場保全の指示を出さねばならないが、喜右衛門は艫に立ち尽くすだけだった。

寛政十一年

1799

二月　長崎

以前に浮かし方を担った田中庄助らが、船底は深く泥に埋まっていたと報告していた。彼らは具体的な数字を出さなかったが、喜右衛門は竹竿を用いて水深を測っていた。

エライザ号の高さは六間（約十一メートル）だが、船体まるまる海面下に沈んだ箇所でも、水深は四間弱しかなかった。水深四尋に掛かる水圧、最大二間に及ぶ泥の抵抗、これらに沈船そのものの重量を加味しても、数百個の南蛮車で分散して力を掛ければ、十分に引き揚げられる計算だった。

だが、現実は違った。

泥中に埋没した箇所の高低差が大きく、先に引き揚がった船首側の南蛮車やそれを支える横木、柱のみに荷重が掛かり、負担が集中した。沈船を浮かすには、引き揚げる力を分散しなければならなかった。そのためには、深く埋まった船尾側を先に浮かすことができねば、同じ失敗を繰り返すだけだった。

喜右衛門は、亀次郎や嘉吉たちとともに陸へ戻った。現場には杢太郎ら香焼百姓を残し、横木の修復と南蛮車の再設置を指揮させた。

着替えを済ませ、詰所に網元たちを呼び集めた。

殺風景な板敷に腰を下ろした網元たちに、亀次郎が言った。「みなの衆の踏ん張りがあったお蔭で足場も転覆せず、漁船も流されることはなかった。崩れた仕掛けはすぐに直せるじゃろう。しかし、元通りにしたところで、船尾が浮かんことにはどうしようもない。引き揚げの算段を練り直さんといけんじゃろう」

戸口を閉めきった一間限りの詰所には湿気が充満していた。

「人足を海底に下ろし、泥を掻いてはどげじゃろうか」網元のひとりが言った。

別のひとりが喜右衛門を窺い、「いや、潜水はでけんばい。樟脳を吸い込めばお陀仏《だぶつ》やろう。海底でそげな作業をさせれば、網子を死なせるだけたい」

儲けにもならんのに、我が網子を危険に晒せるものか。そんな台詞《せりふ》を呑み込んだように見えた。

座が静まってみなの視線が向けられると、喜右衛門は口を開いた。

「明後日、引き揚げを行う。延期はせん」

エライザ号が沈没した十月の夜のように、風雨が激しくなっていた。

不意に戸が開き、雨音とともに生温い風が入り込んだ。濡れ鼠《ねずみ》の香焼百姓が戸口で膝を突き、役人が喜右衛門を探していると告げた。仔細を聞けば、検使の熊谷与十郎のようだった。

喜右衛門は首を横に振り、百姓を小屋から追い出した。網元との相談を優先した。今後の指針を定めておかねば、役人に話す内容がなかった。

再び戸が閉めきられると、喜右衛門は続けた。

「南蛮車が数体損傷したものの、船首側を浮かすことはできた。これまで長崎方も蘭人も持ち上げられんかった沈船じゃ。仕掛け自体は間違うちゃおらんかった」

亀次郎が続ける。「兄者の言う通り、今日のは失敗とまでは言えんじゃろう。舳先だけとは言え、あれだけ浮いたのは沈没以来初めてのことじゃ。御役所も評価なされよう」

しかし、網元たちは納得していないようだ。ひとりが思い切ったように、「蘭船を引き揚げても、わしらに儲けが出るわけやない。こげな仕事にかかずらわって春漁に出られんごとなれば、浦人はもちろんのこと、船頭さんとこにも実害が出よう。いつまでも掛かりきりになりなさって、本当によろしいのか」

それで堰《せき》を切ったか別の網元も、「舳先と艫を同時に浮かすげな、とうていできそうにない。少なくとも、一朝一夕には解決せんめえ。これは、船頭さんが仰ったこつばい。太綱を船腹に巻いたときから、引き揚げは碇綱を繋いだ箇所に、均等な力をかけることが肝要やち。それを前提にして計画を立てなったっちゃろう」

「一ヶ所だけが浮けば、今日ンごと横木に負担が掛かって折れる。場所場所で泥に埋まった船底の深さが違うとなれば、それぞれの巻き揚げ機を同じ強さで回したところで、均等にはならんでしょう。船尾近くに力自慢ばかり揃えなさるか。そげな程度で解決するとも思われん」

仕切り直せば時間が掛かるのは明らかだった。時間が掛かるとすれば、まず問題となるのが予算だった。

「ここに、熊谷様をお呼びなさってはどうか」そう亀次郎が提案すると、少しざわついた。

亀次郎は動揺する座衆へ向き直り、「いずれにしろ、浮かし方を続けるのなら先立つものが要る。みなの心配も、日傭銭が行き渡るかどげかじゃろう」

浮かし方の窓口は、最初から喜右衛門の計画に付き合ってきた熊谷だ。喜右衛門は折々、彼に付け届けも行ってきた。その熊谷を通じて奉行所にも経費を負担するように契約し直してはどうかと、亀次郎は言うのだ。

「当初の段取りから外れるのは、この際致し方ない。明後日の引き揚げにこだわらず、改めて二月十五日を目標に計画を練り直してはどげじゃろうか」

網元たちは嘆息した。諸手を上げて延期に賛成する者はなかった。

「舳先が浮かんだところは御検使も目撃なさった。わしらが沈船引き揚げに最も近いのは自明のことじゃ。出費が嵩んでゆくことは先方もご承知じゃろう。いまの立場は窮地に思えるが、その実、長崎方と交渉に入る好機でもある」

亀次郎の熱弁に網元たちも静かになった。二月一日の引き揚げが絶望的になったいま、選択肢はないのだ。

小屋が静まると、遠い雨音だけが響いた。みな、喜右衛門の決断を待った。誰も催促しないのは、無力感に鬱《ふさ》いだ心が期待を奪っていたからだろう。もとより、奉行所の介入を喜ぶ者はいなかった。

「船腹に太綱を巻いたときに使うた竹竿が、まるまる残っちょる」喜右衛門はおもむろに語り出した。「杉の材木にも余りが出た。蘭人から借りた太綱は、まだ四筋も残っちょる。長崎を頼りにせんでも――」

「そう意固地にならんでもよかでしょう」

亀次郎が割って入った。

「ここまで仕上げれば上等じゃ。わしらだけで出費を被ることはない。沈船げな、もともとわしらとは関係なかったろう。意地を張らずに長崎方を頼ればよい。検使方を交えて計画を練り直せばよい。わしらが浮かし方を続けることを、長崎も望んでおいでじゃろう」

網元たちもあきらめたような口ぶりで、喜右衛門を宥《なだ》めに掛かった。

しかし、喜右衛門は背筋を伸ばしたまま、穏やかな口ぶりで続けた。

「引き揚げはもう目前じゃ。試したい方法もある」

「いい加減になされ、兄者！」亀次郎が床を平手で打ち、勢いのまま身を乗り出した。

「引き揚げの段取りは組んだ。このやり方なら持ち上がると、御役所を期待させられたじゃろう。村井屋の手柄は十分に立ったんじゃ。今後は御役所と協同して引き揚げれば、長崎の注目も集められる」

「それでは足りん。まだなにも成し遂げてはおらん。工夫を引き渡せば、長崎方に全てを奪われるじゃろう。奉行所が介入すれば、村井屋の工夫は失敗し身を退いたことにされるじゃろう。ここまで来て工夫も手柄も奪われては、なんのための苦労であったか。南蛮車の仕掛けは間違うていなかった」

そう言って喜右衛門は大きく息を吐き、高ぶる気持ちを落ち着けた。そう興奮するなと自戒し、そして自問した。

——なぜ、沈船を引き揚げるのか。

長崎を救うためか。蘭人を救うためか。そんな殊勝な志は端からなかった。手柄が欲しいわけではなかった。褒美を求めるわけでもなかった。

領主は百姓を守らなかった。漁村の発展に目を向けたことが一度でもあったか。香焼島を含めた肥前領の浦々は、しょせん異国船打ち払いのための古い番所としか見られなかった。そこで暮らす百姓の姿は、武士たちの目に映らなかった。深堀も長崎奉行も町年寄も同じだった。彼らの視野に入らず、その関心を掻き立てられず、見捨てたという自覚すらなく見捨てられてきた。

「網元らよ。和主らが成功したのは己を信じたからじゃ。貧しかった頃、御領主が助けになったか。長崎が手を差し伸べたか。わしらが困窮したとて、御奉行を信用できるか。町年寄を信じられようか。そげな者たちに助けを求めたいか？　わしらだけで沈船を引き揚げられる。端からそう言うている。二度も三度も言わせるな。明後日、予定通りに引き揚げを決行する」

「網元よ。なあ、喜右衛門よ。それは――」押し黙っていた嘉吉が顔を上げた。なにか言いさした亀次郎を制し、嘉吉は問うた。

「今度は、引き揚げられるっちうことじゃな」

全員が、嘉吉は今日の失敗からの巻き返しを確認したのだと思った。

「むろんじゃ。必ず引き揚げる」

嘉吉は表情を変えず、右手を軽く挙げて喜右衛門への賛意を示した。網元たちが困惑した顔を見合わせた。

「みなの衆、それに亀次郎さんも聞いちゃらんか。わしは長年、村井屋喜右衛門といっしょにやってきた。こうなれば、最後まで我が網元に賭けたいと思う。今日を含めた二日間、これを猶予じゃと思えんかのう。なあ亀次郎さん、御役人への相談は明後日、引き揚げが成らんかった後でもよいのじゃなかろうか」

亀次郎は仏頂面だった。そして大げさに嘆息し、座衆を見渡した。額を指先で掻き、今度は観念するように小さく溜息《ためいき》を吐いた。

「村井屋が二十年でようけ儲けるごとなったのは、我が兄、喜右衛門の判断が間違うた例《ため》しのなかったけンじゃ。わしと違うて喜右衛門は、人一倍の智慧を授かった。みなの衆よ、どげじゃろうか。あと二日、ちえもんを信じてみるかね」

むしろ網元たちは安心したように、嘉吉に倣って右手を挙げた。

「それで兄者は、どげンして引き揚げなさるおつもりか。時間が足るまい」

「なに、工夫をひとつ加えるだけじゃ。さほど手間は掛からん」喜右衛門は言った。「大山形を組むンじゃ」

――なぜ、見知らぬ阿蘭陀船を引き揚げるのか。

もちろん辰ノ口に保管した銅銭を蘭人に引き渡すことが、浮かし方に介入したそもそもの目的だった。

しかし、銅銭の処理が目的なら、蘭人と取引しなくてもよかった。深堀陣屋は全額引き取ると、最初に言った。喜右衛門が長崎の事業に深く介入し、浮かし方として振る舞うことには、おそらく賛同していないだろう。蘭船が沈没して以降、深堀領主家は喜右衛門と接触を絶ち、引き揚げの協力を申し出ることはついぞなかった。

もしも深堀家が銅銭の抜け荷に嫌気を催したとしても、直接、銭屋に売ればよかった。江戸の両替商は六百株、株仲間以外の天秤は没収され定員が決まっていたが、金銀両替を生業《なりわい》とする本両替は十六株に過ぎず、残り五百八十四株は銭両替だった。その比率は大坂でも長崎でも変わらず、両替商のほとんどは銭両替なのだ。売却先に不足はなかった。緩やかに解体されてゆく三貨制の現状に抗う機会となれば、銭屋も見過ごさないだろう。まして、先んずれば富を独占できるのだから、なおさらだった。

利益のみを優先して取引を行っていれば、喜右衛門は蘭人との接触を望まなかったし、阿蘭陀通詞も探さなかった。名村恵助を巻き込むこともなく、拷問の末に死なせることもなかった。

喜右衛門は人知れず世を守ろうとしたと、名村恵助は言った。そう言い残して殉死するように絶命した。

——殉死？　いったい、恵助はなにに殉じたというのだ。主を持たない元通詞に、命を懸けるなにがあったというのか。洗いざらい白状し、我が身が助かるために命乞いするのが本当だったのではないのか。

この世は狂っている。取り返しがつかないほど壊れている。壊れた制度を騙《だま》し騙し使い続け、裂け目があれば見えないように表面を取り繕う。抜本的な改革など行えない。壊れかけた制度であれ、壊そうとはしない。

みな心のどこかでは、壊れきってしまえばいいと望んでいるのではないのか。秩序がバラバラになり、焼け野原からやり直したい気持ちを隠してはいないか。

延命するたび、歪みが生じる。その歪みをどこかに押しつけ、虐げることで維持してゆく。一握りの素封家の既得権を守るために？　壊れてしまえば上がり目があるかもしれないのに、己を虐げる世のためにどうして命を懸けるのか。命を奪いにくる敵は、いま汝が守ろうとする秩序そのものだと、どうして気付かないのか。

だから、名村恵助は殺されたのだ。壊れかけた制度を維持しようとしたから、その制度が彼を殺した。

いま、沈んだ船を引き揚げたところでどうなるのか。また犠牲者が増えるだけではないのか。銅銭の抜け荷自体、間違った選択だったのか。なにもしないのが正しい選択だったのか。人知れず世を救うという確信が、いまは持てない。むしろ、歪めているようにさえ思う。壊れた船を引き揚げ、修復し、より醜悪な歪みが生じたそのとき、壊れた制度を延命させた責任をいったい誰が取るのか。

急速に進められる工事を眺め、喜右衛門は考えた。昨日、新たな工夫をすぐに提案できなかったのは、ためらいがあったからだ。

「西漁丸を錘に用いて、沈船の船尾を引き揚げる」

喜右衛門はなんでもない口ぶりで言ったが、亀次郎は反対した。

「いや、兄者。そこまでする義理はさすがになかろう。大事なわしらの廻船じゃ。万が一のことがあれば、今年の収益をまるまる失うことになる。どうしても必要というなら、それこそ長崎方に別の船を用意させりゃいい」

ふたりは西漁丸の船上にいた。

喜右衛門が口を閉ざして帆柱のほうへ目を向けたとき、亀次郎は察した。いや、この役割は、西漁丸が負わねばならない。沈船の船腹を締める太綱は、西漁丸に繋がっているのだ。海域を離脱して別の船と入れ替えるのは難しかった。少なくとも、時間が足りない。錘となる船が必要なら、すでに沈船後方に位置を占める西漁丸を用いるのが合理的だった。

「失敗して廻船まで失うては目も当てられんぞ」亀次郎が言うと、喜右衛門は薄い笑みを浮かべて淡々と答えた。

「失敗すれば、どのみち多くを失うのじゃ。もう、やり通す他あるまい」

まるで自分に言い聞かせるかのようだった。

足場の修復は、前日までに終わっていた。明けて一月二十九日は雨も上がり、木鉢浦は柔らかい日射しに包まれた。

朝から、新たな船が海上に出た。近くの浦で借りた何艘もの、やや大きめの漁船だった。

網元や人足たちを乗せたそれらの船を、西漁丸の前後左右に配置した。西漁丸の両舷に沿って山形を作るためだった。

杉材を西漁丸に積み込み、広い船上でそれらを接いで長い柱に仕立てた。山形に用いる支柱四本を拵えると、舳先と艫から二本ずつ、海上に待機する漁船へ下ろした。

舳先側の船上では、その柱の底部に横木を括り付けた。柱と柱の間隔がエライザ号の幅より広くなるよう位置を調節し、さらに重しを付ける。艫側では重しの石のみを底部に巻き付けた。艫側の一対はエライザ号の船尾に突き出す位置に、もう一対は西漁丸の舳先よりも前方に沈めた。海底の泥が巻き上がり、海はしばらく濁った。

西漁丸の甲板に櫓を組んだ。船乗りが登り、船の前後から倒れてくる杉柱をその交点でしっかりと結んだ。そうして出来上がった山形の両頂点に、太綱を架け渡した。太綱の両端を船上へ垂らし、何本もの丸太を束ねた頑丈な横木の両端に結わえ、さらに二本の碇綱を結び付けた。

かなり重量があるその横木を船乗り総出で抱え上げ、艫へと運ぶ。そして太綱で吊り下げるようにして、艫側左右に待機する二艘の漁船へゆっくりと下ろした。横木を下ろしきると、二艘の船に渡した橋のようになった。

続いて西漁丸の船上で長大な竹竿を二本作る。補強した竹竿を同じく強度を高めた竹竿に接ぎ、さらに竿を接いで延長してゆく。西漁丸の全長よりも長くなった二本の竹竿を左右の舷側に一本ずつ振り分け、それぞれに碇綱を何本も結び付け、同数の南蛮車の下段と繋いだ。

上段を西漁丸の両舷に固定し、胴の間に置いた巻き揚げ機で苧綱を弛《ゆる》めながら、下段と繋いだ竹竿を船の左右に少しずつ下ろしていく。橋が架かったような艫側二艘の船上で、その下ろした竹竿の先端と横木の端を固く結わえた。

連結が完了すると苧綱を完全に弛め、竹竿もろとも勢いよく、横木を海中に落とした。

横木が沈むにつれ、山形のてっぺんに架かった太綱が引っ張られて弛みをなくし、やがてピンと張りつめた。山形全体に荷重が掛かり、支柱もどっしりと安定した。

横木はエライザ号の船尾付近に沈んだ。

西漁丸の帆柱に新たな南蛮車を繋ぐ。上段を固定し、沈めた横木に繋いであった碇綱を下段に結び付ける。南蛮車の上下を繋ぐ苧綱を引いて、帆柱側、海底側それぞれから延びる綱を弛みがなくなるまで張り切った。

ここからは、海中での作業だった。西漁丸の舳先の向こう、エライザ号から十分遠ざかった海域に待機する漁船から、水練上手を潜らせた。

舳先側の海底に沈めた山形の支柱は、すでに底部を横木で連結していた。海底に沈んだ竹竿を、結び付けた碇綱を巻き上げて浮かせ、舳先側の先端を海に入った数人がかりで支柱の根方へ近付ける。位置が決まると再び竹竿を海底に下ろし、支柱と横木の交差部分に先端を固く括った。続いて別の水夫が潜水し、同じ部分に碇綱を結び、船から下ろした南蛮車の下段と繋ぐ。そして上段を抱え、海から上げた。

南蛮車の上段は、西漁丸の船首近くの舷に据えられた。向かいの舷でも同じ作業を終えると、巻き揚げ機に二つの南蛮車の苧綱を繋ぎ、弛みを消した。

これで、準備は完了だった。

沈船エライザ号の船尾近くに沈んだ横木は西漁丸の帆柱と、西漁丸の舳先側に沈めた山形支柱の根方は西漁丸船首の両舷と、さらに、西漁丸の左右に沈めた長い竹竿は胴の間の船縁と、それぞれ碇綱によって繋がった。海底の仕掛けとがっちり連結した西漁丸は、この海域に囚われたように動かなかった。

一月末日の日が暮れてゆく。

喜右衛門は人気の絶えた西漁丸に残り、ひとり艫に立った。白昼には感じていた振動が収まり、いまの西漁丸は波に流される気配もなかった。

二月一日の木鉢浦は、朝から凄まじい人出だった。朔日は商家の物日《ものび》だ。見物は、長崎中から訪れたのだろう。浦の外に大小さまざまな船が無数に屯し、乗り込んだ誰もが、奇妙な山形を二ヶ所設けた沈船周りを興味津々に眺めていた。

陸にも野次馬が詰めかけた。道生田村の百姓だけではない。普段は人の登らない高台にまで人影がちらほら見えた。浜辺からは喝采が聞こえてくる。

亀次郎や嘉吉、李太郎たちを沈船周りの足場に立たせ、巻き揚げ機の指揮を任せた。網元たちには、前回のように人足を先走らせないよう監督させた。

喜右衛門は西漁丸に乗り込んだ。円滑に作業を進めるため、廻船の扱いに慣れた船乗りだけを同乗させた。

検使方、海賊方などが詰めかけて海域を保全した。遠巻きに奉行所や番方、町年寄の船が停泊していた。

喜右衛門は西漁丸の艫に登り、日射しを浴びた。陽光はさほど強くなく、むしろ風は冷たかった。昨日より視界が高くなり、阿蘭陀新屋敷までよく見えた。見下ろすと、沈船の船尾は歪んで目に映った。

周囲の喧騒を余所に、喜右衛門は上げ潮の頃合いを静かに待った。

やがて手旗を持ち、海上や足場の網元たちがこちらを注視するのを確認した。今日の引き揚げ作業は、西漁丸に拵えた仕掛けから開始する。沈船の船尾を持ち上げた後、南蛮車の巻き揚げに掛かる手筈《てはず》だった。

予行演習を行う余裕はなかった。ぶっつけ本番だ。失敗は許されないが、喜右衛門は不思議なほど落ち着いていた。大潮になれば、波が高くなる。見渡す海上では、検使船も番船も碇を下ろしているのになお激しく揺れ、ひょっとすれば流されそうだった。しかし、西漁丸はほとんど揺れなかった。

大きくひとつ息を吐いてから、号令を下した。

「帆を張れ！」

市三が復唱すると、船乗りたちが雄叫びを上げて身縄を曳いた。たちまち西漁丸の帆柱に木綿帆が掛かる。進行方向を船尾側へとるべく逆向きに張り替えていた。

強い南風が木綿帆を押し出し、激しい音が立った。軋むような音が帆柱から聞こえたが、船は進まない。潮の流れに抗うように廻船を固定したが、少し厳重に留めすぎたかと喜右衛門は不安を覚えた。いまとなっては南蛮車の苧綱を緩めて調整することもできない。

やがて、西漁丸がじわりと沈船に向かって進み出した。海底に縛られて身動きが取れなかった船が、強風に煽られ、潮流に乗った。

西漁丸が進むにつれ、船首側の海底に埋めた山形支柱が引きずられる。その根方に固定してある竹竿は、西漁丸の左右舷側とも固く繋げていた。西漁丸が移動すれば、竹竿も押し出される。

竹竿の先端に繋がれた頑丈な横木が泥に埋まった沈船の船底に潜り込み、深く食い込んでゆく。沈船の船尾が横木に乗る。竹竿が大きく撓《しな》る。じわりじわり廻船が近付くごとに泥中でエライザ号の船底を押し上げる。

ゆっくり、ゆっくりと西漁丸は進み、しかし不意に動きを止めた。

風はやんでいない。木綿帆はなお音を立てて膨らんでいる。停止の原因は海底だった。沈

船の船底で横木がつっかえ、廻船を押す風力と拮抗《きっこう》したのだ。

均衡が続けば、いずれ竹竿の強度が保たずに折れる恐れがある。喜右衛門は勢いに任せて沈船の船尾を一挙に持ち上げるつもりだったが、思ったほど西漁丸の加速がつかなかったのだ。もっと後方に船を配置すべきだったかと思ったものの、後の祭りだった。

「碇を上げろ！」

喜右衛門は迷わず叫んだ。振り返らず、眼下に沈んだ蘭船だけを凝視し続けた。

市三が復唱をためらった。帆に一杯の風を受けるいま、碇を上げれば船は突進し始めるだろう。

喜右衛門は振り向き、「市三！」と、見せたことのない形相で睨みつけた。

「ぼうとすな！　碇を上げえと命じたんじゃ！」船上に響き渡る大声で怒鳴った。

迷いを振り切るように市三も声を荒らげて復唱し、船乗りたちは雄叫《おたけ》びで応えた。

船上が慌ただしくなった。船乗りたちは船縁に身を乗り出し、西漁丸が下ろしていた五個の碇を分担して引き揚げに掛かった。

市三が艫に登り、大声で忠言した。「船頭、すぐに碇が上がりきります。もう艫から下りてくだされ。危のうございます」

「沈船の船尾が持ち上がったら、即、南蛮車の巻き揚げを始めねばならん。時機が大事じゃ。いまはわしのことはいい。和主は碇を上げたら、船乗りを集めて船首側へ去《い》ね。巻き揚げを命じたらわしも追いかける。行け。――行け！」

立ち尽くす市三から目を背け、喜右衛門は浦を見渡すように顔を上げた。

「市三、今日はこげン見晴らしがいいぞ。比売神様がご覧になられよるんじゃ」

木鉢浦は高波が立ち、その波に日射しが反射する。海面は照り返しで眩《まばゆ》かった。喜右衛門は故郷の内海を思い出していた。

「碇が上がるぞ！」

船乗りたちが船じゅうに響き渡る濁声を上げ、全員に知れ渡るように他の船乗りたちが繰り返した。

喜右衛門に突かれ、市三は艫から落ちた。市三は青ざめた顔で喜右衛門を見上げたが、言葉を押し殺すように唇を嚙み、船首側へ駈け出した。

西漁丸を留める枷《かせ》はもうなかった。風と潮に押されて船は勢いよく流され、直進し始めた。聞こえるはずのない海中の竹竿二本の激しく撓る音が、喜右衛門の耳の奥で尾を引くように響き渡った。

海上の足場には、啞然《あぜん》とした顔で見上げる亀次郎がいた。喜右衛門は無言で、ただ合図を待てと言わんばかりに睨みつけた。

手旗を握り締めた。船尾が浮かびきらないうちに焦って巻き揚げを始めれば、一昨日の轍《てつ》を踏むだけだ。機会は一度しかなかった。確実に船尾が浮いたと確信した直後に巻き揚げを始め、船尾の浮揚を固定しなければならない。

——浮かぶ。

眼下の海が煮立ったように白い泡を噴いていた。と思うや、なんの前触れもなく、突如、泥に濁った高波が沸き起こって西漁丸の艫を丸呑みにした。

喜右衛門は全身に波を被ったが、それでも、その場を動かなかった。瀑布のように波しぶきが流れ落ちたとき、目の前に沈船の巨大な尾があった。

大きく手旗を振り回す。間髪入れずに亀次郎や嘉吉たちが海上で騒ぎ始めた。その彼らの声を掻き消すように、もう何度聞いたか知れない、何度聞いても懐かしい、漁師たちの掛声が木鉢浦一帯にこだました。

ヘーン、エッサイソウ。ヘーン、エッサイソウ。ヘーン——。

真下の海では、頑強な竹竿が船尾を押し切って沈船から離れた。支えを失って弾《はじ》け飛んだ竹竿はただ海中をあてもなく漂ってゆく。

いま西漁丸はすべてのくびきを解かれ、そびえ立つ崖のような蘭船の船尾に向かって突進していた。その直進を止める術はなかった。

近くに誰もいないと知りながら、これも船頭の常だ、喜右衛門は船乗りたちに大声で命じた。

「掴まれ！　衝突するぞ！」

　まさに断崖絶壁だった。あるいはまるで、巨大な城壁のようだった。

　――俺は、なにを引き揚げたのか。

　喜右衛門は身体を繋ぎ止めようと身縄に伸ばしかけた手を、引っ込めた。

　艫の上で中腰姿勢のまま、両手を叩いて打ち鳴らした。濡れた艫板を一足強く踏みしめた。

　引き揚げた獲物を比売神に奉るべく、喜右衛門はもう一度柏手を打った。足を踏みしめて舞い始め、一節、声を発しようとした瞬間、西漁丸はエライザ号に勢いよく衝突した。

　喜右衛門は艫から弾き飛ばされ、海に向かって落下した。


　飛び散る木片が宙に舞うのが見えた。その上から波しぶきが雨のように降り注いだと思うと、飛沫や木片が顔に降り掛かる前に、喜右衛門は背中から海に落ちた。

　異物だと、喜右衛門は思った――いつの間にか沈めていた自らの人生を引き揚げるような気分でいながら、だが目の前に立ち塞がったそれを、喜右衛門は異物だと感じた。

　それを引き揚げたところでなんになろう。それでも喜右衛門自身が、埋没していた人生の再び浮き上がる瞬間を見たかったのだ。

　わずかに丸めた背を下にして海底へ沈んでゆきながら、喜右衛門は海面を透過してくる日射しを見た。溺れ死ぬと分かっているのになす術がない。身体が麻痺して動かない。もう息を止めていられなかった。

巨大船が泥を撥《は》ね除《の》けるようにして浮かんでゆく。遠ざかってゆくその眺めは美しかった。そうであることが当たり前である美しさを感じ、喜右衛門は初めて見る景色なのに懐かしい思い出のように感じた。

それは、若い頃に果たし損ねた約束のようだった。ようやく未練を断てるかのように、ずいぶん懐かしい声が笑って言った。

……ほんなこつ情けねえ奴じゃのう。

樟脳の毒を吸った。身体が痺《しび》れて動かなかった。

沈んでゆく喜右衛門とは反対に、だんだん遠ざかるように浮かび上がってゆくエライザ号が起こす水流に巻き込まれ、小枝のように身体が揺れた。それでも、喜右衛門は満足だった。世を救うためなどと大上段に構えずとも、海中の日射しに輝きながら巨大船が浮いてゆく、その絶景を見たいがために引き揚げたと思うほうが、よく意にかなった。

自分の重さを感じない。浮かんでゆく沈船と一体となったような心地よさを覚える。沈んでいるのに浮いているようだった。息苦しくてたまらないのに笑みがこぼれた。

……見よるか、吉蔵。やっぱり、俺が先に引き揚げたじゃろう。

終章

徳山湾《とくやま》に西日が射《さ》した。黒神山《くろかみやま》から下った市杵島比売《いちきしまひめ》が足跡をつけたように照り返すさざ波を見て、櫛ヶ浜《くしがはま》ではみな比売神《ひめがみ》の顔を知っていると大叔父が言ったことを思い出す。喜《き》右衛門《えもん》は盛んに奉納を行ってきたのに、未《いま》だ横顔さえ拝んだことがない。やはり一倍力の神通力を授かるからには人と違ったところがあったのだろうと、生真面目に考えた。

櫛ヶ浜の浜辺で杖《つえ》に凭《もた》れ、喜右衛門は沖を眺めていた。海上に忽然《こつぜん》と聳《そそ》り立った二本の柱が、場違いで異様な存在感を放っていた。

寛政十一年（一七九九）二月、木鉢浦《きばちうら》に沈没していた阿蘭陀《オランダ》交易船エライザ・オブ・ニューヨーク号は、阿蘭陀新屋敷の浜辺に引き揚げられた。

二月一日に始まった沈船引き揚げ作業は、その後数日にわたって継続された。初日に喜右衛門が落水したことで、沈船周りがまだ樟脳に汚染されていると周知され、浦はますます厳重に閉ざされた。

迅速に救助されたことが幸いし、喜右衛門は大事に至らなかった。当日は阿蘭陀新屋敷に搬送され、なにやらうわ言を繰り返していたというが、翌二月二日からは立ち会いに復帰し、前日同様海上で指揮を執った。

初日に船尾と船首が泥中から揚がったことで、その後の作業は円滑に進んだ。エライザ号の浮上が喫水線を越えたところで、全ての巻き揚げ機を停止し、綱を固定した。足場である筏《いかだ》をエライザ号の舷側に連結すると、漁船の帆を一斉に張った。

浮上したエライザ号の曳航《えいこう》には、奉行所と長崎御番が数十艘の小早《こばや》を貸し出した。奉行所、番方ともに曳航には慣れていいた。毎年の入港手続きの折、長崎湾口で帆を下ろした蘭船が検使船や番船に曳《ひ》かれる。大掛かりな引き揚げ作業とは違い、見物の町衆にも見慣れた光景だった。

船尾に衝突した西漁丸《せいりよう》だが、沈没することはなく、エライザ号が浜へ引き揚げられるまで、その後方に寄り添った。ただ艫《とも》の損壊が著しく、そのまま船出はできなかった。

潮干潟へ揚がったエライザ号から荷揚げが始まると、喜右衛門は西漁丸で香焼島《こうやぎしま》へ引き返した。修理は栗ノ浦《くりのうら》の船大工に依頼した。

「網元は、沈船引き揚げの大立者《おおだてもの》なんじゃろう。長崎で頼めば、無償で直してもらえたんじゃないか」と、船大工が呆《あき》れたように言った。

喜右衛門は言った。「長崎はこれから沈船の修繕に掛かり切りになる。我が船にまで腕のいい船大工は回ってくるまい。知った者に頼むのが一等、安心じゃ」

その三日後、栗ノ浦にいた喜右衛門に奉行所から呼び出しが掛かった。迎えにきた中間《ちゅうげん》とともに長崎入りし、立山役所へ登ると、気味が悪いほど丁寧な応対を受けた。喜右衛門はそのとき初めて、長崎奉行朝比奈河内守《あさひなかわちのかみ》と対面した。

大広間には、引き揚げを担当した用人寺田半蔵《てらだはんぞう》や検使方熊谷与十郎《くまがいよじゅうろう》の他に、見知らぬ諸役人が列席していた。長崎奉行朝比奈河内守は、今回の喜右衛門の働きぶりを褒め讃《たた》え、褒美として銀三十貫を下賜した。以前、喜右衛門が計上した経費の見積金額と同額だった。思わぬ賜物だったが、西漁丸の修理費も嵩《かさ》んでいたところであり、謹んで頂戴した。

さらに翌日、阿蘭陀商館から酒入りのフラスコ十四本を贈られた。成功報酬の砂糖二十俵は新たな交易船待ちとなるため当座の謝礼として都合され、また喜右衛門が銅銭を手放さないよう手付けとして贈られたのだろう。

エライザ号の沈没により、昨年バタビアには長崎からの輸出品が届いていなかった。一年分の利益を失い、仕入れ代金の損失を被ったことでラスは怯《おび》えていたようだ。喜右衛門は商館を追いつめることはせず、謹んで受け取った。

長崎は他国商人の出入りが多い。沈船引き揚げの現場も様々な人が目撃した。商人たちが見聞きした光景を行く先々で語るうちにやがて評判は江戸にも届き、喜右衛門の想像もしなかった褒美が届くことになった。

四月上旬、老中松平伊豆守信明《まつだいらいずのかみのぶあきら》が、長崎奉行を通じて喜右衛門へ賛辞を告げたのだ。老中伊豆守は、特に巨大船がどのように引き揚げられたのか強く関心を示し、仕掛けの詳細について説明を求めた。そこで喜右衛門は詳しく作図を行い、さらに模型を急造して謹呈した。その模型は老中ばかりか、将軍徳川家斉《とくがわいえなり》の上覧にも及んだという。沈船引き揚げと村井屋《むらいや》喜右衛門の名声は、遠く江戸城でも高まった。

香焼島では、例年通りに春漁が始まっていた。むろん香焼だけでなく、近隣の浦でも同じように鰯《いわし》漁が始まり、長崎湾の外はいち早く日常が戻っていた。

西漁丸の修繕と長崎滞在が重なり、喜右衛門の出航は遅れていた。亀次郎《かめじろう》が近郊の干鰯《ほしか》を西吉《にしき》丸に積んで船出した後は、焦らず気長に船の回復を待つことにした。

修理と言えば、エライザ号の修繕状況を気にして、喜右衛門は香焼の船大工を連れて木鉢浦へしばしば出向いた。エライザ号に新たな三本檣が築かれるのを間近で見たが、真新しい白木の帆柱は船に馴染《なじ》んでいなかった。

五月、そのエライザ号が突然、木鉢浦から出航した。修繕が途中だという噂《うわさ》もあった。カピタンはバタビアへの報告もあるため、今年の交易船が入港するまで長崎に留めておく意向だったが、スチュワートなる船頭が新屋敷に滞在の乗組員九十人を集めると、新調した三本檣に帆を張り、逃げるようにして夜のうちに出航したという。

実際のところ、エライザ号は万全ではなかった。長崎湾を出たところで再び難破し、香焼島に流れ着いた。

栗ノ浦の白浜に引き揚げられたエライザ号が長崎に戻ることはなかった。修理は、香焼島の船大工や百姓の手で行われた。喜右衛門立ち会いの下、積み荷を下ろした。

この修理の間に、船乗りたちが船倉の二重底の下に銅銭を積み込んだ。中身のない俵の残骸が残ったままで、溶け残りの砂糖でざらざらしたその床に、御用銅の百斤箱に似た銭箱を搬入していった。

やがてエライザ号が出航すると、入れ替わるように今年の阿蘭陀船が入港した。阿蘭陀商館の申し出により、長崎会所は今年の買付を始める前に、成功報酬として約束された砂糖二十俵を村井屋に贈呈した。喜右衛門は、カピタンからの褒美を恭しく受け取った。

長崎が盛り上がるなか、深堀陣屋《ふかほりじんや》にも喜右衛門は招かれた。陣代の深堀新左衛門《しんざえもん》から労《ねぎら》いの言葉を掛けられた。

「この度、村井屋喜右衛門指導の下、我が領内の香焼百姓の働きは、長崎方を驚嘆せしむる上々の働きであった。深堀の名を大いに高めた功績に報い、村井屋喜右衛門の求めに応じて上申を聞き入れることとする」

陣屋へ登る前に、喜右衛門は馴染みの勘定方役人と密会し、抜け荷の進捗について報告した。その折、喜右衛門はふたつのことを願い出ていた。ひとつは、抜け荷から足を洗うことだった。すでに陣屋でも撤退が決まっていたようで、これはすんなり受け入れられそうだった。問題はふたつめだった。

「憚《はばか》りながら、従前申し入れて参りましたが、香焼本村に居を構える赤司党《あかじ》の横暴は、近年ますます目に余るものとなり、百姓一同、漁場の押領にも遭いまして、甚だ難儀いたしております。つきましては、香焼島の村ごとに庄屋をお立てになられ、年貢徴収等を村方に御任せいただけましたなら、御役所の御負担も軽減され、島の発展にも大いに役立つことは請け合いでございます」

このところ香焼島が取り沙汰されるたび、島の代官を自称する赤司党は面目を潰した。島の漁師が大手柄を立てたのに、彼らは蚊帳《かや》の外だった。にもかかわらず、自分たちも引き揚げに関わったように吹聴するから、いよいよ顰蹙《ひんしゅく》を買った。赤司党が島で好き勝手に振る舞っていたことは、陣屋も把握した上で見ないフリをしてきた。

「香焼百姓のこの度の大手柄も御考慮いただき、島の更なる発展をお信じくださいますよう、切に願い申し上げます」

香焼百姓は我が村への誇りを忘れていた。異国船打ち払いの番所が築かれたときから、赤司党による不当な支配が始まった。彼らは自分たちがなにを奪われたのかさえ考えなくなっていた。だが二百年が過ぎ、ようやく島はあるべき姿への回帰を始めたのだ。

深堀新左衛門は百姓の願いを聞き入れた。赤司党はキドンダンの屋敷を引き払い、深堀へ退去した。港や市庭《いちば》の口銭《くちせん》は免除となり、漁場の上がりを要求する似非《えせ》代官はいなくなった。他の村では当たり前に行われていたことが、香焼島でも行われるようになった。

百姓が自らの権利を勝ち取ったこの事実に、喜右衛門は天啓を得たような思いがした。誰が庄屋に就こうとも、香焼島は栄えてゆくと確信した。自分たちの住処《すみか》を、百姓自身が自覚した。二十年間、変わってゆく島の百姓たちを見守ってきた喜右衛門は、自分もまた彼らとともに香焼島に骨を埋めるつもりでいた。だが、こうして香焼島が自立する様を目のあたりにするうち、ある決断を下すに至った。

「櫛ヶ浜へ帰るつもりじゃ」

喜右衛門は、まず亀次郎に打ち明けた。

「香焼の網元や肥前《ひぜん》の取引先の買付廻船《かいせん》は、和主《わぬし》に継がせれば安心じゃ。村井屋の屋号も譲ろう。好きに振る舞うがよい」

「櫛ヶ浜に戻ってどげなさるおつもりか。香焼のため、ひいては深堀領のため、兄者はようけ貢献なさった。長崎ばかりか大坂、江戸まで大事業の評判が広まっちょる。深堀様も兄者を香焼にお留めなさるじゃろう。請浦じゃなく漁場の所有をお認めいただくにも、いまが絶好の機会じゃろうが。なしてこげな時期に櫛ヶ浜に戻るげな言いなさるのか」

「それでも、故郷じゃけな」

その決断の裏には、別の褒賞も関わっていた。沈船引き揚げは毛利《もうり》家の知るところとなり、未曾有の大事業を成功させた自国商人に褒美を授けると伝えられた。

当初、喜右衛門はあまり興味を示さなかった。拒めば非礼に当たるため、早々に徳山へ戻って褒賞を受けておこうと思うだけだった。毛利家や知行主宍戸《しど》美濃守《みののかみ》は、喜右衛門だけでなく櫛ヶ浜村にとっても遠い存在だった。漁場争いの後ろ盾にならず、櫛ヶ浜を保護してもくれない名ばかりの領主だった。

沈船が浮き上がったとき、喜右衛門は古い秩序が眼前に立ち塞がったと思った。あきらめに似た達観を抱きもした。

しかし、香焼島が自立してゆく様子を見るにつけ、古い秩序も、決して乗り越えられない壁ではないと思えてきた。昔、塩浜跡で登った石垣のように、登ってみればその先に見たことのない海原があるのではないか。立ち塞がる壁を避《よ》けて通ろうとする行為こそ、自らの未来を閉ざす原因ではないか。

栗ノ浦の喜右衛門屋敷には、連日、百姓が訪れた。香焼を変えた恩人だと、誰もが口にした。栗ノ浦は居心地がよかった。喜右衛門にも、村を一から築いてきたという自負はある。

櫛ヶ浜は正反対だった。生まれるずっと前に慣習が出来上がり、古い秩序にがんじがらめにされて硬直した村では、どれほどの理不尽も甘んじて受け入れる他なかった。そんな故郷に、喜右衛門は背を向けてきた。いまは、その先にある風景を見たかった。

その日は、いつものように遠石《といし》港に船を入れた。西国海道を通って花岡《はなおか》へ向かい、身支度を整えると、花岡勘場《かんば》に登った。そこで、萩《はぎ》藩の郡奉行矢嶋作《やじまさく》右《え》衛門《もん》から褒賞を賜った。喜右衛門が櫛ヶ浜に入ったのは、そんな堅苦しい対面を済ませてからだった。賜った上下《かみしも》から野良着に着替えると、久しぶりの故郷の散策に出た。

そして浜に着いたとき、沖合に立つ懐かしい二本の柱を見た。

船曳《ふなび》き網はずっと以前に已《や》めたはずだった。再開したとは網元からも聞いていない。

陽《ひ》はだいぶ西に傾いていた。浜は閑散としていたが、不意に浜小屋から話し声が聞こえたと思うと、三十歳ほどの壮年が出てきた。その後に従う若衆たちが大きな網を抱えていた。これから修復に掛かるようだった。

若衆を引き連れた男の精悍《せいかん》な面構えに、喜右衛門は見覚えがある気がした。だが、知った相手ではない。いまや余所者《よそもの》同然の喜右衛門を、彼らは遠巻きに睨《にら》みつけてきた。

海風が暖かく吹き付ける。

若い漁師たちに喜右衛門は近付き、「あの柱は、和主らが建てたのか」と、優しく問うた。

着古した野良着姿の五十男を、彼らは不審げに睨み続けた。返答はなかった。やがて、喜右衛門のほうから頭領と思《おぼ》しい三十男へ近付き、「和主のおっ母《か》さんはなんという名じゃ」と尋ねた。

脈絡もない問いに聞こえただろう。だが喜右衛門には、相手が浮かべた不興げな顔つきさえ懐かしかった。父親については尋ねるまでもなかった。顔も体格もそっくり生き写しだったのだ。

生憎《あいにく》、喜右衛門は三十年前に聞いたはずの娘の名を覚えていなかった。昔、嘉吉《かきち》がなにやら言ったが、ほとんど注意を払わなかった。

みな広げた大網の周りに腰を据えたが、男はひとり立ち尽くしていた。

三十年の時を経て、櫛ヶ浜も変わろうとしている。故郷を変えてやろう、救ってやろうなどと、喜右衛門が気負うまでもなかった。村を作ってゆくのは、そこで暮らす者たちの強い意志あってのことだった。

喜右衛門になにか言いかけた男を、若衆たちが呼んだ。

「はよ繕いを始めましょうや、吉蔵《きちぞう》さん」

日暮れにはまだ早かった。

主要参考文献

『開かれた鎖国　長崎出島の人・物・情報』片桐一男（講談社現代新書）
『紅毛沈船引き揚げの技術と心意気』片桐一男（勉誠出版）
『中華帝国の構造と世界経済』黒田明伸（名古屋大学出版会）
「オランダ通詞名村氏　常之助と五八郎を中心に」石原千里（『英学史研究第21号』）
『抜け荷　鎖国時代の密貿易』山脇悌二郎（日経新書）
『長崎の唐人貿易』山脇悌二郎（吉川弘文館）
『徳山市史　上』徳山市史編纂委員会
『下松市史　通史編』下松市史編纂委員会
『香焼町郷土誌』香焼町郷土誌編纂委員会

陸から見る海の風景――あとがきにかえて

二〇一五年八月十七日、山口県周南市の櫛ヶ浜へ行った。台風の影響でJR山陽本線のダイヤが乱れていた。徳山駅から一駅、五分足らずの近場だが、天候不良のため電車は一時間に一本もなかった。ちょうど電車が来ると駅員さんに教えられ、慌ててホームを走ったのを覚えている。

櫛ヶ浜駅を降りると、まっすぐ海へ向かった。小雨がぱらついていた。護岸された海辺には歩道が延び、離れた浜に工場が見えた。

海辺を歩き回って写真を撮ってから、引き返した。車道を渡ったところ、埋め立てる前は浜辺だっただろう場所に、櫛ヶ浜神社という社があった。大きな神社ではなかった。天保十二年（一八四一）六月吉日建立。祭神は天照大神の御子五男神と三女神で、八王子様とも呼ばれる。

鳥居に、村井市左衛門という寄進者の名前を見た。

本作の主人公、村井屋喜右衛門信重は櫛ヶ浜で生まれた廻船商人だった。海で生きる民である。後に永世苗字帯刀を許されたとき、その屋号にちなんで村井喜右衛門と名乗った。喜右衛門には一男三女があった。息子の名は正豊といった。

晩年の喜右衛門は日頃から、「死ぬ三十日前には前もって知らせる」と櫛ヶ浜の人々に言っていたそうだ。文化元年（一八〇四）七月、体の不調を感じた喜右衛門は村中の家を回って挨拶し、墓参りを済ませ、帰郷した弟とも会った後、八月四日に他界した。

息子の正豊にはこう遺言した。

「人には向き不向きがある。お前は我が家の商売を継いではならない。役人として禄を受けよ。家業はすべてお前の叔父が責任をもって取り仕切ってゆく」

正豊には、武士として生きるように求めた。自身が生涯を過ごした海から息子を遠ざけたのは、親心だったのだろうか。

喜右衛門の死から三十七年後に建てられた櫛ヶ浜神社の詳細については調べなかった。天気は悪くなる一方で、気づけば、辺りに人影もなかった。

果たして寄進者の市左衛門は、村井正豊だったのか、その息子だったのか。いずれにせよ、村の有力者だったただろう。そのとき私は、村井家では馴染み深かったはずの市兵衛から市の一字をとったらしいその名前が気になった。市兵衛は喜右衛門の大叔父で、かつて櫛ヶ浜の屈強な船乗りだった。

櫛ヶ浜から見る徳山湾は広大に映った。その先に瀬戸内海があり、さらに先にまた大海が続いていると想像すると、なんだかそら恐ろしい気さえした。

解説

縄田一男

この解説を書くにあたり、久々に本書『ちえもん』を読み返して、初読の時と同様、いや、それ以上の興奮をおぼえるのを禁じ得なかった。

こんな事は滅多にあるものではない。

この一巻は、二〇二〇年九月、小学館から書き下ろし刊行されたもので、物語は江戸期の名も無き〝海の男〟が日本初の巨大沈没船引き揚げに挑む姿を描いた堂々たる歴史巨篇である。

私の興奮の源は、作品がもつこうしたスケールの大きさもさる事ながら、それをも超える人間ドラマの奥深さ故でもあった。

作家の飯嶋和一は

既存の頑迷な社会システムに

屈従して生きるのか。

あるいはそれをくつがえすのか。
必要なのは勇気と知力だと
この小説家は語る。
はかなく脆い夢や希望ではない、と。

という推薦文を寄せている。

物語は、宝暦十三年、周防国で二人の少年が出会うところから始まる。一人は廻船屋敷の二男坊・喜右衛門であり、いま一人は網元の末っ子・吉蔵である。

江戸期において、家を継ぐのは長男と決まっており、それ以外の男子は「厄介」＝穀潰しでしかなかった。他家へ養子に入るのが唯一の出世の道。

しかし、二人はそうした社会の習いにとどまっているような男ではなかった。当時としては破格の男達であったのだ。

喜右衛門は、へっぴり腰で石にしがみつく青瓢簞として登場。もっと太らなければ駄目だと言われるが、生まれた時に縛り付けられている現状を変えるのは、力ではなく智慧だという信念の持ち主。それが題名の〝ちえもん〟の由来となっている。

「(故郷)櫛ヶ浜でのささやかな幸せなど、浦から離れられん跡取りたちに呉れてやれ」という喜右衛門のことばに共感した吉蔵は、網子を組織し、鰯漁に乗り出していく。

作者は些《いささ》かの揺るぎもみせぬ文体で、時に反発しあい、時に敬意を払いあう二人の男の成長を描いていく。

さて、ここからこの作品の重要な展開を記す事になるので、解説を先に読んでいる方は是非とも本文の方に取り掛かって頂きたい。

再び喜右衛門と吉蔵――私は先に吉蔵が鰯漁に乗り出したと書いたがそれも束の間、吉蔵は不慮の事故で水死してしまう。

還暦を過ぎて涙腺が緩くなっているはずの私だが、作者の乾いた文体は、読者に涙を流す事すら許さないのだ。

では、泣けないのなら、作者が何故このような設定にしたのか。それを考えてみたい。

本書は、驚くべき事に、作者にとって初めての本格的な歴史小説だが、二〇〇四年のデビュー以来、必ず歴史物が書けると慇懃な、かつ、本書の担当者でもある編集者に言われ続け、執筆の八年程前、こんな凄い人がいたと、渡されたのが本書の資料の一冊であった。

そして作中人物について言えば、喜右衛門は実在の人物だが、吉蔵は作者が創造した人物である。それはとりもなおさず、吉蔵が本書においてかなり重要なウエイトを占めるという事である。

では何故そんな吉蔵を、前半で早々と退場させてしまったのか。この事をひとまず措《お》いて、ストーリーを追っていくと、そこからの展開は、喜右衛門が海に軸足を置きつつも、